London Road

Du même auteur
aux Éditions J'ai lu

Dublin Street

Pour Robert

1

Édimbourg, Écosse

J'examinais l'œuvre d'art en me demandant ce que je pouvais bien être en train de considérer. À mes yeux, il ne s'agissait guère que d'un agglomérat de lignes et de carrés de différentes couleurs, avec quelques rares ombres portées ici et là. Cela me rappelait un truc. En réalité, il me semblait avoir gardé un dessin assez semblable, que Cole m'avait fait quand il avait trois ans. Même si je doutais que quiconque accepterait de mettre la coquette somme de trois cent soixante-quinze livres pour acquérir le fruit de son génie. J'émettais également certaines réserves sur la santé mentale de la personne prête à débourser un tel montant pour cette toile qui, semblait-il, s'était trouvée près d'une voie ferrée quand un wagon rempli de peinture avait violemment déraillé.

Cependant, en lançant un coup d'œil circulaire autour de moi, je me rendis bien compte que la plupart des autres visiteurs de la galerie appréciaient ce qu'ils voyaient. Je n'étais peut-être pas assez intelligente pour comprendre. Afin d'apparaître plus raffinée aux yeux de mon petit ami, j'adoptai une expression pensive et m'approchai de la toile suivante.

— Euh, OK, je ne pige pas, annonça une voix basse et voilée tout près de moi.

Je l'aurais reconnue entre mille. L'accent américain était occasionnellement nuancé par quelque inflexion mélodieuse, ou par les consonnes plus prononcées du terroir, conséquences des six années d'expatriation en Écosse de sa propriétaire.

Une vague de soulagement déferla sur moi quand je croisai le regard de Joss, ma meilleure amie. Pour la première fois de la soirée, je me fendis d'un large sourire. Jocelyn Butler était une Américaine culottée et franche du collier qui tenait le bar avec moi dans un quartier branchouille. Un établissement répondant au nom de *Club 39* situé au sous-sol de l'une des rues les plus célèbres du centre-ville, George Street. Nous y étions collègues depuis maintenant cinq ans.

Parée de sa robe noire de créateur et de ses Louboutin, ma copine de petite taille était plus sexy que jamais. Le compliment valait aussi pour son homme, Braden Carmichael. Debout près de Joss, une main possessive posée dans le bas de son dos, il respirait la confiance en lui. Beau à tomber, il était le genre de petit ami que je recherchais depuis des années, et si je n'appréciais pas tant Joss – et si lui ne l'adorait pas plus que tout –, je n'aurais pas hésité à la traîner dans la boue pour le récupérer. Braden dépassait allègrement le mètre quatre-vingts, ce qui était idéal pour quelqu'un de ma taille. Je mesurais pour ma part un peu plus d'un mètre soixante-quinze, ce qui me permettait de le rattraper une fois les bons talons enfilés. Le copain de Joss se révélait en outre être attirant, riche et drôle. Et il l'aimait à la folie. Ils étaient ensemble depuis presque dix-huit mois. Je sentais poindre l'idée d'une demande en mariage.

— Tu es magnifique, déclarai-je à mon amie en enviant ses courbes. (Contrairement à moi, Joss était dotée de seins imposants, ainsi que de hanches et d'un cul parfaits.) Merci infiniment d'être venus tous les deux.

— À charge de revanche, me murmura Joss en considérant les toiles d'un air surpris. Je vais devoir trouver un très bon mensonge si l'artiste vient me demander ce que j'en pense.

Braden lui pinça légèrement la taille avec une moue amusée.

— Si elle est aussi prétentieuse que son art, pourquoi mentir alors qu'il te suffirait d'être tout ce qu'il y a de plus directe ?

Joss lui sourit en retour.

— C'est vrai.

— Non, m'interposai-je, sachant pertinemment que si je la laissais faire, elle en serait capable. Becca est l'ex de Malcolm, mais ils sont restés amis. Si tu te la joues Robert Hughes avec elle, c'est encore moi qui vais prendre.

Joss me contempla en fronçant les sourcils.

— Robert Hugues ?

Je poussai un soupir.

— Un célèbre critique d'art.

— Ça me plaît bien, répliqua-t-elle avec un rictus. Tu sais qu'on dit que l'honnêteté est mère de toutes les vertus ?

— C'est plutôt la patience, bébé.

— Bien sûr que c'est la patience, mais l'honnêteté arrive pas loin derrière, non ?

L'entêtement que je lisais dans les prunelles de Joss me noua la gorge. Elle avait un sacré caractère, et si elle avait une idée en tête ou quelque chose à dire, il était difficile de l'en faire démordre. À l'époque où je l'avais rencontrée, elle était extrêmement secrète, préférant ne jamais se mêler des problèmes personnels de ses proches. Elle avait énormément évolué depuis que

Braden était entré dans sa vie. Notre amitié s'en était trouvée renforcée et elle était désormais la seule à connaître toute la vérité sur mon existence. Je n'avais pas à me plaindre de notre relation, mais, en des instants pareils, il m'arrivait de regretter l'ancienne Joss, celle qui gardait enfouies en elle ses pensées et ses émotions.

Je sortais avec Malcolm Hendry depuis presque trois mois. À mes yeux, il était l'homme idéal. Gentil, décontracté, grand... et fortuné. Malcolm était le plus âgé de mes « vieux protecteurs », comme aimait à les surnommer Joss. Mais du haut de ses trente-neuf ans, il était quand même loin d'être un croulant. Il était, en revanche, mon aîné de quinze ans. Cela ne me gênait pas. Convaincue qu'il était peut-être le bon, je ne voulais pas que Joss mette en péril notre couple en insultant sa bonne amie.

— Jocelyn... (Braden, ayant remarqué mon accès de panique, la saisit de nouveau par la taille.) Finalement, je crois qu'il vaudrait mieux que tu fasses preuve d'un peu de diplomatie, ce soir.

Comprenant enfin mon malaise, elle me posa une main rassurante sur le bras.

— Je plaisante, Jo. Je vais me comporter de façon irréprochable, c'est promis.

J'opinai.

— C'est juste que... tout se passe bien pour l'instant, tu comprends ?

— Malcolm a l'air sympa, reconnut Braden.

Joss réprima un bruit de gorge, que nous fîmes tous deux mine de ne pas avoir entendu. Elle m'avait déjà dit ce qu'elle pensait de mon petit ami. Elle était convaincue que je me servais de Malcolm autant qu'il se servait de moi. Il se montrait en effet généreux et j'avais grand besoin de cette magnanimité. Cependant, la vérité était que je tenais beaucoup à lui. Depuis mon premier amour, John, celui de mes seize ans, j'avais toujours été attirée par de riches charmeurs susceptibles d'assurer notre avenir, à Cole et à moi. Toutefois, John en avait eu sa claque de jouer les seconds rôles dans ma famille et il m'avait larguée au bout de six mois.

Cela m'avait donné une bonne leçon.

Et permis d'ajouter un critère à ma définition de l'homme idéal : il devait avoir une bonne situation, être passionné par son boulot, travailler dur et bien gagner sa vie. Même si je me tuais à la tâche, je n'avais ni qualification ni véritable talent, et je ne pourrais donc jamais rapporter assez d'argent à la maison pour assurer l'avenir des miens. Néanmoins, j'étais assez jolie pour me dégoter un homme doté de toutes les qualifications et de tout le talent nécessaires.

Il m'avait fallu quelques années pour recoller mon cœur brisé après mon histoire brutalement interrompue avec John ; Callum était alors entré dans ma vie. Trente ans, avocat fortuné, magnifique, cultivé, sophistiqué. Déterminée à faire durer notre idylle, j'étais devenue ce que je me figurais être sa moitié idéale. J'avais l'habitude de jouer des rôles, surtout que cela semblait marcher. Et, pendant un temps, Callum m'avait effectivement trouvée parfaite. Nous étions restés ensemble pendant deux ans… jusqu'à ce que ma réserve concernant ma famille et mon incapacité à « m'ouvrir à lui » finissent par creuser un gouffre infranchissable entre nous. Il me quitta donc.

Il me fallut des mois pour m'en remettre… et quand j'eus enfin repris le dessus, ce fut pour tomber dans les bras de Tim. Une très mauvaise décision. Tim travaillait dans une société d'investissement. Il était tellement égocentrique et imbu de sa personne que, cette fois, ce fut moi qui le plaquai. Puis il y eut Steven, directeur des ventes dans l'une de ces insupportables entreprises de démarchage. Il avait des journées interminables, et je me trompais lourdement en pensant que cela pourrait jouer en notre faveur. Joss croyait qu'il m'avait laissée tomber en raison de mon incapacité à m'adapter à son emploi du temps, à cause de mes obligations familiales. En vérité, c'était moi qui lui avais demandé de partir. Steven me donnait l'impression d'être une bonne à rien. Ses commentaires répétés sur mon inutilité générale me rappelaient trop de mauvais souvenirs, et même si j'étais la première à admettre que mon physique était ma principale qualité, j'avais du mal à supporter que mon petit ami partage cet avis et me fasse passer pour une escort.

J'avais l'habitude d'endurer bien des choses, mais j'avais mes limites et plus je vieillissais, plus celles-ci s'étrécissaient.

Mais Malcolm n'était pas comme les autres. Il ne me rabaissait jamais, et jusqu'à présent notre relation évoluait dans le bon sens.

— Où est M. Jackpot ?

Je jetai un coup d'œil par-dessus mon épaule pour tenter de le repérer, ne relevant pas le sarcasme de Joss.

— Je ne sais pas, chuchotai-je.

Avec lui, j'avais bel et bien touché le gros lot, car en plus d'être avocat, il avait réellement gagné au loto. Ou plus précisément à l'Euro Millions, trois années auparavant. Il avait conséquemment abandonné son travail – et même sa carrière entière – pour profiter pleinement de son existence de millionnaire. N'ayant pas l'habitude de rester inactif, il s'était lancé dans la promotion immobilière et possédait désormais tout un éventail de biens.

Nous nous trouvions dans un vieux bâtiment en brique rouge, dont les fenêtres sales composées d'une succession de petits rectangles rappelaient davantage un entrepôt qu'une galerie d'art. L'intérieur était bien différent. Avec ses planchers en bois massif, son éclairage ahurissant et ses cloisons amovibles, il s'agissait de la salle d'exposition idéale. Malcolm avait divorcé une année avant son gain, mais naturellement un homme riche et beau attirait de nombreuses jeunes femmes telles que moi. Il avait rapidement croisé la route de Becca, une artiste irlandaise de vingt-six ans pleine de bon sens. Ils étaient sortis ensemble quelques mois et étaient restés en bons termes après la rupture. Malcolm avait financé son talent, louant une galerie à quelques pâtés de maisons de mon vieil appartement de Leith.

Force était de reconnaître que le lieu et l'exposition-vente étaient remarquables. Même si je semblais être parfaitement hermétique à ces œuvres.

Malcolm s'était débrouillé pour faire venir un groupe d'acheteurs privés au vernissage de la nouvelle collection de Becca et, heureusement, eux semblaient comprendre ses toiles. Dès notre arrivée, j'avais perdu mon cavalier pour la soirée. Becca s'était précipitée vers nous, affublée d'un legging argenté et d'un pull dix fois trop grand, ses pieds nus claquant bruyamment sur les lattes glacées du parquet. Elle m'avait adressé un sourire agité et avait saisi Malcolm par le bras, exigeant qu'il la présente aux visiteurs. J'avais depuis lors entrepris de parcourir les allées en me demandant si c'était moi qui n'avais aucun goût, ou si cette fille n'avait tout bonnement aucun talent.

— J'envisageais de trouver quelque chose pour chez nous, mais… (Braden poussa un sifflement en avisant le prix du tableau devant nous.) Je mets un point d'honneur à ne pas surpayer les merdes que j'achète.

Joss ricana et signifia son approbation d'un vif hochement de tête. Préférant changer de sujet à les voir s'encourager mutuellement à surenchérir dans l'impolitesse, je demandai :

— Où sont Ellie et Adam ?

Ellie était un ange capable de donner une tournure positive à n'importe quel événement. Elle avait également le don pour tempérer les langues acerbes de son frère et de sa meilleure amie ; c'était d'ailleurs précisément pour cette raison que je l'avais invitée ce soir-là.

— Ils ont préféré ne pas sortir, répliqua Joss avec un sérieux qui m'inquiéta. Elle a reçu aujourd'hui les résultats de son IRM. Tout va bien, fort heureusement, mais ça a fait remonter beaucoup de choses à la surface.

Cela faisait un peu plus d'un an qu'Ellie s'était fait retirer des tumeurs bénignes au cerveau, qui lui provoquaient migraines et attaques. Je ne la connaissais pas encore très bien, à l'époque, mais Joss avait passé une soirée chez moi, durant sa convalescence, et j'avais compris à ce qu'elle m'avait raconté alors qu'ils vivaient tous une période difficile.

— J'essaierai de passer la voir un de ces jours, déclarai-je, bien que doutant intérieurement de parvenir à trouver l'occasion de le faire.

Entre mes deux jobs, le temps que je passais à veiller sur ma mère et Cole, plus le fait d'accompagner Malcolm chaque fois qu'il avait besoin de moi quelque part, ma vie était des plus chaotiques.

Joss acquiesça, le front barré d'une ride d'inquiétude. Elle se faisait plus de souci pour Ellie que n'importe qui. *D'accord, peut-être pas n'importe qui*, me corrigeai-je en remarquant l'air tout aussi troublé de Braden.

Celui-ci était sans doute le frère le plus envahissant que j'eusse jamais rencontré, mais comme j'en connaissais un rayon sur le fait de surprotéger ses cadets, j'étais mal placée pour le railler.

Espérant les détourner de leurs sombres pensées, je leur racontai la journée horrible que je venais de passer. Tous les mardis, jeudis et samedis soir, je bossais au *Club 39*. Et durant la journée des lundis, mardis et mercredis, je servais d'assistante personnelle à Thomas Meikle, l'un des experts de l'agence de comptabilité Meikle & Young. M. Meikle était un salopard lunatique, et

« assistante personnelle » n'étant qu'une façon snob de désigner une bonne à tout faire, je subissais de plein fouet ses fréquentes sautes d'humeur. Certains jours, tout allait pour le mieux et nous nous entendions plutôt bien ; d'autres fois, comme ce jour-là, je ne savais pas « différencier mon cul de mon coude » – fin de citation – et j'étais pire qu'inutile. Manifestement, je venais de battre tous les records : son café n'avait pas été assez sucré, la fille de la boulangerie avait, malgré mes instructions, oublié de retirer les tomates de son sandwich et je n'avais pas posté une lettre que M. Meikle avait *omis* de me confier. Par chance, j'avais fini ma semaine auprès de ce tyran et de ses remarques au vitriol.

Braden me proposa une fois encore de plaquer ce Meikle pour venir travailler à temps partiel dans son agence immobilière, mais je déclinai à nouveau son aide, tout comme j'avais toujours refusé celle de Joss dans le passé. Même si je lui savais gré de sa gentillesse, j'étais résolue à m'en sortir toute seule. Quand on se repose sur les gens auxquels on tient, qu'on remet entre leurs mains une chose d'une telle importance, ils finissent inévitablement par nous décevoir. Et je ne voulais surtout pas être déçue par Joss et Braden.

Se sentant manifestement d'humeur insistante, Braden me dressa l'inventaire des avantages à travailler pour lui. Soudain, les cheveux de ma nuque se hérissèrent. Mes muscles se crispèrent et je tournai légèrement la tête, n'entendant déjà plus qu'à moitié les paroles de Braden, tâchant de découvrir qui ou ce qui avait ainsi retenu mon attention. J'inspectai rapidement la pièce et cessai brièvement de respirer en posant les yeux sur un type qui me dévisageait. Pour une raison inexplicable, ce contact visuel me parut presque physique, comme si la présence de cet homme m'avait littéralement clouée sur place. Mon cœur s'accéléra et mon pouls se mit à me battre aux tempes.

Nous nous trouvions relativement loin l'un de l'autre, j'avais donc du mal à déterminer la couleur de ses prunelles, mais son regard était pensif et scrutateur ; il fronçait les sourcils, comme s'il était aussi surpris que moi par cette charge électrique qui existait entre nous. Qu'est-ce qui avait bien pu attirer mon attention ? Il n'était pas le genre de garçon sur lequel je me retournais habituellement. D'accord, il était assez beau, avec sa crinière châtain clair et sa barbe de trois jours sexy en diable. Grand, mais pas autant que Malcolm. Sans doute un peu moins d'un mètre quatre-vingts. Je le dépassais probablement avec mes talons de ce soir. Je voyais le galbe de ses biceps et l'épaisse veine qui y saillait, parce que cette andouille portait un tee-shirt en fin d'hiver ; pour autant, il n'était pas taillé comme mes conquêtes habituelles. Pas particulièrement carré ni costaud, plutôt mince et bien dessiné. Mmm, « bien dessiné » lui correspondait parfaitement. Et que dire de ses tatouages ? Je ne les distinguais pas de là où je me trouvais, mais je ne pouvais pas manquer l'encre colorée qui lui recouvrait le bras.

Je n'aimais pas les tatouages.

Il ferma à moitié les paupières en m'étudiant de la tête aux pieds et je pris une profonde inspiration alors qu'une décharge subite me parcourait le dos. J'avais envie de me tortiller, déboussolée par son intérêt flagrant. Même si, généralement, lorsqu'un mec me reluquait de la sorte, j'avais tendance à lui retourner un sourire séducteur. Dès l'instant où il reposa les yeux sur mon visage, il m'adressa un ultime regard embrasé – qui me fit l'effet d'une caresse calleuse sur tout le corps – avant de détourner la tête. Aussi étourdie qu'émoustillée, je le vis disparaître derrière l'une des cloisons qui séparaient la galerie en sections.

— C'était qui ?

La voix de Joss me tira de mon hébétude.

Je cillai avant de me retourner vers elle, sans doute avec un air stupéfait.

— Aucune idée.

Elle eut un petit sourire en coin.

— Il est canon.

Il y eut un raclement de gorge dans son dos.

— C'était quoi, ça ?

Ses yeux se mirent à pétiller et, quand elle fit face à son compagnon jaloux, elle arborait sa mine la plus innocente.

— Je disais ça d'un point de vue purement esthétique, naturellement.

Braden grogna de mécontentement, mais la serra au plus près de lui. Joss m'adressa un large sourire qui me dérida aussitôt. Braden Carmichael avait beau être cet homme d'affaires intimidant, fort en gueule et à qui on ne la faisait pas, Jocelyn Butler réussissait à le mener par le bout du nez.

Nous restâmes probablement une bonne heure à discuter de tout et de rien en buvant des coupes de champagne gratuites. Parfois, je me sentais mal à l'aise quand je me trouvais en leur compagnie, car ils étaient tous deux aussi intelligents que cultivés. Pour ma part, je ne trouvais jamais rien de profond ou d'intéressant à ajouter à leur conversation, je me contentais donc de rire et de profiter du spectacle tandis que les répliques fusaient entre eux. En revanche, les choses étaient très différentes quand Joss et moi étions en tête à tête. Je la connaissais mieux que je ne connaissais Braden et je savais qu'elle, au moins, m'appréciait comme j'étais. Une note agréable parmi toutes mes autres relations.

Nous échangeâmes également quelques propos avec d'autres invités, tâchant de ne pas laisser transparaître notre étonnement face à leur enthousiasme pour cette exposition ; puis, au bout d'une heure, Joss me gratifia d'un regard navré.

— Il faut qu'on y aille, Jo. Je suis désolée, mais Braden a une réunion très tôt demain matin. (Ma déception dut se lire sur ma figure, car elle secoua la tête.) Tu sais quoi ? Je vais rester. Je rejoindrai Braden plus tard.

Non. Hors de question. Je m'étais déjà retrouvée dans pareille situation par le passé.

— Joss, rentre avec lui. Ça va aller. Je vais m'ennuyer ferme, mais ça va aller.

— Tu en es sûre ?

— Certaine.

Elle me serra le bras avec affection puis saisit la main de Braden. Il me salua d'un signe de tête et je leur dis bonne nuit avant de les suivre des yeux tandis qu'ils se dirigeaient vers le portant où étaient suspendus les manteaux des invités. En véritable gentleman, Braden ouvrit celui de Joss et l'aida à l'enfiler. Il l'embrassa sur le crâne avant de s'habiller à son tour. Il lui passa alors le bras autour des épaules et la mena dans la froideur de cette nuit de février, m'abandonnant à mon triste sort dans la galerie. J'avais une étrange douleur dans la poitrine.

Je consultai rapidement la montre Omega en or que Malcolm m'avait offerte à Noël et, comme chaque fois que je regardais l'heure, je déplorai le fait de ne pas encore pouvoir la vendre. Il s'agissait sans doute du cadeau le plus onéreux que j'avais jamais reçu et il renflouerait divinement notre compte en banque. Cependant, je caressais toujours l'espoir que ma relation avec Malcolm allait évoluer dans le bon sens, auquel cas vendre ce bijou ne m'apparaîtrait plus nécessaire. Mais je ne m'autorisais jamais de trop grandes espérances.

Il était 21 h 15. Mon cœur s'accéléra légèrement et je plongeai la main dans ma petite pochette imitation Gucci pour en tirer mon téléphone. Pas de message. *Putain, Cole.*

Je venais de finir de lui envoyer un message lui rappelant de me prévenir dès qu'il serait rentré quand un bras s'enroula autour de ma taille ; l'odeur boisée et persistante de l'après-rasage de Malcolm m'emplit les narines. Avec mes talons, je n'avais pas besoin de me hisser sur la pointe des pieds pour le regarder en face, je me contentai donc de pivoter vers lui avec un sourire aux lèvres, tout en tâchant de dissimuler mon inquiétude au sujet de Cole. J'apparaissais très raffinée dans la robe droite écarlate Dolce & Gabbana que Malcolm m'avait achetée lors de notre dernière séance de lèche-vitrines. Elle mettait parfaitement en valeur ma silhouette élancée. Je l'adorais. J'aurais de la peine en l'ajoutant à ma liste d'articles à vendre sur eBay.

— Te voilà.

De légères pattes d'oie fleurirent au coin de ses yeux quand il me sourit, ce qui ne fit qu'ajouter à son charme. Ses cheveux bruns luxuriants grisonnaient légèrement aux tempes. Il était toujours en costume et ce soir-là ne faisait pas exception, avec un magnifique Savile Row.

— Je croyais que tes amis devaient venir ? Si j'avais su, je ne t'aurais pas laissée seule aussi longtemps.

Je lui rendis son sourire en lui posant une main sur le torse.

— Ne t'en fais pas. Tout va bien. Ils sont passés, mais ils devaient rentrer tôt.

Je contemplai fugacement le téléphone dissimulé dans ma paume. Où était Cole ? De petits diablotins prirent vie au creux de mon ventre pour me ronger impatiemment de l'intérieur.

— Je vais acheter l'une des toiles de Becca. Viens m'aider à faire croire qu'elles sont incomparables.

Je gloussai légèrement et me mordis immédiatement les lèvres pour tenter de réprimer ce petit bruit honteux.

— Je suis contente de ne pas être la seule à ne pas saisir la beauté de ces œuvres.

Il étudia la pièce d'un air amusé.

— Eh bien, fort heureusement, ces gens-là s'y connaissent mieux que nous en art, je peux donc au moins espérer un retour sur investissement.

Il me guida à travers la galerie jusqu'à retrouver Becca, debout devant une énorme monstruosité maculée de peinture. Je faillis perdre l'équilibre en découvrant avec qui elle semblait se disputer.

M. Tatouages.

Merde.

— Ça va ? me demanda Malcolm en me sentant me crisper subitement.

J'arborai mon plus large sourire. Règle numéro un : ne jamais lui montrer autre chose qu'une image positive et charmante.

— Parfaitement bien.

M. Tatouages souriait à Becca, une main posée sur la hanche de celle-ci, tentant vainement de l'attirer vers lui avec un air d'apaisement. Je fis un gros effort pour reprendre mon souffle en découvrant ses dents parfaitement blanches. Becca semblait encore légèrement contrariée, mais je compris tout à fait la raison qui la poussa à céder à son étreinte. N'importe quelle femme aurait succombé à ce salopard face à un sourire pareil.

Je détachai mes yeux de M. Tatouages et m'arrêtai au côté de Malcolm. Le couple se tourna vers nous. Les joues de Becca étaient toutes roses, ses prunelles pétillaient d'excitation.

— Ne faites pas attention à nous. On se dispute simplement parce que c'est un pauvre crétin.

Même sans le regarder, je l'entendis ricaner.

— Non, on se dispute parce qu'on n'a pas les mêmes goûts.

— Cam déteste mon travail, expliqua-t-elle en prenant la mouche. Il ne pourrait pas faire comme tous mes autres petits amis et mentir ? Non. Il faut qu'il soit d'une franchise brutale. Au moins, Malcolm apprécie mon art. Il t'a dit qu'il m'avait acheté une toile, Jo ?

N'importe qui aurait pu me penser jalouse de l'affection apparente de Malcolm pour son ex, et c'est horrible à dire, mais, avant de découvrir son exposition, c'était effectivement un peu le cas. Je n'étais pas particulièrement intelligente. Je ne savais pas dessiner. Je ne savais pas danser. Je ne savais pas chanter. Je savais à peu près cuisiner… Par chance, j'étais jolie. Grande, avec des jambes interminables, on m'avait dit je ne sais combien de fois que j'avais un corps de rêve et une peau parfaite. Ajoutez à cela de grands yeux verts, une longue et épaisse toison d'un blond vénitien et des traits délicats, et vous obteniez un ensemble agréable – suffisamment en tout cas pour que l'on se retourne sur moi depuis mon adolescence. Certes, je ne disposais pas de beaucoup d'atouts, mais je tirais le meilleur profit du peu que j'avais pour le bien de ma famille.

Savoir Becca à la fois mignonne et talentueuse m'avait donc un peu inquiétée. Malcolm finirait peut-être par se lasser de moi et retourner vers elle ? Mais au final, le fait qu'il se montre moins qu'enthousiaste vis-à-vis de son art m'avait quelque peu rassurée quant à la nature de leur relation. Même si cela n'avait évidemment aucun sens.

— En effet. Il a très bien choisi.

En souriant à mon homme, je compris qu'il était sur le point d'éclater de rire. Sa main glissa de ma taille jusqu'à ma hanche et je me rapprochai de lui, jetant au passage un nouveau coup d'œil à mon téléphone. Toujours pas de nouvelles de Cole.

— Jo, je te présente l'ami de Becca, Cameron, déclara soudain Malcolm.

Je redressai alors la tête pour examiner enfin à ma guise celui que j'évitais depuis plusieurs secondes. Nos regards se croisèrent et je fus prise d'un nouveau frisson d'excitation.

Ses iris étaient d'un bleu cobalt et semblaient me déshabiller pour la deuxième fois. Il repéra la main de Malcolm posée sur moi et je me raidis en le sentant tirer la conclusion qui s'imposait et se rembrunir immédiatement en pinçant les lèvres.

— Salut, parvins-je à articuler.

Il me gratifia du plus infime signe de tête. La flamme qui brûlait dans ses prunelles s'était bel et bien éteinte.

Becca se mit à discuter de sa peinture avec Malcolm, j'en profitai donc pour regarder à nouveau mon téléphone. Un reniflement mécontent me fit relever le front et je surpris Cameron en train de m'observer. Je ne comprenais ni sa moue de dédain ni cette envie soudaine de l'envoyer se faire foutre. Confrontée à l'animosité ou l'agressivité, j'avais tendance à broncher sans piper mot. En la circonstance, l'air de jugement que je découvrais sur la figure de cet imbécile tatoué me donnait envie d'écraser mon poing sur son nez déjà imparfait. Il avait en effet une petite bosse sur l'arête, qui, au lieu de gâcher son allure générale, lui conférait un léger aspect sauvage, loin d'être déplaisant.

Je me mordis la langue pour éviter une réflexion hors de propos et laissai courir mon regard sur ses tatouages. Sur son avant-bras droit, trois mots dans une magnifique écriture manuscrite, que je fus malheureusement incapable de déchiffrer, sous peine de trahir mon intérêt pour eux. Sur le bras droit, un dessin coloré et étonnamment détaillé. Peut-être un dragon, mais je n'eus pas le temps de m'en assurer, car Becca me le dissimula en se collant à son cavalier.

L'espace d'une seconde, je me demandai comment cette fille avait pu passer du trentenaire propre sur lui qu'était Malcolm au petit jeune paré de sa montre aviateur des années 1970, de ses bracelets en cuir, de son tee-shirt Def Leppard lavé Dieu sait combien de fois et de son jean miteux.

— Mal, tu as demandé à Jo, pour le boulot ?

Surprise, je me tournai vers mon petit ami.

— Le boulot ?

— Becca, ça va, vraiment, insista Cameron.

Sa voix grave me provoqua un nouveau frémissement dont j'aurais préféré ignorer l'existence. Mes yeux se rivèrent immédiatement aux siens, tandis qu'il me scrutait avec une expression indéchiffrable.

— Mais non, reprit Malcolm avec bonne humeur, avant de me considérer pensivement. Vous cherchez toujours un autre barman au *Club*, non ?

En effet. Mon ami et collègue (et mon seul coup d'un soir – j'étais en miettes après la rupture avec Callum), Craig, était parti pour l'Australie. Il avait fait sa dernière soirée le mardi précédent et notre manager, Su, cherchait à recruter depuis plus d'une semaine. Craig allait me manquer. Parfois, il poussait le flirt un peu loin, même si je n'avais jamais eu le cran de lui dire de la fermer – contrairement à Joss –, mais au moins il était toujours de bonne humeur.

— Ouais, pourquoi ?

Becca me toucha le bras, l'air suppliant. Je me rendis alors compte que, bien qu'elle fût plus âgée que moi, elle avait toujours l'apparence et la voix d'une petite fille, avec ses grands yeux bleus, sa peau lisse et son timbre haut perché. Nous n'aurions pas pu nous ressembler moins.

— Cam est graphiste. Il travaillait pour une boîte qui s'occupait du marketing et de la com d'entreprises nationales, mais il y a eu des restrictions budgétaires. Du genre dernier arrivé, premier parti. Et Cam a commencé chez eux il y a moins d'un an.

J'adressai à l'intéressé un regard méfiant bien que compatissant. Ça n'était jamais facile de perdre son travail. J'ignorais toutefois quel rapport cela pouvait avoir avec moi ou le *Club 39*.

— Becca. (Cam semblait désormais sincèrement ennuyé.) Je t'ai dit que je me débrouillerais.

Elle rougit légèrement sous le poids de son regard pénétrant et je me sentis soudain en phase avec elle. Je n'étais pas la seule qu'il intimidait de la sorte. Tant mieux.

— Cam, laisse-moi t'aider. (Elle se retourna vers moi.) Il a du mal...

— J'ai du mal à retrouver un boulot de graphiste, intervint-il, bouillant d'agacement.

Je supposai alors que sa mauvaise humeur n'avait rien à voir avec moi et tout à voir avec sa situation professionnelle.

— Malcolm m'a dit que vous cherchiez un barman à plein temps et j'ai un peu d'expérience dans le domaine. J'ai besoin d'un poste temporaire en attendant de retrouver un job. Ça m'aiderait beaucoup si tu pouvais faire passer mon CV.

Je n'appréciais par trop le bonhomme ni son attitude, pourtant je me surpris à vouloir l'aider.

— Je vais même faire mieux que ça : je vais parler à ma boss et lui donner ton numéro.

Il me contempla longuement, sans que j'arrive à déterminer ce qu'il pouvait bien avoir en tête. Il finit par opiner lentement du chef.

— D'accord, merci. Elle peut me joindre au...

À cet instant précis, mon téléphone se mit à vibrer et j'en consultai aussitôt l'écran.

Rentré de chez Jamie. Arrête de flipper. Cole.

La tension déserta enfin mon corps et je poussai un soupir en lui répondant rapidement.

— Jo ?

Je levai la tête et découvris les sourcils haussés de Malcolm.

Merde. Le numéro de Cam. Je m'empourprai, me rendant compte que j'avais complètement déconnecté de la conversation en recevant le SMS de Cole. Je me fendis d'un faible sourire d'excuse, qui n'ébranla pas sa mine furibonde.

— Désolée. Ton numéro ?

Apparemment vexé, il me le récita de nouveau et je l'entrai dans mon répertoire.

— Je le lui transmettrai dès demain.

— Ouais, d'accord, répondit-il d'un ton las laissant suggérer qu'il ne me pensait pas dotée d'assez de cellules grises pour me souvenir d'une tâche aussi ardue.

Son attitude me piqua au vif, mais je préférai ne pas m'en offusquer et me pelotonnai plus volontiers contre Malcolm maintenant que je savais Cole bien à l'abri dans notre appartement de London Road.

2

Tandis que Becca tâchait sans doute de convaincre Malcolm de prolonger le bail de la galerie, je me dirigeais nonchalamment vers le portant à vêtements tout en téléphonant à Cole.

— Quoi ?

Je fis la grimace à la façon de répondre que mon frère avait récemment adoptée. Apparemment, l'adolescence avait anéanti toutes les graines de bonne manière que j'avais patiemment semées durant son enfance.

— Cole, tu décroches encore une fois sur ce ton et je mets la PS3 sur eBay.

J'avais sérieusement pioché dans nos économies pour lui offrir la console à Noël. À l'époque, ça semblait en valoir la peine. Mais manifestement, l'adolescence lui avait aussi ôté sa faculté à montrer son enthousiasme. Quand il était petit, je m'efforçais toujours de faire du réveillon une grande fête, gonflée à bloc à la perspective de le voir s'émerveiller du passage du père Noël. Ces jours s'étaient malheureusement envolés et ils me manquaient cruellement. Toutefois, le sourire timide que Cole avait arboré en déballant sa PlayStation m'avait brièvement rappelé ces instants-là.

Il m'avait même tapé sur l'épaule en me disant que j'avais bien choisi. *Petit crétin condescendant*, avais-je alors songé avec affection.

Cole soupira.

— Pardon. Je t'ai dit que j'étais rentrée. C'est le père de Jamie qui m'a déposé.

Je réprimai un « ouf » de soulagement.

— Tu as fait tes devoirs ?

— Je suis en train d'essayer, mais quelqu'un n'arrête pas de m'interrompre à coups de SMS et de coups de fil parano.

— Eh bien, si tu m'avais avertie à l'heure prévue, je ne te casserais pas les pieds avec ça.

Il se contenta d'un grognement. Sa réponse la plus fréquente en ce moment.

Je me mordillai la lèvre, sentant mon estomac se retourner de façon fort désagréable.

— Comment va maman ?

— Elle ronfle comme une locomotive.

— Tu as dîné ?

— Une pizza, chez Jamie.

— Je t'ai laissé des pancakes à réchauffer, si tu as encore faim.

— Merci.

— Tu vas te coucher bientôt ?

— Ouais.

— Promis ?

Nouveau profond soupir.

— Promis.

Je hochai la tête, lui faisant confiance. Il avait un petit groupe d'amis avec lesquels il jouait à la console et qui ne se créaient jamais d'ennuis. Il était studieux et aidait parfois à la maison. Petit, il était l'être le plus mignon à avoir jamais fait partie de ma vie. Il me suivait comme mon ombre. Ado, certaines choses cessaient d'être cool ; se montrer ouvertement tendre avec sa grande sœur, par exemple. J'apprenais lentement à m'y faire. Je me refusais toutefois à laisser s'écouler une journée sans lui faire savoir combien je tenais à lui. En grandissant, je n'avais jamais connu ce genre d'affection, et je comptais bien m'assurer que Cole ait la chance d'en bénéficier. Même s'il me trouvait niaise.

— Je t'aime, mon poupon. À demain.

Je raccrochai sans lui laisser le temps de me grogner dessus de nouveau et fis volte-face, prenant une profonde inspiration.

Cam était posté juste devant moi. Il ne me quitta pas des yeux tandis qu'il sortait le téléphone de Becca de la poche de son manteau, accroché au portant. Il m'étudia une fois encore de pied en cap et, gardant les yeux rivés au sol, il déclara :

— Tu n'es pas obligée de me pistonner pour ce job.

Je me hérissai, le toisant entre mes yeux mi-clos. C'était quoi, son problème ? C'était quoi, *mon* problème ? Pourquoi réagissais-je de la sorte ? Pourtant, je me fichais bien de ce qu'il pouvait penser de moi.

— Tu as besoin de ce job, pas vrai ?

Son regard bleu se riva une fois de plus au mien. Je vis tressaillir le muscle de sa mâchoire en même temps que celui de ses biceps quand il croisa les bras.

J'avais l'impression que son tee-shirt n'abritait pas une once de gras.

Il ne me répondit pas oralement, mais son langage corporel le trahit.

— Dans ce cas, je parlerai à ma chef.

Sans un mot de remerciement, sans même un hochement de tête, Cam fit volte-face et je sentis la tension s'échapper de mon corps. Puis il s'arrêta et se retourna lentement, et je me crispai derechef, comme si quelqu'un avait rebouché la bonde de mon évier émotionnel.

Même s'il n'avait pas les lèvres particulièrement charnues, celle du haut avait une courbure expressive qui lui conférait en permanence une sorte de demi-sourire particulièrement sexy. Néanmoins, cette expressivité semblait le déserter chaque fois qu'il s'adressait à moi. Il se mordit les joues.

— Malcolm est un type bien.

Mon pouls s'accéléra ; j'avais, avec le temps, appris à savoir comment les gens me percevaient, je pouvais donc sans mal anticiper la suite de cette conversation. Sauf que je n'avais aucune envie d'en venir là avec ce type.

— Ouais, c'est vrai.

— Est-ce qu'il sait que tu vois quelqu'un d'autre dans son dos ?

D'accord... Je ne m'attendais pas précisément à ça. Je croisai alors les bras par mimétisme, adoptant inconsciemment une posture défensive.

— Pardon ?

Il ricana en me détaillant longuement pour la quinzième fois. J'aperçus la lueur d'intérêt qu'il ne parvenait pas totalement à dissimuler, mais je supposais que le dégoût qu'il ressentait à mon encontre supplantait son appréciation masculine de mon corps. Il me considéra alors d'un air sévère.

— Tu sais, je connais très bien les filles dans ton genre. J'ai grandi en voyant un défilé ininterrompu de bimbos entrer dans la vie de mon oncle pour en sortir aussitôt. Elles lui taxaient ce qu'elles pouvaient tout en le trompant sans vergogne. Il ne méritait pas ça. Et Malcolm ne mérite pas non plus une crétine finie qui rêverait de devenir femme de footballeur, qui pense qu'envoyer des SMS durant une conversation d'adultes n'est pas déplacé et qui prévoit, alors que son copain est encore dans la pièce, de retrouver un autre mec le lendemain soir, sans que ça lui pose le moindre problème de conscience ou d'éthique.

Cette offensive injustifiée me tordit les tripes, même si je tâchai de n'en rien montrer. Pour une obscure raison, les mots de ce connard m'avaient atteinte en plein cœur. Cependant, plutôt que de réveiller la honte qui sommeillait en moi et dont j'étais la seule à connaître l'existence, ses paroles provoquèrent mon indignation. En règle générale, je parvenais à cacher mon agacement ou ma colère, mais cette fois, ma voix eut le dessus sur mon esprit. Je voulus lui cracher ma repartie au visage. J'étais toutefois résolue à ne pas lui répondre comme cette « crétine finie » qu'il pensait que j'étais.

Je me contentai donc de froncer les sourcils.

— Qu'est-il arrivé à ton oncle ?

Quand son visage s'assombrit, je me préparai à une nouvelle volée d'insultes.

— Il a épousé une fille comme toi. Aujourd'hui, il est divorcé et criblé de dettes.

— Et ça te donne le droit de me juger ? Alors que tu ne me connais même pas ?

— Je n'ai pas besoin de te connaître, ma jolie. Tu es un cliché sur talons.

Sentant bouillir ma colère, je m'efforçai de la contenir en un simple frémissement. Je fis un pas vers lui et éclatai d'un rire sans humour. Tandis que nos corps se rapprochaient, j'échouai à passer outre la tension électrique qui crépitait entre nous. Je fus aussi surprise de sentir mes tétons se durcir que soulagée que mes bras croisés l'empêchent de s'en rendre compte. Il inspira sans desserrer les lèvres et son regard se durcit, exerçant une pression invisible entre mes cuisses.

Faisant fi de cette attirance incongrue, je le gratifiai de mon air le plus sombre.

— Eh bien, comme ça, on est deux. Je suis une bimbo écervelée, cupide et à la morale douteuse, tu es un connard prétentieux et je-sais-tout qui se prend pour un artiste.

Luttant contre les frissons qui menaçaient de m'envahir – sans doute dus à la poussée d'adrénaline provoquée par le fait de, pour une fois, tenir tête à quelqu'un –, je reculai d'un pas, tout heureuse de voir un éclat de surprise illuminer ses prunelles.

— Tu vois, moi aussi je peux me fier aux apparences.

Sans lui laisser l'occasion de rétorquer de façon cinglante, je tournai les talons pour vaincre mon tremblement et traversai la galerie jusqu'à la cloison derrière laquelle se trouvait mon petit ami, que Becca accaparait depuis bien trop longtemps. Je me glissai vers lui et laissai ma main dévaler son dos jusqu'à la naissance de son cul délicieux. Il oublia aussitôt son ex pour m'observer avec des yeux brillants.

Je m'humectai les lèvres de façon provocante.

— J'en ai marre, chéri. On y va.

Sans sembler remarquer le soupir d'agacement de Becca, Malcolm la félicita une fois encore pour sa superbe expo, puis se hâta de me faire sortir de là, impatient de profiter de la promesse aperçue dans mon regard.

Malcolm me grogna dans l'oreille, son bassin s'agitant contre le mien en une succession de soubresauts tandis qu'il jouissait enfin. Je sentis les muscles de son dos se détendre sous mes doigts et il s'écroula sur moi pendant quelques secondes, le temps de reprendre son souffle. Je l'embrassai tendrement dans le cou et il se redressa ; ses sentiments à mon égard se lisaient dans ses yeux. Cela faisait plaisir à voir.

— Tu n'as pas eu d'orgasme, commenta-t-il doucement.

Non, effectivement. Trop de choses me tracassaient, comme cette soirée, Cam ou la dispute avec ce dernier.

— Mais si, mentis-je.

Il fit la moue.

— Chérie, tu n'as pas besoin de simuler avec moi. (Il me planta un baiser délicat et se releva, tout sourire.) Je vais y remédier.

Il commença à descendre le long de mon corps, mais je le retins.

— Tu n'es pas obligé.

Je fis mine de m'asseoir et Malcolm se retira complètement, se reposant sur le côté pour me laisser m'installer à ma guise.

— Tu as eu une longue journée. Tu devrais dormir un peu.

Sa large main se posa sur ma hanche nue, m'empêchant de sortir du lit. Je me tournai vers lui et compris qu'il s'inquiétait pour moi.

— Est-ce qu'il s'est passé quelque chose ? Tout va bien ?

Je préférai mentir.

— Quand j'ai eu Cole tout à l'heure, j'ai eu l'impression que ma mère avait des problèmes. Ça me perturbe un peu.

Malcolm s'assit à son tour, les sourcils froncés.

— Tu aurais dû me le dire.

Ne voulant pas le tracasser ni nuire à notre relation, je l'embrassai à pleine bouche puis plongeai mon regard dans le sien afin de le convaincre de ma sincérité.

— J'avais envie d'être avec toi, ce soir.

Cela sembla lui plaire. Il me sourit et me fit une bise rapide.

— Fais ce que tu as à faire, ma chérie.

Je hochai la tête et le remerciai silencieusement avant de me précipiter dans la salle de bains afin de pouvoir partir au plus tôt. Je n'avais jamais dormi avec Malcolm. Je partais toujours après que nous avions fait l'amour, car je supposais que c'était ce qu'il attendait de moi. Et puisqu'il ne m'avait jamais demandé de rester, j'avais probablement raison.

Le temps que je m'habille, Malcolm s'était endormi. Je contemplai son corps nu et puissant étendu sur le lit, et priai une fois encore pour que cette relation soit la bonne. J'appelai un taxi et, quand il fit sonner mon téléphone à deux reprises pour m'informer de son arrivée, je quittai les lieux en silence, cherchant à réprimer le malaise qui m'envahissait.

Près d'un an plus tôt, j'avais fait déménager ma famille de notre grand appartement de Leith Walk pour nous installer dans un logement plus petit et légèrement à l'écart, sur London Road. Ou plus précisément sur Lower London Road. Cela doublait mon temps de transport jusqu'au boulot, car cela m'obligeait la plupart du temps à prendre un bus au lieu d'y aller à pied. Néanmoins, vu les économies réalisées sur le loyer, cela en valait largement la peine. Ma mère avait loué notre appart de Leith Walk quand j'avais quatorze ans, mais j'avais bien vite dû me charger moi-même des factures, comme c'était toujours le cas à présent. Ce nouveau chez-nous se trouvait dans un piteux état quand nous l'avions investi, mais j'avais réussi à convaincre notre propriétaire de me laisser le redécorer à mes frais. Et donc avec un budget moindre.

Moins de dix minutes après mon départ de chez Malcolm, le taxi me déposa devant chez moi. J'entrai dans le bâtiment sur la pointe des pieds afin que mes talons ne fassent pas trop de bruit. J'empruntai le sombre et étroit colimaçon qui menait à notre palier, sans plus voir les murs de béton humides et couverts de graffitis auxquels j'étais désormais habituée. Notre ancienne cage d'escalier était dans le même état. Ces couloirs étriqués résonnaient copieusement, et comme je détestais moi-même être réveillée par des voisins enivrés dans toute leur jovialité éthylique, je veillai à grimper sans bruit jusqu'au troisième étage.

Je pénétrai discrètement dans notre appartement enténébré, retirai mes chaussures et me rendis à pas de loup dans la chambre de Cole. J'entrouvris sa porte et, grâce à la lumière qui filtrait sous ses rideaux, j'aperçus sa tête émergeant à peine de la couette. L'inquiétude que je ressentais pour lui en permanence s'apaisa légèrement maintenant que je constatais de mes yeux qu'il était sain et sauf ; cependant, ce genre d'angoisse ne s'évaporait jamais complètement – en partie parce que les parents ne cessent jamais de s'en faire pour leur progéniture, et en partie à cause de la femme qui dormait dans la pièce d'en face.

Je traversai le couloir pour jeter un coup d'œil dans la chambre de ma mère et la découvris gisant sur son matelas, les draps enroulés autour de ses jambes, la chemise de nuit assez remontée pour révéler le coton rose de sa culotte. Par bonheur, elle en portait une. Je ne pouvais malgré tout pas la laisser mourir de froid et je m'empressai d'aller la recouvrir. Je repérai au passage la bouteille vide restée par terre, que je ramassai avant de m'en retourner vers la cuisine. Je la posai à côté des autres, constatant qu'il était plus que temps d'effectuer un voyage jusqu'à la benne de recyclage.

Je les scrutai un instant, épuisée, et la fatigue se mua bientôt en ressentiment à cause de tout le mal que l'alcool nous avait causé. Dès qu'il était apparu évident que maman se fichait éperdument de tout, y compris de son absence d'autorité au sein de son propre foyer, j'avais pris le relais. Dernièrement, j'avais réussi à payer rubis sur l'ongle le loyer de notre trois-pièces, chaque début de mois. J'avais mis beaucoup d'argent de côté, je bossais énormément et, surtout, ma mère ne pouvait pas s'approcher de mes économies. Cela n'avait toutefois pas toujours été le cas. À une époque, l'argent était une véritable source de préoccupation, même si nourrir et vêtir Cole l'était plus encore. Je m'étais promis de ne jamais revivre ces heures sombres. Ainsi, même si j'avais des économies, je savais qu'elles ne nous dureraient pas éternellement.

J'avais essayé de rompre avec notre passé. Quand j'étais petite, mon oncle Mick – à la fois peintre et décorateur – m'emmenait sur les chantiers qu'il réalisait pour ses amis ou sa famille. Je l'avais assisté jusqu'à ce qu'il parte pour les États-Unis. Oncle Mick m'avait appris tout ce qu'il savait et j'avais adoré chacun des instants passés en sa compagnie. Il y avait quelque chose d'apaisant à transformer un espace, de presque thérapeutique. Ainsi, de temps à autre, je partais à la chasse aux bonnes occasions et je redécorais l'appart – tout comme je l'avais fait quand nous avions emménagé dans celui-ci. Quelques mois plus tôt, j'avais recouvert le mur principal du séjour d'un papier peint osé couleur chocolat orné de fleurs turquoise. J'avais peint les trois autres cloisons en crème et j'avais acheté des coussins chocolat et turquoise à disposer sur notre canapé en cuir crème. Même si, au final, nous ne réaliserions aucune plus-value dessus, la première chose que j'avais faite à notre installation avait été d'arracher le parquet flottant pour retaper le plancher brut d'antan. Cela avait été ma plus grosse dépense, mais cela me semblait nécessaire pour que nous puissions nous sentir fiers de notre logement, même s'il ne serait que temporaire. En dépit du manque d'investissement consenti pour le reste de la décoration, l'appartement semblait moderne, propre et bien entretenu. Un endroit où Cole n'aurait pas honte de ramener des copains… si ma mère n'y habitait pas.

La plupart du temps, j'arrivais à me satisfaire de la donne dont mon frère et moi avions hérité. Mais ce soir-là, j'étais particulièrement émotive. Je me sentais plus loin que jamais de la paix et de la sécurité que j'aspirais à trouver. Peut-être était-ce la lassitude qui m'échauffait le sang.

Jugeant qu'il était temps de dormir un peu, je me dirigeai à grands pas silencieux jusqu'au bout du couloir et refermai discrètement ma porte derrière moi, m'isolant du reste du monde et des ronflements alcoolisés de ma génitrice. Je m'étais attribué la plus petite chambre de toutes. J'avais de quoi y mettre un lit une place, une penderie – l'essentiel de mes vêtements, y compris ma pile à vendre, étant entreposé à côté de ceux de Cole, dans sa chambre – et deux étagères croulant sous les livres. Ma bibliothèque allait de la romance paranormale aux essais historiques. Je lisais de tout. Absolument de tout. J'adorais me sentir transportée dans un autre monde, ou même dans le passé.

Je retirai ma robe de marque, que je glissai dans mon sac de pressing. L'avenir me dirait si je pourrais la garder ou pas. Il faisait un froid de canard dans l'appartement, je me dépêchai donc d'enfiler un pyjama bien chaud avant de plonger sous la couette.

Après une journée pareille, j'espérais m'écrouler comme une masse, mais il n'en fut rien.

Je me retrouvai à fixer le plafond, ressassant les mots de Cam. Je pensais m'être habituée à ce que les autres me traitent comme une moins que rien, mais pour une raison ou pour une autre, son attitude me blessait bien plus que des coups de poignard. Et pourtant, j'étais la seule responsable de cet état de fait.

J'avais choisi le chemin à suivre.

Je me tournai sur le côté, me remontant la couette jusqu'au menton. Je ne m'estimais pas malheureuse.

Cependant, j'ignorais si j'étais heureuse.

Tout cela n'avait finalement guère d'importance, tant que Cole, lui, l'était. Notre mère était plutôt nulle dans son rôle, à tel point que, quatorze ans plus tôt, je m'étais promis de toujours veiller sur mon petit frère. Tant qu'il grandissait en ayant confiance en lui et tant que je serais en mesure de lui fournir tout ce dont il avait besoin pour bien démarrer dans la vie, rien d'autre ne comptait.

3

Observant la facture d'électricité avec agacement, je décidai de me repencher dessus quand je serais moins fatiguée. Je n'avais dormi que quelques heures avant de me lever pour Cole au petit matin, chose que je faisais toujours, car j'aimais bien l'accompagner à l'école. Puis je rentrai faire le ménage, je maintins maman éveillée assez longtemps pour pouvoir la laver et l'habiller, et je la laissai devant un talk-show débile pour aller faire les courses.

Je louchai de nouveau sur la note. Je doutais de finir par piger toute seule. Je n'arrivais pas à comprendre comment fonctionnaient leurs tarifs. En tout cas, quel que soit le mode de calcul, ils me vidaient les poches.

— Enfoirés de merde, sifflai-je en balançant la feuille sur la table basse, sous le regard ébahi de Cole, toujours vêtu de son uniforme scolaire.

Depuis qu'il était en âge de m'imiter, j'avais toujours fait en sorte de surveiller mon langage en sa présence. Je détestais m'oublier de la sorte.

Si je faisais comme si je n'avais rien dit, peut-être qu'il ne relèverait pas non plus.

Je m'affalai sur le canapé et fermai les paupières dans l'espoir d'apaiser mon mal de tête.

J'entendis Cole farfouiller à droite à gauche, ouvrir et refermer un tiroir, puis je sentis quelque chose atterrir sur ma poitrine. J'entrouvris les paupières pour observer le petit projectile.

Des chewing-gums à la nicotine.

Je me fendis d'un rictus tout en le voyant, derrière mes paupières mi-closes, me toiser de toute sa hauteur.

— Je n'en ai plus besoin.

Il me gratifia d'un grognement et d'un haussement d'épaules trop souvent employés cette année.

— Tu jurais beaucoup quand tu essayais d'arrêter de fumer.

J'arquai un sourcil.

— C'était il y a plus de trois mois.

Encore un de ses foutus haussements.

— Je disais ça comme ça.

Je n'avais pas besoin d'une cigarette. J'avais besoin de sommeil. Bon, d'accord, parfois, je *crevais d'envie* de me griller une clope. Le désespoir était enfin parti – cette tension qui me rongeait de l'intérieur, quand chacun de mes nerfs semblait réclamer sa dose de tabac. Durant mes premières semaines d'abstinence, j'aurais pu arracher la tête de quelqu'un pour une taffe. J'aimerais affirmer avoir arrêté parce que c'était la meilleure chose à faire. Mais non. J'avais vu plusieurs de mes amis essayer, et leur calvaire ne m'avait pas emballée plus que ça. J'avais déjà suffisamment de problèmes dans ma vie pour ne pas m'en ajouter un. Non, j'avais arrêté pour celui qui était le centre de mon univers, et pour l'heure ce dernier était avachi par terre devant la télé, au milieu des planches de sa propre bande dessinée.

Cole m'avait demandé de ne plus fumer des années plus tôt, quand il avait appris que les cigarettes, « c'était mal ». Je ne l'avais pas écouté à l'époque, car il ne m'avait jamais vraiment relancée, étant donné qu'il avait sept ans et qu'Iron Man le passionnait plus que mes mauvaises habitudes.

Puis, quelques mois plus tôt, on leur avait montré à l'école une vidéo assez dégueulasse expliquant les dégâts que le tabac causait aux poumons et ses conséquences sur la santé... parmi lesquelles le cancer. Cole est loin d'être idiot. Ce n'est pas comme s'il ignorait jusqu'alors que fumer pouvait tuer. Puisque FUMER TUE était inscrit en caractères gras sur chaque paquet, je me serais inquiétée s'il ne l'avait pas su.

En revanche, je pense qu'il n'avait jamais pris conscience que fumer pouvait *me* tuer. Il était donc rentré à la maison d'une humeur massacrante et avait balancé toutes mes cigarettes dans les chiottes. Je ne l'avais encore jamais vu réagir si violemment à quoi que ce soit, le visage presque écarlate, les yeux emplis de rage. Il m'ordonnait d'arrêter. Il n'avait même pas eu besoin de le formuler : c'était inscrit en gros sur sa figure.

« Je ne veux pas que tu meures, Jo. Je ne peux pas te perdre. »

J'avais donc cédé à sa demande.

J'avais ainsi acheté des patchs, des chewing-gums et affronté la terrible épreuve du sevrage. À présent que je ne me gavais plus de substituts, je commençais à faire des économies, surtout que le prix du tabac ne cessait d'augmenter. De toute façon, il était devenu socialement inacceptable de fumer. Joss avait été littéralement folle de joie quand je lui avais annoncé ma décision, et force était de reconnaître que je n'étais pas mécontente de ne plus avoir à subir son froncement de nez chaque fois que je revenais d'une pause clope, imprégnée de fumée.

— Je suis sevrée, maintenant, assurai-je à Cole.

Il continuait à remplir l'une des cases de sa BD. Ce gamin avait un sacré talent.

— Pourquoi tu as juré comme ça, alors ?

— Le prix de l'électricité a grimpé.

Cole ricana.

— Comme tout le reste.

En effet, il était bien placé pour le savoir : il s'intéressait de près à l'actualité depuis l'âge de quatre ans.

— C'est pas faux.

— Tu ne devrais pas te préparer pour le boulot ?

— Oui, papa, grommelai-je.

J'eus droit à un nouveau haussement d'épaules avant qu'il replonge le nez sur sa feuille, signe qu'il s'apprêtait à ne plus m'écouter. Je réprimai l'envie d'écarter la mèche blond vénitien qui lui tombait sur le front. Ses cheveux étaient déjà trop longs à mon goût, mais il refusait que je l'emmène chez le coiffeur.

— Tu as fait tes devoirs ?

— Mmm, mmm.

Question idiote.

Je jetai un coup d'œil à l'horloge disposée sur le manteau de cheminée. Cole avait vu juste : je devais m'habiller pour aller au *Club 39*. C'était aussi la soirée de Joss, ça n'était donc pas si mal. Il y avait certains avantages à bosser avec sa meilleure amie.

— Tu as raison. Il faut que...

Crac !

— Oh, putain !

Le craquement et le juron emplirent tout l'appartement, et je m'estimai une fois de plus heureuse que notre voisin du dessous ait déménagé et que son appartement soit toujours vacant. Je redoutais le jour où un nouveau locataire s'installerait.

— Jooooo ! hurla-t-elle, au désespoir. Johannaaaaa !

Cole se tourna vers moi avec une lueur de défi dans le regard, malgré le chagrin qui déformait ses traits enfantins.

— Laisse-la se débrouiller, Jo.

Je secouai la tête, le ventre noué.

— Laisse-moi l'installer pour que tu n'aies plus à t'en soucier ce soir.

— JOOOOOO !

— J'arrive ! m'écriai-je.

Je rejetai mes épaules en arrière, rassemblant mes forces et mon courage pour aller m'occuper d'elle.

J'ouvris sa porte à la volée et ne fus pas le moins du monde surprise de découvrir ma mère par terre, à côté de son lit, s'agrippant aux draps pour essayer de se relever. Une bouteille de gin s'était brisée sur sa table de chevet et des éclats de verre étaient répandus un peu partout. Je vis sa main se précipiter aveuglément vers un tesson et je m'empressai de lui bloquer le bras.

— Attention, lui dis-je doucement. Il y a du verre.

— Je suis tombée, Jo, geignit-elle.

Je hochai la tête et me baissai pour passer les mains sous ses aisselles. Je hissai son corps squelettique sur le lit, remontai ses jambes dans l'alignement et le glissai sous la couette.

— Je vais nettoyer.

— Il m'en faut encore, Jo.

Je soupirai et baissai la tête. Ma mère, Fiona, était sérieusement alcoolique. Elle avait toujours aimé boire. Quand j'étais plus jeune, ça n'avait rien de comparable avec ce que c'était devenu depuis. Durant les deux années qui avaient suivi notre déménagement de Glasgow à Édimbourg, elle était parvenue à garder son boulot au sein d'une grande entreprise de nettoyage. Son problème de bouteille s'était aggravé quand oncle Mick était parti, et plus encore quand elle avait commencé à avoir mal au dos et qu'on lui avait diagnostiqué une hernie discale. Elle avait alors démissionné et vécu sur sa pension d'invalidité. J'avais quinze ans, à l'époque. Comme je ne pouvais pas travailler avant seize, nous avions subsisté pendant une année sur les aides sociales et le peu d'économies qu'il restait à ma mère. Elle était censée rester active – se forcer au moins à marcher – pour endiguer son mal de dos. Au lieu de quoi, elle s'était cloîtrée chez elle telle une ermite, et ses douleurs avaient empiré. Depuis lors, elle alternait de longues heures passées à boire dans son lit avec de courts accès de colère ou d'hébétement devant la télé. J'avais donc laissé tomber l'école dès mes seize ans pour bosser comme réceptionniste dans un salon de coiffure. J'effectuais des horaires de dingue pour essayer de joindre les deux bouts. Le point positif, c'était que je n'avais jamais eu de véritable ami au lycée, alors que je m'en fis plusieurs au salon. Après avoir lu je ne sais quel article sur le syndrome de fatigue chronique, j'avais commencé à justifier mon emploi du temps erratique – il fallait que je puisse veiller sur Cole – en affirmant à qui voulait l'entendre que ma mère en était atteinte. Et puisque je ne connaissais pas grand-chose sur ce mal complexe, je prétendais être trop bouleversée pour en parler. En tout cas, c'était toujours moins honteux que la vérité.

Je l'observai à travers mes cils, sans même que cette personne écroulée sur son lit ne perçoive tout le ressentiment que je mettais dans mon regard. Autrefois, maman avait été une femme époustouflante. Ma grande taille, ma minceur et ma blondeur me venaient d'elle. Mais à présent qu'elle perdait ses cheveux et qu'elle souffrait d'une vilaine peau grisâtre, ma mère de quarante et un ans en paraissait presque soixante.

— Il n'y a plus de gin.

Sa bouche se mit à trembler.

— Tu veux bien aller m'en acheter ?

— Non. (Je ne le ferais jamais et j'avais également interdit à Cole de la fournir en alcool.) De toute façon, il faut que je m'habille pour aller au boulot.

Je me préparai à sa réaction.

Elle ourla immédiatement sa lèvre de dégoût, tout en plissant avec haine ses yeux verts injectés de sang. Son accent s'épaissit quand elle cracha son venin :

— Bordel, même pas foutue d'porter à boire à sa vieille mère ! Petite salope de chialeuse paresseuse ! T'imagine pas qu'chais pas c'que tu traficotes là dehors. Tu fais la pute. T'écartes tes sales cuisses pour n'importe quel type qui veut bien d'toi. J'ai élevé une putain ! Une putain d'putain !

Habituée aux « sautes d'humeur » de ma mère, je sortis de sa chambre sans un mot et sentis la colère étouffée de Cole quand je franchis la porte du salon pour aller chercher la balayette dans la cuisine. Elle leva la voix, son débit d'insultes s'accélérant encore ; je jetai un coup d'œil à mon frère en repassant devant lui et le vis chiffonner une feuille de papier dans son poing serré. Je lui adressai un léger signe de tête pour lui signifier que ça allait et je retournai dans la chambre de notre mère. Comme je me penchais pour ramasser les tessons, elle interrompit sa tirade juste assez longtemps pour me lancer :

— Qu'est-ce tu fous ? (Je ne répondis pas.) Touche pas à ça !

— Tu vas te faire mal, si je laisse ça tel quel, maman.

Elle se remit à geindre et je sentis instantanément le changement d'attitude. Je m'occupais d'elle depuis assez longtemps pour savoir à quelle facette de sa personnalité j'allais me retrouver confrontée. J'avais le choix entre le pitoyable cœur brisé ou la vieille bique acerbe. La première s'apprêtait à entrer en scène.

— Je suis désolée. (Son souffle se fit saccadé quand elle se mit à pleurer doucement.) Je ne le pensais pas. Je t'aime.

— Je sais, répondis-je en me relevant. Mais je refuse d'aller t'acheter à boire, maman.

Elle s'assit dans son lit et fronça les sourcils, avant de tendre sa main tremblante vers son porte-monnaie posé sur la table de chevet.

— Cole va s'en occuper. J'ai de quoi payer.

— Maman, Cole est trop jeune. Ils ne lui en vendront pas.

Mieux valait qu'elle ne pense pas qu'il refusait de l'aider. Je ne voulais pas qu'il ait à subir sa bile pendant que je serais au travail.

Elle laissa retomber son bras.

— Tu veux bien m'aider ?

Cela signifiait qu'elle allait s'en charger toute seule. Je me mordis la langue pour m'empêcher de discuter. Je préférais qu'elle reste dans cette humeur durant mon absence.

— Je vais jeter ces bouts de verre et je reviens te donner un coup de main.

Quand je sortis de la pièce, Cole m'attendait déjà près de la porte. Il ouvrit les mains.

— Donne-moi ça, dit-il en désignant les débris du menton. Va l'aider.

Une douleur me comprima la poitrine. C'était vraiment un bon garçon.

— Quand tu auras fini, prends ta BD et va dans ta chambre. Évite de l'approcher ce soir.

Il hocha la tête, mais je remarquai combien il était crispé quand il tourna le dos. À mesure qu'il grandissait, il supportait de moins en moins notre situation et son incapacité à faire quoi que ce soit pour y remédier. J'espérais juste qu'il tiendrait encore quatre ans. Il aurait alors dix-huit ans et je pourrais légalement le sortir de là et l'éloigner d'elle.

Quand Joss avait découvert la vérité sur mon quotidien, elle m'avait demandé pourquoi Cole et moi ne partions pas. Tout simplement parce que maman avait déjà menacé d'appeler la police si je m'avisais de faire ça –

ainsi, elle était certaine que nous serions toujours là pour la nourrir et lui tenir compagnie. Je ne pouvais même pas demander la garde au tribunal, car il existait toujours un risque qu'on me la refuse, et dès lors que les services sociaux se pencheraient sur l'affaire, Cole avait de bonnes chances d'atterrir dans une famille d'accueil. En outre, ils seraient alors dans l'obligation de contacter notre père, et je n'avais aucune envie de le voir ressurgir dans notre existence.

Je consacrai une demi-heure à conférer à maman une allure suffisamment décente pour la laisser quitter l'appartement. Je n'avais pas à m'inquiéter de la voir écumer les pubs ou les restaurants de notre rue fort fréquentée, car elle semblait avoir tout aussi honte que nous de sa condition. Son besoin de boire était la seule chose qui la forçait à sortir ; et puisqu'elle avait pris l'habitude de passer ses commandes en ligne, cela ne lui arrivait qu'en cas d'extrême urgence.

Le temps que je passe sous la douche et que je m'habille, elle était de retour avec ses bouteilles de gin. Elle s'était assise devant la télé, j'étais donc soulagée d'avoir demandé à Cole d'aller dans sa chambre. Je passai la tête par sa porte pour lui dire, comme chaque fois, de ne pas hésiter à m'appeler au travail s'il avait besoin de moi.

Je ne dis pas au revoir à ma mère en partant. Cela aurait été parfaitement inutile.

Je sortis donc de l'immeuble, prête à affronter la nuit, mettant de côté mes angoisses et ma colère afin de me concentrer sur le travail. Étant d'humeur à marcher, j'étais partie en avance de chez moi. J'arpentai à grands pas London Road, en atteignant le bout en dix minutes au lieu de quinze, mais je ralentis dès que je parvins sur Leith Walk, que je connaissais mieux. Les odeurs délicieuses émanant du restaurant indien au pied de notre ancien immeuble ainsi que l'air froid de la nuit me donnèrent un bon coup de fouet. Je repris une allure plus vive en longeant la large avenue jalonnée de restaurants et de boutiques, dépassant le Playhouse et l'Omni Centre, regrettant de ne m'être pas habillée pour une soirée au théâtre ou au cinéma. Je traversai la rue à hauteur de Picardy Place et m'orientai vers George Street, tout en priant pour oublier la scène insupportable qui s'était jouée chez moi avant mon départ.

Su, notre manager, avait des horaires étranges. Elle bossait rarement le week-end pendant les heures d'ouverture, chargeant ses plus anciens employés et les membres de la sécurité de prendre soin de l'établissement. Parfois, elle venait de nuit du lundi au mercredi, restant chez elle du jeudi au samedi, les soirs de plus grande affluence. Cela m'était égal. À vrai dire, c'était même plutôt agréable de ne pas avoir en permanence un chef sur le dos, d'autant plus que mon boss, pendant la journée, était déjà un sacré casse-pieds.

Je n'envisageai pas un instant de ne pas lui transmettre le numéro de Cam. Il s'était comporté comme un connard, mais je ne pouvais m'empêcher de me sentir désolée de le savoir sans emploi. Le destin devait être de son côté, car, pour la première fois depuis une éternité, je croisai Su alors même qu'elle partait. Elle était visiblement si pressée de quitter le *Club* que je dus littéralement lui bloquer le passage en haut des marches menant au bar pour l'empêcher de s'enfuir.

— Jo, quoi de neuf ? me demanda-t-elle en trépignant presque, levant le menton pour me regarder dans les yeux.

Du haut de son mètre cinquante-cinq, avec ses bouclettes, Su était une quadra dynamique dont l'esprit semblait toujours ailleurs. Je n'arrivais pas à comprendre qu'elle puisse diriger le *Club 39*, mais le propriétaire, un illustre inconnu répondant au nom d'Oscar, était l'un de ses plus proches amis.

Je lui adressai un grand sourire jovial.

— Est-ce que tu cherches toujours un barman ?

Elle poussa un profond soupir, enfouissant ses mains dans les poches de son manteau.

— Ouais. Je cherche un autre Craig, et évidemment je reçois des dizaines de CV de filles, mais aucun de mecs aussi canon que lui.

Charmant.

Il ne m'avait pas échappé que tous les membres du personnel jouissaient d'un physique avantageux, mais l'entendre l'avouer si crûment, sans la moindre considération pour une quelconque éthique professionnelle, me força à réprimer un ricanement, que je dissimulai derrière un rictus contrit.

— Eh bien, j'ai peut-être trouvé la solution à ton problème. (Je sortis mon téléphone portable.) Il s'appelle Cam, il a déjà été barman, il est libre de suite et il est plutôt beau gosse.

Un vrai connard, mais beau gosse.

Su nota son numéro avec un large sourire contagieux.

— C'est prometteur, Jo. Merci !

— De rien.

Nous nous souhaitâmes une bonne soirée et je m'empressai de dévaler l'escalier jusqu'au sous-sol, saluant joyeusement Brian, le chargé de sécurité, et Phil, notre videur du soir.

— Bonsoir, Jo, me répliqua le premier avec un clin d'œil.

— Coucou. Alors, est-ce que ta bourgeoise t'a pardonné pour ce week-end ? lui demandai-je en m'arrêtant pour attendre sa réponse.

Le pauvre était arrivé au bar le samedi soir dans tous ses états. Il avait oublié de souhaiter un bon anniversaire à sa femme, et au lieu d'opter pour la colère, Jennifer, qu'il avait épousée dix ans plus tôt, avait choisi la tristesse. Il y avait eu des larmes. Brian, au physique d'ours brun, mais doux comme une grosse peluche, en avait été tout chamboulé.

Les choses semblaient s'être arrangées, comme en attestait son air rieur.

— Ouais. J'ai suivi ton conseil et je l'ai emmenée voir un film. Ça a fonctionné à merveille.

Je gloussai.

— Ravie de l'entendre.

Je lui avais suggéré d'aller parler à Sadie, l'une des étudiantes qui bossaient avec nous, membre du ciné-club de l'université d'Édimbourg. Je supposais qu'elle pourrait obtenir l'autorisation d'organiser une projection privée du film préféré de Jennifer – *Officier et Gentleman* – sur grand écran.

— Tu sors encore avec le gagnant du loto, Jo ? m'interrogea Phil en m'observant de pied en cap – même s'il n'y avait pas grand-chose à voir, tout emmitouflée que j'étais dans mon gros manteau d'hiver.

J'inclinai la tête de côté, adoptant une moue charmeuse. Phil n'avait que quelques années de plus que moi ; il était mignon, célibataire et ne manquait jamais une occasion de me proposer de sortir avec lui.

— Oui, Philip.

Il exhala un long soupir, ses yeux sombres pétillant malicieusement à la lumière clignotante des loupiotes entourant la porte.

— Fais-moi signe quand ça se termine. Tu pourras venir pleurer sur ma grosse épaule.

Brian ricana.

— Tu auras peut-être tes chances quand tu arrêteras de débiter des conneries pareilles.

Phil prit la mouche et l'insulta copieusement. Ce petit rituel me fit rire, comme d'habitude, et je les laissai à leur prise de bec.

— Te voilà.

Joss, appuyée contre le comptoir, sourit en me voyant entrer dans le bar encore désert. Quand elle vit ma tête, son expression se transforma.

— Il s'est passé quelque chose ?

— J'ai eu... (Je jetai un coup d'œil à la ronde pour m'assurer que nous étions effectivement seules.) J'ai eu une soirée difficile avec maman.

Je descendis les dernières marches et me penchai pour passer sous le comptoir. Comme je me dirigeai vers la petite salle réservée au personnel, je l'entendis qui me suivait.

— Qu'est-ce qui s'est passé ? me demanda-t-elle doucement tandis que je glissais mon sac dans mon casier.

Je me tournai vers elle et retirai mon manteau d'un haussement d'épaules, dévoilant le même uniforme que celui qu'elle portait – un débardeur blanc avec le logo du *Club 39* sur le sein droit et un jean noir moulant qui faisait paraître mes jambes plus longues encore qu'à la normale.

Joss, posté devant moi, me scrutait avec ses grands airs. Son épaisse crinière blonde était ramassée en une queue de cheval approximative et ses yeux félins d'un gris exotique trahissaient une inquiétude renforcée par sa petite moue. Joss n'était pas une beauté classique, mais elle avait un charme fou. Je comprenais très bien pourquoi Braden avait craqué pour elle. Son aspect à la fois décontracté et je-sais-tout détonnait tant avec son sex-appeal manifeste et naturel que les garçons ne pouvaient qu'être intrigués par sa personne.

Ouais. Nous formions une bonne équipe. Et nous ramassions de bons pourboires.

— En tombant de son lit, maman a cassé sa dernière bouteille de gin et elle m'a fait son caprice habituel quand j'ai refusé d'aller lui en acheter une autre. Lorsqu'elle s'est calmée, je l'ai aidée à se préparer pour qu'elle aille faire ses courses elle-même. (J'eus un ricanement amer.) Et puis j'ai dû partir, en laissant Cole là-bas.

— Ça va bien se passer.

Je secouai la tête.

— Je vais me faire un sang d'encre toute la soirée. Ça t'embête si je garde mon téléphone sur moi ?

Elle plissa le front de consternation.

— Bien sûr que non. Mais tu sais quelle est la solution à ton problème, pas vrai ?

— Avoir une bonne fée pour marraine ?

— Oui. (Elle se fendit d'un demi-sourire.) Ou alors un homme des cavernes en costard.

Je ne compris pas tout de suite.

— Braden ! s'exclama-t-elle. Il t'a proposé du boulot tellement de fois, Jo. À temps partiel ou à temps plein. Dis oui. À temps plein, tu aurais des horaires de bureau et tu n'aurais plus à laisser Cole pendant la soirée.

J'essayai de regagner le bar en n'éprouvant que de la gratitude, tâchant de réprimer mon agacement.

— Non, Joss.

Elle m'emboîta le pas et je n'eus pas besoin de me tourner vers elle pour deviner qu'elle arborait l'expression butée qu'elle réservait habituellement aux gens qui *lui* posaient des questions auxquelles elle ne voulait pas répondre.

— Pourquoi tu me racontes tout ça si tu ne veux pas de mon aide ?

— Parce que ce n'est pas de l'aide, répliquai-je d'un ton calme en nouant mon petit tablier blanc autour de ma taille. C'est de la charité.

Je lui adressai un sourire pour atténuer la violence de mes propos.

Elle n'était clairement pas d'humeur à entendre ça ce soir-là.

— Tu sais, il m'a fallu un bout de temps pour comprendre qu'on ne pouvait pas toujours tout résoudre seule.

— Je ne suis pas toute seule. J'ai Cole.

Elle secoua la tête et fit un nouveau pas dans ma direction. Je pivotai légèrement vers elle et ressentis un pincement au cœur en entendant l'irritation dans sa voix.

— D'accord. Tu veux savoir ce que je pense ? (*Prépare-toi au pire, Jo.*) Comment peux-tu accepter l'aide de Malcolm ou de tous ces autres types, mais pas celle d'un ami ?

Parce que c'est complètement différent !

— C'est différent, rétorquai-je simplement. C'est comme ça que ça se passe, quand on sort avec quelqu'un qui a de l'argent. Je ne suis pas bonne à grand-chose, Joss. Je ne suis ni universitaire comme Ellie ni auteur comme toi. Je suis une petite amie. Une bonne petite amie. Et mon amant me le prouve en se montrant généreux avec moi.

Je fus surprise par l'éclat de fureur pure qui naquit dans ses prunelles et je reculai d'un pas.

— Premièrement : tu n'es pas qu'une bonne petite amie. Deuxièmement : tu te rends compte que tu te définis tout bonnement comme une pute de luxe ?

Elle aurait aussi bien pu m'assener un coup de poing au sternum. Je reculai encore sous la puissance de son attaque, sentant les larmes me brûler les yeux.

— Joss...

Un voile de regret se déposa sur son visage, mais elle abaissa la tête pour s'en défaire.

— Tu vaux tellement mieux que ça, Jo. Comment peux-tu te contenter de laisser les gens penser des trucs aussi dégueulasses à ton sujet ? Avant de te connaître, je te prenais pour une fille cool, mais aussi pour une croqueuse de diamants. Je t'avais mal jugée – comme tout le monde. Et pourtant, tu ne fais rien pour changer cette image. Tu sais combien de fois j'ai eu envie de balancer un coup de pied dans les couilles de Craig pour lui apprendre à te parler comme ça ? Personne ne te respecte, Jo, parce que tu n'exiges pas le respect. Je ne connais la vérité que depuis un an et j'ai encore du mal à l'avaler. Je ne sais pas comment *toi,* tu l'avales. Je ne pense même pas que ce soit possible.

Des éclats de rire et des conversations joyeuses filtrèrent alors par la porte du bar et Joss s'éloigna de moi pour se tenir prête à accueillir nos premiers clients. Je la contemplai, abasourdie et à vif... comme si l'on m'avait râpé l'épiderme pour exposer à l'air libre ma peau sanguinolente.

— Moi, je te respecte, ajouta-t-elle doucement. Vraiment. Je sais pourquoi tu fais ce que tu fais et je te comprends. Mais d'ancienne martyre à martyre : surmonte tes malheurs et demande de l'aide.

Les clients entrèrent et je les accueillis d'un sourire feint, mais éclatant, agissant comme si ma meilleure amie ne venait pas de mettre le doigt sur l'aspect de ma personnalité que je redoutais le plus.

À mesure que la nuit avançait, je parvins à reléguer l'opinion de Joss au fond de mon esprit, flirtant avec quelques garçons, me penchant par-dessus le comptoir pour leur chuchoter à l'oreille, gloussant à leurs plaisanteries – qu'elles soient drôles ou ineptes –, et faisant mine de m'amuser comme jamais.

Le bocal à pourboires se remplissait rapidement.

Deux secondes après qu'un charmant trentenaire doté d'une Breitling me glissa son numéro avant de quitter l'établissement, Joss se rapprocha de moi pour préparer un cocktail.

Elle haussa des sourcils interrogateurs.

— Tu ne me disais pas, pas plus tard qu'hier soir, que tu aimais vraiment beaucoup Malcolm ?

Toujours sous le coup de sa leçon de tout à l'heure, je haussai nonchalamment les épaules.

— Je ne me ferme aucune porte, c'est tout.

Elle poussa un profond soupir.

— Je suis désolée si je t'ai fait de la peine.

Pas encore prête à accepter ses excuses, je désignai d'un mouvement du menton un homme assis un peu plus loin.

— Ton client t'attend.

Je passai le reste de la soirée à éviter toute forme de conversation avec elle, tout en gardant un œil rivé à mon téléphone au cas où Cole m'appellerait. Ce qu'il ne fit pas.

Quand vinrent la fermeture et l'heure de nettoyer, Joss me coinça dans la salle du personnel tandis que j'enfilais mon manteau.

— Tu sais que tu es une vraie plaie ? me demanda-t-elle en s'habillant elle aussi.

Je ricanai.

— Ce sont les pires excuses que j'aie jamais entendues.

— Je suis navrée de t'avoir dit ça aussi crûment. Mais j'étais sincère.

Je sortis mon sac de mon casier et lui décochai un regard las.

— Avant, tu ne t'occupais pas des affaires des autres. Tu ne t'en mêlais pas quand on ne te demandait pas ton avis. C'est ce qui me plaisait, chez toi.

Elle ricana à son tour.

— Ouais, je sais. Ça me plaisait aussi. Mais Braden commence à déteindre sur moi. (Elle fit la grimace.) Il a le don pour fourrer son nez dans les affaires des gens auxquels il tient, qu'ils le veuillent ou non.

Je sentis une partie de ma peine disparaître, comme si elle venait d'y apposer un baume apaisant.

— Tu es en train de dire que tu tiens à moi ?

Elle récupéra son propre sac et s'approcha de moi à grands pas. Son regard gris s'était considérablement adouci, teinté désormais d'une bonne dose d'émotions.

— Je me suis rendu compte que tu étais l'une des plus belles personnes que je connaissais et je déteste te savoir dans une situation pareille. Ça me fout vraiment en rogne que tu refuses notre aide. Quelques mois après que j'ai rencontré Ellie, elle m'a dit qu'elle regrettait que je ne lui fasse pas plus confiance. Je commence tout juste à comprendre combien elle devait trouver frustrant de voir que j'avais désespérément besoin de quelqu'un, mais que je refusais que ce soit elle. C'est exactement ce que je ressens avec toi, Jo. J'ai devant moi une personne géniale qui a la vie devant elle, mais qui s'enfonce vers une misère inéluctable. Si je peux t'éviter de reproduire certaines des erreurs que j'ai pu commettre... eh bien, je ne vais pas m'en priver. (Elle se fendit d'un sourire impudent.) Alors, prépare-toi à te faire harceler. J'ai été à bonne école. (Ses yeux se mirent à pétiller d'impatience.) Et mon maître m'attend dehors, je ne peux pas traîner.

Joss partit sans me laisser l'occasion de répondre à sa menace. Je n'étais pas tout à fait certaine de l'avoir bien comprise, mais je savais que, quand elle voulait, elle pouvait être la personne la plus déterminée au monde. Et je ne tenais pas à être celle qu'elle était résolue à secourir.

Cela m'épuisait d'avance.

4

— Je suis désolée, Malcolm. Je ne peux pas.

Je sentis mon cœur s'accélérer tandis que l'angoisse me martelait le ventre tels les poings d'un boxeur. Cela ne me plaisait pas de décliner une offre aussi généreuse. Dès que je me mettais à refuser certaines demandes, les choses commençaient à se gâter.

— Tu en es sûr ? insista-t-il calmement à l'autre bout du fil. Ce n'est pas avant avril. Ça te laisse le temps de trouver quelqu'un pour veiller sur ta mère et Cole pendant le week-end.

Malcolm voulait m'emmener à Paris. Je mourais d'envie qu'on m'emmène à Paris. Je n'avais jamais quitté l'Écosse et, comme la plupart des gens de mon âge, j'avais envie de découvrir le monde au-delà de mes frontières natales.

Mais c'était impossible.

— Je ne fais assez confiance à personne.

Par chance, le soupir de Malcolm n'avait rien d'exaspéré, et à ma grande surprise il fut suivi d'un :

— Je comprends, chérie. Ne t'en fais pas.

Bien sûr, je ne pus m'empêcher de répliquer :

— Vraiment ?

— Arrête de t'inquiéter. (Il partit d'un rire léger.) Ce n'est pas la fin du monde, Jo. Ça me plaît, que tu prennes aussi bien soin de ta famille. Je suis admiratif.

Une vague de chaleur, de plaisir, naquit dans ma poitrine et me remonta aux joues.

— C'est vrai ?

— Oui, c'est vrai.

Pendant une seconde, je ne sus quoi ajouter. J'étais soulagée qu'il ait si bien pris mon refus, mais ça ne m'empêchait pas d'angoisser. Sauf que, désormais, j'angoissais pour une autre raison.

Mon affection pour Malcolm s'accentuait chaque jour un peu plus. De même que mes espérances.

Le passé m'avait enseigné que l'espoir était une chose trop fragile pour s'y accrocher.

— Jo ?

Oups.

— Pardon. J'étais ailleurs.

— Avec moi, j'espère ?

Je souris et roucoulai :

— Je peux passer après le travail pour me faire pardonner, si tu veux.

Son timbre se fit plus rauque.

— J'ai hâte d'y être.

Nous raccrochâmes et je contemplai longuement le téléphone dans ma main. Merde. Je nourrissais *vraiment* de l'espoir.

L'espoir que, cette fois, tout se déroulerait enfin comme prévu.

— À en croire Braden, je t'aurais tendu un piège.

Je levai les yeux, surprise, en rangeant mon sac à main dans mon casier. Nous étions vendredi soir et les clients affluaient déjà au bar. J'étais arrivée en retard au travail, je n'avais donc pas vraiment eu le temps de discuter avec Joss et Alistair, qui remplaçait provisoirement Craig derrière le comptoir. J'avais profité d'une brève accalmie pour aller me chercher un jus de fruits et un chewing-gum dans mon sac.

— Pardon ?

Joss était appuyée contre le cadre de la porte de la salle du personnel ; la musique battait son plein derrière elle. Elle avait une mine renfrognée.

— J'ai raconté à Braden ce qui s'est passé hier soir et il estime que je t'ai tendu un piège.

Je souris.

— C'est un peu vrai.

— Il m'a dit que j'avais encore beaucoup à apprendre.

Cela me fit dresser un sourcil surpris.

— Apparemment, lui aussi.

— Ouais. (Joss se rembrunit.) Du coup, il a un bleu de la taille de mon poing sur le biceps. Petit crâneur condescendant. (Elle haussa les épaules.) Cela dit, il se peut que, peut-être, si ça se trouve, il n'ait pas eu complètement tout à fait tort.

Elle semblait tellement mal à l'aise que c'en était presque comique.

— Joss, tu voulais être une bonne amie.

— Braden trouve que je devrais me montrer plus subtile. Ce qui implique, entre autres, de ne jamais employer le terme « pute », quelles que soient les circonstances.

Je tressaillis.

— Ouais, ça ne serait pas mal.

Elle fit un pas vers moi, manifestement dépouillée de sa dernière once de confiance en elle.

— Ce n'était pas ce que je voulais dire. Tu le sais, pas vrai ?

— Est-ce que, par hasard, cela signifierait que tu acceptes d'arrêter de fourrer ton nez dans mes affaires ?

Elle s'offusqua légèrement.

— Ouais, d'accord.

— Joss…

— Je vais essayer de m'améliorer. Moins de pièges tendus, plus de navigation en douceur.

Ça y était de nouveau.

— Tu sais, j'ai tendance à croire que si tu voulais être plus « subtile », tu éviterais de me faire part de tes intentions de me détourner de la « misère inéluctable » vers laquelle je me dirige.

Joss croisa les bras et plissa les paupières.

— Je te défends de faire des petits guillemets moqueurs en citant mes paroles, ma grande.

Je levai les mains en signe d'apaisement.

— Hé, je disais ça comme ça.

— Les filles ! (La tête d'Alistair apparut par l'embrasure.) Je ne serais pas contre un peu d'aide !

J'attrapai mes chewing-gums et frôlai Joss en lui passant devant. Je souris, pensant savoir ce qui la turlupinait réellement.

— Tu sais, je ne t'en veux pas.

Je jetai un coup d'œil par-dessus mon épaule pour m'assurer qu'elle me suivait.

Elle hocha la tête en haussant faiblement les épaules, feignant de s'en fiche alors que ça n'était manifestement pas le cas. Ce qui était précisément la raison pour laquelle je ne lui en voulais pas.

— D'accord, super.

Quand nous arrivâmes au comptoir, celui-ci était longé de clients attendant d'être servis.

— Et donc, Cole et toi venez toujours manger dimanche ?

Je me fendis jusqu'aux oreilles en songeant à la famille Nichols et à l'alléchant rôti d'Élodie.

— On ne manquerait ça pour rien au monde.

La demeure des Nichols ressemblait beaucoup au foyer dans lequel j'aurais aimé que Cole et moi grandissions. Non pas parce qu'elle était située à Stockbridge dans un magnifique immeuble d'époque – même si ça n'aurait rien gâté –, mais parce qu'elle était chaleureuse et pleine d'entraide familiale.

Élodie Nichols était la mère d'Ellie. Quand elle était plus jeune, elle s'était éprise du père de Braden, Douglas Carmichael, et était bientôt tombée enceinte. Douglas avait coupé les ponts, tout en lui offrant un soutien financier ; il incarnait à la perfection l'image du père je-m'en-foutiste. Braden avait choisi d'endosser le rôle de patriarche, prenant sa jeune demi-sœur sous son aile et jouant au papa grand frère. Tous deux étaient très proches – si proches, même, que Braden se sentait plus à l'aise avec Élodie et Clark, son mari, qu'avec sa propre mère. Quant à Douglas, il était mort quelques années plus tôt, léguant son argent à Ellie et ses affaires à Braden.

Ellie avait deux autres adorables « demi » : Hannah, qui avait dix-huit mois de plus que Cole, et Declan, onze ans. Sans grande surprise, les deux ados, timides, ne passaient pas beaucoup de temps ensemble quand je venais manger avec Cole. De toute façon, Declan accaparait toujours mon frère : il possédait une vaste collection de jeux vidéo devant lesquels ils pouvaient s'abrutir tous les deux.

Environ huit mois plus tôt, Joss m'avait emmenée en soirée avec Ellie. Au bout de cinq minutes, j'avais déjà l'impression qu'elles prenaient ma vie en main. Ellie m'avait immédiatement proposé de me joindre à sa famille pour le repas dominical (Joss avait alors joyeusement ricané de voir quelqu'un d'autre subir le « traitement Ellie »), insistant pour que je vienne avec Cole. Après avoir décliné l'invitation deux mois durant, j'avais fini par capituler, jugeant impoli de refuser plus longtemps. J'avais forcé Cole à m'accompagner et nous nous étions tous deux tellement amusés que nous essayions depuis de nous rendre chez les Nichols aussi souvent que possible.

J'adorais ça, car c'était le seul moment où Cole et moi pouvions réellement être nous-mêmes. J'ignorais ce que Joss avait pu raconter à son gang du dimanche, mais nul ne nous interrogeait jamais sur maman, et nous pouvions ainsi nous détendre quelques heures dans le week-end. En outre, Élodie était l'archétype de la mère poule et, n'ayant jamais connu cela, mon frère et moi étions pour une fois trop contents de nous faire cajoler.

Ainsi donc, nous nous retrouvions à table avec les Nichols, Adam – le petit ami d'Ellie –, Braden et Joss.

En attendant que le repas soit servi, je passais généralement du temps avec Hannah, une sorte de version miniature de sa magnifique sœur aînée. Grande pour son âge, comme si elle marchait réellement dans les pas d'Ellie, Hannah avait sans doute déjà atteint sa taille définitive d'un mètre soixante-quinze. Elle était absolument craquante, avec ses cheveux blond clair coupés court, ses grands yeux de velours marron qui émergeaient derrière sa frange stylée et ses traits délicats se terminant sur un adorable menton en pointe. Elle aurait sans doute plus de formes que moi et arborait déjà un décolleté certain et une belle courbure de hanches. Elle n'avait pas encore seize ans, mais en paraissait dix-huit ; si elle avait été moins timide, les garçons auraient sans doute fait la queue à sa porte – ce qui n'aurait probablement pas contrarié Cole plus que ça.

Même si je me considérais comme une dévoreuse de livres, Hannah l'était plus encore, s'abritant volontiers derrière ses bouquins et ses devoirs. Étant donné son incroyable personnalité, je trouvais dommage qu'elle ne soit pas plus extravertie. Elle était vive, gentille, drôle et légèrement plus râleuse que sa sœur. J'avais pris l'habitude de m'installer dans sa chambre à coucher pour parcourir ses piles de livres, tandis qu'elle me parlait de tout et de rien.

— Celui-ci est génial, commenta-t-elle.

Je me détournai de son étagère et découvris qu'elle m'épiait par-dessus l'écran de son ordinateur portable. Apparemment, mon activité l'intéressait plus que celle de ses amis Facebook.

— Celui-ci ? demandai-je en agitant le roman de littérature jeunesse que je tenais à la main.

Je n'étais pas très branchée *young adult*, mais Joss m'avait dit tellement de bien de ce genre que je m'étais décidée à me laisser tenter. Hannah me faisait économiser une tonne d'argent, me servant de bibliothèque personnelle.

Elle opina en souriant et une légère fossette se creusa sur sa joue gauche. Elle était vraiment adorable.

— Il y a un garçon trop canon.

Je haussai les sourcils.

— Quel âge ?

— Vingt-quatre ans.

Agréablement surprise, je parcourus rapidement le texte.

— Sympa. Je n'aurais jamais cru que la littérature pour ados deviendrait si osée.

— L'héroïne a dix-huit ans. Ça n'a rien de dégueulasse, hein.

— Tant mieux. (Je me relevai de ma position accroupie et allai m'écrouler sur le lit à côté d'elle.) Je ne voudrais pas que tu viennes me dépraver.

Hannah gloussa.

— Je crois que Malcolm s'en est déjà chargé.

Je poussai un petit cri faussement outré.

— Qu'est-ce que tu sais de ce genre de chose ? Est-ce qu'un garçon a déjà retenu ton attention ?

Bien sûr, je m'attendais à ce qu'elle secoue la tête en fronçant les sourcils, comme elle le faisait chaque fois que j'abordais ce sujet. À ma grande surprise, ses joues rose pâle s'empourprèrent instantanément.

Intéressant.

Je m'assis, repoussai l'ordinateur posé sur ses genoux afin de capter son attention pleine et entière.

— Raconte.

Elle me lorgna de côté.

— Tu n'as pas le droit de le répéter. Ni à Ellie, ni à Joss, ni à maman...

— Promis, m'empressai-je de répondre, me sentant tout excitée pour elle.

Les premières amours sont toujours tellement grisantes.

Faisant la grimace en constatant mon impatience, elle secoua la tête.

— Ce n'est pas comme si je sortais avec quelqu'un.

Je souris.

— Alors quoi ?

Elle haussa les épaules avec hésitation, adoptant soudain une mine consternée.

— Il ne me regarde pas de la même manière.

— Ça m'étonnerait. Qu'est-ce qui te fait croire ça ?

— Il est plus vieux que moi.

Une inquiétude subite me vrilla l'estomac.

— Plus vieux ?

Hannah dut percevoir la pointe de reproche dans ma voix, car elle balaya rapidement mon inquiétude du revers de la main.

— Il n'a que dix-huit ans. Il est en terminale.

— Et comment vous êtes-vous rencontrés ?

Même si je voulais lui prêter simplement une oreille attentive, je tenais malgré tout à connaître les détails, afin de savoir s'il y avait lieu ou pas de se faire du souci. Hannah restait une gamine, surtout en matière de garçons, et je ne voulais pas que quiconque puisse abuser de sa naïveté.

Hannah se détendit, pivota vers moi, manifestement plus à l'aise avec son histoire.

— L'année dernière, des garçons ont commencé à se moquer de mes copines et moi. Ça ne nous dérangeait pas tant que ça, tant qu'on était ensemble. C'était surtout des insultes, mais ce ne sont que des crétins qui sèchent les cours et embêtent tout le monde à l'école. (Elle leva les yeux au ciel, dépassée par la stupidité de la jeune gent masculine.) Bref, un jour, l'année dernière, j'ai raté le car et je suis donc rentrée à la maison à pied. Ils m'ont suivie.

J'agrippai sa couette dans mon poing serré, écarquillant les yeux.

— Est-ce...

— Ça va, m'interrompit-elle pour me rassurer. Marco les a retenus.

Mes lèvres tressautèrent quand je réprimai le sourire provoqué par le ton rêveur qu'elle avait employé pour prononcer son nom.

— Marco ?

Elle hocha timidement la tête.

— Son père est afro-américain, mais la famille de sa mère est d'origine italienne, avec des liens en Écosse. Il vient de Chicago, mais il a emménagé ici l'année dernière, chez son oncle et sa tante. Il était avec deux amis à lui quand il a aperçu les garçons qui me suivaient en me lançant des noms d'oiseau. Il leur a fait peur, s'est présenté, puis il m'a raccompagnée à la maison, même si ça n'était pas du tout sur sa route.

Jusqu'ici, tout va bien.

Je l'encourageai à poursuivre en opinant légèrement.

— Il m'a dit que, chaque fois que je raterais le bus, il me raccompagnerait. Lui et ses potes se sont mis à traîner devant l'école à la fin des cours pour s'assurer que je n'étais pas en retard. Les deux fois où j'ai dû rentrer à pied, il a tenu parole et est venu avec moi.

Qu'est-ce qu'il cherchait, au juste ?

— Et alors, il t'a proposé de sortir ?

Hannah exhala un long soupir théâtral.

— C'est ça, le hic. Il ne fait que veiller sur moi, comme si j'étais sa petite sœur ou je ne sais quoi.

Peut-être était-il simplement gentil ?

— C'est parce que tu es trop timide ? Tu n'oses pas lui parler ?

Elle éclata d'un rire acerbe tellement adulte que je dus me rappeler que je discutais avec une adolescente.

— Justement pas. Je me renferme complètement avec les autres garçons, et vu comme il est beau, je n'aurais jamais pensé être capable de m'adresser à lui. Mais avec lui, tout est si facile. Il est vraiment pragmatique.

— Et comment sais-tu que tu ne lui plais pas ?

Elle rougit de plus belle et se mordit la lèvre, détournant le regard.

— Hannah ?

— Il se peut que je l'aie hum hum hum, marmonna-t-elle.

Je me penchai plus près, pensant connaître la réponse à ma question.

— Que tu l'aies... ?

— Que je l'aie embrassé, répondit-elle, bougonne, plus rouge que jamais.

Je me fendis d'un sourire taquin. La petite Hannah possédait l'impulsivité de sa sœur quand il était question de ses coups de cœur. Ellie m'avait tout raconté du soir où elle s'était jetée sur Adam. Celui-ci était le meilleur ami de Braden et, par respect pour lui, il avait longtemps refusé de l'approcher de trop près. Et Ellie ne lui avait pas mené la vie facile.

— Et comment ça s'est passé ?

Hannah plissa le front en contemplant le sol.

— Il m'a embrassée en retour.

— Yes ! m'exclamai-je en donnant un coup de poing dans le vide comme une parfaite imbécile.

— Non, me corrigea-t-elle en secouant la tête. Ensuite, il m'a repoussée sans un mot, et voilà un mois qu'il m'évite.

Malheureuse de la voir si penaude, je lui passai un bras autour des épaules pour la serrer contre moi.

— Hannah, tu es belle, drôle et intelligente, je te promets que tu rencontreras des tonnes de garçons qui ne te repousseront pas.

Je savais que mes mots sonnaient creux. Rien ne pouvait apaiser le chagrin d'une adolescente victime d'un amour non partagé. Cependant, Hannah m'étreignit à son tour, reconnaissante de mes efforts.

— Qu'est-ce qui se passe ?

La voix inquiète d'Ellie nous fit relever la tête à toutes deux. Elle était debout dans l'embrasure de la porte, ses bras fins croisés devant elle, les yeux plissés par l'inquiétude. Ses cheveux blonds étaient bien plus courts qu'ils ne l'avaient été. Pendant des semaines, après l'opération, elle avait porté des foulards pour dissimuler la partie de son crâne qui avait été rasée. Et quand ses cheveux avaient fini par repousser, elle avait tout taillé en une coupe à la garçonne excessivement sexy qu'elle détestait pourtant. À présent, les mèches les plus longues lui tombaient au menton et sa coiffure était aussi chic que celle de sa sœur.

Je sentis Hannah se crisper contre moi, craignant manifestement que je trahisse son coup de foudre pour le mystérieux Marco. Je la comprenais. Il avait l'air intrigant. C'était déjà assez terrible de se lamenter sur un canon afro-italiano-américain en partie écossais, sans qu'en plus la famille s'en mêle.

— Je parlais à Hannah de John, mon premier amour, qui m'a complètement brisé le cœur. Elle m'a pris dans ses bras pour me remonter le moral.

Les doigts de Hannah se contractèrent autour de ma taille en guise de remerciement, tandis qu'Ellie ouvrait de grands yeux ronds.

— Tu ne m'as jamais parlé de lui !

Préférant ne pas m'éterniser sur le sujet, je me redressai en position assise, entraînant Hannah avec moi.

— Une autre fois. Ça commence à sentir bon ; à mon avis, le repas est bientôt prêt.

Ellie sembla un peu déçue, mais nous quittâmes toutes trois la chambre.

— Je sais ! s'exclama-t-elle. On va se trouver une date pour une soirée entre filles et on pourra toutes parler de notre premier amour.

— Joss et toi sortez encore avec, non ?

Elle fit la moue.

— On parlera juste du tien, alors ?

Je fis la grimace.

— Super thématique, j'ai hâte d'y être.

— Plus tu traînes avec Hannah, plus tu deviens sarcastique. Je vais finir par t'interdire de la fréquenter.

Sa petite sœur se fendit d'un large sourire, tout heureuse à l'idée de m'avoir influencée, et je ne pus m'empêcher d'éclater de rire, le cœur plein de tendresse.

— Qu'est-ce que tu veux, nous sommes incorrigibles.

Lorsque nous fûmes installés à table, Élodie s'occupa de chacun de nous, s'assurant que nul ne manquait de rien.

— Tu es sûre de ne pas vouloir plus de jus, Jo ? me demanda-t-elle en brandissant la saucière en équilibre précaire.

Je souris par-dessus ma patate et secouai la tête.

— Cole ?

— Non, merci, madame Nichols.

Je ressentis un pincement de fierté de le savoir si bien éduqué et lui décochai un coup de coude amical.

Il darda sur moi un regard assassin et continua de manger.

— De quoi avez-vous parlé, toutes les deux, pour être restées si longtemps dans la chambre de Hannah ? s'enquit Élodie en s'asseyant enfin sur sa chaise en bout de table.

Clark était à l'autre bout. Ellie, Adam, Joss et Braden se trouvaient face à moi, tandis que Hannah et Cole me flanquaient, Declan se trouvant à côté de ce dernier. Je voyais bien qu'Élodie faisait mine d'avoir posé la question uniquement pour faire la conversation, alors qu'en réalité elle crevait d'envie de connaître la réponse.

— De livres !

Hannah et moi avions répondu à l'unisson, ce qui avait fait glousser Clark.

— Je suis sûr que non, intervint Adam en décochant à Hannah un sourire puéril qui la fit rosir.

Ces filles et leur émotivité face à un malicieux Écossais... Je me sentis soudain soulagée que Malcolm ne soit pas du tout aussi taquin. Toute cette angoisse, tout ce drame existentiel... *Est-ce qu'il m'aime bien ? Ou ne fait-il que flirter ?* Sans façon !

— Quelle astucieuse déduction, Adam.

La bouche de Braden tressauta imperceptiblement tandis qu'il buvait une gorgée de café.

Joss dissimula son sourire derrière sa fourchette.

Adam adressa un regard froid à son ami.

— Je cherche une alternative polie à « va te faire f-o-u-t-r-e ».

— Va te faire loutre ? suggéra Cole.

— Exactement. Braden, va te faire loutre, espèce de batteur sarcastique.

Ellie gloussa.

— Batteur ?

— Bâtard, avec un « eu », intervint Hannah en guise d'explication.

L'éclat de rire de Clark fut étouffé par la réaction outrée d'Élodie.

— Hannah Nichols. (Elle inspira entre ses dents.) Ne t'avise plus jamais de répéter ce mot.

Hannah poussa un long soupir dramatique.

— Mais maman, c'est un vrai mot. Ça désigne une personne dont les parents n'étaient pas mariés quand elle est née. Si ça sonne comme une insulte, c'est uniquement parce que nous supposons implicitement qu'il y a quelque chose d'immoral là-dedans. Es-tu en train de dire qu'il est immoral d'avoir un enfant hors les liens du mariage ?

Un silence enveloppa la table, tandis que nous dévisagions tous Hannah avec un sourire en coin.

Élodie bredouilla de façon inintelligible puis s'adressa à son mari avec un regard furibond.

— Clark, dis quelque chose.

Celui-ci hocha la tête et se tourna vers sa fille.

— Finalement, je crois que tu aurais dû rejoindre le club de débat, ma chérie.

Le rire grave de Braden déclencha l'hilarité générale. Même la grimace d'Élodie disparut quand notre bonne humeur la contamina. Elle poussa un soupir las.

— Ça m'apprendra à élever une fille intelligente.

Hannah était plus que ça. Une vraie superstar, et j'étais ravie de la savoir entourée de personnes qui lui rappelaient quotidiennement combien elle était formidable.

Les conversations se croisèrent bientôt et emplirent la pièce d'un joyeux brouhaha. J'étais en train de demander à Cole s'il avait achevé la BD sur laquelle il travaillait quand Joss prononça mon nom.

Je pivotai vers elle et aperçus son regard malicieux. Je me mis instinctivement sur la défensive.

— Quoi ?

Elle sourit avec impertinence.

— Devine qui était là, au bar, hier soir ?

J'avais toujours été nulle à ces jeux.

— Qui ça ?

— Le beau gosse de cette expo minable.

— Le beau gosse ? s'étonna Braden en interrompant sa discussion avec Clark.

Joss roula les yeux.

— Je te jure que ce n'est qu'un adjectif accolé à un substantif.

— Quel beau gosse ? intervint Ellie en se penchant devant Adam pour mieux voir Joss, mettant brusquement un terme à ce que sa mère pouvait lui dire.

— Il y avait un beau... (Elle se corrigea.) Un garçon qui était peut-être ou pas légèrement attirant. Je n'en suis pas certaine, car je ne remarque plus le physique des hommes depuis que je sors avec mon petit copain si merveilleux et fantastique qui me comble de...

— C'est bon, inutile d'en faire des tonnes.

Braden la gratifia d'un coup d'épaule et elle le contempla en battant des cils, feignant l'innocence, avant de se retourner vers Ellie.

— Il y avait un type, à la galerie d'art, qui n'arrêtait pas de reluquer Jo. (Le regard de Joss revint se poser sur moi.) Et il s'avère que ce Cam cherchait du boulot, et que Jo lui en a dégoté un au bar. Je lui ai montré les ficelles hier soir.

Eh bien, ça n'avait pas tardé. Mon estomac se retourna à l'idée de travailler avec lui et même d'être amenée à le revoir.

— C'est le petit ami de Becca. Elle me l'a demandé comme un service.

Joss opina.

— C'est ce qu'il m'a dit. Il a l'air très gentil.

Nul ne pouvait ignorer son enthousiasme. Je savais ce qu'elle mijotait. Cela faisait-il partie de sa stratégie visant à me remettre dans le droit chemin ? Essayait-elle de me maquer avec le premier venu, sous prétexte que nous nous étions regardés à une soirée ? J'en voulais à Ellie : elle avait mauvaise influence.

— Est-ce qu'il faut que je m'inquiète ? s'enquit Braden à la cantonade.

J'éclatai de rire, libérant un peu de cette tension qui m'habitait.

Joss balaya sa question idiote d'un geste de la main.

— Tout ce que je dis, c'est que notre nouveau collègue est très sympa et que ça fera du bien à Jo de rencontrer du monde.

Ellie fronça les sourcils.

— Pourquoi est-ce que tu dis ça ?

— Elle essaie de me brancher avec Cam, expliquai-je, même si j'ai un copain. Et lui, une copine. Sans parler du fait que, quand nous nous sommes parlé, il m'a envoyée paître, et salement.

Voilà. C'était dit.

Braden fronça les sourcils et ses prunelles s'assombrirent ; j'étais à peu près sûre de remarquer le même changement dans celles d'Adam si je prenais le temps de l'observer.

— De quoi tu parles ?

— Ouais, renchérit Joss en se penchant en avant sur ses coudes, d'un air de dire « à qui est-ce que je dois botter le cul ? ». De quoi tu parles ?

Je haussai les épaules, mal à l'aise de me retrouver ainsi au cœur de l'attention. J'étais surtout perturbée par la réaction de Cole, que j'avais senti se contracter. Je savais qu'il attendait impatiemment de connaître le fin mot de l'histoire.

— Il n'a pas été très courtois, c'est tout.

— Et pourtant, tu l'as aidé à trouver du travail ? s'étonna Élodie, visiblement troublée.

— Il en avait besoin.

— En tout cas, il m'a paru très sympa, hier soir, et il m'a dit qu'il t'était reconnaissant d'avoir parlé de lui à Su.

Je fronçai les sourcils à mon tour.

— Vraiment ?

Joss acquiesça en se radossant.

— C'est peut-être un simple malentendu.

Non, l'attitude de Cam avait été très claire, mais puisque j'étais désormais cernée par deux hommes, un petit frère et une meilleure amie déterminés à me surprotéger, je préférai laisser couler.

— Ouais, tu dois avoir raison.

Le silence s'instaura une courte seconde, puis...

— Il est très intéressant, murmura Joss en avalant un morceau de ce succulent poulet.

— Qui ça ? demanda Ellie.

— Cam.

Braden s'étouffa sur son café.

— Joss, grognai-je. Arrête. Je sors avec Malcolm.

— Oh, est-ce que Joss essaie de jouer les entremetteuses ?

Élodie venait enfin de comprendre. Quand j'eus confirmé, elle la scruta en plissant le nez.

— Tu n'es pas très douée.

Outrée, Jocelyn renifla.

— Oh, un peu d'indulgence. C'est ma première fois.

Hannah gloussa dans son verre d'eau.

— C'est ce qu'elle dit.

Nous nous figeâmes tous de nouveau et Adam faillit s'étouffer en réprimant un éclat de rire. Cela suffit à nous faire tous pouffer dans un bel ensemble. Tous sauf Élodie, qui nous contemplait avec un air vaguement amusé.

— Quoi ? Qu'est-ce que j'ai raté, encore ?

5

Quand il fut l'heure d'aller travailler au *Club* le mardi suivant, j'étais une fois de plus dans un certain état de stress. Comme d'habitude, j'avais dû courir pour rentrer chez moi après ma journée chez Meikle & Young, j'avais avalé en hâte le gratin de pâtes que Cole avait préparé, je m'étais douchée à la va-vite avant d'enfiler mon uniforme, je m'étais assurée que mon frère avait bien fait ses devoirs et que ma mère était encore vivante, puis j'étais repartie.

J'avais redouté cet instant depuis le matin.

J'avais des papillons plein le ventre quand je gratifiai Brian et notre videur d'un sourire pincé. Je ne pris pas le temps de discuter avec eux, pressée d'en finir avec ma première conversation avec Cam. Je franchis l'entrée et rassemblai tout mon courage pour rejoindre le bar. Je me figeai dès que je l'aperçus derrière le comptoir.

Cam.

Debout, les coudes posés sur le granit noir du bar, il semblait griffonner quelque chose sur une serviette. Ses cheveux blond foncé en bataille lui tombaient sur les yeux. Je le regardai repousser une mèche, remarquant l'anneau en argent à son annulaire droit qui scintilla à la lumière. Cam n'avait pas changé depuis notre dernière rencontre : ce même côté négligé mais attirant, cette même montre d'aviateur et ces mêmes bracelets en cuir. Seul son tee-shirt était différent. Il portait celui, moulant, du *Club 39*, que tous les gars devaient arborer. Cela lui conférait un torse et des épaules bien plus larges que dans mon souvenir.

J'approchai d'un pas incertain et il dressa la tête en entendant le bruit de mes bottes sur le plancher.

Je retins mon souffle quand nos yeux se croisèrent.

Je sentis le rouge me monter aux joues instantanément. Mes seins se durcirent et mon bas-ventre se contracta tandis que nous continuions à nous dévisager dans le plus grand silence. Une fois encore, mon corps et mon cerveau étaient en opposition. Le premier haletait : *Il est trop canon. On peut se le faire ?* Le second hurlait : *Oh, bon Dieu, mais qu'est-ce que tu as dans la tête ?*

Tout était soudain flou autour de moi – seul Cam m'apparaissait de façon nette, ainsi que tous les endroits où j'avais envie qu'il me touche.

Le visage de Malcolm s'imposa soudain à mon esprit et je tressaillis, rompant le charme étrange sous lequel nous étions tombés tous les deux.

J'adressai à Cam un sourire pincé et traversai la salle à grands pas, m'approchant de lui à une allure résolue.

Il avait d'autres plans. Comme je soulevais la partie amovible du comptoir pour le rejoindre derrière le bar, il alla se poster devant la porte du vestiaire, me bloquant le passage. J'observai pendant une seconde ses bottines en cuir noir, puis, me rendant compte que je devais avoir l'air de la dernière des imbéciles, je reportai le regard sur son visage. Il était adossé à l'encadrement de la porte, les bras croisés, et je n'arrivais pas à déterminer la nature de son expression. Il était pire que Joss. Si elle ne voulait pas que les autres devinent ce qu'elle ressentait, elle passait un masque de neutralité. Cam semblait avoir acheté le sien dans le même magasin.

— Salut, dis-je en lui adressant un coucou de la main.

J'avais réellement fait ce geste.

Oh, mon Dieu, par pitié, ouvrez le sol et faites-moi disparaître.

Cam réprima un rictus.

— 'Lut.

Pourquoi la situation était-elle si étrange ? Généralement, j'étais capable de flirter avec n'importe quel homme et de le mettre à mes pieds. Et voilà que, subitement, je me retrouvais à agir comme une ado timide.

— Alors, comme ça, tu as eu le job ?

Non, Jo, il est là pour déconner, m'admonestai-je intérieurement.

S'il pensa la même chose que moi, il eut la bienveillance de ne pas l'exprimer.

— Oui.

Il ne savait que répondre par monosyllabes, ou quoi ? Ma bouche se déforma quand je me rappelai son attaque verbale lors de notre première rencontre.

— Tu étais plus loquace, la dernière fois.

Cam haussa un sourcil interrogateur.

— Loquace ? Toi, tu as un agenda avec le Mot du Jour.

Au temps pour la bienveillance... Je tâchai de ne pas ressentir la piqûre douloureuse que m'infligea sa remarque provocatrice. Je dardai sur lui un regard noir.

— Effectivement. (J'entrai dans la salle du personnel, lui balançant un coup de coude malencontreux au passage.) Le mot d'hier était « connard ».

En ouvrant mon casier, je n'étais pas peu fière de lui avoir tenu tête à nouveau. Même si j'étais encore toute tremblotante. Je détestais la confrontation et ça ne risquait pas de s'arranger. Je regrettais déjà d'avoir croisé sa route.

— OK, je l'ai bien mérité.

Je lançai un coup d'œil par-dessus mon épaule et me rendis compte qu'il m'avait suivie à l'intérieur. Là, la lumière était plus vive et produisait un éclat énigmatique dans ses prunelles. Il exhibait une barbe de plusieurs jours. Est-ce qu'il lui arrivait de se raser ? Je le détestais.

Je me détournai.

— Je voulais te remercier d'avoir donné mon numéro à Su.

J'opinai en posant mon sac en équilibre sur le bord de mon casier, feignant d'y chercher quelque chose.

— Elle m'a dit que tu m'avais chaudement recommandé.

Le contenu de mon sac était plus passionnant que jamais. *Le ticket pour le sandwich et la soupe de M. Meikle, un paquet de chewing-gums, des tampons, un stylo, un prospectus pour je ne sais quel concert qu'on m'a tendu dans la rue...*

— Elle a dit, et je cite : « Jo a raison, tu es canon. »

Je m'empourprai, parvenant in extremis à réprimer mon gémissement embarrassé. Je rangeai finalement mon sac après avoir glissé mon téléphone dans ma poche. Je pris une profonde inspiration, tâchant de me convaincre que j'arriverais à survivre à cette épreuve. Je pourrais travailler avec cet insupportable trou du cul. Je fis volte-face et faillis perdre l'équilibre en découvrant l'immense sourire moqueur qui lui barrait le visage. Peut-être la mine la plus « sympa » qu'il m'ait adressée jusqu'alors.

Je me mis à le haïr.

Pas une fois dans mon existence n'avais-je été physiquement attirée par un garçon qui me traitait si mal. Je savais en revanche que, dès que j'aurais passé plus de temps avec lui, son comportement détestable finirait par réduire à néant cette attraction idiote. Ce n'était qu'une question de temps. Pour l'heure, je rejetai les épaules en arrière et me fendis d'un sourire légèrement charmeur en sortant de la pièce.

— J'ai dit *assez* canon.

— Est-ce que ça fait une différence ? me demanda-t-il en me suivant jusqu'au bar.

Je me rappelai alors que nous étions mardi. Une soirée calme en perspective. Ce qui signifiait que nous ne bosserions que tous les deux.

Génial.

— « Assez canon » se situe plusieurs échelons en dessous de « canon » sur l'échelle de la canonitude.

Je nouai mon minuscule tablier autour de ma taille sans l'honorer du moindre coup d'œil. Je le sentais néanmoins qui me lorgnait.

— En tout cas, quoi que tu aies dit, merci.

Je hochai la tête, m'abstenant toujours de la tourner vers lui. Au lieu de ça, je sortis mon téléphone et m'assurai de n'avoir pas reçu de message de Cole. Rien.

— Tu as le droit de le garder ?

Je l'observai alors, le front plissé de confusion.

— Quoi ?

Il désigna mon portable.

— Je l'ai toujours sur moi. Jusqu'à ce soir, ça n'a jamais semblé déranger personne.

Il eut un rictus et ramassa le stylo et la serviette qu'il avait laissés sur le comptoir. Il fourra la seconde dans la poche de son jean, sans que j'aie pu voir ce qu'il y avait dessiné, et se cala le stylo sur l'oreille.

— Ah, oui, bien sûr. Il ne faudrait pas rater les derniers ragots.

Je grognai et me saisis d'un torchon histoire de m'occuper les mains. Sans quoi, je risquais tout bonnement d'étrangler cet abruti.

— Ni les derniers SMS coquins de Malcolm, alias le distributeur.

Mon sang ne fit qu'un tour. Je ne me souvenais pas de la dernière fois que j'avais été aussi furieuse après quelqu'un. Oh, si. C'était facile en fait : il s'agissait de Cam, la semaine précédente. Je le toisai en plissant les yeux et il s'appuya contre le comptoir avec un air à la fois provocateur et arrogant.

— Est-ce qu'on t'a déjà dit que tu étais le peigne-cul le plus insupportable, prétentieux, égocentrique et odieux qui soit ?

J'étais si furieuse que j'en avais le souffle court.

Son expression s'assombrit et il loucha sur ma poitrine avant de remonter les yeux vers mon visage. Son examen minutieux ne fit que m'échauffer davantage.

— Fais attention, beauté. Tu vas épuiser toutes les ressources de ton agenda en une soirée, si tu continues comme ça.

Je fermai les paupières, serrant les poings le long de mes flancs. Je n'avais jamais été quelqu'un de violent, je détestais ça. Mon père ayant eu la gifle et le coup de poing faciles quand j'étais enfant, j'avais toujours mal réagi face à l'agressivité. Malgré tout, je n'avais jamais eu aussi envie qu'à cet instant de balancer un objet à la figure de quelqu'un.

— Allez, ressaisis-toi. (La voix grave de Cam résonna dans tout mon corps.) Pas trop déçue de ne pas être dans un Disney ? Tu peux le souhaiter aussi fort que tu veux, je serai toujours là quand tu rouvriras les yeux.

— J'ai oublié « condescendant », murmurai-je sombrement. Un peigne-cul insupportable, prétentieux, égocentrique, odieux *et* condescendant.

La richesse de son rire me fit desserrer les paupières. Il souriait encore. Il dut remarquer ma surprise, car il haussa les épaules.

— Finalement, je me suis peut-être trompé en te traitant de crétine.

En effet, je ne l'étais pas. Mais je n'avais pas fait d'études. Je n'étais pas allée à l'université et n'avais même pas fini l'école. Ce qui ne faisait que renforcer mon malaise. S'il le découvrait, cela lui ferait des munitions en plus pour me tourmenter. Des voix filtrant depuis l'entrée m'épargnèrent de poursuivre cette conversation. Les premiers clients arrivèrent et, bientôt, nous fûmes trop occupés à servir pour continuer à parler. Je m'assurai néanmoins de le surveiller du coin de l'œil, pour voir comment il s'en sortait. Parfaitement bien, un vrai pro.

À deux reprises, nos corps se frôlèrent, et j'eus chaque fois l'impression de recevoir une violente décharge électrique. J'eus également enfin l'occasion de mieux voir son tatouage : un dragon noir et violet particulièrement féroce, dont le corps et les ailes s'enroulaient autour du biceps, et dont la tête et le long cou écaillé atteignaient le haut de son avant-bras. La qualité des détails était impressionnante. En revanche, je n'arrivais pas à déchiffrer discrètement le lettrage couvrant son autre bras. Même s'il était probablement conscient de mes intentions. Tout comme j'étais consciente des siennes. Le pire moment survint alors que je servais une bière à la pression et qu'il se pencha pour attraper des serviettes sur l'étagère du bas, derrière le bar. Il fut alors obligé de se coller à moi. Je humai malgré moi l'odeur masculine de son shampooing et de son gel douche, avant de retenir ma respiration pour ne plus rien sentir. Il avait les yeux à la hauteur de ma poitrine.

Je me contractai tout entière, le sentant envahir ma sphère d'intimité.

Il prolongea cet instant de torture en laissant échapper une serviette ; il dut s'incliner un peu plus pour la ramasser, et sa joue effleura mon sein droit.

Je pris alors une brusque inspiration et il ne bougea plus.

Quand il finit par se relever, je dardai sur lui un regard par en dessous et l'éclat lubrique dans ses prunelles me fit l'effet d'une caresse au bas-ventre. Mes tétons se tendirent instantanément contre mon soutien-gorge. *Oh, oh. Oh, mince.*

Cam serra les dents et se recula. Je finis par recouvrer mes esprits lorsque la bière déborda du verre et me coula sur les doigts, me forçant à tout recommencer.

Dès lors, je m'évertuai à éviter toute sorte de contact physique avec lui. Je n'avais encore jamais été aussi attirée par quelqu'un. Habituellement, il fallait que je connaisse le mec depuis un certain temps avant que mes zones érogènes se retrouvent envahies de picotements. Pourquoi fallait-il que ce soit *lui* qui provoque en moi une telle réaction ?

La soirée se poursuivit, alternant entre afflux de nouveaux clients et phases d'accalmie. Je profitai de l'une de ces dernières pour sortir discrètement mon téléphone. Cole m'avait envoyé un SMS pour me prévenir que le fusible dans la prise du grille-pain avait sauté et que nous n'en avions pas de rechange. Je lui répondis rapidement que je m'en occuperais le lendemain. J'espérais juste ne pas avoir oublié d'ici là.

— C'est le type de l'autre soir ou Malcolm ?

Je rangeai hâtivement mon téléphone, sous le sourire narquois de Cam. S'il tenait absolument à me prendre pour ce que je n'étais pas, libre à lui.

— Le type. Il s'appelle Cole.

Son ricanement se mua en un regard noir.

— Comment peut-on être aussi dévergondée ?

— Ce n'est sans doute pas plus compliqué que d'être aussi con.

— Waouh, Jo !

Surprise, je tournai brusquement la tête de côté, vers la source de cette voix familière. Joss se tenait de l'autre côté du comptoir, en compagnie d'Ellie. Toutes deux me contemplaient, bouche bée, même si la première réprimait un rire. Elle se tourna vers Cam.

— Tu as vraiment dû l'énerver. C'est très rare que Jo insulte quelqu'un.

Cam grogna.

— C'est marrant, elle n'arrête pas de le faire, avec moi.

Joss s'intéressa de nouveau à mon cas, les yeux brillant de fierté.

— Johanna Walker, tu viens d'atteindre un nouveau palier d'excellence.

Je gloussai, les joues toujours roses d'avoir été surprise en train d'agonir Cam.

— Il n'y a que toi pour me féliciter d'avoir traité quelqu'un de con.

— Oh, non, moi aussi, intervint Ellie en se rapprochant légèrement. (Elle jaugea Cam du regard.) Surtout si ce quelqu'un le mérite.

Je faillis éclater de rire ; Joss et Ellie avaient vraiment inversé les rôles. D'habitude, Ellie était celle qui accordait le bénéfice du doute, alors qu'elle scrutait Cam d'un air méfiant. Sans doute parce qu'elle ne m'avait encore jamais vue m'emporter après qui que ce soit et qu'elle supposait que j'avais eu une bonne raison de le faire. À juste titre.

Joss nous considéra tour à tour avec une moue circonspecte.

— Els, je te présente Cameron MacCabe. Appelle-le Cam. Cam, voici mon amie Ellie.

— La sœur de ton petit copain ? demanda-t-il nonchalamment en faisant un pas vers elles.

— Ouais.

Il tendit la main à Ellie ; son large sourire avenant me fit battre le cœur. J'eus un pincement douloureux à la poitrine. Il ne m'avait jamais souri de la sorte.

— Ravi de te rencontrer, Ellie.

Apparemment, celle-ci n'était pas immunisée contre son charme ; son visage s'illumina, se départant de toute trace de méfiance. Elle lui serra la main.

— Joss m'a dit que tu étais graphiste ?

Un client s'approcha du bar et j'allai le servir tandis que Cam discutait avec mes amies. Je parvins à laisser traîner une oreille tout en prenant la commande.

— Ouais, mais j'ai du mal à retrouver du boulot. Si ça ne se décante pas très vite, je devrai sans doute quitter Édimbourg.

— Oh, non, ce serait trop dommage.

— Ouais.

— Tu as avancé dans ta recherche d'appartement ? s'enquit Joss.

Je me rendis soudain compte qu'ils avaient dû vraiment bien s'entendre le samedi précédent, s'ils avaient réussi à avoir une véritable conversation au moment du coup de feu.

— J'en ai vu quelques-uns de pas mal. Aucun d'aussi bien que celui dans lequel j'habite actuellement, mais il faut vivre selon ses moyens, pas vrai ?

— Et Becca ? intervins-je avant d'avoir pu m'en empêcher.

Je rendis la monnaie à mon client et attendis la réponse de Cam.

Il me dévisagea en fronçant les sourcils.

— Quoi, Becca ?

J'étais allée chez elle pour une soirée. Une colocation immense dans le quartier de Bruntsfield, qu'elle partageait avec trois autres personnes. Je pensais néanmoins qu'il y avait encore de la place pour lui.

— Elle a ce vieux loft gigantesque sur Leamington Terrace. Elle devrait bien pouvoir t'accueillir là-bas ?

Il fit non d'un geste brusque du menton.

— On ne sort ensemble que depuis un mois.

— Comment vous êtes-vous rencontrés ? s'intéressa Ellie.

Cela ne me surprit pas. Celle-ci était une incorrigible romantique, qui se passionnait pour la moindre histoire d'amour.

Mon ventre se noua à la simple évocation d'une aventure entre Cam et Becca.

Qu'est-ce qui clochait chez moi ? J'étais avec Malcolm, et Cam était un vrai casse-bonbons.

— On était invités à la même soirée.

— Ça doit bien marcher entre vous, vu que Becca est une artiste aussi ?

Il se fendit d'un demi-sourire.

— On n'a pas les mêmes goûts en matière d'art, mais ouais, ça ne se passe pas trop mal.

— Et donc tu es tout aussi condescendant avec ta copine qu'avec moi ? grommelai-je.

Je fis mine de ne pas entendre le petit hoquet amusé de Joss.

Cam se fendit d'un sourire étonnamment apaisant.

— Tu étais au vernissage, Jo. Entre nous, elle fait vraiment de la merde, non ?

Joss éclata de rire tandis que je me contentai de secouer la tête, refusant de l'encourager avec la moindre esquisse de sourire.

— Tu es censé être son petit ami. Et donc la soutenir, pas la charrier.

— Tu l'as rencontrée, pas vrai ? Elle n'a pas franchement besoin qu'on lui lèche le cul. C'est la fille la plus arrogante que j'aie jamais rencontrée.

— Attends une minute... (Ellie semblait perplexe.) Tu n'as pas l'air de l'apprécier beaucoup.

— Bien sûr que si, répliqua Cam. (Il haussa les épaules et gratifia Ellie d'un sourire malicieux.) Je trouve son arrogance aussi sexy qu'amusante.

Je détournai la tête, prétendant m'intéresser aux clients sur la petite piste de danse. Je me demandais si Malcolm éprouvait la même chose à l'égard de Becca. Et si oui, comment il pouvait bien me trouver en comparaison. Ordinaire et en manque d'assurance ?

Bon Dieu, j'espérais que non.

— Ça va, Jo ? s'inquiéta Joss.

Ils m'observaient tous les trois.

Je répondis avec un sourire rassurant.

— Oui, très bien.

Elle fronça les sourcils.

— Cole aussi ?

Je tressaillis légèrement, ayant vu le corps de Cam se crisper en entendant le nom de mon frère. Je ne voulais pas qu'il découvre la vérité à son sujet. S'il était déterminé à voir en moi la fille superficielle que tout le monde s'imaginait, ce n'était pas moi qui allais le détromper.

— Oui, oui.

Je ne développai pas, espérant qu'elle changerait de sujet.

Naturellement, Joss ne lâcha pas le morceau.

— Il avait l'air plus calme que d'habitude, ce dimanche. Tu es sûre que tout va bien ?

Oui, alors maintenant, tais-toi !

— Évidemment.

Ellie m'adressa un regard compatissant.

— Quand Hannah a eu quatorze ans, elle a aussi connu cette phase classique de l'adolescence. Renfermée et silencieuse. C'est encore pire quand on est de nature timide, comme Cole et elle, parce que dès qu'on se sent un peu triste, on se renferme d'autant plus.

Merde.

Cam se déploya de toute sa hauteur, si bien qu'il me dépassait désormais de quelques centimètres. Il haussait des sourcils interrogateurs.

— Quatorze ans ?

Merci, les filles.

— Cole est le petit frère de Jo, lui expliqua Joss, manifestement bien plus pressée que moi de partager des informations personnelles avec lui.

J'envisageai sérieusement d'offrir à Ellie et Braden un morceau de charbon pour Noël, histoire de les remercier d'avoir transformé Joss en une personne normale qui traumatisait ses amis avec ses tentatives lamentables de jouer les entremetteuses.

— Elle s'occupe de lui, précisa-t-elle.

Cam se tourna vers moi et me considéra avec attention. J'avais l'impression de passer par toutes les couleurs de l'arc-en-ciel.

Oui, Cam, je sais lire et écrire, et j'ai un vocabulaire assez développé. Je ne trompe pas mon riche petit ami. Je suis une adulte responsable qui se comporte comme telle avec l'adolescent dont elle s'occupe. Tant pis pour tes petites idées préconçues. Connard.

Je haussai les épaules sans offrir davantage de précisions.

Quant à Joss, elle était intarissable.

— On la laisse tous garder son téléphone, au cas où Cole aurait besoin d'elle, alors ne lui en veux pas si elle le regarde un peu trop souvent. Elle a tendance à le surprotéger. C'est une très bonne sœur.

Tu veux bien arrêter de me passer la brosse à reluire ? Je dardai un regard accusateur vers Ellie, qui ouvrit de grands yeux surpris.

— C'est ta faute, lui dis-je.

Elle soupira et baissa le front en comprenant ce que je lui reprochais.

— Tu me pardonnes si je l'aide à s'améliorer ?

— Je te pardonne si tu rétablis la version précédente.

— Hé, s'offusqua Joss.

Ellie secoua la tête avec véhémence.

— Non, j'aime bien la nouvelle Jocelyn.

— Moi, je suis complètement perdu.

Le regard de Cam naviguait de l'une à l'autre d'entre nous.

Ouais, si tu pouvais ne jamais retrouver ton chemin...

— Laisse tomber, lui dis-je. Mais qu'est-ce que vous êtes venues faire ici ce soir ? demandai-je à Joss.

Elle eut un sourire entendu.

— On a vu de la lumière.

Je ne pus réprimer mon agacement, ce qui fit glousser Ellie.

— Je crois qu'il est temps de repartir, déclara-t-elle en tirant le bras de Joss, qui rechignait à bouger.

— D'accord, finit-elle par capituler. Jo, tu devrais parler à Cam des BD de Cole.

Je l'insultai intérieurement.

— Bonne soirée, Joss. À toi aussi, Els.

Ellie m'adressa un signe de la main et entraîna Joss à sa suite.

Même si les conversations du bar étaient si fortes qu'elles couvraient la musique, le plus profond silence régnait dans la bulle qui nous isolait, Cam et moi, derrière le comptoir. Aucun bruit ne pouvait entamer la tension palpable qui s'était instaurée entre nous.

Il finit par faire un pas dans ma direction. Pour la première fois depuis notre première rencontre (j'avais du mal à croire que nous ne nous étions vus que deux fois, car j'avais l'impression que nous nous connaissions depuis bien plus longtemps que ça), Cam semblait être mal à l'aise.

— Et donc... Cole est ton petit frère, c'est ça ?

Va te faire foutre. Je le fixai d'un air neutre, réfléchissant à ma réplique. Je décrétai finalement qu'il valait mieux que nous gardions nos distances. Même si Joss crevait d'envie qu'il me voie sous mon meilleur jour, je ne partageais pas du tout ce désir. Comme tout le monde, il avait tiré des conclusions hâtives et je n'avais franchement aucune envie d'être en bons termes avec quelqu'un qui avait commencé par me traîner dans la boue avant même de savoir qui j'étais. Je poussai un soupir et passai derrière lui sans un regard.

— Je fais une pause.

Il ne répondit pas.

Et, jusqu'à la fermeture, il dut endurer mon attitude glaciale et mon mutisme complet.

6

Comme chaque mercredi, j'étais sur les rotules. Le fait de bosser au *Club 39* le mardi soir avant d'embrayer le lendemain chez Meikle & Young était le pire enchaînement de ma semaine. Je partageais le boulot d'assistante de M. Meikle avec une autre fille nommée Lucy. Je ne l'avais jamais rencontrée, mais nous nous laissions régulièrement de petits messages pour nous tenir informées mutuellement de ce qui était fait ou restait à faire, j'avais donc l'impression de la connaître. Elle mettait toujours un petit smiley à la fin de ses requêtes pour ne pas me donner l'impression qu'elle exigeait quoi que ce soit. Je trouvais cette attention délicate et me demandais si M. Meikle était gentil avec la fille aux smileys. Je l'espérais.

Car il ne l'était pas avec moi.

Ce matin-là, j'avais failli réussir à ne commettre aucune boulette. À trois heures de ma fin de journée de travail, je m'affairais à affranchir le courrier devant partir dans la soirée, m'efforçant de chasser de mon esprit la voix stupide et arrogante de Cam. M. Meikle émergea alors de son bureau et m'agita odieusement une lettre sous le nez.

Je levai les yeux vers lui, me demandant un instant si son souci avec moi tenait à ma taille. Je le dépassais de presque dix centimètres et il semblait toujours un peu déconcerté quand nous nous tenions debout côte à côte, alors qu'il arborait systématiquement un air suffisant quand il était debout et moi assise.

— Monsieur ? m'enquis-je en louchant pour tenter de discerner ce qu'il me désignait ainsi.

— Je m'apprêtais à signer cette lettre que vous avez rédigée pour notre client, Joanne, mais j'ai trouvé deux erreurs. (Rouge de colère, il retira la feuille et me montra deux doigts accusateurs.) Deux !

Je blêmis. Foutu manque de sommeil.

— Désolée, M. Meikle. Je les corrige de ce pas.

Il se racla la gorge et plaqua le papier sur mon bureau.

— Ça a intérêt à être parfait. Lucy, au moins, ne fait pas de fautes. (Il retourna à grands pas vers son bureau, fit volte-face et plissa les paupières derrière ses carreaux.) Je croyais avoir deux rendez-vous cet après-midi, Joanne ?

Je travaillais désormais avec lui depuis presque deux ans, il était donc trop tard pour le reprendre sur mon prénom. Il m'avait appelée Joanne au lieu de Johanna dès mon premier jour, en dépit du fait qu'il remplissait chaque mois ma fiche de paie. Une fiche de paie qui indiquait clairement « Mlle Johanna Walker ». Imbécile.

— Oui, monsieur. (L'un de ces rendez-vous était avec Malcolm.) Vous recevez M. Hendry dans quinze minutes, et M. Drummond à 16 heures.

Il s'enferma dans son bureau sans rien ajouter. Je contemplai la porte qu'il venait de claquer, puis la lettre qu'il avait jetée sur ma table de travail. Je la retournai et constatai qu'il avait entouré mes deux fautes d'un gros trait rouge. J'avais oublié une apostrophe, ainsi que les deux-points après « numéro de téléphone ».

— Perfectionniste de mes deux, grommelai-je en me mettant face à mon ordinateur.

Il me fallut deux secondes pour rouvrir le document, corriger mes erreurs et le réimprimer. J'allai le déposer sur son bureau sans piper mot et refermai la porte en ressortant.

Les locaux de l'entreprise étaient situés au premier étage de l'un des vieux immeubles géorgiens sur Melville Street. La rue était typique d'Édimbourg : un parfait cliché des demeures d'époque avec leurs barrières en fer forgé noir et leurs grandes portes lustrées. Le bureau de M. Young et celui de son assistante se trouvaient à l'entrée de l'appartement reconverti, alors que le bureau des deux autres comptables était installé de l'autre côté du couloir par rapport à celui de M. Meikle. Le sien comme le mien bénéficiaient de larges fenêtres donnant sur la rue. Dommage que sa personnalité soit aux antipodes de l'élégance raffinée de notre lieu de travail.

Lorsque Malcolm arriva, je m'empressai de refermer la partie de solitaire ouverte sur mon écran, pour ne pas qu'il se rende compte que je perdais mon temps ; je lui adressai ensuite un sourire jusqu'aux oreilles, sincèrement heureuse de le voir. Nous nous étions rencontrés ici même.

Après ma rupture avec Steven, j'étais sortie avec quelques gars. Plusieurs mois plus tard, Malcolm avait pris rendez-vous avec Meikle pour une consultation. Tandis qu'il attendait que mon patron l'accueille dans son bureau, Malcolm m'avait charmée avec son sourire ravageur et son autodérision. Il m'avait demandé mon numéro, et on connaît la suite.

— Salut, chérie.

Malcolm me sourit et je l'observai avec plaisir approcher de ma table. Il portait encore un costume gris magnifique de chez Savile Row ; il était rasé de frais, exhibant sa peau hâlée, même en hiver. *Un homme si distingué, si classe, et il est tout à moi,* songeai-je avec ravissement.

Et il n'était pas venu les mains vides.

Il me tendit un gobelet et un sac en papier kraft.

— Café au lait saupoudré de chocolat et cookie aux pépites de chocolat blanc.

Ses lèvres chaudes effleurèrent les miennes en un baiser délicat et séducteur. J'étais légèrement déçue quand il se recula, mais il m'avait apporté mon goûter préféré, je n'avais donc pas à me plaindre. En réalité, j'étais même toute chose.

— Je me suis dit que tu aurais besoin d'un petit remontant. Tu travailles trop.

— Merci. (Je lui adressai mon plus beau sourire.) J'en avais grand besoin.

— Tu me remercieras plus tard.

Il me décocha un clin d'œil et je fis la grimace, incapable de réprimer un éclat de rire.

Je secouai la tête et lui désignai les chaises de la salle d'attente.

— Je vais informer M. Meikle de ton arrivée.

Quelques secondes plus tard, ce dernier vint saluer Malcolm et ils s'enfermèrent dans son bureau. Je m'adossai avec un soupir de contentement, dans les meilleures dispositions pour apprécier mon café et mon biscuit.

Je souris en me tournant vers la porte close.

Tu as choisi le bon, cette fois, Jo.

Ne gâche pas tout.

Me sentant désormais un peu plus réveillée, je contemplai mon écran avec ennui. J'avais terminé tout ce que j'avais à faire. Je jetai un coup d'œil aux classeurs métalliques. Je ne m'étais pas penchée dessus depuis un bout de temps, et il y avait toujours des choses à réorganiser. Je m'y dirigeai donc, armée de mon café et entrepris lentement de faire un peu de tri. Évidemment, certains dossiers avaient été rangés au mauvais endroit.

Ma faute, ou celle de Lucy ? Sans doute un peu des deux.

Une vingtaine de minutes plus tard, Malcolm émergea, seul, du bureau de Meikle. Son regard s'embrasa en se posant sur moi. Je portais une jupe droite noire et un chemisier en soie rose pâle proprement rentré à l'intérieur. J'avais également de tout petits talons, afin de ne pas dominer trop largement mon patron. Malcolm me rejoignit d'un pas nonchalant et je me tournai vers lui, sans me soucier du fait qu'il n'était pas du tout professionnel de le laisser m'embrasser sur mon lieu de travail. Mes lèvres me picotaient quand il en ôta les siennes, les yeux désormais fiévreux de désir.

— On va toujours faire des courses, demain ?

— Bien sûr.

— Et samedi ? Tu es libre ? Becca voudrait nous inviter au restaurant pour nous remercier, moi pour l'expo, et toi pour avoir pistonné Cam au bar.

Je dus fournir un gros effort pour ne pas me raidir.

— Quoi ? Tous les quatre ?

Il hocha la tête, repoussant derrière mon oreille une mèche de cheveux rebelle.

— Je pourrais passer te prendre, cette fois ?

Ça m'étonnerait. Ma gorge se serra à cette simple proposition. Malcolm n'était jamais venu à l'appartement. Il n'avait jamais rencontré Cole. Et pour l'instant, je préférais qu'il en soit ainsi.

— Non, tu sais que ce n'est pas possible, plaidai-je.

Il fit courir ses doigts sur le tissu délicat de ma manche, adoptant une petite moue amusée.

— Il faudra bien que je rencontre ta famille un jour ou l'autre, Jo.

Une partie de moi était sincèrement heureuse que Malcolm s'intéresse suffisamment à ma personne pour vouloir être présenté à mes proches, mais une partie plus grande encore tenait à faire disparaître de son esprit toutes les informations qu'il avait pu recueillir sur London Road, afin qu'il ne découvre jamais ni mon appartement ni ma mère.

Je feignis un sourire enthousiaste.

— Oui. Bientôt.

Je ne savais pas s'il me croyait, mais il me planta un baiser vigoureux sur les lèvres, laissant augurer bien des choses pour plus tard, et il me laissa à ma journée de travail.

Mon café au lait froid à la main, j'étais toujours debout devant les classeurs métalliques quand M. Meikle sortit à son tour de son bureau, plusieurs minutes après le départ de Malcolm. Je l'observai avec méfiance. Il se contenta de me toiser. Presque sans animosité. *Où est passé son regard noir ?*

Il me fixe encore.

D'accord.

Ça devient officiellement flippant.

Il se racla la gorge.

— Je ne savais pas que vous fréquentiez Malcolm Hendry.

Oh, merde. Merci, Malcolm !

Je m'éclaircis la voix pour répondre.

— C'est effectivement le cas, monsieur.

— Depuis trois mois ?

— Oui.

— Eh bien.

Il bascula d'un pied sur l'autre, décidément mal à l'aise. Je ne pus m'empêcher de hausser les sourcils. Je n'avais jamais vu mon patron autrement que sûr de lui et pompeux.

— Eh bien, dans ce cas, je... euh, eh bien, je... euh, j'apprécie votre professionnalisme.

Ne quittez pas.

Quoi ?

— Je vous demande pardon ?

Il recommença à se racler la gorge, ne sachant où poser les yeux, incapable de croiser mon regard.

— M. Hendry est un client important. (Comme je compris enfin où il voulait en venir, il alla droit au but.) Vous auriez pu vous servir de cet argument pour vous faciliter la vie ici, mais vous n'en avez rien fait. J'apprécie votre professionnalisme et votre discrétion.

C'était la première fois que M. Meikle me laissait sans voix à cause d'un compliment. D'habitude, je ravalais plutôt mon irritation face à sa grande arrogance et à sa condescendance. C'était également la première fois que mon patron me considérait sans grimace de dégoût ou de déception, comme si, quoi qu'il puisse advenir, je ne serais jamais à la hauteur. J'avais fini par m'habituer à ses mimiques et à ses remarques acerbes, il était donc déconcertant de me retrouver soudain gratifiée de compliments.

Je finis par recouvrer l'usage de la parole.

— J'aime à ce que mes affaires privées le restent, monsieur.

— Oui, eh bien, je vous en félicite. (Une pointe d'agacement refit son apparition dans ses prunelles.) Lucy n'arrête pas de jacasser à propos de son fiancé. Je n'ai pas de temps à perdre avec pareilles fadaises.

Sur ce, il retourna s'enfermer dans son bureau et je me sentis alors navrée pour ma collègue. Peut-être qu'il était temps pour moi de lui laisser à mon tour des smileys sur post-it.

Cole m'avait dit qu'il avait un exposé d'anglais le lendemain, je ne voulais donc pas l'interrompre dans ses recherches en lui demandant de préparer le dîner. Je lui avais alors envoyé un message, plus tôt dans la journée, lui signalant que j'achèterais un sac de fish and chips sur le retour. Je commandai pour maman une part de panse de brebis farcie, pour le cas peu probable où elle aurait de l'appétit. Je rentrai chez moi d'un bon pas, car, le traiteur étant située sur Leith Walk, je ne voulais pas que les plats aient le temps de refroidir. Dès que j'eus franchi la porte, je me dirigeai droit vers la cuisine, où j'allumai la bouilloire avant de sortir les assiettes.

Cole apparut dans l'embrasure, l'air affamé, les yeux rivés sur le sachet de fish and chips.

— Tu as besoin d'aide ?

— Va dire à maman qu'elle a du haggis, si elle veut venir dîner avec nous dans le salon.

Il plissa les paupières, mais s'exécuta sans rechigner. Puis il revint s'asseoir à même le sol devant la table basse et attendit son repas devant la télé.

Je venais de tout apporter sur la table et de servir un verre de jus pour Cole, une tasse de thé pour moi et de l'eau pour maman, quand celle-ci apparut. Son caleçon long gris anthracite était un peu lâche ; elle traîna les pieds jusqu'à nous, comme si elle souffrait le martyre. Ce qui était sans doute le cas.

Elle se laissa tomber sur le bord du canapé ; ses cernes étaient si prononcés que je ne remarquai que ça. Elle ne tendit pas la main vers son assiette, se contentant de l'observer. Je la poussai vers elle, tout en enfournant une frite.

— Mange.

En l'entendant grogner, je détournai la tête vers la télé. Mon frère et moi fîmes mine de nous intéresser à la série comique qui y était diffusée, mais je me doutais bien, à voir Cole aussi contracté, qu'il était tout aussi conscient que moi de la présence de notre mère.

Cinq minutes plus tard, la tension commençait enfin à s'apaiser lentement. Maman picorait même dans son assiette, bien qu'avec une lenteur d'escargot. Puis elle vint tout gâcher.

Comme d'habitude.

Concentré sur l'écran, Cole avait ri à une plaisanterie et s'était tourné vers moi pour voir si je me marrais aussi. Il faisait ça depuis qu'il était tout petit. Chaque fois qu'il trouvait quelque chose amusant, il m'adressait un coup d'œil pour s'assurer que je partageais son avis. Je lui souris donc, comme je le faisais toujours.

— Pff.

Je me crispai instantanément en entendant ce soupir et Cole en fit autant.

Un « pff » émanant de notre mère était généralement suivi d'une réplique désobligeante.

— Regardez-le, ricana-t-elle.

J'étais assise en tailleur devant la table, je dus donc me tordre le cou pour voir de qui elle se moquait. Mon sang ne fit qu'un tour quand je constatai qu'elle toisait mon frère d'un air méprisant.

— Maman… l'avertis-je.

Son visage se chiffonna en une horrible expression de haine.

— Il glousse comme sa couille molle de salopard de père.

Je louchai alors vers Cole et ma poitrine se comprima face à sa mine déconfite. Il contemplait fixement le tapis, comme s'il se concentrait pour ne pas entendre ses paroles.

— Il va finir comme lui. Une pauvre merde. Il lui ressemble déjà. Pauvre m…

— Ta gueule, aboyai-je en pivotant vers elle, des éclairs plein les yeux. Soit tu restes ici et tu termines ton dîner sans un mot de plus, soit tu retournes au pieu te noyer dans l'alcool. Mais dans un cas comme dans l'autre, tu gardes tes sales remarques de poivrote pour toi.

Elle se mit à bredouiller de façon inintelligible et balança son assiette sur la table, faisant valdinguer quelques frites. Tout en se relevant, elle commença à grommeler des inepties sur l'ingratitude des gamins et leur manque de respect.

Dès qu'elle eut disparu dans sa chambre, je poussai un soupir de soulagement.

— Ne fais pas attention à elle, Cole. Tu n'as rien à voir avec papa.

Il haussa les épaules, le regard fuyant, les joues écarlates.

— Je me demande où il est.

Je frissonnai rien qu'à l'idée de le découvrir.

— Je m'en fous royalement, tant qu'il est loin d'ici.

Plus tard dans la soirée, après que j'eus fait le ménage, la vaisselle et passé du spray dans la cuisine et le salon pour nous débarrasser des odeurs de friture, je m'affalai sur le canapé à côté de mon frère. Il avait fini son exposé et se trouvait désormais cerné par les pages de la BD sur laquelle il travaillait.

Je lui tendis une tasse de chocolat chaud, puis me blottis à l'autre bout du sofa pour ne pas écraser ses dessins. Je louchai sur une feuille à l'envers, tentant d'interpréter l'image.

— De quoi ça parle ?

Cole haussa les épaules et fronça les sourcils.

— Je ne sais pas trop ce qui se passe, à vrai dire.

— Comment ça se fait ?

— Jamie et Allan bossaient dessus avec moi, mais...

Oh, oh, l'hésitation dans sa voix n'augurait rien de bon.

— Mais ?

Je fronçai les sourcils. Maintenant que j'y pensais, cela faisait plus d'une semaine que Cole ne m'avait pas demandé l'autorisation d'aller chez Jamie.

— Vous vous êtes disputés ?

— Peut-être.

Ce fut, du moins, ce que je traduisis de son marmonnement.

Oh, mince. Cole était un garçon posé et il se fâchait rarement avec ses amis, je n'étais donc pas certaine de vouloir connaître l'objet de leur brouille. Mais il s'agissait de Cole…

— Qu'est-ce qui s'est passé ?

Son nouveau rougissement m'inquiéta davantage encore.

Oh merde, ça sentait l'histoire d'ados à plein nez.

— Cole ?

Il haussa à nouveau les épaules.

— Bon, ça suffit, je vais t'acheter des poids pour t'empêcher de faire ça. Je t'ai dit des milliers de fois que hausser les épaules n'était pas une réponse. Pas plus que grommeler.

Mon frère leva les yeux au plafond.

— Et ça non plus.

— Ça n'a pas d'importance, d'accord ? cracha-t-il en se rencognant dans le canapé pour boire son chocolat, évitant à nouveau mon regard.

— Ça compte pour moi.

Son soupir interminable aurait suffi à gonfler un ballon de baudruche.

— Il a juste dit un truc qui m'a cassé les couilles.

— Hé, le réprimandai-je, parle autrement.

— Il m'a embêté.

— Qu'est-ce qu'il a dit ?

Quand Cole serra les dents, je le vis soudain comme un garçon plus vieux, presque un homme. Punaise, le temps passait à une vitesse…

— Il a parlé de toi.

Je grimaçai.

— De moi ?

— Ouais. Un truc sexuel.

Oh, mon Dieu. Je tressaillis. Il existe un certain nombre de mots qu'aucune grande sœur ne voudrait entendre sortir de la bouche de son petit frère. « Sexuel » en fait clairement partie.

— D'accord.

Il m'adressa un regard par en dessous, sa bouche déformée par une grimace contrariée.

— Tous mes potes t'aiment bien, mais Jamie est allé trop loin.

Je ne voulais pas entendre d'autres détails.

Je détournai donc subtilement la conversation.

— Est-ce qu'il s'est excusé quand il s'en est rendu compte ?

— Ouais, mais ça n'est pas la question.

— Si, c'est la question.

Je me penchai vers lui pour capter son attention, afin qu'il prenne bien conscience de l'importance de mes paroles suivantes.

— La vie est trop courte pour la gâcher de rancœurs inutiles. Jamie a eu le courage de te présenter ses excuses. Sois généreux et aie le courage de les accepter.

Il soutint mon regard pendant quelques instants, pesant le pour et le contre. Il finit par opiner.

— D'accord.

Je lui souris et me réinstallai dans le fond du canapé.

— Bien.

Dès qu'il se replongea sur sa BD, j'attrapai mon livre de poche afin de m'évader un temps dans un autre univers.

— Jo ?

— Mmm ?

— J'ai tapé sur Google le nom de ton petit copain. Malcolm Hendry.

Je redressai subitement la tête, mon pouls s'accélérant.

— Pourquoi ?

Il haussa les épaules. Encore.

— Tu ne m'as pratiquement pas parlé de lui. (Il m'adressa un regard réprobateur.) Il est un peu vieux pour toi, non ?

— Non, pas vraiment.

— Il a quinze ans de plus !

Je ne tenais pas franchement à avoir cette conversation, et surtout pas avec Cole.

— Je l'aime beaucoup. Tu l'aimeras bien, toi aussi.

Il ricana.

— Ouais, genre je vais le rencontrer un jour. Je n'ai vu Callum qu'une fois ou deux, pourtant tu es sortie avec lui pendant deux ans.

— Je ne veux pas te présenter quelqu'un qui risque de disparaître aussitôt de ma vie. Mais j'ai un bon pressentiment, avec Malcolm.

Il posa la question suivante doucement, mais avec une pointe de dédain qui m'atteignit droit au cœur.

— C'est parce qu'il est blindé ?

— Non, répondis-je fermement. Pas du tout.

— Tu sors avec des tas de branleurs, Jo, et je sais que c'est parce qu'ils ont de l'argent. Tu n'es pas obligée, tu sais. (À présent, son visage commençait à s'empourprer de colère.) *L'autre* te mène déjà la vie assez dure – ce n'est pas non plus la peine de sortir avec n'importe quel con pour son argent. Dès que j'aurai seize ans, je chercherai du boulot pour te filer un coup de main.

Je n'avais plus entendu Cole se fendre d'une tirade aussi longue depuis au moins un an. Et sa déclaration me fit l'effet d'un coup de poing dans l'estomac. Je me redressai, les joues rouges de rage.

— Surveille un peu ton langage. Et pour répondre à ta question, je sors avec un garçon qui compte beaucoup pour moi, et il se trouve qu'il a de l'argent. Et il est hors de question que tu te mettes à travailler à seize ans. Tu vas d'abord passer ton bac, puis t'inscrire à la fac, ou aux Beaux-Arts, là où tu voudras. Mais jamais de la vie je ne t'autoriserai à laisser tomber le lycée pour un boulot minable !

J'avais le souffle court tant cette pensée m'angoissait.

Cole me dévisageait, ses yeux verts arrondis de surprise.

— Bon sang, détends-toi, Jo. C'était juste une idée en l'air.

— C'est une mauvaise idée.

— Ouais, ça, j'avais compris.

Je me détendis légèrement en percevant la pointe de taquinerie dans sa voix et je me radossai avant de replonger le nez dans mon roman.

— Occupe-toi de tes dessins, gros boulet.

Il réprima son éclat de rire et posa sa tasse pour se remettre à crayonner.

Une minute plus tard, je l'observai par-dessus mon bouquin.

— Et pour info... je t'aime, mon poupon.

— Mmm, mmm, ai-au-i.

J'en déduisis que cela signifiait « Oui, oui, je t'aime aussi » en marmonnement adolescent.

Je me fendis d'un sourire chaleureux quand une onde de contentement s'insinua dans ma poitrine. Rassérénée, je me consacrai à ma lecture.

7

Même si nous étions à la veille du mois de mars, il faisait toujours aussi froid à Édimbourg. L'air glacial venu de la mer soufflait en rafales vers New Town, faisant chanceler ceux qui avaient le malheur de se diriger vers le nord sans être sous le couvert des bâtiments.

Malcolm et moi étions relativement protégés des bourrasques en faisant les magasins sur George Street, puis sur Frederick Street, avant de bifurquer sur Rose Street, une rue complètement pavée qui était l'une de mes préférées en ville. Elle regorgeait de boutiques, de restaurants et de pubs ; nous prîmes notre déjeuner dans l'un d'entre eux avant de poursuivre notre périple vers le Harvey Nichols de St Andrew Square.

— Oh non, celle-ci est immonde, dis-je à Malcolm à travers le rideau de la cabine d'essayage.

J'avais déjà essayé une quinzaine de robes, sans qu'une seule obtienne notre approbation à tous les deux. Becca prévoyait de nous emmener chez *Martin Wishart*, un étoilé du *Michelin*, et Malcolm insistait pour que j'aie une tenue neuve à étrenner à cette occasion.

— Pourquoi ? Qu'est-ce qui te déplaît ? l'entendis-je me demander en se rapprochant du rideau.

Je n'arrivais pas à croire qu'il n'en ait pas déjà par-dessus la tête ; il semblait être étonnamment patient en matière de shopping. En réalité, j'avais même l'impression qu'il y prenait plaisir. Ou du moins, qu'il prenait plaisir à me gâter... ce que je trouvais adorable de sa part.

Je me mirai dans la glace et fronçai le nez d'un air insatisfait. Le tissu était si fin qu'on apercevait presque mes tétons à travers. Elle était en outre particulièrement évasée dans le dos et était si courte qu'on aurait aussi bien pu m'épingler sur la poitrine une étiquette À VENDRE.

— Montre-moi.

— Non.

Je tendis la main pour retenir le rideau, trop tard.

Le visage de Malcolm émergea et ses prunelles sombres pétillèrent en me dévorant tout entière avant de remonter se river à mes seins. Son air malicieux céda rapidement le pas à une chaleur irrépressible.

— Si on n'était pas dans une cabine d'essayage...

Je ressentis un léger tiraillement au cœur et me demandai s'il pouvait s'agir de déception. Je supposais que Joss et Braden ou Adam et Ellie ne se seraient pas posé la question de la cabine d'essayage. Braden et Adam auraient sauté sur leur petite copine sans se soucier des conséquences.

Je secouai la tête pour chasser ces pensées. Bon, d'accord, Malcolm et moi n'entretenions peut-être pas une relation aussi passionnée que les leurs. Cela ne signifiait pas pour autant que la nôtre n'était pas géniale.

Je me forçai à sourire d'un air incrédule.

— Tu la trouves sexy ?

— Dans une chambre à coucher, oui.

— Je ne crois pas que ce soit le but.

Je le considérai avec une expression dubitative.

— Essaie la verte. Elle est parfaitement raccord avec tes yeux magnifiques.

Je l'embrassai fugacement pour le compliment et laissai retomber le rideau afin de me retrouver seule dans ma cabine.

Il avait raison. Cette robe droite de chez Lanvin était époustouflante.

Une fois nos emplettes réalisées, Malcolm héla un taxi pour se rendre sur un chantier qu'il voulait visiter et effectua un détour pour me déposer chez moi. Il savait que je ne l'inviterais pas à monter. J'étais prête pour mon dîner du samedi avec Becca et Cam. Du moins aussi prête que possible, grâce à la robe de couturier qui me servirait d'armure et à Malcolm qui me ferait office d'escorte.

Malheureusement, ce soir, au boulot, je n'aurais ni armure ni escorte.

Je détestais cette nuée de papillons qui s'envola dans mon ventre à l'idée de travailler avec Cam ; j'imaginais déjà les dégâts que causeraient ses propos acerbes à mon ego déjà fragilisé.

À l'évidence, je n'avais pas encore le cuir assez épais.

Un kaléidoscope de lépidoptères voletait encore dans ma poitrine quand je pénétrai dans le bar ; et quand j'aperçus Cam et Joss plaisanter en essuyant des verres, je sentis les insectes me remonter dans la gorge, m'empêchant de respirer.

Il ne manquait plus que ça.

Je descendis les dernières marches et passai sous le comptoir, leur adressant un rapide sourire de bonjour avant de me diriger droit vers la salle du personnel. Deux secondes plus tard, Joss m'avait rejointe et la musique crachait dans les haut-parleurs du bar. J'entendis Brian hurler à quelqu'un de baisser le son et le volume retomba à un niveau supportable.

— Qu'est-ce qu'il y a ? me demanda Joss. On dirait que tu as mordu dans un citron particulièrement acide avant d'entrer.

Je me débarrassai de ma veste avec une petite moue.

— Ah bon ? Je ne vois pas ce qui te fait croire ça.

— Tu as peur que j'essaie encore de te brancher avec Cam.

— Tu penses ? Je ne vois pas ce qui te fait croire ça.

Joss fit la grimace.

— Allez, assez de sarcasmes. Écoute : je ne vais rien faire du tout.

Je me tournai vers elle, fourrant mon téléphone dans ma poche arrière.

— Comment ? Ta carrière d'entremetteuse est terminée avant même d'avoir véritablement commencé ?

Elle contracta brièvement la mâchoire avant de répliquer :

— Oui. Je te le promets.

— Et qu'est-ce qui a pu te faire changer d'avis ? Non pas que je m'en plaigne, hein, m'empressai-je d'ajouter.

Restant de marbre, adoptant simplement une mine traumatisée, Joss soutint mon regard curieux.

— Ellie m'a forcée à endurer une adaptation du *Emma* de Jane Austen, afin de me montrer les choses à faire ou à ne pas faire quand on cherche à marier les gens. Ensuite, elle m'a infligé *Clueless*, un film pour ados, qui s'avère être tiré de la même histoire.

Elle me laissa méditer là-dessus, m'encourageant silencieusement à compatir à son malheur.

Je tentai de réprimer mon rire. Sincèrement.

Mais pas assez fort.

Je rejetai la tête en arrière et me cognai le crâne contre mon casier, en proie à une crise de fou rire. Je ne pouvais m'empêcher de visualiser la situation, devinant à quel point Ellie avait dû prendre la chose au sérieux.

— Oh, mon Dieu ! m'exclamai-je, le souffle court. Ça a dû être très douloureux.

Une nouvelle expression de souffrance lui déforma le visage, comme si elle revivait la scène.

— Douloureux est encore loin du compte. Tu sais ce qu'il y a de pire que de regarder un film dramatique ?

— Non.

— L'analyser.

Cela suffit à me faire glousser de plus belle.

— Arrête de ricaner. Ce n'est pas drôle.

— Oh, si, c'est hilarant. Tu l'as bien mérité.

Elle grommela.

— Ouais, sans doute.

Une fois calmée, je secouai la tête et essuyai les larmes qui me coulaient des yeux.

— Je n'arrive toujours pas à comprendre comment quelqu'un que ce genre de film exaspère peut écrire un roman sentimental.

Elle me décocha un regard assassin.

— Ce n'est pas un roman sentimental. C'est l'histoire de mes parents.

— Ouais, et tes parents ont vécu une histoire passionnée et sentimentale.

Elle étrécit dangereusement les paupières.

— Tu tiens vraiment à ce que je redevienne entremetteuse ?

Cette simple évocation me fit frémir.

— Sûrement pas.

— Alors, tais-toi.

Son ton belliqueux m'arracha un ricanement nasillard. Elle était manifestement furieuse que ses tentatives pour m'éloigner de ma « misère inéluctable » aient capoté si tôt.

— Tu sais, si ça peut te rassurer, je tiens vraiment à Malcolm. Et je suis loin d'être misérable.

L'éclat dans ses prunelles se tarit légèrement, et cette ambiance guillerette mourut immédiatement.

— Ce qui m'inquiète, Jo, c'est que tu n'es pas heureuse non plus.

Pendant un instant, j'eus à nouveau du mal à respirer. J'observai fixement par-dessus son épaule le calendrier accroché au mur sur lequel figurait notre emploi du temps de la semaine. Le reste du panneau d'affichage était couvert de pense-bêtes, de recettes de cocktails et de numéros de téléphone. Quand j'eus recouvré mon sang-froid, j'osai soutenir son regard.

— Malcolm saura me rendre heureuse.

Elle me scruta d'un air qui signifiait clairement : « Tu déconnes, ou quoi ? »

— Tu n'as pas l'air très enthousiaste. Vous êtes ensemble depuis trois mois, je pense que tu devrais déjà savoir si oui ou non tu es amoureuse de lui.

Je claquai la porte de mon casier, m'apprêtant à retourner dans la pièce principale pour l'ouverture. Je repensai à ce qui s'était passé, ou plutôt à ce qui ne s'était pas passé dans la cabine d'essayage un peu plus tôt, et je me surpris à me mettre sur la défensive.

— Écoute, toutes les relations ne sont pas comme la tienne ou celle d'Ellie. Il n'est pas toujours question de sexe passionné ni d'adoration mutuelle. Parfois, c'est lent, tendre et sécurisant. Cela n'en est pas moins significatif.

Joss me passa devant, le nez froncé d'agacement.

— Lent, tendre et sécurisant ? On ne parle pas d'un vieux gars en déambulateur avec un plaid sur les genoux. On parle de cul et d'amour.

— Qui parle de cul et d'amour ?

La voix grave et rauque de Cam éveilla des sensations dans mon bas-ventre.

Je me campai derrière le bar, incapable de me tourner vers lui.

J'avais espéré que mes réactions lors de nos dernières rencontres n'avaient été que de simples accidents, mais ça n'était manifestement pas le cas : mon corps semblait prendre vie et se mettre à vibrer en sa présence, et je commençais à me sentir coupable de l'attirance que j'éprouvais à son égard.

— Jo et moi, répondit Joss, encore tout à son agacement.

Elle s'adossa au comptoir et me dévisagea ; la lumière était trop faible pour que je parvienne à décrypter son expression.

Cam haussa un sourcil et me toisa à peu près de la même manière.

— Il y a du rififi au paradis ?

Puisque, pour une fois, il ne s'était pas adressé à moi avec un ricanement moqueur, je secouai la tête et consentis à lui répondre.

— Non, ça va. Joss fait juste une de ses crises.

Elle grommela pour elle-même, et les premiers clients arrivèrent au compte-gouttes, mettant un terme à cette conversation insupportable.

Durant les deux premières heures de la soirée, je réussis miraculeusement à éviter le côté du bar où travaillait Cam. J'étais à l'autre bout, tandis que Joss s'occupait du milieu. Nous échangions quelques menus propos chaque fois que nous nous rapprochions suffisamment pour couvrir le bruit de la musique. Braden, Ellie et Adam vinrent nous rendre visite, s'installant à leur table habituelle, pile en face de nous, afin que Joss et son mec puissent se lancer des regards aguicheurs. De mon côté, je parvins à faire comme si mon corps n'était pas pleinement conscient de chacun des mouvements de Cam, de tous les sourires entendus qu'il adressait aux clientes les plus charmantes, de la façon dont son jean mettait en valeur son petit cul à croquer dès lors qu'il se penchait ou des quelques rangées d'abdos bien fermes que son tee-shirt révélait quand il levait le bras pour attraper une bouteille pleine.

Il n'y avait que du muscle, là-dessous.

Je me demandais à quoi il ressemblerait, étendu sur un lit en tenue d'Adam, son corps sec et sa peau dorée exposés et prêts à être dégustés. Je m'attaquerais d'abord au V si plaisant de son buste, en léchant les contours avant de remonter sur son torse pour y apposer des baisers humides, auxquels succéderaient d'habiles coups de langue aux tétons. Je le sentirais durcir contre moi...

— Jo !

Je fus brusquement tirée de ma rêverie, renversant de partout le jus d'orange frais que je venais de sortir du frigo. Je contemplai Joss, bouche bée, les joues rouges de honte.

Elle m'observait avec un demi-sourire interrogateur.

— On t'a perdue pendant une minute. Tu étais dans quel monde ?

Mon embarras s'accrut quand j'adressai un rapide coup d'œil à Cam, occupé à servir un client. Par chance, la faible luminosité dissimulait ma gêne, mais Joss dut la lire dans mon regard et en comprendre l'origine grâce au coup d'œil pas très discret que j'avais adressé à notre collègue. Elle l'observa à son tour avant de se retourner vers moi.

— Oh, pigé, sourit-elle.

Je réprimai un grognement et servis son cocktail à ma cliente.

Deux minutes plus tard, la foule autour du bar commença à se disperser. Je m'attendais à me faire taquiner impitoyablement par Joss, quand je l'entendis jurer sous cape.

Je me tournai vers elle et la découvris, mâchoire serrée, fusillant du regard quelqu'un de l'autre côté du comptoir. Une brunette bien roulée s'était assise à côté de Braden pour engager la conversation. Il semblait lui répondre par pure politesse, mais elle était installée dangereusement près. Je croisai les yeux d'Ellie, qui venait manifestement de prendre la mesure de la situation.

Joss était trop classe pour se lancer dans un crêpage de chignons en règle, surtout avec une fille qui se contentait de se tenir trop près de son mec. Cependant, elle allait devoir faire attention à...

Oh non, la brunette venait de poser sa main sur la cuisse de Braden.

— Je reviens dans une seconde, m'annonça furieusement Joss en se baissant pour passer sous le comptoir.

Son regard glacial et son air furibond avaient suffi à alerter Braden, qui avait immédiatement retiré la main de sa voisine. Je m'accoudai au comptoir, me préparant au spectacle. Malheureusement, j'étais trop loin pour entendre Joss. Elle pouvait écorcher vif quelqu'un rien qu'avec ses paroles, le tout sans même perdre son sang-froid. Je lui avais toujours envié cette faculté à affronter l'adversité sans devenir blanche comme un linge et perdre tous ses moyens.

Un client s'approcha du bar et je m'arrachai à contrecœur à la contemplation de la scène. Tandis que je remplissais le verre de whisky de ce type, l'odeur attirante et désormais familière de Cam m'assaillit, et je me sentis chanceler légèrement.

Lorsque son souffle chaud me caressa l'oreille, mes doigts se mirent à trembler. J'écartai la bouteille du verre avec précaution. Sa présence irradiait tout mon flanc gauche, comme s'il était littéralement collé à moi.

— Désolé d'être un connard, murmura-t-il d'une voix profonde et empreinte de sincérité.

La vibration de ces mots contre ma peau me provoqua un délicieux frisson le long du dos. J'étais surexcitée. Je parvins in extremis à étouffer mon halètement de surprise.

Quelque peu déséquilibrée, je lui lançai un coup d'œil par-dessus mon épaule, constatant effectivement qu'il était presque plaqué contre moi. Il me fallut près d'une minute pour enregistrer ses excuses.

Cam soupira et baissa le menton, de sorte que nos nez se touchaient presque. Ses yeux me captivèrent et je sus que je ne pourrais pas bouger même si j'en avais l'envie.

— Je ne te connais pas, poursuivit-il en étudiant mon visage, et je n'aurais pas dû avoir de préjugés.

Son regard inquisiteur finit par se poser sur mes lèvres et son désir fut alors criant ; un fourmillement inattendu naquit entre mes cuisses. Je m'humectai les lèvres, me demandant quel goût avait sa bouche, et cela lui coupa le souffle.

Il s'écarta de moi, désormais sur ses gardes. Je me crispai en lisant de la consternation sur sa figure.

Cam était aussi attiré par moi que je l'étais par lui, même s'il n'en avait pas plus envie que moi.

Pourquoi cela ? N'étais-je pas « digne » de lui ?

Une douleur aiguë me tirailla la poitrine et je détournai la tête pour me reconcentrer sur le travail. Comme j'avais fait la leçon à mon frère la veille au soir, j'opinai.

— Excuses acceptées.

— Dis-moi, comment se fait-il que tu doives t'occuper de ton frère ? Où sont tes parents ?

Je m'éloignai pour aller servir sa commande à mon client. Je pris son billet en échange, ouvris le tiroir-caisse, puis lui rendis la monnaie. Et alors que je m'apprêtais à faire volte-face pour répondre à Cam, un autre client se présenta.

La foule recommença à affluer et Joss revint de notre côté du comptoir pour nous prêter main-forte. Tout en préparant mon cocktail, je regardai Ellie, Adam et Braden partir. J'adressai alors à Joss un sourire taquin.

— Tu l'as foutu dehors ?

Elle haussa les épaules.

— S'il vient ici pour exciter des chaudasses qui se fichent qu'il ait une copine ou non, alors oui, je le fous dehors.

— Et s'il allait dans un autre bar ? Il y aura fatalement d'autres chaudasses pour lui tourner autour.

— Ouais, mais au moins, ça ne se passera pas sous mon nez.

— Pas faux, murmurai-je en lorgnant Cam qui se penchait pour qu'une cliente puisse lui glisser quelques mots à l'oreille.

L'explosion de jalousie qui survint en moi quand il lui adressa un sourire lubrique manqua me faire tomber à la renverse.

Que m'arrivait-il ? À quoi jouait mon corps ?

J'étais avec Malcolm. J'étais heureuse avec lui.

Décrétant qu'il était grand temps de faire une pause, j'en informai Joss et partis m'isoler dans la salle du personnel pour une dizaine de minutes. Je passai l'essentiel de ce temps à me réprimander, puis parvins à reprendre suffisamment mes esprits pour retourner bosser. L'activité s'était alors tarie, et Joss et Cam devisaient calmement, tous deux appuyés au comptoir. Je pris une profonde inspiration et me décidai à me comporter en adulte.

— Quoi de neuf ? m'enquis-je d'un ton affable en allant les rejoindre.

Joss m'adressa un regard étonnamment gêné.

— Cam m'a posé des questions sur ta famille. Je croyais que tu lui en avais déjà parlé. Navrée.

Mon cœur s'emballa et une bouffée de chaleur m'envahit.

— Parlé de quoi ?

Comprenant ce que je redoutais, elle s'empressa de clarifier :

— De la maladie de ta mère et du fait que tu doives prendre soin d'elle et de Cole.

Une vague de soulagement me submergea alors et je laissai échapper un profond soupir.

— D'accord.

Malheureusement, mon comportement m'avait trahie. Quand je risquai un coup d'œil vers Cam, je le vis qui nous observait l'une et l'autre d'un air suspicieux. Il ouvrit la bouche, sans doute pour poser une autre question, mais Joss le prit de court.

— Et toi, Cam ? Est-ce que ta famille est du coin ?

Il acquiesça, sans cesser de froncer les sourcils.

— Mes parents habitent à Longniddry, un peu en dehors d'Édimbourg.

Joli, songeai-je. Longniddry était un adorable village situé au bord de l'eau. Un endroit magnifique jalonné de plages de cailloux et de vieux cottages. Je me demandais à quoi pouvait ressembler une enfance passée dans un endroit pareil.

— Pas de grand frère ou de grande sœur dominateurs ? poursuivit Joss. Pas d'accidentés de la route, de drogués ou de malades ?

Je m'efforçai de réprimer mon rire.

Cam haussa les épaules sans s'offusquer.

— Pas que je sache.

Légèrement déroutée, Joss le scruta avec méfiance.

— Es-tu en train de me dire que tu as eu une vie parfaitement normale ?

Il arbora son sourire sexy, qui m'échauffa de nouveau les sens.

— J'aime à le croire.

Joss darda sur moi un regard signifiant « Heureusement que tu es là », puis elle secoua la tête d'un air désapprobateur.

— Et moi qui pensais qu'on pourrait être amis.

Cam éclata de rire.

— Je peux m'inventer une enfance tragique, si ça te chante.

— Ou déterrer un vieux secret de famille dont je pourrais tirer un bouquin ?

— J'y réfléchis et je reviens vers toi très vite.

Il sourit puis m'observa de près, légèrement par en dessous. Ses cils étaient incroyablement longs pour un garçon.

— J'ai commis l'erreur de dire à Becca que j'étais libre samedi, et j'ai cru comprendre qu'elle s'était empressée de réserver une table pour quatre chez *Martin Wishart*.

Ouais, je suis sûre que tu n'as pas la moindre envie de dîner avec moi.

— Oui, Malcolm m'en a parlé.

— Bon, je suppose qu'on va manger ensemble, alors.

Joss gloussa, et tandis qu'elle se retournait pour prendre une commande, elle se fendit d'un commentaire inutile :

— Essayez de ne pas vous entretuer.

J'eus un petit sourire affecté en regardant Cam et le regrettai immédiatement. Il semblait essayer de me comprendre, comme si je représentais une énigme qu'il était déterminé à résoudre.

Mon corps s'embrasa de se savoir ainsi considéré, mais mon esprit me hurlait de m'enfuir aussi loin de lui que possible.

8

Même si Joss servait de tampon entre Cam et moi, la tension entre nous ne s'amoindrissait pas. Le vendredi soir, je dansai autour de lui comme une idiote, cherchant à tout prix à ne pas répéter la scène de la veille. Joss n'arrêtait pas de me jeter des coups d'œil en biais, comme si elle s'attendait à ce que je donne vie à un alien d'un instant à l'autre, tant je me comportais bizarrement.

Lorsque Malcolm m'avait téléphoné dans la journée, je m'étais sentie tout honteuse rien qu'à entendre le son de sa voix, comme si je l'avais trompé en caressant ces pensées impures. J'étais loin d'être parfaite. Ce n'était pas comme s'il ne m'arrivait pas d'être impitoyable quand je partais en chasse. Je tâchais de ne pas penser à la souffrance des filles qui paieraient les pots cassés de la mauvaise conduite de leur mec, et j'essayais de rationaliser la chose en me disant que ça n'était pas si grave d'être au cœur de pareille trahison, car Cole avait besoin que j'épouse une personne telle que Malcolm. C'était parfaitement faux. Cela impliquerait que, quelque part, la décision ne m'appartenait pas. Alors que j'avais le choix. Et j'avais choisi. De façon égoïste.

Toutefois, je mettais un point d'honneur à ne pas tromper physiquement quelqu'un. Ou du moins à ne pas être la trompeuse.

Baver sur Cam semblait se situer un poil trop près de cette ligne jaune.

Par chance, comme toujours, le rythme de cette soirée du vendredi était bien trop intense pour nous permettre de discuter entre collègues. Cam se fendit évidemment de quelques plaisanteries pour nous faire rire ; Joss, comme à son habitude, décocha des remarques pleines d'esprit. Quant à moi, je décidai d'oublier la présence de Cam en me concentrant sur le fait de remplir au maximum le bocal à pourboire.

Je flirtais donc gaiement, sans me soucier des gros yeux que me réservait Joss chaque fois qu'elle m'entendait glousser comme une fillette. Elle m'avait expliqué un jour que j'avais un vrai gloussement et un faux gloussement. Si elle trouvait le vrai « adorable », le faux – celui que j'employais, selon elle, pour convaincre un homme qu'il était le personnage le plus drôle que j'aie jamais rencontré – la rendait chèvre.

Si elle s'était doutée que cela me donnerait envie de le faire résonner plus souvent...

Je m'occupais de trois garçons qui n'étaient pas beaux à couper le souffle, mais néanmoins charmants et sexy dans leur genre ; et l'attention qu'ils me portaient me flattait.

— Sérieux, tu devrais sauter par-dessus le bar et passer le reste de la soirée avec nous, insista l'un d'eux avec un sourire en coin.

J'arrivais généralement à déterminer quand un type était libidineux, mais eux s'amusaient juste.

Je m'accoudai au comptoir et rendis sa monnaie au plus petit d'entre eux, avant de caler mon menton dans le creux de ma main avec un air songeur.

— Mmm, et vous m'emmèneriez où ?

— Il paraît que le *Fire* est une super boîte, suggéra celui du milieu, les prunelles pétillant d'espoir.

Je ricanai et embrassai la salle d'un geste du bras.

— Quitter une boîte pour une autre ? Non, vous allez devoir trouver mieux que ça.

J'ébauchai un sourire et les regardai se pencher vers moi, les yeux rivés sur mes lèvres.

— Le *Voodoo Rooms*, proposa le petit en hochant la tête, manifestement convaincu de la qualité de son idée.

Je secouai tristement le chef en réponse.

— Élargissez un peu vos horizons, les garçons.

Celui au sourire le plus canon s'approcha encore, de sorte que nos visages se touchèrent presque. Je plongeai mon regard dans le sien, tandis qu'il me scrutait avec intensité. Soudain, je compris qu'il avait cessé de jouer et mon sourire se tarit légèrement. Il se focalisa sur ma bouche.

— Je t'emmènerai n'importe où, chérie, même au bout du monde, si tu me laisses ton numéro.

J'entendis un raclement de gorge juste avant qu'une main chaude se pose sur mon ventre. Je sursautai de surprise et tordis le cou pour découvrir Cam, penché par-dessus mon épaule.

C'était *sa* main qui me touchait.

Il m'attira doucement à l'écart du comptoir.

— Excuse-moi, murmura-t-il.

Son expression était parfaitement neutre ; les muscles de sa mâchoire se contractaient spasmodiquement. Son toucher m'avait électrisé le corps et mon derme était parcouru de picotements d'excitation ; tout à ma stupeur, je le laissai m'écarter du comptoir, enroulant son bras autour de moi. Sa paume glissa jusqu'à ma taille, remontant délicatement mon débardeur afin de pouvoir effleurer ma peau nue. Il me maintint en place tout en se baissant pour attraper une bouteille d'alcool. Quand il se redressa, nos regards se croisèrent et il me fallut lutter de toutes mes forces pour ne pas le toucher moi aussi.

Comme s'il venait de prendre conscience que sa main était toujours posée sur moi, il recula d'un pas et branla du chef, avant de s'en retourner vers son côté du bar. Je le contemplai trop longuement, me demandant pourquoi il avait ressenti ce besoin de me toucher, de me déplacer au lieu de me demander de m'écarter. En temps normal, j'aurais perçu ça comme une marque d'intérêt, une invitation, mais Cam m'envoyait en permanence une multitude de signaux contradictoires. Je le fixai si longtemps que, quand je me retournai vers les clients avec lesquels j'avais largement flirté, ils avaient mis les voiles. Avec leur pourboire potentiel.

Merde.

Tout ça à cause de Cam.

Le reste de la soirée passa en un éclair et, comme je m'étais efforcée de le faire ces derniers temps, je m'empressai de partir sitôt que nous eûmes fini de nettoyer.

Je m'élançai d'un bon pas dans un froid glacial, évitant les ivrognes qui, en apercevant une jeune femme seule, pourraient décider qu'il s'agissait de la cible idéale pour éprouver leurs techniques d'approche. Joss ne supportait pas de me savoir rentrer à pied au milieu de la nuit, mais j'en avais l'habitude. En outre, mon porteclés était équipé d'une alarme anti-agression, et je gardai toujours une bombe lacrymogène dans mon sac pour le cas où.

Je gravis rapidement l'escalier humide de mon immeuble et m'écroulai presque contre ma porte d'entrée de soulagement et de fatigue. Enfin chez moi ! Considérant qu'une tasse de thé me ferait le plus grand bien, je me dirigeai vers la cuisine pour allumer la bouilloire, mais fus stoppée net.

Une vague de ressentiment m'envahit quand je découvris ma mère, ivre morte sur le carrelage. Par chance, elle était en pyjama. Je l'avais déjà trouvée toute nue dans le même état.

Je me demandai depuis combien de temps elle était là, redoutant à la fois qu'elle ait pris froid, mais qu'elle se soit également à nouveau esquinté le dos.

Je secouai la tête, ravalant des sanglots d'agacement et d'épuisement. Je me défis de ma veste et réfléchis une minute au meilleur moyen de la ramener dans sa chambre sans réveiller Cole et sans aggraver sa hernie. Je me décidai à la traîner le plus délicatement possible.

J'entrepris donc de le faire dans le plus grand silence. Je la saisis sous les aisselles et progressai à reculons hors de la cuisine. Son pied heurta le rebord de la porte, la faisant claquer contre le mur, et je grimaçai, me figeant sur place. J'espérais que cela n'avait pas réveillé Cole.

Malheureusement, j'avais à peine recommencé à la tirer que j'entendis la porte de sa chambre s'ouvrir. Je me retournai et le trouvai debout au milieu du couloir, me contemplant de ses petits yeux chassieux.

— Pardon, mon chou. Retourne te coucher, chuchotai-je.

Il se contenta de grogner en secouant la tête et s'approcha de moi d'un pas lourd.

— Besoin d'un coup de main ?

— Non, ça va.

Il grommela de nouveau et alla se positionner aux pieds de maman. Il les souleva sans peine et nous la transportâmes vers son lit. Je l'examinai, tout en tâchant de regarder où j'allais. Cam, encore en pleine croissance, faisait déjà ma taille. Il était intelligent et n'était pas tombé sur les meilleurs parents au monde. Cela lui avait conféré cette lueur lasse dans le regard qui lui conférait un air plus âgé qu'il ne l'était. Cela m'attristait de voir mon petit frère grandir si vite.

Bien sûr, ce n'était pas la première fois qu'il m'aidait à mettre notre mère au lit.

Une fois qu'elle y fut, j'entrepris de la border, espérant que cela suffirait à compenser le mal causé par la fraîcheur du carrelage. Lorsqu'elle fut bordée d'aussi près que possible, je me glissai hors de sa chambre et rejoignis Cole dans le couloir.

Je lui adressai un sourire qui trahissait mon épuisement et mon abattement.

Il s'en rendit compte et il fit disparaître son chagrin naissant d'une moue amusée.

— J'ai inventé un nouvel exercice de muscu. Ça va nous rapporter des tonnes de blé.

Mes lèvres frémirent.

— Et qu'est-ce que c'est ?

— Ça s'appelle Maman Bourrée. C'est un savant mélange d'haltérophilie et de cardio.

Je le scrutai un instant, laissant sa plaisanterie faire son chemin, puis j'éclatai d'un rire irrépressible et l'attirai tout contre moi. Je sentis les larmes poindre quand il me rendit mon étreinte.

Il était ma bouée de sauvetage.

Je ne savais pas ce que je ferais sans lui.

9

Je me réveillai en milieu de matinée. Je restai allongée sous la couette, rechignant à me lever. Pour faire des économies de chauffage, j'avais branché le programmateur. Les radiateurs tournaient ainsi deux heures le matin, puis le soir à partir de 17 heures. L'air extérieur à mon délicat cocon était glacial et je poussai un gémissement d'indignation.

Quelques heures plus tôt, Cole avait pointé la tête dans ma chambre pour me rappeler qu'il passait la journée et la nuit chez Jamie. Je me souvenais de lui avoir grommelé de prendre vingt livres dans mon porte-monnaie en cas d'urgence et de m'être rendormie aussitôt.

Je pivotai de côté pour lire l'heure sur le radioréveil posé sur ma table de chevet. Il était 10 h 30. Je devais impérativement me lever et aller faire quelques courses avant de me préparer pour mon horrible soirée en compagnie de Becca et de Cam.

Argh.

— Allez. Un, deux, trois, comptai-je.

À « trois », je rejetai ma couette et bondis hors du lit. C'était le seul moyen d'y parvenir. J'étais incapable de me glisser lentement hors des couvertures, certaine de replonger dans le sommeil avant de m'en être extraite. Grelottante, je considérai mon matelas avec envie.

Une moue aux lèvres, je fonçai dans le couloir pour allumer le chauffe-eau en prévision de ma douche. Je passai le temps avec une tasse de thé et ouvris la porte de la chambre de ma mère pour prendre de ses nouvelles.

— Bonjour.

— Bonjour, marmonna-t-elle en se pelotonnant sous la couette. Il fait un froid de mort.

C'est parce que tu t'es évanouie sur le carrelage de la cuisine pendant je ne sais combien de temps.

— Tu veux une tasse de thé et des toasts ?

— Oui, ça me ferait du bien, ma chérie.

Elle disparut un peu plus profondément sous la couette en se roulant en boule.

Après avoir préparé son petit déjeuner et m'être assurée qu'elle le mangeait bien, je la laissai seule et me préparai à affronter la journée. En plus de la nourriture, il fallait que j'achète une carte d'anniversaire pour Angie, une copine du salon de beauté où j'avais travaillé des années plus tôt. Avant Joss, je n'avais jamais eu de véritable amie à cause de... disons... mes petits secrets, mais Angie et Lisa, rencontrées toutes deux à l'institut, étaient celles qui s'en approchaient le plus. Je ne les avais plus vues depuis des mois, même si nous restions en contact régulier par SMS.

J'enfilai ma veste en laine sanglée à la taille, enroulai autour de mon cou une écharpe interminable et rentrai mon jean dans mes Uggs. Mes cheveux propres du matin me cascadaient sur les épaules et dévalaient dans mon dos en désordre. Je savais que j'aurais meilleure allure en les attachant, mais je frissonnais d'avance à l'idée d'exposer mes oreilles à la morsure du froid.

J'attrapai mes gants et un sac à main et me préparai à sortir.

Je criai au revoir à ma mère et me précipitai jusqu'à la porte, ayant comme d'habitude hâte de me trouver n'importe où sauf enfermée dans l'appartement avec elle. Je descendais lentement les marches tout en mettant mes gants, quand un rire masculin me fit m'immobiliser avant le palier inférieur.

L'appartement en dessous du nôtre semblait avoir trouvé preneur.

La porte en était grande ouverte et je contemplai, les yeux écarquillés, les deux hommes qui s'apprêtaient à la franchir avec une table basse.

— Tu as cogné le pied.

Celui qui venait de se moquer de son compagnon était un brun extrêmement grand, vêtu d'un polo de rugby.

L'autre était légèrement plus petit, mais large d'épaules ; des cheveux noirs en bataille émergeaient de sous son bonnet. Quand il se retourna pour sourire effrontément à son ami, je compris que c'était un sportif. Il était magnifique et son sourire indiquait qu'il savait jouer de ses charmes.

— Il ne s'en rendra jamais compte.

— Ça a abîmé le bois.

— Bof, ça lui donne du caractère.

Je descendis d'une marche et leurs regards convergèrent vers moi. Je me sentis légèrement mal à l'aise en jetant un coup d'œil par l'ouverture de l'appartement. Nous avions un nouveau voisin. Un nouveau voisin qui aurait à subir les vagissements éthyliques de ma mère. *Génial.*

Celui au bonnet sourit d'un air approbateur en m'apercevant et m'étudia des pieds à la tête. Je jetai un rapide coup d'œil à son ami, qui me détaillait avec tout autant d'attention. J'adoptai machinalement mon attitude enjôleuse et leur rendis leur sourire en y ajoutant un petit signe de la main.

— Salut.

Bonnet ajusta le poids de la table et me demanda :

— Tu habites ici ?

— À l'étage du dessus.

Il poussa un soupir écœuré et secoua la tête en se tournant vers son copain.

— Cam a toujours eu le cul bordé de nouilles.

Je me crispai immédiatement en entendant son nom.

— Qu'est-ce qui vous prend si longtemps ?

Une voix grave et familière émergea de l'appartement. Quand il sortit sur le palier, j'étais encore bouche bée.

— Cam ? glapis-je, incrédule.

Surpris, il me considéra.

— Hé… (La tête du plus grand pivota de moi, à Cam, à Bonnet.) Il la connaît déjà.

Je ne relevai pas. Mon cœur tambourinait dans ma poitrine, alors que mes yeux étaient désormais rivés sur mon nouveau voisin. Il était debout devant moi, paré d'un vieux tee-shirt et d'un jean déchiré, avec ses bottines, ses cheveux en vrac et ses cernes prononcés. En dépit de son manque de sommeil évident, il semblait vibrer d'une énergie qui m'aspirait tout entière. Dès lors qu'il pénétrait dans une pièce, les occupants de celle-ci pouvaient ressentir sa vitalité, sa force. Rares étaient ceux qui possédaient ce genre de prestance. Braden Carmichael en faisait partie. Cameron MacCabe également.

Et voilà qu'il s'installait juste en dessous de chez moi ? J'étais incapable de recouvrer mon calme à l'idée de le savoir si proche de mes secrets et de mes hontes.

— Tu emménages ici ?

Il leva les yeux vers l'étage supérieur.

— Tu vis dans l'immeuble ?

Un poids me lesta l'estomac.

— Dans l'appartement du dessus.

— Bon sang, soupira Cam, apparemment aussi déconfit que moi par cette nouvelle. Le monde est petit. *La ville, surtout.*

— Très, confirmai-je.

Comment était-ce possible ? Le destin me haïssait-il à ce point ? C'était la nouvelle la plus malvenue et la plus atroce des coïncidences qui pouvaient me tomber dessus.

— Hé, ça commence à être lourd, se plaignit le grand en désignant la table basse d'un mouvement de menton.

J'avisai la taille de ses biceps, doutant qu'il soit effectivement en train de faiblir.

Cam leur fit signe d'entrer.

— Posez-la à l'intérieur, les mecs. Merci.

— Non, non, répondit Bonnet, tout sourire, sans cesser de me reluquer. Présente-nous d'abord à Miss Écosse.

Je m'empourprai subitement, regrettant aussitôt que ma réaction à ce compliment vienne confirmer l'opinion que Cam se faisait de moi.

Celui-ci se crispa et croisa les bras.

— Posez-la à l'intérieur, d'accord ?

Bon Dieu, j'étais donc si misérable qu'il rechignait même à me présenter à ses amis ? Réprimant la douleur qui me comprimait la poitrine, je souris à Bonnet.

— Je m'appelle Jo.

Bonnet et le grand en restèrent comme deux ronds de flan.

— Jo ? s'étonnèrent-ils à l'unisson... comme s'ils avaient entendu parler de moi.

Je fronçai les sourcils et décochai à Cam un regard interrogateur. Il était désormais raide comme un piquet et adressait à ses amis le plus infime signe de dénégation.

Ils ne comprirent manifestement pas le message qu'il essayait de leur transmettre.

— La Jo du bar ?

Cam leur avait donc parlé de moi ? Je passai d'un pied sur l'autre, redoutant de découvrir le portrait qu'il leur avait dressé.

— Elle-même.

Les deux comparses se sourirent et Bonnet me déclara :

— Moi, c'est Nate, et lui, Peetie.

J'observai le plus grand avec étonnement.

— Peetie ?

Pas le genre de surnom qu'on attribuait généralement à une personne de cette taille.

Il avait un visage agréable, ouvert et avenant.

— Gregor. Mon nom de famille est Peterson.

— Ah, je vois.

— Cam nous a beaucoup parlé de toi, Jo, reprit Nate, sans se soucier du regard assassin de mon collègue et désormais voisin.

Légèrement troublée d'avoir appris que celui-ci avait mentionné mon nom à ses amis, et secrètement curieuse de connaître les termes employés, je décidai malgré tout qu'il était temps de passer mon chemin et de me faire à l'idée qu'il s'était installé en dessous de chez moi.

À bien y réfléchir, je l'avais effectivement entendu mentionner à Joss sa recherche d'appart.

Mais… sur toute la ville, il avait fallu qu'il trouve son bonheur dans mon immeuble ?

Je fis mine de ne pas m'intéresser à ce qu'il avait déblatéré à mon sujet.

— Eh bien, ne le croyez pas. (Je passai devant Cam sans un regard et souris à ses amis.) Il a la fâcheuse habitude de se forger une opinion avant de connaître les gens.

Nate confirma.

— Ouais, il nous a raconté qu'il s'était comporté comme un connard avec toi.

Je m'immobilisai avant de faire volte-face pour observer Cam.

Ce dernier haussa les épaules, l'air toujours aussi indéchiffrable.

— Je t'ai dit que j'étais désolé.

Je me tournai brièvement vers ses deux camarades, puis braquai à nouveau mon regard sur lui.

— Eh bien, finalement, peut-être que je te crois. Voisin.

Et après les avoir salués de la tête, je repris ma descente.

— C'est elle, Jo ? demanda Nate suffisamment fort pour que je puisse l'entendre même après avoir disparu dans l'escalier.

Je ne pus m'empêcher de tendre l'oreille pour écouter.

— Chut, siffla Cam. Venez m'aider à déballer les affaires.

— Dieu tout-puissant, tu ne plaisantais pas, hein ? Ses jambes font des kilomètres...

— Nate...

— Putain, mec, comment tu fais ? Si tu n'es pas encore raide dingue de cette fille, moi, si.

Le grognement de Cam arriva jusqu'à moi.

— Putain, entrez là-dedans !

Je sursautai quand il claqua sa porte et m'arrêtai sur le dernier palier. Bordel, qu'est-ce que cela signifiait ? Qu'est-ce qu'il avait bien pu leur raconter ?

La simplicité du décor du restaurant, tout en bois clair, en beige apaisant et en crème, aurait dû apporter calme et sérénité à la situation.

Mais non.

J'étais assise à côté de Macolm, en face de Becca et Cam, et priais silencieusement pour être la seule à percevoir la tension étouffante qui régnait autour de la table. Nous avions commandé et dégusté nos amuse-bouches, Malcolm et Becca se chargeant d'alimenter la conversation. Alors que nous attendions l'arrivée de nos plats, je remuais sur ma chaise, gênée par le silence pesant qui s'était installé depuis peu.

Dès notre arrivée, j'avais fourni de gros efforts pour éviter de regarder Cam. Je n'avais pas cessé de penser à lui de la journée et j'avais l'impression que mon pouls n'avait pas ralenti depuis notre rencontre fortuite du matin. Les pires scénarios se jouaient dans ma tête. Cam entendant ma mère, Cam découvrant pourquoi il lui arrivait parfois d'être aussi bruyante, Cam transmettant maladroitement l'info à quelqu'un d'important à mes yeux... Malcolm, par exemple.

Et oui, pour être tout à fait honnête, je m'inquiétais aussi que la piètre opinion qu'il se faisait déjà de moi soit oblitérée par la condition de ma mère. Je n'arrivais toutefois pas à comprendre pourquoi son avis m'importait tant. Je ne le connaissais pas. Je ne savais pas quel genre d'homme il était.

— J'adore ta robe, Jo. Malcolm a bon goût, pas vrai ?

Becca m'adressa un sourire par-dessus son verre de vin.

Je parvins miraculeusement à sourire en retour, même si je n'arrivais pas à déterminer si elle était sincère ou sarcastique.

— J'adore la tienne aussi, répliquai-je.

C'était vrai. Elle portait une tenue sombre rehaussée de paillettes dorées, au col haut et à la jupe courte. Sans doute aussi élégante que chère.

Comme toujours, Malcolm était tout fringant dans son costume trois-pièces, avec sa cravate émeraude assortie à ma robe. Quant à Cam... eh bien... Cam était fidèle à lui-même.

Même si j'avais jusqu'ici réussi à esquiver son regard, cela ne m'avait néanmoins pas empêchée de l'observer en douce. La seule concession faite à son accoutrement habituel était un pantalon de costume noir – qu'il portait avec un tee-shirt imprimé, une veste de motard élimée et ses traditionnelles bottines. Par politesse, il avait accepté de se défaire de son cuir pour le repas.

Quelque part, je ne pouvais m'empêcher de l'admirer. Il s'habillait comme il l'entendait, se foutant éperdument de l'opinion des autres. C'était sans doute ce qui le rendait si attirant, quelle que soit sa tenue.

— Tes chaussures aussi sont mignonnes, reprit Becca avec un sourire. Je les ai vues pendant que tu traversais la salle.

Cam ricana, jouant distraitement avec sa fourchette et sa serviette tant il semblait s'ennuyer. Il se fendit d'un sourire en coin.

— Macolm, j'adoooore ta cravate. Elle fait idéalement ressortir tes yeux.

Malcolm sourit à ce trait d'humour et désigna les tatouages de Cam.

— Et moi, j'aime bien tes dessins. Qu'est-ce qu'il y a d'écrit ?

Je me penchai en avant. Je me posais la même question depuis notre première rencontre.

— « Sois la Calédonie », répondit Becca en lorgnant Cam d'un air agacé. Et ne lui demandez pas de vous en expliquer le sens, il ne le fera pas.

Le picotement qui naquit entre mes cuisses au moment où Cam sourit ne me surprit même pas. Apparemment, chacune de ses attitudes était vouée à m'exciter. Nos regards se croisèrent une fraction de seconde et je détournai hâtivement la tête en me sentant rougir.

— Et le dragon ? s'enquit Malcolm. Ça signifie quelque chose ?

Cam opina.

— J'avais bu une quantité significative d'alcool quand je l'ai fait faire.

— Oh, non, s'esclaffa Malcolm. Pas ça.

— Eh si. J'avais vingt-deux ans et je sortais avec une femme plus âgée qui se révélait être tatoueuse. On a trop bu et j'ai fini dans son fauteuil ; quand elle m'a demandé ce que je voulais, je lui ai dit de me surprendre…

Il haussa les épaules.

J'éclatai de rire en l'imaginant rouvrir les yeux pour se découvrir un monstre féroce sur le bras.

— Et donc elle t'a fait un dragon noir et violet ?

Cam me réserva l'un de ses sourires à couper le souffle.

— Elle était fan de fantasy. J'aurais dû m'en souvenir avant d'accepter de m'asseoir dans son fauteuil.

— En tout cas, il est incroyablement détaillé.

— Anna est une artiste incroyable.

— Arrête, je vais finir par être jalouse, l'interrompit Becca en gloussant.

Son rire sonnait faux. Le futur était de trop. Elle but une gorgée de vin et se tourna vers moi.

— Au fait, Cam m'a parlé de l'heureuse coïncidence.

— Quelle heureuse coïncidence ? m'interrogea Malcolm.

— Oh, son nouvel appart… Il vient d'emménager dans le même immeuble que Jo. C'est l'appartement juste en dessous, en réalité.

— Vraiment ? (Malcolm me décocha une œillade provocatrice avant de sourire à Cam.) Il va falloir que tu me le décrives. Jo refuse que je m'en approche.

Je me tortillai sous l'œil inquisiteur de mon nouveau voisin, qui semblait me demander : « Mais quel genre de relation vous entretenez ? »

— Ça ressemble à n'importe quel autre immeuble d'Édimbourg.

— C'est très explicite, Cam, merci beaucoup. Tu es aussi nul que Jo !

— Tu as mis longtemps pour déménager ? s'enquit Becca alors que nos plats arrivaient enfin.

Cam attendit que nous soyons tous servis pour répondre.

— Toute la journée.

— Tu sais, tu aurais gagné du temps si tu avais accepté de te débarrasser de toutes tes BD.

— J'ai déjà décliné cette proposition, lui répliqua-t-il avec indolence.

Becca secoua la tête et nous prit à témoin, visiblement agacée.

— Il en a des centaines, encore sous plastique. Des cartons entiers. C'est ridicule. Je sais que je devrais comprendre parce que je suis une artiste, mais, franchement, ça me dépasse.

Malcolm abonda dans son sens.

— Je dois bien reconnaître que j'ai moi-même du mal avec cette fascination pour les BD.

Je me surpris à intervenir, en pensant aux créations de Cole, à tous ces univers qu'il avait partagés avec moi à travers ses comics ou ses romans graphiques.

— Je ne sais pas. Je les trouve assez captivantes, finalement. La plupart du temps, il est question de personnes ordinaires s'élevant vers l'extraordinaire. On voit ça tous les jours dans les livres. Il se trouve que ceux-ci ont en plus des dessins géniaux pour illustrer ce que les mots ne peuvent pas décrire.

Je voulus ignorer la réaction de Cam à ma prise de position, mais l'intensité de son regard attira le mien et quand nos yeux se croisèrent, ni lui ni moi ne nous détournâmes. Son sourire délicat et ses prunelles inquisitrices me coupèrent le souffle.

— Joss m'a dit que ton frère écrivait et dessinait les siennes.

L'image de Cole me permit de me détendre un peu.
— Il a beaucoup de talent.
— J'adorerais y jeter un coup d'œil, à l'occasion.
— Je pense qu'il serait content.
J'ignorais ce qui m'avait poussée à dire ça. Je ne voulais pas que Cam approche mon frère ou mon appartement. Mais la façon dont il me regardait... c'était comme s'il avait vu en moi autre chose que mon joli minois, mes longues jambes ou mes seins provocants. Les mots sortis de ma bouche lui avaient plu et je me délectais de remonter dans son estime.
J'étais tellement débile.
— Jo ?
Cela m'arracha à ma contemplation de Cam.
Non. Je me crispai. *Ce n'est pas possible.*
Je me retournai sur mon siège et croisai le regard d'une personne qui m'était loin d'être inconnue. Une soudaine douleur me tordit l'estomac, tandis qu'une horde de réminiscences m'assaillait.
Oh, mon Dieu. Le sort avait-il décidé de s'acharner sur moi, aujourd'hui ? Enfin, tant de coïncidences étaient-elles possibles en une seule journée ?
— Callum ?
J'étudiai par le détail le visage magnifique de mon ex. Je ne l'avais pas vu depuis environ un an. Nous nous étions croisés un nombre incalculable de fois depuis notre rupture, trois ans plus tôt, mais jamais dans un endroit où nous pouvions discuter.
Je remarquai quelques ridules autour de ses yeux qui n'existaient pas à l'époque, mais elles ne faisaient qu'ajouter à son charme. Ses cheveux bruns et soyeux étaient parfaitement coiffés, et son costume était taillé à la perfection pour mettre en valeur son physique impeccable. La petite brunette à son côté était une beauté au visage juvénile d'à peu près mon âge.

— Jo, ça me fait tellement plaisir de te voir.

Il s'éloigna de sa compagne et j'aperçus une flamme vaciller dans ses prunelles. Je me levai de table et il me prit aussitôt dans ses bras. Il portait toujours le même parfum, qui fit remonter à la surface d'agréables souvenirs. Callum était le meilleur coup que j'avais jamais eu ; rien de pervers ni de particulièrement osé, mais des ébats truculents et on ne peut plus satisfaisants. Je me demandai avec tristesse si c'était pour ça que j'étais restée si longtemps avec lui.

Ses mains avaient tout naturellement glissé le long de mon corps lors de son embrassade et l'une d'elles reposait désormais dans le bas de mon dos, l'autre touchant carrément mes fesses.

— Tu m'as manqué, murmura-t-il en me serrant plus fort.

Je partis d'un petit rire nerveux en me défaisant de son étreinte.

— Toi aussi.

Malcolm se racla la gorge. Il nous observait par en dessous, haussant des sourcils interrogateurs.

— Oh, Malcolm, je te présente Callum Forsyth. Callum, voici mon petit ami, Malcolm Hendry.

Malcolm se leva à moitié pour pouvoir lui serrer la main. Callum le détailla longuement et se fendit d'un discret « Bonsoir » avant de s'intéresser de nouveau à moi.

— Tu es magnifique.

— Merci.

Je jetai un coup d'œil à sa cavalière, me demandant s'il allait faire les présentations. Suivant mon regard, il sembla soudain se souvenir de sa présence.

— Oh, et voici Meaghan. Ma fiancée.

Waouh, drôle de manière de saluer son ex devant sa future femme. Je me retins de le réprimander.

— Ravie de vous connaître.

— Moi aussi, répondit-elle poliment en adressant un sourire adorable à son homme.

Si j'étais à sa place, je serais furieuse de voir mon fiancé poser sa main sur un autre cul que le mien. Si j'étais à sa place, je...

Arrête, Jo, me réprimandai-je. *Tu dis des conneries. Si tu étais à sa place, tu aurais fait comme si tu n'avais rien remarqué, histoire de ne pas provoquer de dispute.*

En contemplant mon ex et sa nouvelle amie, je constatai que rien n'avait changé. Elle avait beau être petite et brune, elle n'en demeurait pas moins une autre version de moi-même. Cet air de nostalgie sur le visage de Callum évoquait sans doute uniquement notre vie sexuelle, car en dehors de ça... il ne me connaissait pas.

J'étais la petite amie idéale. Avec le recul, je ne me souviens pas que nous ayons eu une seule prise de bec. Pourquoi ? Parce que je ne me disputais jamais. J'étais toujours d'accord avec lui, ou alors je ravalais ma langue. Je me fichais de ce que nous faisions, tant que cela le rendait heureux. J'étais l'archétype de l'agréable potiche. Et quand j'avais cessé d'obtempérer à ses moindres désirs, quand j'avais fait passer les besoins de ma famille avant les siens, il m'avait laissée tomber.

Un frisson me parcourut et je reculai d'un pas, dissipant ainsi ces souvenirs. Était-ce ce que Cam avait ressenti en me voyant au bras de Malcolm ? Me comportai-je ainsi avec ce dernier ? Nous ne nous disputions jamais. J'étais toujours d'accord... mais c'était comme ça qu'on gardait un homme, non ? Je lui adressai un rapide coup d'œil et me rendis compte qu'il avait froncé les sourcils. J'avais envie qu'il me demande en mariage, n'est-ce pas ? Peu importait qu'il se soit entiché de ma vraie personnalité ou pas.

Mon ventre se noua.

Pas vrai ?

Ça n'avait pas d'importance.

... Pas vrai ?

Je me retournai vers Callum avec un sourire pincé.

— J'y retourne, ça va être froid. Ça m'a fait plaisir de te revoir. Et j'ai été ravie de vous rencontrer, Meaghan.

Je les saluai d'un hochement de tête et repris place sur ma chaise.

Je savais qu'ils étaient partis quand Malcolm se remit à me scruter.

— Tout va bien ?

— Oui.

— Qui c'était ?

— Un ex.

Becca réprima un gloussement.

— Un ex particulièrement tactile.

— Un peu trop, marmonna Cam.

Je redressai la tête et nos regards se croisèrent. Je n'étais pas certaine de ce qu'il entendait par là. Était-il en colère ?

— En effet, renchérit Malcolm d'un ton cassant. Visiblement, ça ne le gênait pas que sa fiancée soit à côté de lui.

Et toi, ça t'a gêné ? Malcolm, est-ce que ça t'a gêné ? Je lui jetai un coup d'œil et ravalai un juron en constatant qu'il fusillait Cam du regard. Pas Callum. Cam. Je fronçai les sourcils, complètement perdue.

— Tu es fâché ?

Il quitta finalement Cam des yeux, me sourit et passa un bras derrière le dossier de ma chaise.

— C'est dans mon lit que tu finis en fin de soirée, ma chérie. Je n'ai aucune raison d'être fâché.

J'esquissai un sourire mièvre, prise de court par ce commentaire qui lui ressemblait si peu. Puis je dardai un nouveau coup d'œil sur Cam. Son assiette semblait le fasciner et, puisque je ne pouvais plus voir son visage, j'étudiai son corps. Ses mâchoires étaient serrées, son poing refermé si fort autour de sa fourchette qu'il en avait les jointures toutes blanches et ses épaules étaient toutes contractées.

C'était désormais à Cam d'être furieux ?

Bon sang, à quoi jouaient-ils tous ?

10

— Où est-ce que tu vas ?

Malcolm me passa un bras autour de la taille pour m'empêcher de sortir du lit.

Je m'immobilisai, déconcertée. Je partais toujours à cet instant-là de la soirée.

— Reste. Passe la nuit avec moi.

Le dîner s'était achevé dans un climat étrange après l'irruption de Callum. Malcolm n'était pas dans son état normal, à la fois cynique et possessif, et l'humeur de Becca avait tourné en même temps que celle de Cam. J'avais été soulagée que Malcolm y mette un terme avant de me ramener chez lui. Cependant, dès que nous eûmes franchi sa porte, il m'avait sauté dessus, multipliant les baisers appuyés et exigeants, son envie étant aussi intense qu'immédiate.

Nous avions fini par coucher ensemble sur le canapé du salon. C'était la première fois que nous ne le faisions pas dans son lit.

J'avais voulu trouver cela excitant, mais n'y étais pas parvenue. On eût presque dit un caprice de sa part, et avec toutes les idées qui me trottaient en tête, ça n'était pas un caprice que j'étais heureuse d'assouvir. Après avoir espéré ce moment pendant des mois, je n'arrivais à croire que j'étais incapable de m'en satisfaire.

Malcolm m'avait ensuite portée jusqu'à son lit, où il m'avait fait l'amour si doucement, tendrement... mais j'avais eu beau essayer, je n'avais pas réussi à déconnecter mon esprit, les réflexions se multipliant dans les méandres de mon cerveau tels les chariots dans les allées de supermarché. Toutes étaient pertinentes, mais elles n'aboutissaient à aucune issue cohérente.

— J'ai l'impression que tu es ailleurs, ce soir. (Malcolm m'attira contre lui.) Je préférerais que tu restes, mais seulement si tu en as envie.

Je pris une profonde inspiration, tâchant de me souvenir que c'était précisément ce que je souhaitais. Ainsi donc, Malcolm ne me connaissait pas aussi bien qu'il le pensait. Tant mieux. De toute façon, Cole dormait chez Jamie. La seule personne dont j'avais à m'inquiéter était donc maman et, sincèrement, j'espérais juste qu'elle ne mettrait pas le feu à l'immeuble.

Je me détendis et me blottis contre Malcolm.

— D'accord.

Il m'étreignit et me caressa le bras de façon apaisante.

— J'aimerais bien que tu me dises ce qui ne va pas.

Je me crispai de nouveau.

— Tout va bien.

— Tu dis toujours ça, mais je ne te crois pas.

Je me creusai les méninges pour trouver une excuse.

— Ma mère traverse une passe difficile, en ce moment, c'est tout.

— Tu pourrais me laisser vous aider.

Sa gentillesse me fit fondre et je lui déposai un baiser dans le cou.

— Tu m'aides déjà. Le simple fait d'être avec toi m'est d'un grand secours.

Il m'embrassa dans les cheveux.

— Tu n'étais pas avec moi, ce soir. Ni la première fois ni la deuxième. Et en tout, ça fait trois fois de suite.

Oh, mince. Il savait que je n'avais, une fois de plus, pas eu d'orgasme. Si ça se passait mal au lit, allait-il me plaquer ? Je me contractai derechef.

— Ce n'est pas une critique. Je m'inquiète, c'est tout. (Il s'écarta légèrement et me souleva le menton pour me regarder dans les yeux.) Tu comptes beaucoup pour moi, Jo. Et j'espère que la réciproque est vraie.

J'opinai rapidement, parfaitement sincère.

— Bien sûr que tu comptes pour moi. J'ai juste connu quelques semaines difficiles, mais je te promets que ça va s'arranger.

Il m'embrassa délicatement sur les lèvres et nous fit tous deux glisser sous la couette.

— Commençons par t'offrir une bonne nuit de sommeil. Tu travailles trop.

Je m'accrochai à lui, laissant sa patience et sa gentillesse agir tel un baume apaisant sur mes nerfs en pelote. Je commençais tout juste à m'assoupir quand il ajouta :

— Tu as l'air de bien t'entendre avec Cam.

Je rouvris brusquement les paupières.

— Pas tant que ça.

— Mmm. (Sa main glissa jusqu'à ma hanche pour mieux caler mon corps contre le sien.) Je ne sais pas trop quoi penser de lui. Je n'aime pas la façon dont il te regarde. Et je n'apprécie pas trop non plus qu'il s'installe si près de chez toi.

Mon corps voulut prendre ombrage du ton suspicieux de Malcolm et il me fallut produire un gros effort de concentration pour rester détendue. Son comportement durant le repas avait été si étrange...

— Je t'ai trouvé bizarre, ce soir. Je pensais que c'était à cause de Callum...

Malcolm grogna.

— Non. Tu étais mal à l'aise avec lui. Ça sautait aux yeux. Non, ça ne m'a pas dérangé.

Cam, oui, en revanche. La légère crise de jalousie de Malcolm et le fait qu'il m'ait prise sur le canapé n'avaient rien à voir avec Callum, et tout avec Cam. Il l'avait vu me dévorer des yeux, et cela avait réveillé son instinct de mâle dominant. Et même si Callum m'avait caressé le cul devant lui, ça ne l'avait pas gêné, car je n'avais pas réagi.

Alors que Cam lui avait posé problème.

Car j'avais réagi.

Je me blottis contre lui, tentant vainement de respirer calmement.

— Moi aussi, je le trouve irritant. (Je tâchai de dissimuler mon attirance en essayant de justifier autrement ma réaction.) Pour être honnête, c'est tout juste si on se parle, au boulot.

Je ne m'étais même pas rendu compte de l'état de stress de Malcolm avant de sentir ses muscles se détendre.

— Je vais me débrouiller pour lui trouver un job de graphiste. Pour faire plaisir à Becca.

C'est ça, pour faire plaisir à Becca.

Après cette conversation, je mis une éternité à m'endormir.

Mes paupières s'ouvrirent brusquement, mon cœur battant violemment dans ma poitrine. J'avais un mauvais pressentiment.

Où étais-je ? J'essayai de chasser les dernières brumes du sommeil afin de me concentrer.

Pourquoi avais-je si chaud ?

Malcolm. J'étais dans sa chambre.

Mes yeux se posèrent sur le bras enroulé autour de ma taille ; je jetai un coup d'œil par-dessus mon épaule et constatai que Malcolm était profondément endormi derrière moi.

Je cillai pour lutter contre la lumière aveuglante qui filtrait entre ses stores.

Quelle heure était-il ?

Je soulevai son bras aussi délicatement que possible, me glissai hors du lit et m'approchai à pas de loup de ma montre, restée sur son meuble oriental en laque.

— Putain, sifflai-je en découvrant l'heure.

Il était midi passé. Un dimanche. Cole avait dû rentrer tôt dans l'espoir que nous irions manger ensemble chez les Nichols. Et je n'étais pas à la maison. Où était mon téléphone ? Où était ma robe ?

Merde, merde, merde.

— Jo ? marmonna Malcolm. (Je me retournai vers le lit, d'où il m'observait avec un air ensommeillé.) Où tu vas ?

— Je ne me suis pas réveillée. Je devrais être rentrée pour m'occuper de Cole et maman.

— Fais chier, grommela-t-il. Quelle heure est-il ?

— Midi et quart.

— Je ne pensais pas.

— Et pourtant, si, répliquai-je, exaspérée.

Je n'étais pas certaine de savoir à qui j'en voulais le plus. Je traversai la chambre comme une flèche, lui plantai un rapide baiser sur la joue et tournai les talons.

— Je t'appelle plus tard ! lui lançai-je en récupérant ma robe gisant sur le sol.

Je ramassai également mes chaussures, ma culotte, mon soutif et mon sac, restés au salon, et m'habillai en hâte tout en appelant un taxi sur haut-parleur.

Il arriva en un rien de temps et je me ruai hors du duplex, frissonnant dans la fraîcheur matinale apportée par la brise soufflant de la mer, avant de me réfugier dans la douceur du véhicule. J'en profitai pour consulter mes messages.

L'un d'eux émanait de Joss, qui me demandait si je serais présente au déjeuner.

Et, bon sang, j'en avais également reçu un de Cole, envoyé des heures plus tôt, que je ne trouvais que maintenant. Apparemment, les parents de Jamie s'étaient violemment disputés et il avait pris un taxi tard dans la soirée.

Putain !

Dans mon état d'agitation et de confusion, je préférais faire l'impasse sur le repas dominical. J'en informai Joss par SMS.

Quand le taxi se rangea devant chez moi, je gravis les marches deux à deux malgré mes talons de douze centimètres, sans me soucier de les entendre claquer et résonner dans tout l'immeuble. Je jetai au passage un regard noir à la porte de Cam et franchis en trombe celle de mon appartement, où je fus accueillie par le rire enjoué de mon petit frère. Un rire suivi d'un autre, plus profond, plus grave.

— Cole ?

Je me précipitai dans le salon et m'arrêtai net dans l'embrasure.

Il était assis par terre, au milieu de ses dessins, riant aux éclats en compagnie de Cameron MacCabe. Ses prunelles pétillaient comme je ne les avais plus vues faire depuis longtemps, et l'espace d'une seconde je me désolai qu'il n'ait pas plus souvent l'air si heureux.

Puis le fait que Cam se trouve chez moi fit son chemin dans mon esprit.

Cam était *chez moi*.

Chez moi, donc *chez ma mère*.

J'en eus la nausée.

— Jo. (Cole bondit sur ses pieds, soudain plus sombre.) Je m'inquiétais.

— Je suis désolée. (Je secouai la tête en agitant mon téléphone.) J'ai eu ton message il y a à peine vingt minutes.

— Ce n'est pas grave. (Il haussa les épaules.) Tout va bien.

Cam se leva à son tour, souriant à mon frère. Quand il se tourna vers moi, sa douceur se mua en un masque d'impassibilité.

— Jo.

— Cam, qu'est-ce que tu fiches ici ? lui demandai-je, le souffle court, sans cesser de jeter des coups d'œil inquiets vers le couloir, espérant que ma mère soit bien planquée dans sa chambre.

Il fallait que j'arrive à me débarrasser de lui avant qu'elle fasse son apparition.

Il tapota l'épaule de Cole d'un geste presque protecteur, puis s'approcha de moi à grands pas.

— Il faut qu'on discute. Dans le hall.

Abasourdie, je le regardai me passer devant.

— Tout de suite, Jo.

Je frémis à son timbre impérieux, l'agacement prenant le pas sur la stupeur. Comment osait-il me parler sur ce ton ? Je n'étais pas un chien. Je le toisai d'un œil torve.

— Qu'est-ce qu'il y a ?

— Johanna, maintenant, ordonna Cam.

Je sursautai de stupeur. Il aurait aussi bien pu me fouetter le cul d'un coup de ceinture. J'adressai à mon frère un regard lourd de reproches, puis tournai les talons et suivis Cam dans l'escalier. Il avait déjà descendu la première volée de marches.

Je plantai mes poings sur mes hanches, prenant mes grands airs pour le toiser de toute ma hauteur.

— Alors ?

— Tu veux bien venir ici ?

Sa voix autoritaire m'amena à le considérer avec attention – il avait les traits tirés et ses yeux bleus me lançaient des éclairs. Il était sacrément en rogne.

— Je n'ai pas l'intention de crier pour me faire entendre.

Avec un soupir outré, je retirai mes talons, qui me faisaient désormais souffrir le martyre et les balançai dans mon appart. Puis je posai mes pieds nus sur le béton gelé des marches et allai le rejoindre. Cela acheva de me réveiller. Et me permit de me rappeler que je devais être complètement échevelée.

— Quoi ? Qu'est-ce que tu foutais chez moi ?

Cam se pencha vers moi, plantant son regard dans le mien. Sa lèvre supérieure, habituellement ourlée, était désormais pincée contre celle du bas. Ses magnifiques prunelles cobalt étaient injectées de sang et il semblait encore plus fatigué que la veille. En dépit de sa colère aussi évidente qu'inexplicable, je ne pouvais m'empêcher de me sentir terriblement attirée par lui, d'avoir envie de disparaître dans ses bras, de humer l'odeur de son shampooing.

— Tu pourrais peut-être d'abord m'expliquer quel genre de grande sœur laisserait son frère seul toute la nuit avec une mère alcoolique qui n'hésite pas à lever la main sur lui. Hein ? Quel genre de fille ferait ça à un gamin, tout ça pour le plaisir d'écarter les cuisses devant un mec qui ne connaît sans doute rien d'elle ? siffla-t-il avec un air de dégoût. Juste quand je commence à me dire que je me suis peut-être trompé à ton sujet, tu me donnes raison en me fournissant une preuve de ton incroyable égoïsme.

Je ne pouvais plus respirer.

Comment ça, maman n'hésitait pas à lever la main sur Cole ?

— J'ai dû venir aider ton frère, hier. J'ai entendu des cris chez vous et je suis monté voir si tout allait bien. Tu étais partie. Et lui restait seul avec *ça*.

Cam n'aurait pas pu avoir l'air plus déçu par mon comportement. En réalité, il semblait même fou de rage.

— Putain, tu devrais avoir honte, renchérit-il.

Les mots me manquaient.

Je sentis les larmes me monter aux yeux ; je les réprimai, refusant de me mettre à pleurer à cause de lui. Sa saillie m'avait prise par surprise et il me fallut quelques secondes pour reprendre mes esprits et décider comment réagir.

Ma première pensée fut dirigée vers Cole.

Que s'est-il passé ? La peur et une colère latente bouillonnaient en moi.

Quant à Cam, il pouvait bien penser ce qu'il voulait. Il m'avait déjà prouvé qu'il avait tendance à tirer des conclusions hâtives et qu'il savait trouver les mots pour me faire du mal. Et malgré l'attirance que j'éprouvais pour lui, je savais sans l'ombre d'un doute que je ne pourrais pas craquer pour cet homme. Il arrivait à m'atteindre bien trop facilement.

Et il ne méritait pas de réponse.

Je lui tournai le dos avec ce que j'espérais faire passer pour de la dignité froide, mais il ne me laissa pas m'en tirer à si bon compte.

Il m'attrapa par le bras et me força à me retourner ; mon visage devint livide quand cette démonstration de force me remémora d'horribles souvenirs.

— Espèce de petite connasse inutile, donne-moi ça.

Papa me saisit par le bras, enfonçant profondément ses doigts dans ma chair, et me retourna vers lui, m'arrachant ce faisant la télécommande de la main.

J'étais tétanisée par la peur du prochain coup à tomber.

— Faut toujours que tu sois dans mes pattes.

Son haleine empestait la bière quand il me la cracha au visage, la figure rougie par l'alcool et la rage. Ses yeux brûlaient de colère.

— Et t'avise pas de me regarder comme ça !

Il brandit la main et je m'arc-boutai. Ma vessie me trahit juste avant que son revers m'envoie valser à terre. Ma joue palpitait de cette même douleur crue qui m'assaillait les yeux et le nez. Je sentis l'humidité se répandre sur mon pantalon.

— Dégage de ma vue avant que je te dérouille pour de bon.

Je gémis, m'efforçant d'y voir à travers mes larmes.

— Debout !

Il fit un pas vers moi et je détalai à quatre pattes…

— Lâche-moi, chuchotai-je d'un ton paniqué. S'il te plaît, lâche-moi.

Il me libéra immédiatement.

— Jo ?

Je secouai la tête pour reprendre mes esprits. Je constatai qu'il avait pâli lui aussi. Le dégoût avait déserté son regard, remplacé par une forme d'inquiétude agacée.

— Jo, je ne vais pas te faire de mal.

Je pouffai sans humour. Trop tard.

— Ne t'approche plus de moi, Cam, parvins-je à déclarer d'une voix chevrotante.

Et cette fois, quand je fis demi-tour pour remonter chez moi, il ne me retint pas.

Je trouvais Cole debout dans le couloir, et à la colère flamboyante qui déformait ses traits, je compris qu'il n'avait pas manqué une miette de mon altercation avec Cam. Il secoua la tête, les poings serrés le long du corps.

— Je suis désolé, dit-il tandis que je refermais la porte. Il m'a aidé avec maman, et puis… il s'est intéressé à mon travail, à mes BD. C'était débile. Je le croyais sympa. Je suis vraiment désolé, Jo.

Je m'adossai à la porte, toujours tremblante. Des milliers de questions se bousculaient dans mon esprit, auxquelles je n'étais pas certaine de vouloir connaître les réponses.

— Pourquoi l'as-tu laissé entrer ?

Cole poussa un soupir et se passa la main dans les cheveux.

— Je suis rentré tard, et j'imagine que j'ai dû la réveiller. Elle était de sale humeur. Elle braillait, et je n'ai pas réussi à la calmer. Et puis j'ai entendu frapper à la porte et appeler ton nom. Si je ne lui ouvrais pas, Cam allait finir par réveiller tout l'immeuble.

Je serrai les dents. Cam connaissait la vérité pour maman.

Ma vie pouvait-elle être pire ?

— Eh bien, maintenant, il sait tout de moi.

Comme s'il se rappelait soudain la conversation qu'il venait de surprendre, Cole plissa les yeux d'un air vengeur.

— Il sait foutrement rien.

— Surveille ton langage !

Cole me contempla et j'en profitai pour scruter son visage en quête de traces. Était-ce une rougeur sur sa pommette, ou simplement la lumière ? Ma poitrine se comprima.

— Il a dit... (Je cherchai mes mots, en tortillant mes doigts tremblants.) Il a dit qu'elle te frappait.

— Ce n'est rien.

Il haussa les épaules.

Il *haussa les épaules* et tout mon univers fut sur le point de s'effondrer.

— Maman t'a tapé ? Est-ce que c'était déjà arrivé ?

Des larmes de colère menacèrent de jaillir ; Cole s'en aperçut.

Cette fois-ci, quand il me répondit, ses lèvres frémirent légèrement.

— Juste des claques, Jo. Rien d'insupportable.

Je plaquai mes mains sur mon ventre, prise de haut-le-cœur, et les larmes franchirent mes cils.

Non. Non ! NON !

Je hoquetai et me laissai glisser contre la porte.

Je croyais avoir fait tout ce qui était en mon pouvoir pour le préserver de la douleur physique et psychique qu'un parent était susceptible d'infliger à son enfant. Et je venais de découvrir que je n'en avais pas fait assez.

— Jo. (Je sentis Cole m'approcher de façon hésitante.) C'est pour ça que je ne t'en ai jamais parlé.

— Tu aurais dû. (J'essayais de respirer malgré les sanglots qui m'étouffaient.) Tu aurais d... dû me le d... dire.

Il me prit dans ses bras et, comme trop souvent ces derniers temps, je fus réconfortée par mon petit frère au lieu de lui apporter moi-même le soutien qui lui était dû.

Finalement, mes pleurs se tarirent et j'allai m'asseoir au salon, où Cole m'apporta une tasse de thé. Tandis que le breuvage diffusait sa chaleur dans mon estomac, il sembla également attiser les flammes de la rage contenue que j'éprouvais à l'égard de ma mère.

C'était une chose de négliger Cole.

C'en était une autre, infiniment plus grave, de lui taper dessus.

— Combien de fois ?

— Jo...

— Cole, combien de fois ?

— Ça a commencé cette année. Quelques gifles de temps en temps. Elle dit que je ressemble à papa. Mais je ne les lui ai jamais rendues, Jo, je te le jure.

Les grommellements de ma mère au sujet de la ressemblance supposée avec notre géniteur me revinrent en tête : l'amertume de ces commentaires, le reproche, le ressentiment. J'aurais dû m'en apercevoir. Pis, je me rappelai un bleu qu'il avait eu autour de l'œil droit quelques mois plus tôt. Il m'avait dit que Jamie lui avait donné un coup de manette un jour où ils avaient pris un peu trop à cœur leur jeu vidéo de combat. J'examinai sa joue.

— Le bleu ?

Il savait à quoi je faisais allusion. Il baissa la tête et ses épaules s'affaissèrent.

— Elle était hystérique. Elle n'arrêtait pas de me taper et j'ai essayé de m'enfuir sans lui faire mal, mais je suis tombé contre un meuble de cuisine.

Grandir avec un père violent m'avait fait détester la confrontation, les disputes, la moindre expression d'agressivité. J'étais devenue passive. Je ne m'emportais pas facilement. Jusqu'à ma rencontre avec Cam.

Et même alors, je ne pensais pas que je ressentirais un jour le genre de rage qui me consumait actuellement.

Cole avait toujours été comme mon enfant. *C'était* mon enfant.

Et je n'avais pas su le protéger.

— Je vais regarder un peu la télé, lui annonçai-je doucement, tout en essayant de réfléchir à la situation.

— Jo, sérieusement, je vais bien.

— Ouais.

Il poussa un soupir et tourna les talons.

— J'en déduis qu'on n'ira pas chez les Nichols aujourd'hui.

— Nan.

— D'accord. Bon... si tu me cherches, je suis dans ma chambre.

J'ignore combien de temps je restai à regarder fixement le poste sans le voir, hésitant entre aller plaquer un oreiller sur la figure de ma mère ou préparer nos valises, à Cole et à moi, et partir d'ici en espérant que les menaces de maman resteraient vaines. Un bruit derrière moi me fit sursauter. Je clignai les yeux et me retournai. Rien.

Je croyais avoir entendu s'ouvrir la porte d'entrée.

Voilà que je devenais folle.

Épuisée par le maelström d'émotions que je subissais depuis vingt-quatre heures, je m'affalai contre le dossier et fermai les paupières. J'avais besoin de passer sous la douche et de me changer, mais j'avais trop peur d'approcher de la chambre de ma mère. Je redoutais que ma passivité s'évanouisse et que je finisse par perdre mon sang-froid.

Quelques instants plus tard, le pire se produisit.

Maman entrouvrit la porte de sa chambre et je me redressai, sentant mes muscles se contracter à mesure qu'elle émergeait dans le couloir. Ses cheveux partaient dans tous les sens et elle plaquait contre elle sa robe de chambre rose duveteuse en se rendant dans la cuisine avec une bouteille vide et un mug.

Mon sang se mit à bouillonner. Je me levai sans réfléchir, comme si mon cerveau était tout engourdi et que mes membres se contrôlaient seuls. Le cœur battant la chamade, je la suivis dans la cuisine.

Elle se retourna en m'entendant arriver et s'appuya au comptoir après y avoir déposé sa tasse.

— Salut, ma chérie, m'accueillit-elle avec un faible sourire.

En la contemplant, tout ce qui me revint à l'esprit fut l'humiliation ressentie lorsque mon père faisait pleuvoir sur moi ses poings et ses insultes. Je n'avais aucune confiance en moi à cause de ce sale bonhomme.

Comment osait-elle infliger la même chose à Cole – tenter de défaire tout ce que j'avais pu construire pour lui épargner d'avoir un jour à éprouver cela ? C'était une douleur toute particulière de savoir que vos parents vous prenaient pour une bonne à rien, vous trouvaient si détestable qu'ils étaient prêts à défigurer ce que leur instinct premier aurait dû les pousser à protéger. Je n'avais jamais voulu que Cole ressente cette douleur...

... Et pourtant cette salope la lui avait infligée.

Avec un cri de rage animal, je me jetai sur elle. Je la plaquai contre le comptoir et sa tête vint heurter le meuble haut ; je me délectai de sa grimace de douleur.

Alors, qu'est-ce que tu ressens ? Qu'est-ce que tu RESSENS ?

Je refermai légèrement la main autour de sa gorge, moins pour lui faire mal que pour la menacer, et elle me contempla de ses yeux ronds et épouvantés.

Je me penchai vers elle, terrorisée par ma réaction, tremblant à cause de sa trahison.

Oui, de sa trahison.

Elle nous avait trahis, abandonnés au profit de son gin.

Elle m'avait trahie en s'attaquant à ce que j'aimais le plus au monde.

Je peinais à reprendre mon souffle, ma poitrine se gonflant et se vidant trop vite, et je serrai doucement mes doigts.

— Si tu recommences… (Je secouai la tête, incrédule.) Si tu retouches encore à un cheveu de Cole… je te tue. (Je raffermis ma prise.) Je te *tue*, tu as compris ?

Elle opina rapidement face à mon regard assassin, haletant de peur. Je la fusillai du regard, incapable de retirer la main qui l'étranglait.

On me toucha le bras.

— Jo ?

Lentement, mais sûrement, le monde reprit ses droits. Je frissonnai, la lâchai et pivotai sur ma gauche.

Cole était là, blême, à me dévisager comme s'il ne m'avait encore jamais vue.

Oh, putain.

Je jetai un coup d'œil par-dessus son épaule et avisai Cam, debout dans l'embrasure de la porte, la mine sombre.

Oh, putain.

Quand je me retournai face à maman, elle s'était ratatinée contre le comptoir.

Qu'est-ce qui m'arrive ?

La honte me submergea… et je m'enfuis.

Je passai en trombe devant mon frère, bousculai Cam au passage, sans lui répondre quand il m'appela. Je me précipitai vers la porte, dévalai l'escalier pieds nus, sans savoir où j'allais, sachant seulement qu'il fallait que j'échappe à la personne que j'étais devenue dans cette cuisine.

Quelque chose s'accrocha à mon bras, me forçant à m'arrêter.

Le visage de Cam m'apparut indistinctement et je tentai de m'arracher à son étreinte pour reprendre ma course, mais ses bras étaient partout. Je lui balançai des coups de poing, ruai et grondai tout en l'insultant, et plus je me débattais, plus sa voix se faisait apaisante.

— Cam, lâche-moi, suppliai-je, sentant l'épuisement me gagner. S'il te plaît.

Le premier sanglot surgit sans que je puisse l'arrêter et je me mis à pleurer bruyamment et à chaudes larmes, que j'essayai d'étouffer dans son cou quand il me serra dans ses bras.

Je m'écroulai contre lui, le laissant me bercer, tandis que mes pleurs inondaient son tee-shirt et sa peau.

— Laisse-toi aller, me souffla-t-il à l'oreille d'un ton réconfortant. Laisse-toi aller.

11

Au bout d'une éternité, ma crise de larmes s'acheva enfin. Ma respiration venait plus facilement dans la chaleur de l'étreinte de Cam, qui engourdissait quelque peu la douleur que j'éprouvais.

Je me fis la réflexion que je venais de craquer devant la seule personne qui n'aurait jamais dû voir ça.

Et qui avait réagi avec gentillesse.

Je m'écartai de son torse, lâchant subitement Cam, même s'il conserva ses mains légèrement serrées sur mes bras. Pas encore prête à soutenir son regard, je me tournai vers la gauche, et un mouvement attira mon attention. Un halètement mourut dans ma poitrine quand je découvris Cole sur l'escalier, le front profondément plissé et les yeux sombres d'inquiétude.

Cam me frictionna brièvement les épaules pour me réconforter et je ne pus plus résister au besoin de le contempler. Nos regards fusionnèrent et je fus submergée de myriades d'émotions.

L'humiliation.

La honte.

La colère.

La gratitude.

L'angoisse.

La peur.

— Je suis désolée, murmurai-je avant de reposer les yeux sur Cole. Je vais le rejoindre à l'intérieur.

— Non.

Surprise, je lançai un regard interrogateur à Cam. Il secoua la tête avec une expression préoccupée, mais résolue.

— Viens chez moi. Je vais préparer du café.

— Il faut que je parle à mon frère.

Celui-ci m'avait vue m'en prendre à notre mère. J'étais terrifiée à l'idée de ce qu'il pouvait penser de moi et je ressentais le besoin de me justifier.

— Tu lui parleras plus tard. Tu dois d'abord récupérer un peu.

J'imaginai Cole seul dans l'appartement avec maman et mon ventre se noua.

— Il n'y retourne pas sans moi.

— Tiens.

Cam me lâcha pour sortir son portefeuille de sa poche arrière. Je l'observai, méfiante, en sortir un billet de vingt livres, qu'il tendit à mon frère.

— Tu crois que tu pourrais demander à des copains d'aller voir un film avec toi à l'Omni Centre ?

Le défiant du regard, Cole descendit les quelques marches qui nous séparaient et se dirigea vers Cam avec un air autoritaire que je ne lui avais jamais vu. Il se rapprochait chaque jour un peu plus de l'âge adulte – surtout lors de journées comme celle-ci. Quand il fut à sa hauteur, il prit le billet avec un air de compréhension.

— Ouais, ça peut se faire.

— Mais…

Cole interrompit ma protestation en secouant la tête, comme un parent l'aurait fait avec son enfant. Je refermai la bouche, plus par surprise qu'autre chose, et le considérai avec un mélange de fierté et d'inquiétude quand il s'adressa à Cam.

— Je peux te faire confiance, cette fois ?

Cam poussa un profond soupir, mais lui répondit comme à un homme, d'égal à égal.

— Je sais que j'ai merdé ; dorénavant, je te promets de traiter ta sœur avec tout le respect qu'elle mérite.

J'étais littéralement abasourdie par cet échange. Mon état déjà quasi catatonique ne m'aida guère à comprendre ce qui venait de se produire, ce qui expliqua sans doute en partie que je laisse Cole empocher cet argent dont Cam devait pourtant avoir besoin et sortir de l'immeuble. Et sans doute aussi pourquoi je me laissai entraîner dans l'appartement de notre nouveau voisin.

Comme nous, il était en location, et même si la peinture était de couleur neutre, elle méritait grandement d'être rafraîchie. Les meubles de Cam étaient avant tout pratiques et confortables, l'aspect n'étant que secondaire, en dehors de son immense canapé en daim noir et du fauteuil assorti. Je m'assis machinalement sur la banquette, observant le reste de la pièce encore encombrée de cartons.

— Thé ? Café ?

Je secouai la tête.

— De l'eau, s'il te plaît.

Cam revint avec un verre d'eau pour moi et une tasse de café pour lui ; il s'installa dans le fauteuil juste en face de moi, et mon cœur se mit à faire des bonds.

Qu'est-ce que je fichais ici ? Pourquoi Cam se montrait-il soudain si gentil ? Que voulait-il ? Mieux valait que je remonte chez moi pour assumer les conséquences de mes actes.

— Jo.

Sa voix grave et râpeuse me fit baisser le menton. Je contemplais le plafond depuis plusieurs secondes sans vraiment m'en rendre compte. Quand je posai le regard sur Cam, je me crispai. Il scrutait mon visage, comme pour tenter de percer à jour mes secrets les plus enfouis. L'intensité de son examen me coupa le souffle.

— Bordel, qu'est-ce qui t'est tombé dessus dans la vie, Jo ? Comment en es-tu arrivée là ?

Un rire amer m'échappa alors. Je me posai chaque jour la même question.

— Je ne te fais pas confiance, Cameron. Pourquoi devrais-je me confier à toi ?

Son inquiétude se mua en regret et je sus que le remords visible dans ses iris n'était pas feint.

— C'est mérité. Et tu n'as pas idée de combien je me sens nul de t'avoir pris la tête avec Cole. Il est descendu ici pour me remettre à ma place. (Il se fendit alors d'un sourire contrit qui fit tambouriner mon cœur.) Je te jure que j'ai cru qu'il allait me décrocher une droite.

Je n'étais pas ravie de l'entendre et Cam dut s'en apercevoir, car il s'assombrit rapidement.

— Ce gamin ne te laissera jamais tomber, Jo. Il t'aime à la folie. Quant à ce que nous venons de voir dans la cuisine... tu n'as pas à en avoir honte. Tu t'es comportée comme une mère protégeant son enfant. Parce que c'est précisément ce que tu es pour lui, plus une mère qu'une sœur. Je viens de m'en rendre compte. (Il poussa un soupir lourd d'amertume.) Je me sens super mal de t'avoir parlé comme ça. Et je m'en veux que tu aies découvert de cette façon que ta mère battait Cole.

Je contemplais le sol, incapable de réagir. Je ne parvenais pas à accepter ses excuses, en partie parce que je me disais quelque part : *Je suis bien contente que tu te sentes super mal.*

— Il faut absolument que tu en parles à quelqu'un. Si tu as réagi comme ça dans l'escalier, c'est parce que tu refoules tout depuis je ne sais combien de mois... voire d'années ? Jo, je t'en prie, réponds-moi.

Au lieu de ça, je bus une gorgée d'eau ; mes doigts tremblaient, sans que je sache si c'était lié à l'adrénaline ou à la terreur émotionnelle que m'inspirait Cam.

— D'accord.

Son mouvement me fit redresser la tête. Il était penché en avant dans son fauteuil, la mine plus ouverte que jamais.

— Ça t'aiderait peut-être si tu me connaissais un peu mieux.

Je répliquai d'un ricanement dépourvu d'humour.

— Quoi ? Tu as été psy, dans une autre vie ?

Il fit la grimace.

— C'est la première fois qu'on me le reproche. Tu sais, généralement, ce sont plutôt les femmes qui me demandent de me dévoiler un peu. Et malheureusement, la première dont les problèmes m'intéressent me rejette. Ça n'est pas très flatteur pour l'ego.

Il me décocha un sourire enjôleur et je me rappelai le soir de notre première rencontre, quand il avait adressé ce même sourire à Becca et que je m'étais dit qu'il me mettrait à genoux.

Il était amusant de constater à quel point deux semaines suffisaient à invalider totalement une idée préconçue.

Cam vit mes yeux s'assombrir et adopta une mine impassible.

— OK, Jo, pose-moi n'importe quelle question. Celle que tu veux.

Je haussai un sourcil. *Celle que je veux ?* Il était donc sincère quand il prétendait vouloir m'aider ? Eh bien, j'allais en avoir le cœur net. Mon regard se posa sur son tatouage « Sois la Calédonie ». La voix mélodieuse de Becca me résonnait encore en tête...

« ... Et ne lui demandez pas de vous en expliquer le sens, il ne le fera pas. »

— Jo ?

J'examinai alors son visage taillé à la serpe.

— Que signifie ton tatouage ? « Sois la Calédonie » ?

Le côté gauche de sa bouche s'ourla légèrement et ses prunelles se mirent à pétiller.

— Bien joué.

Je m'étais déjà préparée à être déçue. Il n'y avait aucune chance pour que Cam s'intéresse assez à moi pour me divulguer son secret. Ma question prouverait que son intérêt n'était que de la curiosité mal placée et je pourrais alors recommencer à détester le fait qu'il en savait davantage qu'il ne l'aurait dû sur moi. Ainsi, quand il s'adossa dans son fauteuil sans jamais me quitter des yeux, je fus plus qu'étonnée de l'entendre déclarer :

— C'est un truc que mon père me disait.

— Ton père ? demandai-je en retenant mon souffle, toujours stupéfaite qu'il ait décidé de m'apporter une réponse.

Qu'est-ce que cela signifiait ?

Cam hocha la tête ; son regard se fit lointain, preuve qu'il s'immergeait dans ses souvenirs.

— J'ai grandi à Longniddry, avec une mère aimante et un père attentionné. Je n'ai jamais vu deux personnes s'aimer autant, ni chérir leurs enfants davantage que je l'ai été. Sans parler du fait que le frère de mon père, l'oncle dont je t'ai déjà parlé, était comme un second papa. Il était toujours là pour moi. Nous formions une famille très unie. À l'adolescence, cependant, j'ai traversé la même chose que tout le monde. On essaie de découvrir qui on est et on s'efforce de rester fidèle à cette personne, tandis que les gens autour nous semblent de plus en plus différents. On se demande si ça vient de nous. Avec la puberté, on a tendance à démarrer au quart de tour et ça a subitement empiré à mes seize ans, quand mes parents m'ont appris que j'avais été adopté.

Je m'attendais à tout, sauf à ça. J'en restai sans voix.

— Cam... murmurai-je d'un ton compatissant.

Il secoua légèrement la tête, pour m'indiquer que c'était du passé.

— Ça m'a vraiment bouleversé, à l'époque. Je découvrais que deux personnes, quelque part, m'avaient abandonné ; deux personnes, qui, pour une raison ou pour une autre, ne m'aimaient pas suffisamment pour me garder. Qui étaient-elles ? À quoi ressemblaient-elles ? Si mon père et ma mère n'étaient pas mes véritables parents, qui étais-je réellement ? Mon rire n'était donc pas celui de mon père, comme je me l'étais toujours figuré. Leurs rêves, leurs talents... la possibilité qu'ils m'aient transmis leur gentillesse, leur intelligence et leur passion... Tout ceci s'était envolé. Qui étais-je ? (Il eut un léger sourire affecté.) On ne se rend compte de l'importance d'appartenir, en quelque sorte de faire partie d'une lignée, que lorsqu'on en est dépourvu. C'est une part prépondérante de son identité, quand on grandit. C'est une part prépondérante de son identité, point barre. Et j'imagine que j'en ai souffert pendant un certain temps...

» Je me suis comporté comme un gland : j'ai séché les cours, je me suis défoncé, j'ai failli foutre en l'air mes chances d'entrer à la fac d'art graphique d'Édimbourg. J'ai insulté ma mère, méprisé mon père. Je pensais sans arrêt à retrouver mes parents biologiques. Je n'avais que ça en tête et, dans l'intervalle, j'étais inconsciemment résolu à détruire tout ce que j'étais devenu, dans l'espoir de découvrir qui j'étais censé être.

» Quelques mois plus tard, j'ai piqué la bagnole de mon père pour faire une virée. Par chance, la police ne m'a pas chopé, mais je me suis tapé un mur. J'ai bousillé la voiture et mon père a dû venir me chercher. J'étais bourré. Complètement secoué. Et quand il a fini son sermon sur les dangers de l'alcool au volant, tant pour moi que pour tous les innocents dont j'avais croisé la route, il m'a emmené faire une promenade sur la plage. Et ce qu'il m'a dit ce jour-là a changé ma vie.

— Sois la Calédonie, devinai-je doucement.

— Sois la Calédonie.

Cam sourit, les yeux brûlant de l'amour qu'il vouait à l'homme qui était son père.

— Il m'a dit que la Calédonie n'était pas le nom que nous avions donné à notre terre, mais que c'étaient les Romains qui avaient nommé l'Écosse ainsi. J'avais l'habitude qu'il me bassine avec des détails sans importance de l'histoire, je m'attendais donc à un nouveau cours magistral d'un ennui mortel. Mais ce qu'il m'a dit ce jour-là m'a transformé à jamais – ça remettait tout en perspective.

» Tu sais, le monde essaiera toujours de te modeler à sa manière. Les gens, l'époque, les événements : tout contribue à te changer, si bien qu'à un moment tu finis par croire que tu ne sais plus qui tu es vraiment. Mais peu importe ce en quoi ils veulent te transformer, ou le nom qu'ils peuvent te donner : si tu restes fidèle à toi-même, tu peux déjouer toutes leurs machinations et conserver ta véritable personnalité. Sois la Calédonie. C'est peut-être le nom qu'un étranger a donné à cette terre, mais elle est restée la même. Mieux encore : on a adopté ce nom, sans jamais en changer. Sois la Calédonie. Je me le suis fait tatouer à mes dix-huit ans pour ne jamais oublier ce qu'il m'a raconté ce soir-là. (Il eut un nouveau sourire repentant.) Si j'avais su que tant de gens me demanderaient ce que cela signifiait, je l'aurais fait faire à un endroit moins visible.

J'avais de nouveau les larmes aux yeux ; son visage recouvra sa bonne humeur. Ma poitrine était pleine d'un sentiment rare, probablement du contentement. J'étais heureuse pour lui. Ravie qu'il ait reçu ce genre d'amour dans la vie.

— Ça doit être un super papa.

Je savais que si on m'avait élevée dans des circonstances similaires, ma vie serait radicalement différente aujourd'hui.

Cam opina.

— J'ai des parents merveilleux. (Il bascula la tête en arrière, et, même sous cet angle, je vis ses prunelles s'assombrir.) Parfois, des journées comme celle-ci me le rappellent.

— Tu vas leur téléphoner dès que je sortirai d'ici, pas vrai ?

Il m'adressa un sourire timide et je ressentis un pincement au cœur en le voyant s'empourprer légèrement.

— Probable, admit-il dans un murmure.

— Je suis contente pour toi, Cam. (Je tirai nerveusement sur la robe de soirée que je portais depuis la veille.) Je n'ai pas la moindre idée de ce que ça peut faire de ne pas connaître ses véritables parents. Mais dans une certaine mesure, je comprends ce que ça fait d'être abandonné par les deux personnes au monde qui devraient le plus tenir à toi. Ce n'est pas très agréable, hein ? J'aurais échangé sans réfléchir ma situation avec la tienne.

Le regard de Cam me cloua une fois de plus au canapé.

— Et toi, qu'est-ce que tu as vécu, au juste ?

Mes mains se mirent à trembler et je me mis à lisser nerveusement ma robe.

— Tu sais, la seule personne qui connaisse un peu mon passé est Joss.

— Pas Malcolm ? Ni Ellie ?

— Non. Seulement Joss. Je préfère que nul autre ne soit au courant.

— Ça fait un sacré fardeau à porter seule.

— Cam.

Je me penchai vers lui, scrutant son visage de mes yeux embués. Mon pouls s'accéléra, tandis que j'essayais de décider si je pouvais ou non lui faire confiance.

— Je...

— Jo. (Il s'approcha de moi à son tour et mon corps tout entier se contracta sous le poids de son regard.) Ce que je viens de te dire, au sujet de l'adoption et du tatouage... seule une poignée de gens est au courant. Ma mère, mon père, Peetie et Nate. Et toi. Toi et moi, on reprend tout de zéro. Je ne suis pas le trou du cul qui t'a plusieurs fois jugée, en se plantant chaque fois. Fais-moi confiance. S'il te plaît.

— Pourquoi ?

Je secouai la tête, déconcertée par la nature de son intérêt. Enfin, je savais que nous étions attirés l'un par l'autre, même si nous aurions évidemment refusé de l'admettre, mais il s'agissait d'autre chose. C'était différent... plus intense. Et je n'imaginais pas que quelque chose puisse être plus intense que la façon dont mon corps réagissait à la présence de Cam.

Il secoua brusquement le chef.

— Honnêtement, je n'en sais rien. Tout ce que je sais, c'est que je n'ai jamais traité quelqu'un comme toi, alors que je n'ai jamais rencontré personne qui le méritait moins. Je t'aime bien, Jo. Et que tu le veuilles ou non, tu as besoin d'un ami.

Ces foutues larmes me remontèrent une fois encore au coin des yeux, menaçant de couler. Je pris une profonde inspiration avant de me détourner, focalisant mon attention sur le vaste bureau dans un coin de la pièce. Une planche à dessin y était installée. Une ébauche apparaissait sur une feuille, mais j'étais trop loin pour bien la distinguer. Je plissai les paupières, repoussant le moment où j'allais devoir prendre une décision le concernant.

— Où est ton père, Johanna ? Pourquoi est-ce toi qui élèves Cole ?

— Je ne sais pas où il est. (Je me retournai vers lui, me demandant si j'avais l'air aussi hagard que je le redoutais.) Il était violent.

Cam grinça immédiatement des dents et je le vis serrer plus fort sa tasse de café.

— Avec Cole et toi ?

Je secouai la tête.

— Je protégeais Cole. Il ne se souvient même pas de lui ni de son comportement.

Cam jura dans sa barbe, baissant la tête pour que je ne puisse pas prendre la mesure de la colère qui l'habitait. Quelque part, le voir enrager me mettait en joie. J'étais contente que quelqu'un d'autre partage cette émotion. Ce que je lui dévoilais, même Joss n'était pas au courant.

— Combien de temps ça a duré ?

— Depuis que j'étais toute petite.

Les mots semblaient forcer d'eux-mêmes la barrière de mes lèvres et se déverser sur mon menton. Bien que troublée, je n'osai pas tenter de les retenir.

— Et jusqu'à mes douze ans. Il était agressif, violent et stupide. Trois bons adjectifs pour résumer la personnalité de Murray Walker. Il passait l'essentiel de son temps hors de la maison, ce qui nous permettait de respirer un peu, mais chaque fois qu'il rentrait, il nous battait, ma mère et moi. Cole, en revanche... J'ai toujours réussi à l'envoyer ailleurs quand papa était dans cet état ; et quand il s'apprêtait à s'en prendre à lui, je détournais son attention pour qu'il s'attaque plutôt à moi.

— Bon sang, Jo...

— Cole avait deux ans. Papa l'aurait tué d'un seul coup, je n'avais pas tellement le choix.

— Et qu'est-ce qui lui est arrivé ? À ton père ?

Cam cracha presque ce dernier mot, comme si mon géniteur ne méritait pas ce titre. Je ne pouvais d'ailleurs pas lui donner tort.

Je fis une moue dégoûtée en repensant à l'acte le plus idiot commis par mon paternel.

— Agression et vol à main armée. Il a écopé de dix ans à la prison de Barlinnie. Je ne sais pas s'il a purgé toute sa peine ni quand il est sorti, seulement qu'on avait déjà quitté Paisley sans laisser d'adresse. Depuis, maman n'a jamais parlé à personne de notre ancienne vie. Et moi non plus.

— Est-ce que ta mère a toujours été comme ça ?

— Elle buvait, mais pas autant. Elle tenait encore son rôle.

— J'imagine que ça lui a pris quand ton père est allé en taule ?

— Non. (Je me renfrognai amèrement, sachant pertinemment pourquoi elle avait commencé.) Ça n'a jamais été une super mère, loin de là, mais elle n'était pas comme aujourd'hui. Non. (Je fermai les paupières, tâchant de ravaler ma douleur.) Elle est tombée dedans pour une autre raison.

» Quand j'étais petite, je n'avais qu'une véritable personne de confiance dans ma vie. Mon oncle Mick. Il n'était pas vraiment mon oncle, mais le meilleur ami de mon père depuis l'enfance. Il était droit dans ses bottes et gagnait bien sa vie en sa qualité de peintre décorateur. Mais il était copain avec mon connard de père. Je n'ai jamais trop compris pourquoi, même si j'ai l'impression qu'ils ont vécu des tas de choses étant gamins. Et même si papa le foutait en rogne, oncle Mick refusait de lui tourner le dos. Il venait nous voir aussi souvent que possible. Il m'emmenait parfois travailler avec lui. (La douleur s'intensifia, alors que son absence se faisait plus cruellement sentir que jamais.) Il ne savait pas que papa me cognait. Il se comportait toujours bien devant Mick. Je crois qu'il avait peur de lui. Cela a changé quand j'ai eu douze ans.

Je frissonnai en revivant ces souvenirs.

— C'était un samedi, et papa picolait devant un match de foot. Maman était au travail. J'ai commis l'erreur de passer devant l'écran pendant une action importante. Il m'a giflée et je suis tombée par terre.

J'inspirai entre mes dents serrées, observant le tapis de Cam, éprouvant à nouveau cette douleur. Je n'avais jamais rien ressenti de pareil. La morsure, la piqûre, la chaleur...

— Il a retiré sa ceinture et s'est mis à me frapper avec... Je vois encore l'expression sur son visage, comme si je n'étais pas de sa famille, même pas humaine...

Je secouai la tête et affrontai le regard de Cam. Il était blême et tentait vainement de dissimuler ses émotions.

— Je pense que j'ai eu de la chance qu'oncle Mick soit arrivé à ce moment-là. Il m'a entendue hurler et est entré en trombe. C'était un grand gaillard et... eh bien, ce jour-là, il a envoyé papa à l'hosto. Il a été arrêté par la police, mais ni lui ni mon père n'ont avoué les sévices que j'avais subis, pour éviter que les services sociaux s'en mêlent. Mon père a simplement retiré sa plainte et oncle Mick s'en est sorti avec une simple amende.

» Mon père a alors disparu. On a appris plus tard qu'il était enfermé pour vol à main armée. Pendant son incarcération, oncle Mick a passé beaucoup de temps chez nous, pour nous donner un coup de main. Pour la première fois de ma vie, j'avais presque un parent à temps plein qui se souciait de moi. Il avait même une bonne influence sur maman. (J'inspirai profondément, sentant le ressentiment poindre.) Presque trop bonne.

Cam devina la suite.

— Ta mère est tombée amoureuse de lui.

Je confirmai.

— Je crois qu'elle l'a toujours été, mais, pour autant que je le sache, il ne s'est jamais rien passé. Oncle Mick l'aimait, mais pas dans ce sens-là.

— Qu'est-ce qui s'est passé, alors ?

Quelqu'un me l'a arraché.

— Un peu plus d'un an plus tard, il est parti en Amérique.

— En Amérique ?

— Des années plus tôt, il avait eu une liaison avec une étudiante américaine. Elle était venue passer une année à l'université de Glasgow et ils se sont fréquentés plusieurs mois. Mais elle est rentrée et Mick ne l'a pas suivie. Quatorze ans plus tard, il a été contacté par sa fille de treize ans, dont il ignorait jusqu'alors l'existence. Il a pris un avion pour aller la rencontrer, a fait un test de paternité, et j'imagine qu'il en a discuté avec la mère. Il est rentré un temps, et quand les résultats sont arrivés, ils ont confirmé qu'il était bien le père... Il a donc tout plaqué pour aller la rejoindre.

Semblant comprendre à quel point cela m'avait affectée, il chuchota :

— Je suis désolé, Jo.

J'opinai, sentant l'émotion m'étreindre un peu plus la gorge.

— Il m'a dit qu'il nous aurait emmenés, Cole et moi, s'il avait pu. (Je toussai pour dissiper ma peine.) Il m'a envoyé des e-mails, mais j'ai fini par arrêter de lui répondre et il ne m'a plus écrit.

— Et ta mère s'est effondrée ?

— Ouais. Je crois qu'il lui a brisé le cœur. Elle a commencé à boire plus que d'habitude, mais ça allait encore jusqu'à ce qu'on arrive ici. Elle tenait le choc, elle avait un bon boulot, puis elle s'est foutu le dos en l'air et elle a dû arrêter. Alors, pour compenser, elle s'est mise à se soûler et ça a empiré. Jusqu'à ce qu'elle ne sache plus rien faire d'autre que boire.

— Et tu ne peux pas lui enlever Cole parce que, légalement, il reste à sa charge ; et si les services sociaux découvrent la situation, il y a des chances qu'ils le placent quelque part plutôt que de te le confier...

— Ou pire : ils pourraient retrouver mon père.

— Putain, Jo.

— Ouais, on peut le dire. J'ai laissé tomber l'école à seize ans, j'ai trouvé un taf pour essayer de joindre les deux bouts, mais ça n'était vraiment pas facile. Certains jours, j'avais même du mal à trouver de quoi lui payer une boîte de fayots. On regardait sous les lits en quête d'un peu de monnaie, on allait jusqu'à mesurer nos doses de lait... C'était ridicule. Et puis... j'ai rencontré quelqu'un. Il m'aidait à payer le loyer et à mettre un peu d'argent de côté en cas de coup dur. Mais au bout de six mois, il en a eu sa claque ; je m'étais trompée sur son compte.

— Mais ça t'a donné une ligne de conduite. Et tu t'es mise à sortir avec des hommes riches ?

Cam se contracta tout en posant la question.

Même s'il n'y avait plus la moindre trace de reproche dans sa voix, cela ne m'empêcha pas de me sentir honteuse.

— Je ne suis jamais sortie avec un type qui ne me plaisait pas ni qui ne m'intéressait pas. (Je soutins son regard, priant le ciel pour qu'il me croie.) Je tenais à Callum. Et je tiens à Malcolm.

Cam leva les mains et me rassura d'une simple expression de compassion.

— Je ne te juge pas. C'est promis.

Je haussai un sourcil.

Il grogna.

— Je ne te juge *plus*. Plus jamais. (Il fronça les sourcils d'un air consterné.) Tu as dû me prendre pour un gros connard prétentieux.

Je pouffai.
— Je crois même t'avoir appelé comme ça.
Ses prunelles se mirent à pétiller.
— Bravo, d'ailleurs, dit-il d'un ton approbateur. Pour m'avoir tenu tête.
Je me fendis d'un sourire timide.
— D'habitude, je déteste le conflit, mais ça m'a fait plaisir de te remettre à ta place.
Mes mots n'eurent pas l'effet escompté. Il ne s'esclaffa pas. Au lieu de quoi, sa mine se fit sévère.
— Tout à l'heure, dans l'escalier, quand je t'ai attrapée...
Je détournai la tête, me souvenant de ma réaction.
— J'ai tendance à me figer quand on devient agressif avec moi. C'est un vieux réflexe, acquis au fil des années avec mon père.
— Je ne voulais pas être agressif.
— Je sais.
— Tu sais aussi que je pratique les arts martiaux ?
J'observai sa silhouette fine, mais musclée, trop captivée par mon examen pour lui faire remarquer son brusque changement de sujet.
— Ça ne m'étonne pas.
Son sourire fut plus qu'un peu provocant et je roulai des yeux, ce qui le fit rire. Il secoua la tête, tâchant de recouvrer son sérieux.
— Je fais du judo avec Nate. Tu devrais venir avec moi, Jo. Apprendre l'autodéfense pourrait t'aider... t'apporter un peu de maîtrise de toi.
— Je ne sais pas. (Mon cœur s'emballa quand j'y songeai.) De toute façon, je travaille pendant la journée du lundi au mercredi. Je n'ai pas beaucoup de temps libre.
Je l'avais surpris une fois encore.
— Tu as un autre job ?
Je ricanai, pensant comprendre la cause de son étonnement.

— Crois-le ou non, je n'ai jamais rien demandé à Malcolm. J'accepte les cadeaux qu'il décide de m'offrir, mais il me reste toujours les factures à payer. Et puis, j'essaie de mettre de l'argent de côté, pour quand Cole voudra s'inscrire à la fac. Oh, à propos... je vais chercher mon sac, pour te rendre l'argent que tu lui as donné.

— Laisse tomber. (Il secoua la tête, avisa ma moue entêtée et étrécit les yeux.) Je suis sincère.

Mmm. J'allais devoir trouver une façon détournée de le rembourser.

Comme s'il lisait dans mes pensées, il soutint mon regard pour m'imposer sa volonté, mais alors que je résistais, cette tension si familière qui régnait toujours entre nous s'épaissit, et la température sembla grimper de quelques degrés. Je baissai les yeux vers sa bouche et cette lèvre supérieure légèrement ourlée que je mourais d'envie de mordiller... entre autres choses. Je me demandai quel goût avait sa langue, ce que j'éprouverais s'il m'embrassait le long du cou, si son souffle chaud venait m'effleurer le bout du sein...

Mon corps se contracta, le feu m'incendia les joues et l'entrejambe. Je remontai subitement la tête et le découvris lui aussi en proie à une certaine crispation.

Je me levai subitement.

— Je vais y aller.

Cam se mit lentement debout.

— Tu vas t'en sortir, là-haut ?

Pendant quelques minutes, il m'avait presque permis d'oublier que j'avais agressé ma mère peu de temps auparavant. Je me retrouvai à nouveau en état de choc.

— Comment est-ce que...

— D'abord...

Cam s'approcha très doucement et je dus réprimer un violent frisson quand sa main puissante me souleva le menton. Quand nos yeux se croisèrent derechef, l'attraction se fit plus forte. Je voulais enfoncer mes ongles dans sa chair, m'y agripper et ne jamais plus le laisser partir ; ce besoin impérieux me secouait jusqu'au plus profond de moi-même. Comment une simple conversation avait-elle pu à ce point tout changer ? Le Cam qui se tenait devant moi était une autre personne, quelqu'un de bien, quelqu'un dont je me sentais proche – plus proche que de n'importe qui d'autre. Et je me rendis compte que cette proximité ne me suffisait pas.

Cela me fit légèrement tourner la tête.

— Commence par ne pas culpabiliser, m'ordonna-t-il doucement. Ne t'avise pas de t'excuser auprès d'elle. Tout le monde aurait réagi comme toi. C'est précisément ce qu'a fait ton oncle Mick quand il a surpris ton père en train de te taper dessus. C'est l'instinct qui nous pousse à protéger les gens que nous aimons. Parfois, l'instinct nous fait faire des choses dont nous ne nous serions pas crus capables.

— La violence ne devrait jamais être une réponse.

— Ouais, dans un monde parfait. Mais parfois, les animaux ne comprennent rien d'autre.

— Je ne voudrais pas que Cole pense que j'ai bien agi.

— Ce n'est pas ce qu'il croit, m'assura Cam. Ce que tu as fait était humain. Et il sait que tu l'as fait par amour.

Il me prit alors par les épaules pour me rapprocher de lui ; je retins mon souffle. L'expression dans son regard, cette même expression que je n'arrivais pas à saisir, n'arrangeait pas mon état de nerfs.

— Ce gamin aurait pu grandir comme toi : sans parent, sans personne pour l'aimer ou prendre soin de lui. Jo, tu lui as épargné ça. Et il en est on ne peut plus conscient.

Le poids des révélations de la journée m'accabla soudain et je n'eus plus qu'une envie : me mettre au lit.

— Merci, Cam.

— Je te jure que rien de ce que tu m'as dit ne sortira de cette pièce.

— Pareil pour toi.

Je reculai d'un pas, ressentant le besoin de mettre une certaine distance entre nous. Une idée horrible me traversa alors l'esprit.

— Je ne sais pas comment je vais pouvoir à nouveau laisser Cole avec elle.

— Il est costaud. Il s'en sortira.

Je laissai échapper un soupir.

— Sans doute, mais moi ?

Cam me sourit d'un air moqueur.

— Jo, tu es désormais officiellement la femme la plus forte que je connaisse. Aie un peu confiance en toi.

Un silence s'instaura tandis que je réfléchissais à ses paroles. On ne m'avait encore jamais dit une chose aussi gentille, et je me demandai comment quelqu'un qui s'était montré si désagréable pouvait effectuer un tel virage à cent quatre-vingts degrés.

— Pourquoi as-tu été aussi méchant avec moi ?

Cam dressa légèrement le menton, ne s'attendant manifestement pas à un tel reproche après notre discussion à cœur ouvert.

— Je ne sais pas. C'est juste que...

Il ébouriffa ses cheveux déjà en bataille, sa bague rutilant dans la lumière. Il avait des mains si belles, si masculines...

— La première fois que je t'ai vue avec Malcolm, je me suis dit que tu devais être comme l'ex de mon oncle.

— Pourquoi ?

Il sourit en me désignant de pied en cap.

— Parce que je ne voyais pas ce qu'une fille comme toi ferait avec un type comme Malcolm s'il n'était pas friqué.

— Un compliment en même temps qu'une insulte. Bien joué, Cam.

— Je fais de mon mieux.
Je lui fis une grimace.
— Et ensuite ?
— Ensuite, je me suis vite rendu compte que tu n'étais pas idiote et ça m'a foutu en rogne qu'une fille brillante et mignonne se contente d'un rôle de potiche auprès d'un richard.
— Et après ?
Il me gratifia d'un regard sans humour.
— Après, j'ai cru que je m'étais trompé. Tu semblais réellement tenir à Malcolm. Cependant, quand Callum s'est pointé à notre dîner, j'ai vu en lui une version plus jeune de Malcolm, et j'ai compris que tu l'avais déjà fait avant.
Je détournai la tête.
— Je vois.
— Mais sincèrement... (Mes yeux se braquèrent de nouveau vers lui, maintenant qu'il semblait radouci.) Ce qui me foutait le plus en rogne, c'était que tu sois si différente avec ces types.
— Différente ?
— Ouais, avec Joss ou n'importe qui d'autre, même avec moi, tu n'es pas pareil, tu ne joues pas. Mais avec Malcolm, Callum, ou les garçons avec qui tu flirtes... Tu te rabaisses complètement. Et ce putain de gloussement...
J'éclatai de rire.
Ses lèvres tressaillirent.
— Tu en as conscience ?
— Joss m'en a déjà parlé. Ça la rend dingue. Parfois, je le fais uniquement pour l'embêter.
Cam rit à son tour.
— Eh bien, c'est efficace. Il n'y a rien de plus chiant.
Un sentiment indéfinissable m'accapara alors. Cam m'appréciait vraiment. Pour ce que j'étais. Pas pour mes faux ricanements. Comme Joss.

— Je vais y aller, Cam. Mais merci pour tout.

Il m'adressa un regard chaleureux, une lueur malicieuse faisant pétiller ses iris.

— Ça veut dire que tu me pardonnes ?

J'opinai sans même y réfléchir. Je me sentais déjà plus légère de m'être confiée à lui, et puisqu'il s'était lui aussi ouvert à moi, je ne me sentais pas particulièrement redevable. Je ne redoutais pas non plus de lui avoir fait confiance, et cela m'épatait.

— Je passe l'éponge.

— Amis ?

Je faillis rire à cette pâle description de cet inconnu devenu mon confident.

— Amis.

12

Douchée et en pyjama, je commençais à me sentir mieux – maman n'était pas sortie de sa chambre – quand Cole rentra à la maison. Il fit un détour par le canapé pour me serrer l'épaule, puis se dirigea vers la cuisine afin de se confectionner un casse-croûte.

— On ne se fait pas la tête ? lui demandai-je quand il revint s'avachir par terre.

— On ne se fait pas la tête.

Il haussa les épaules, tout en regardant la télévision avec une décontraction qu'il n'éprouvait probablement pas.

— Ça va, toi ? s'inquiéta-t-il. Et Cam ?

Je lui souris, réprimant cette volée de papillons dans mon ventre à l'évocation de notre voisin du dessous.

— Il a été super. Mais qu'est-ce que tu es allé lui dire, au fait ? Il m'a avoué avoir eu peur que tu lui tapes dessus.

Cole grommela.

— Si je l'avais fait, il ne l'aurait pas volé. Mais ça n'a pas été nécessaire. Ça va, c'est un type réglo. Il s'est senti comme une merde quand je lui ai expliqué à quel point il se trompait sur ton compte.

— Surveille ton langage ! (Je lui lançai un coussin dessus, qu'il repoussa avec un murmure d'excuses.)

Mais pourquoi es-tu descendu le remettre à sa place ? Ce n'est pas comme si je tenais absolument à ce qu'il me considère d'un autre œil.

Cole se tourna vers moi et je constatai que ses prunelles avaient viré au vert forêt sous l'effet d'une émotion indéchiffrable.

— Personne n'a le droit de penser ça de toi, put... (Il se rattrapa avant d'achever son juron.) Et encore moins de le dire.

Je voulus me mettre à pleurer, car à cet instant mon frère me donnait l'impression d'être aimée et géniale, mais je m'en empêchai en estimant que ça lui ferait sans doute rouler des yeux.

— OK, chuchotai-je.

Il se fendit d'un infime hochement de tête avant de se retourner vers le poste.

— Tu veux voir Comédie ?

Je zappai sur la chaîne au moment où mon téléphone carillonna. Je tendis la télécommande à Cole, me levai et suivis la source de la sonnerie jusqu'à la cuisine, où j'avais laissé mon sac.

C'était Joss. J'étais légèrement soulagée que ce ne soit pas Malcolm – même si je n'avais aucune envie d'en analyser les raisons.

— Allô ? répondis-je doucement.

— Salut, toi.

La voix riche et rauque de mon amie me fit l'effet d'un emplâtre bienfaisant et je me rendis seulement compte que cela m'avait atrocement manqué de ne pas la voir au déjeuner.

— J'appelais juste pour prendre des nouvelles. Tout va bien ?

— Euh, pas trop.

— Tu as une sale voix.

— Eh bien...

— Compris, j'arrive.

— Joss, tu n'es pas obligée.

— J'ai une bouteille de vin sous la main. Tu refuserais à la fois ma présence et celle d'un grand cru ?

Je souris.

— Jamais de la vie.

— J'aime mieux ça. Je suis là dans dix minutes.

Elle raccrocha et je levai les yeux au plafond. J'avais toujours su qu'une maman ourse était secrètement tapie sous la carapace de Joss.

Quand elle arriva, elle m'observa brièvement avant de secouer la tête, les sourcils froncés.

— Laisse-moi l'ouvrir, d'abord. On va en avoir toutes les deux besoin.

Cole accueillit Joss d'un brusque hochement de tête et fila dans sa chambre pour nous laisser un peu d'intimité. Mon amie s'installa confortablement au bout du canapé.

— Vas-y, cogne.

Ma bouche tressaillit légèrement à l'ironie du mot choisi.

— Bon, puisque tu insistes...

Quand j'eus terminé, je dus la plaquer au canapé pour l'empêcher d'aller tabasser ma mère dans sa chambre ; je consacrai ensuite cinq bonnes minutes à lui assurer que Cole et moi allions bien.

Ses yeux brûlaient encore de colère quand elle but une petite gorgée de vin.

— Et donc, Cam était là pour toi.

— Ouais. Il est très sympa, en fait.

Elle haussa les sourcils, puis me gratifia de l'un de ses sourires magnifiques.

— Oh, je connais ce regard. Je le vois sur le visage d'Ellie chaque fois qu'elle observe Adam.

— N'importe quoi, marmonnai-je en me détournant, afin qu'elle ne puisse rien déceler dans mes prunelles qui vienne confirmer ses soupçons.

— Tu craques tellement pour Cam que je n'ai rien eu besoin de faire.

— Je ne craque pas du tout pour lui.

— Je sais ce que signifie ce regard.

— On est juste amis. (Je la fixai avec assurance, désormais.) Joss, je l'aime bien, mais on est tous les deux en couple, et je...

Elle soupira.

— Tu as encore besoin de cette sécurité que Malcolm peut t'apporter.

Je ne répondis pas ; nous savions l'une et l'autre qu'elle avait raison.

— Est-ce que Cam te met des papillons dans le ventre ?

Je confirmai.

— Est-ce que tu as conscience malgré toi de chacun de ses mouvements ?

Nouvel acquiescement.

— Est-ce que tu penses à lui à la moindre occasion ?

— Mmm, mmm.

— Tu es baisée.

— Pas du tout. (Je me rengorgeai d'un air indigné.) Je contrôle parfaitement la situation.

— Ouais, ricana-t-elle. Moi aussi, je contrôlais, jusqu'à ce qu'il me plaque sur le bureau de Su. Et dix-huit mois plus tard, je choisis mes draps avec Braden et je m'inquiète s'il ne m'écrit pas au moins une fois par jour du bureau pour me raconter sa journée – et s'il ne sait pas me dire à quelle heure il va rentrer. Je n'arrive pas à m'endormir sans qu'il soit à mon côté. Moi ? Incapable de pioncer sans un homme dans mon lit ? Je suis accro, Jo. Et tout a commencé avec ce même regard que tu arbores.

— Je suis heureuse pour toi, Joss. Sincèrement. Mais ce n'est pas la même chose. Malcolm compte pour moi.

Je suis simplement attirée physiquement par Cam. Ça n'est rien.

Elle éclata de rire et je la contemplai, stupéfaite, tandis qu'elle essayait de recouvrer son calme.

— Quoi ?

Elle balaya ma question du revers de la main, tout en s'efforçant de reprendre son souffle.

— Oh, mince, rien du tout. Rien.

Elle me considéra de nouveau et étouffa un nouveau ricanement, comme si elle savait quelque chose que j'ignorais.

— J'ai juste une impression de déjà-vu.

Pour la première fois de ma vie, je me fis porter pâle au travail. J'annonçai à M. Meikle que je souffrais d'une terrible migraine, et comme j'étais ravagée d'inquiétude pour Cole, je n'eus aucun mal à le convaincre de me laisser partir plus tôt, même s'il ne cessa de grommeler le temps que je me prépare.

Je parvins à la maison juste alors que mon petit frère arrivait de l'école. Il s'arrêta dans l'entrée de l'appartement, pinçant les lèvres en me voyant retirer mes chaussures.

— Tu ne vas pas pouvoir faire semblant d'être malade tous les jours, déclara-t-il, comprenant de lui-même ce que j'avais fait et pourquoi. Tu vas devoir t'habituer à me savoir ici en même temps qu'elle. En plus, je crois que tu lui as vraiment foutu la trouille.

À cet instant précis, la porte de la chambre de maman s'ouvrit. Elle nous observa de l'intérieur, retroussant les lèvres de façon hostile en croisant mon regard. Elle émit un grognement avant de s'appuyer contre le mur pour rallier la salle de bains. Dès qu'elle en eut fermé la porte, je me retournai vers Cole.

— Apparemment, je ne peux pas te faire confiance quand tu m'affirmes que tout se passera bien.

Il grimaça en constatant que je ne lui avais pas pardonné de m'avoir caché la violence de ma mère.

— Je ne voulais pas te perturber.

Je me raclai la gorge d'un air dubitatif et allai me préparer une tasse de thé dans la cuisine. Quand ce fut fait, je m'installai confortablement sur le canapé avec mon livre ; Cole avait pris place dans le fauteuil pour s'attaquer à ses devoirs et notre mère était retournée se coucher.

Nous restâmes ainsi pendant une bonne heure, avant que je me décide à aller préparer le dîner. Je ressortais à peine de la cuisine quand on frappa à la porte. L'espace d'un terrible instant, je craignis que Malcolm se soit lassé d'attendre mon invitation et ait décidé de se pointer à l'improviste. Il m'avait envoyé un message plus tôt dans la journée, auquel j'avais répondu, sans pour autant encourager la conversation. Avait-il jugé nécessaire de venir me voir pour tirer ça au clair ?

Mon cœur battait exagérément vite quand j'allai ouvrir et se mit à faire des saltos quand je découvris qui se trouvait de l'autre côté.

— Cam.

Je lui souris, plus qu'heureuse de sa visite.

Il portait son accoutrement habituel – un tee-shirt imprimé et un jean –, et je n'eus qu'une envie : le tirer à l'intérieur pour le préserver du froid glacial de la cage d'escalier. Il se fendit d'une ébauche de sourire.

— Ça va ?

Je fis un pas de côté.

— Entre.

Son sourire s'élargit quand il se faufila dans le couloir, m'effleurant au passage l'épaule de la sienne. Des pensées indécentes se mirent instantanément à se bousculer dans mon esprit en surchauffe.

— Tu veux un café ?

— Oui, avec plaisir. (Il m'emboîta le pas après avoir salué Cole d'un geste de la main.) Salut, mon pote, comment ça va ?

Cole lui sourit.

— Bien. Et toi ?

— Pas mal.

Il me suivit dans la cuisine.

— Comment tu le prends ?

— Avec du lait, sans sucre.

Je m'affairai, on ne peut plus consciente de son regard scrutant mes moindres mouvements. Son intérêt m'échauffait les joues et je m'empressai de finir de le servir.

— Tu travailles, ce soir, non ? lui demandai-je en lui tendant sa tasse.

— Oui. Mais je voulais te déposer un truc avant. (Il but une gorgée de son café.) Mmm, il est bon.

Je ris discrètement.

— On gagne le cœur d'un homme en conquérant son estomac !

— Ce n'est vrai que pour les garçons faciles, rétorqua-t-il, sous-entendant que c'était loin d'être son cas.

— Ouais, j'imagine bien ce qu'il faudrait pour te plaire, mais il y a des enfants ici.

Il rejeta la tête en arrière et partit d'un rire franc, qui me provoqua un nouvel envol de papillons.

— Par chance, l'appartement d'en dessous ne souffre d'aucune restriction d'âge.

Je rougis et secouai la tête.

— Et ça continue…

— Quoi ? Les clients du bar te disent pire que ça et tes reparties sont toujours efficaces.

Il m'avait donc bien épiée. Je haussai les épaules.

— Ce ne sont pas mes amis.

Il se radoucit.

— Alors je suis toujours ton ami ? Tu n'as pas changé d'avis ?

— Non, pas encore.

— Tant mieux. (Il tira quelque chose de sa poche arrière.) Parce que j'espérais que tu me ferais assez confiance pour m'autoriser à confier ça à Cole.

Il tenait une clé. Je la contemplai en haussant un sourcil circonspect.

— Le double de chez moi. J'aimerais qu'il y reste quand tu n'es pas là. C'est plus sûr pour lui, et ça t'éviterait de passer ton temps à te ronger les sangs.

Jamais ne m'avait-on fait plus merveilleux cadeau que cette clé.

Jamais.

— Cam... tu en es sûr ? Enfin, ça serait abuser de ta gentillesse.

— Pas si ça te rend service.

Je tendis la main, mais, au lieu de m'emparer de la clé, je la refermai autour des doigts qui la tenaient. Il se contracta de surprise et je lui adressai un regard chargé de gratitude.

— Je ne pouvais pas rêver mieux.

Cam scruta mon visage et sa bouche s'ourla aux commissures.

— On gagne le cœur d'une fille avec une clé.

— Ce n'est vrai que pour les filles faciles.

Il rit derechef.

— Qu'est-ce qu'il y a de si drôle ?

La voix de Cole nous arracha à notre petite bulle. Je retirai ma main de celle de Cam et montrai la clé à mon frère.

— Cadeau.

— Ah ?

— Je te raconte dans une minute. (Je me tournai vers Cam.) Ça te dit de rester dîner ? Gratin de pâtes.

— Comment refuser ?

— Impossible. Ce n'est pas une option. (Je tendis la clé à Cole.) Accompagne notre hôte dans le séjour, il va tout t'expliquer. Le repas est bientôt prêt.

Ils prirent congé et, pendant quelques secondes, je ne pus qu'observer fixement les placards, toute retournée par notre conversation. Cam se révélait prévenant, attentionné, prompt à démontrer quel bon ami il pouvait être, ce qui le rendait plus attirant encore. Je me demandai, pas pour la première fois, comment il était au lit. Son sourire suffisait à m'émoustiller – quelles prouesses sa langue pourrait-elle accomplir ?

Mon téléphone sonna, m'arrachant à ma rêverie érotique.

Malcolm.

Je décrochai, soudain en proie à une intense culpabilité.

— Salut, Malcolm.

— Ma chérie, comment vas-tu ?

— Je m'apprêtais à mettre la table pour Cole et moi. (Je grimaçai en omettant de mentionner notre invité.) Je peux te rappeler ?

— Bien sûr. À tout à l'heure.

Je raccrochai et fourrai mon téléphone dans ma poche arrière, les doigts tremblants.

Sérieux. À quoi est-ce que je jouais ?

Cam repassa avant d'aller au boulot le lendemain et m'accompagna au bar. À présent que nous nous comprenions, la conversation me venait tout naturellement. Il essaya une fois de plus de me convaincre de m'inscrire au judo, mais je déclinai encore, peu désireuse de me faire plaquer au tapis dans ces circonstances.

— Tu m'imagines sur un tatami ? ricanai-je tandis que nous approchions de notre destination. Je me mettrais à hurler toutes les cinq secondes à cause d'un ongle cassé.

Cam m'ouvrit le portillon en fer forgé dominant les marches menant au sous-sol.

— Tu vois, c'est le genre de connerie qu'un type lambda balancerait sur ton compte. Mais je ne suis pas dupe.

— Vraiment ?

— Tu t'es rongé un ongle, hier soir, après le repas.

— Oui, mais je l'ai limé et reverni avant de venir bosser aujourd'hui.

— Raconte ce que tu veux, Walker, me railla-t-il. Je connais la vérité.

— Salut Jo, Cam, nous accueillit Brian une fois en bas.

Phil était à son côté, me souriant, comme à son habitude.

— Salut, les garçons.

— Brian, Phil, répondit sobrement Cam.

Alors que nous étions sur le point d'entrer dans la salle, Phil me retint par le bras et m'étudia des pieds à la tête.

— Toujours avec Malcolm ?

— Mon très obstiné Philip, oui, je sors toujours avec Malcolm.

Il me décocha un clin d'œil.

— L'obstination finit toujours par vaincre.

— C'est aussi le cas des MST, intervint Cam en me poussant gentiment dans le bas du dos pour me faire avancer. Mais tu le sais déjà, pas vrai, Phil ?

Je m'efforçai de contenir mon gloussement, de toute façon couvert par l'éclat de rire de Brian que Phil insultait copieusement.

— Ça n'est arrivé qu'une fois. Putain, je ne te dirai plus jamais rien, Brian !

— Beurk, chuchotai-je à Cam. Je ne tenais pas à le savoir.

— Correction : c'est la seule chose que tu dois savoir sur lui.

Je pouffai à nouveau et nous entrâmes dans la salle du personnel. En nous apercevant, Su sortit de son bureau et nous gratifia d'un « bonjour/au revoir » avant de détaler.

— Je n'arrive pas à comprendre comment elle fait tourner la boîte, s'étonna Cam en ôtant sa veste. Elle n'est jamais là quand elle devrait l'être.

J'acquiesçai indistinctement, désormais habituée à l'absence de Su, dont je lui savais gré de toute façon.

La salle commença bientôt à se remplir. Comme tous les mardis, les clients n'étaient pas trop nombreux, mais suffisamment pour nous occuper.

Pas assez, en revanche, pour mettre un frein à notre attirance mutuelle. Pour une raison ou pour une autre, le fait de se retrouver ensemble derrière le comptoir semblait, au contraire, avoir accru la tension. Était-ce dû à l'espace confiné ? Je l'ignorais. Une chose était cependant certaine : je passai la moitié du temps avec un œil sur mon travail et l'autre sur Cam.

Joss avait raison. J'étais pleinement consciente du moindre de ses mouvements.

En parlant de Joss, je ne fus pas du tout étonnée de la voir arriver autour de 21 h 30. Surprise, en revanche, de la voir seule ; elle m'expliqua que Braden allait travailler tard et qu'Ellie et Adam sortaient en tête à tête.

— Et comme tu t'ennuyais, tu t'es dit que tu allais venir au boulot ? me moquai-je en faisant glisser vers elle son Coca Light.

Elle était juchée sur un tabouret en bout de comptoir. Je me dis qu'elle devait se faire du souci pour moi.

Elle se contenta de me sourire, puis salua Cam d'un hochement de tête. Il venait de remarquer sa présence, mais était trop occupé avec une cliente pour venir nous rejoindre. Non, pas une cliente. J'examinai avec davantage d'attention la fille à qui il faisait son numéro de charme. Becca, accompagnée d'une amie. Elle lui tendit sa montre aviateur et Cam se pencha pour l'embrasser. Une douleur aussi violente qu'inconnue me comprima la poitrine.

Je me retournai vers Joss, qui me considérait en haussant les sourcils.

— Ce que tu ressens… ça s'appelle de la jalousie. Je sais, c'est une horrible émotion. Par contre, elle indique que Cam est clairement plus que quelqu'un qui t'attire.

— On se connaît à peine.

— D'après ce que tu m'as dit, vous vous connaissez déjà mieux que personne.

Quelque part, c'était effectivement le cas. Je me penchai vers elle avec une moue incertaine.

— Ouais, comment c'est arrivé ?

— Comment quoi est arrivé ?

Cam s'approchait de nouveau en attachant sa montre. Becca et sa copine avaient disparu. Il attendit sa réponse, une lueur de curiosité dans le regard.

Je me dérobai.

— Tu es vraiment un sale fouineur, pas vrai ? le taquinai-je.

Il inclina la tête de côté et me dévisagea.

— Changement de sujet ? (Ses prunelles pétillèrent, comme s'il venait de comprendre quelque chose.) J'en déduis que vous parliez de moi, pas vrai ?

Je mourais d'envie d'effacer ce sourire vaniteux de son visage.

Joss poussa un gémissement désabusé.

— Braden et toi devriez vous inscrire au club des égocentriques.

Je plissai les paupières d'amusement.

— Les accès d'égotisme se soignent en leur faisant porter un slip de bain par un temps glacial.

— Ou en les privant de nourriture.

— Non. De sexe. En les privant de sexe.

Joss se mordit la lèvre.

— Je ne suis pas sûre de tenir le coup.

Je la dévisageai d'un air incrédule.

— Attends, tu es en train de me dire que tu ne pourrais pas te retenir quelques jours ?

— Je n'en suis pas certaine.

— Tu n'as aucune volonté, ou quoi ?

Elle but une gorgée de son soda.

— Hé, tu n'as jamais couché avec Braden Carmichael.

Non, en effet ; je rougis cependant en me rappelant que j'avais tout fait pour.

— Peut-être, mais j'ai connu de très bons coups, sans pour autant être incapable de m'abstenir pendant quelques jours.

— De très bons coups ? nous interrompit Cam, d'une voix étranglée par quelque émotion. T'abstenir ? (Son regard brûlant me consuma avant même de se planter dans le mien.) Ça veut dire que *lui* ne le fait pas bien.

Mon cœur s'emballa avant de s'arrêter. Je suffoquai. Quand je retrouvai finalement mon sang-froid, il se remit à battre la chamade. Toute cette tension sexuelle déferla sur moi et je sentis ma petite culotte se mouiller.

— Bon Dieu, grinça Joss. Maintenant, je suis toute chose. (Elle bondit de son tabouret et sortit son téléphone.) Je vais appeler à la maison pour voir si Braden est rentré.

Sur ce, elle mit les voiles, nous laissant mariner dans notre excitation mutuelle.

J'adressai une esquisse de sourire à Cam.

— Comment va Becca ?

Quelques clients approchèrent alors et nous nous mîmes immédiatement à leur service. Tandis que nous préparions leur commande, Cam me répondit d'un ton pincé.

— Becca va bien. Et Malcolm ?

— Bien.

Il m'avait emmenée déjeuner pendant ma pause de midi et j'avais réussi à le convaincre que tout allait pour le mieux.

— Cole t'a déjà envoyé un message pour te dire s'il était rentré ?

Je me surpris à sourire comme une idiote de le savoir lui aussi soucieux et mon client me sourit en retour, pensant que mon expression lui était destinée. Je lui rendis rapidement sa monnaie et me tournai vers Cam.

— Ouais, c'est bon.

De petites pattes d'oie vinrent orner ses yeux et cette expression rejoignit aussitôt la liste de mes mimiques préférées.

— Tant mieux.

Le reste de la soirée défila en coup de vent. Nous travaillâmes, discutâmes, plaisantâmes, sans jamais que cette tension sexuelle sous-jacente disparaisse. Nous rentrâmes jusqu'à l'immeuble dans un silence complet. J'aurais pu prétendre que notre mutisme était uniquement dû à la fatigue, mais mon corps tout entier vibrait comme un diapason de le savoir à côté de moi. Nous nous dîmes au revoir devant sa porte et alors que je grimpais la dernière volée de marches pour rejoindre mon domicile, sans cesser de sentir son regard posé sur ma nuque, je regrettai, une fois encore, que les choses ne soient pas différentes : que Cam ne soit pas célibataire, que Malcolm soit une part de ma vie à laquelle je tenais, que je ne puisse pas, pour une fois, faire ce dont j'avais vraiment envie.

À savoir être avec Cameron MacCabe.

J'allai jeter un coup d'œil à Cole, qui dormait paisiblement dans sa chambre. J'en fis de même avec ma mère, pour m'assurer qu'elle ne s'était pas étouffée dans son propre vomi, mais je l'entendis ronfler bruyamment. J'enfilai alors mon pyjama pour me mettre au lit. Sans parvenir à trouver le sommeil.

Mon sang était en ébullition, j'avais les nerfs à fleur de peau et le parfum de Cam me chatouillait encore les narines.

J'étais tellement excitée que ça n'en était plus drôle.

Ma soirée aurait-elle pu basculer différemment si Cam m'avait suivie dans le bureau de Su, quand j'étais allée y déposer le nouvel inventaire de stock ? Et s'il m'avait surprise en m'embrassant dans le cou, tout en me caressant le ventre avant de plonger jusqu'au bouton de mon jean...

... S'il l'avait détaché, que ses longs doigts s'étaient immiscés sous l'élastique de ma culotte...

Ma propre main suivit ce chemin fantasmé et ne tarda pas à me mener à l'orgasme, tandis que j'imaginais Cam me prendre contre le bureau de Su.

Je réprimai mon gémissement de jouissance et, après une ultime convulsion, je me roulai en boule sur le côté, de nouveau en proie à la honte.

J'étais la pire petite copine au monde.

13

Une vérité que je ne tenais nullement à affronter s'imposa à moi durant les quelques semaines qui suivirent. Cette vérité était que, depuis nombre d'années, chaque journée avait été identique à la précédente : limitée, ternie, assombrie par un grand mur. Et au-delà de ce mur, je portais quotidiennement le même uniforme – si je voulais vraiment en faire des tonnes, je dirais qu'il s'agissait d'une combinaison orange fade. Mais ces jours-ci, cette tenue s'estompait, partait en lambeaux, arrachée à ma peau par les irrégularités de cette paroi que j'escaladais pour la franchir.

À présent que cet obstacle s'atténuait, les ombres se dissipaient, les couleurs devenaient plus vives.

Tout ça parce que je passais du temps avec Cam.

Nous nous côtoyions aussi souvent que possible durant la semaine. En réalité, il passait chaque soir boire le café ou partager notre dîner avant d'aller travailler, même quand j'étais moi-même de sortie avec Malcolm. Nous effectuions ensemble les trajets jusqu'au bar et ne manquions jamais une occasion de rigoler avec Joss une fois sur place. Je ne le voyais en revanche pas les week-ends, qu'il partageait entre le boulot, ses entraînements de judo et Becca. La dernière fois, il avait emmené Cole au dojo, l'encourageant à se dépenser plus ; et étonnamment, cette idée avait plu à mon frère. J'avais désormais les oreilles qui saignaient à force d'entendre parler de judo.

Pour moi, Cam était un confident. Je lui parlai beaucoup de ma vie et de mes grandes espérances quant à l'avenir de Cole. Pour Cole, Cam était un jumeau. Ils dessinaient ensemble, parlaient BD, aimaient le même genre de musique, les mêmes films ; et d'après ce que je devinais entre les lignes, Cam répondait à toutes les questions que Cole n'osait pas me poser.

Nous formions déjà comme une famille, un noyau fort et durable.

Mes sentiments pour Cam ne firent que s'accentuer et je ne cessais de me débattre avec ma conscience, de me disputer avec elle, de faire comme si cela ne signifiait rien. Outre l'aspect émotionnel, mon corps en était presque au point de rupture tant il le désirait. Sans trop savoir comment, je parvenais néanmoins à ne rien laisser paraître. Je ne voulais pas que quoi que ce soit puisse venir nuire à notre amitié.

Ce qui ne signifiait pas que je ne trouvais pas d'autre échappatoire à ma frustration sexuelle ni que cette échappatoire ne venait pas ajouter une couche de culpabilité et de honte à la pile déjà conséquente que ces deux émotions constituaient déjà. Je ne voyais plus Malcolm autant qu'auparavant, mais les trois ou quatre fois où nous nous étions retrouvés, nous avions fait l'amour… et les trois ou quatre fois où nous avions fait l'amour, je…

… Je commis l'impensable en fermant les yeux pour imaginer Cam.

Et je jouis chaque fois.

Malcolm considérait en conséquence que notre relation était repartie sur de bons rails et que, quoi qui ait pu me tracasser était désormais résolu.

J'étais vraiment une horrible personne.

Ouaip. Mon monde était plein de couleurs. Le rouge du désir. Le jaune de la honte.

Le vert de la jalousie.

Certes, le monstre aux yeux d'émeraude n'avait que rarement montré sa sale tête au cours des semaines écoulées. Mais dès que Cam prononçait le nom de Becca, un pincement me tenaillait la poitrine ; il en devint même insupportable un dimanche.

Cole et moi étions allés manger chez les Nichols, avant de rentrer chez nous de fort bonne humeur. Cole était descendu proposer à Cam de venir prendre le café et je fredonnais comme une idiote, le ventre en proie à des batifolages de papillons rien qu'à l'idée de le voir ; malheureusement, mon frère était remonté seul.

Je l'avais observé en fronçant les sourcils, tout en remplissant la tasse de Cam.

— Il nous rejoint ?

Cole secoua la tête, l'air perplexe.

— Il n'est pas chez lui ?

Il haussa les épaules.

Oh, bon sang, ça lui était pourtant passé.

— Quoi, alors ?

Il s'appuya contre le comptoir de la cuisine et soupira avant de me décocher un regard interrogateur.

— Est-ce que Cam et toi êtes seulement amis ?

Le même mensonge me venait aisément depuis quelque temps.

— Bien sûr. Je sors avec Malcolm. Pourquoi ?

Ses joues s'empourprèrent et il eut une petite moue amusée.

— Parce qu'il est manifestement trop occupé à baiser une poulette bien bruyante pour venir prendre le café à la maison.

Je me figeai instantanément sans quitter mon frère des yeux ; mon cœur tambourinait dans ma poitrine, tandis qu'une horrible sensation de malaise m'envahissait à mesure que la jalousie se répandait en moi.

— Jo ?

J'élaborai un rapide bobard visant à justifier ma réaction.

— Je te défends de dire « baiser ». Et ne dis pas non plus « poulette », « gonzesse » ou « nana ».

Cole grommela.

— Merci pour la leçon de vocabulaire.

Je le toisai d'un œil noir et il retourna dans le salon. Toute trace de bonne humeur m'avait désertée à l'idée de Cam et Becca couchant ensemble.

Au final, je dus faire une overdose de couleurs, car le jeudi suivant, peu avant l'aube, j'entrepris d'arracher le papier peint du salon. Je pris tout mon temps pour ce faire, afin de recouvrer mon calme. Le soir précédent, j'étais sortie avec Malcolm, mais j'avais fini par lui demander de me ramener tôt chez moi, prétendant ne pas me sentir bien. J'avais alors couru dans l'escalier avant de me ruer sur Internet, de trouver l'offre spéciale que je recherchais, de réserver les fournitures nécessaires dans le magasin le plus proche et de commencer à apprêter les murs.

Le jeudi matin, j'aidai Cole à se préparer pour l'école, sans tenir compte de ses ronchonnements au sujet de l'état du salon, puis je m'empressai d'aller récupérer ma commande : trois rouleaux de papier peint. J'en profitai pour acheter de la colle et une boîte de beignets.

Dès que j'eus enfilé mon jean et mon tee-shirt déjà maculés de peinture, j'attachai mes cheveux en une queue de cheval et m'enroulai un foulard sur la tête. Je me sentais déjà mieux. Plus calme. Je finissais de déplier la table qui allait me servir d'établi quand maman apparut dans l'embrasure de la porte.

Nous nous défiâmes du regard.

Nous ne nous étions plus adressé la parole depuis que je l'avais agressée dans la cuisine, près de trois semaines auparavant.

Elle observa le salon de ses yeux fatigués – les housses de protection, les rouleaux de papier, le seau de colle. Elle grogna.

— Encore ?

M'inspirant de mon petit frère, je haussai sèchement les épaules.

Elle soupira et secoua la tête avec lassitude.

— Y a de quoi manger ?

— Un reste de pâtes d'hier soir. Tu penses pouvoir les réchauffer sans mettre le feu à l'appart ?

Elle balaya ma remarque acerbe d'un revers de main et se dirigea vers la cuisine d'un pas mal assuré.

— Je vais les manger froides.

Peu après, elle retourna dans sa chambre. Tant mieux. J'avais su faire preuve d'une courtoisie hors du commun étant donné les circonstances, mais je mourais toujours d'envie de lui balancer mon poing dans la figure chaque fois que je l'imaginais battre Cole. Honnêtement, je ne pensais même plus qu'à ça quand je la croisais, désormais.

Je mis de la musique, veillant à ne pas trop monter le son pour ne pas déranger Alco-mère, et j'entrepris de tapisser les murs. Le nouveau papier était crème, orné de fines rayures champagne, argent et chocolat. J'allais devoir dégoter de nouveaux coussins pour le canapé et changer le lampadaire, mais je m'en fichais. Refaire la déco me permettait de m'évader un peu et j'avais précisément grand besoin d'évasion. J'avais commencé à apposer les nouvelles bandes vers 10 heures ; à 11, j'étais parfaitement détendue et rassasiée après avoir avalé deux beignets. J'étais en train de coller une nouvelle hauteur de papier, tout en méditant sur les meubles de cuisine qui auraient bien mérité un coup de peinture quand on frappa à la porte.

Je pivotai sur mon escabeau, tendant toujours mon lé à bout de bras.

— Qui est-ce ? m'écriai-je.

— Cam !

Nan. Hors de question qu'il vienne faire voler en éclats mon calme tout juste retrouvé. Je pris une profonde inspiration et considérai mon œuvre inachevée. Il ne me restait plus que cette hauteur à coller et la pièce semblait déjà plus claire et plus aérée.

— Entre !

À l'aide de mon pinceau de colle, j'appliquai au mur le haut de ma bande.

Deux secondes plus tard, je l'entendis me demander :

— Qu'est-ce que tu fais ?

Sans me soucier de la réaction de mon corps à sa voix, j'étirai doucement le papier pour en vérifier le bon positionnement et en collai quelques dizaines de centimètres supplémentaires.

— Je change le papier peint.

— Toute seule ? s'étonna-t-il.

J'opinai, descendant d'une marche afin d'appliquer la section du milieu. Elle était alignée avec précision. L'entraînement menait à la perfection.

— À ton avis, qui avait posé l'ancien ? Sans parler de la peinture, du ponçage...

J'achevai mon ouvrage et descendis le rejoindre, appréciant la nouvelle allure de la pièce.

Je surpris l'expression légèrement stupéfaite de Cam, qui inspecta les moindres recoins avant de se retourner vers moi.

— Tu sais à quel point c'est compliqué de mettre du papier peint ? Tu l'as fait comme une pro.

Je fis la moue. Il n'y avait pas de quoi en faire un plat.

— Oncle Mick m'a tout appris.

— Quand tu avais dix ans ? demanda-t-il avec un sourire curieux. Tu as commencé quand ?

Il désigna du menton l'établi de fortune.

— Il y a une heure.

Ses grands yeux magnifiques s'arrondirent.

— Et tu as déjà fini ? Jo, tu as fait un super boulot. C'est nickel. Tu en as conscience, pas vrai ?

Je souris à ce compliment, rosissant de contentement.

— Merci. Ça rend Cole complètement dingue. Il a failli piquer une crise en voyant le chantier ce matin.

— À vrai dire… (Il s'approcha d'un pas.) C'est à cause de lui que je suis là. Il m'a envoyé un SMS bizarre disant : « Jo refait la déco. Elle fait ça quand elle est perturbée. Tu sais ce qu'elle a ? »

Sale traître, songeai-je. Je poussai un soupir et me détournai. Ainsi donc, mon petit frère allait désormais demander de l'aide à notre voisin, même lorsque cela me concernait. N'avais-je donc plus droit à mon jardin secret ?

— Alors ?

Je haussai les épaules.

— De temps en temps, ça m'aide à me détendre. (J'essayai de le convaincre d'un sourire.) Cam, tu es mieux placé que n'importe qui pour savoir que ma vie est stressante. J'ai juste fait ça pour me soulager.

Semblant me prendre en pitié, il hocha lentement la tête.

— D'accord.

Il observait le plancher, désormais, examinant la peinture des plinthes. Sans un mot, il se tourna vers la cuisine et disparut. Je l'entendis farfouiller, puis le vis réapparaître et franchir la porte menant aux chambres et à la salle de bains. Trois portes s'ouvrirent et se refermèrent – il n'était heureusement pas entré chez ma mère.

Il revint alors au salon. En me voyant ainsi postée, les sourcils haussés et les bras croisés, il se fendit d'un léger sourire. Pas moi.

— Tu as fini, sale fouineur ?

Il se fendit jusqu'aux oreilles.

— Tu as des tas de bouquins.

Je me raclai la gorge.

— Ça explique ton vocabulaire.

— Pardon ?

— Tu t'exprimes très bien. Tu es cultivée.

Pourquoi fallait-il toujours que les compliments de Cam fassent mouche ? C'était insupportable à vivre pour quelqu'un qui s'efforçait d'arrêter de penser sans arrêt à lui.

— Tu es aussi très douée.

Je sursautai presque d'étonnement.

— Moi ? Douée ?

Il avait fumé, ou quoi ?

Il embrassa la pièce d'un vaste geste du bras.

— Jo, tu devrais faire carrière.

— Carrière dans quoi ?

— La peinture et la décoration d'intérieur.

L'absurdité de sa remarque me fit éclater de rire.

— Oh, je vois. Et quelle personne sensée embaucherait un peintre décorateur sans diplôme ni expérience ? Regarde la vérité en face, Cam. Je suis bonne à rien.

Son regard se durcit en se rivant sur moi, me clouant sur place.

— Tu n'es pas bonne à rien. Arrête de te rabaisser comme ça devant moi. Ça me fout en rogne.

Par chance, il ne s'attendait pas à une réponse de ma part, car j'ignorais complètement comment répliquer ou réagir à la vague de chaleur qui m'envahissait la poitrine.

— Tu es douée pour ça. Très douée. Je crois que Nate connaît quelqu'un qui a sa boîte de déco. Je pourrais lui demander s'il n'a pas besoin d'une apprentie.

— Non. J'ai vingt-quatre ans. Personne n'irait recruter une apprentie de vingt-quatre ans.

— Ça peut arriver, pour rendre service à un ami.

— Cam, non.

— Allez, Jo, essaie au moins d'y réfléchir. Tu aimes ça et tu sais bien faire. C'est toujours mieux que de cumuler les temps partiels et de sortir av...

Il s'interrompit de lui-même, blêmissant en prenant conscience qu'il avait failli dépasser les bornes.

Enfin, pas tout à fait « failli ». Il les avait effectivement franchies. Je serrais les dents, tâchant de retenir les larmes qui me brûlèrent les yeux quand je me rendis compte qu'il me voyait toujours telle la bimbo en quête d'un gros portefeuille. J'essuyai la peinture maculant la table pliante, préférant ne pas relever l'affront.

— Jo, réfléchis-y, s'il te plaît.

— J'ai dit non, merci.

Je ne voyais pas qui pourrait bien vouloir m'embaucher et l'humiliation causée par les refus à venir ne m'intéressait guère.

— Jo...

— Cam, qu'est-ce que tu fous ici ? l'interrompis-je vertement.

Je regrettai immédiatement le ton employé, mais il était trop tard pour revenir en arrière.

Il expira longuement en m'étudiant en détail ; puis, comme s'il n'arrivait pas à trouver ce qu'il cherchait, il recula d'un pas.

— Rien de spécial. Je vais y aller. J'ai...

— Jo !

Cette fois, ce fut ma mère qui l'interrompit et son cri strident nous fit grimacer tous les deux.

C'était la première fois qu'elle sollicitait mon aide depuis l'incident. Avec un profond soupir, je laissai retomber le pinceau de colle dans le seau.

— Cam, reste ici. Je vais voir ce qu'elle veut. Fais-toi un café. Et tant que tu y es, tu peux me préparer un thé si tu veux.

— Jo !

— J'arrive ! m'exclamai-je en retour.

Cam parut surpris.

— Quoi ? lui demandai-je en lui passant devant.

Il eut un petit sourire.

— Je ne t'avais encore jamais entendue élever la voix.

— C'est parce que tu ne m'as jamais vue en présence d'une araignée.

Cam éclata de rire et me désigna la porte.

— Je vais préparer le café.

Soulagée qu'il ait accepté de rester, j'allai voir ce que ma mère pouvait bien me vouloir.

À ma grande surprise, elle était allongée sur son lit, sans s'être mise dans une situation impossible. Bon Dieu, j'espérais qu'elle n'avait pas perdu le contrôle de sa vessie. Cela s'était déjà produit.

— Quoi ? lui demandai-je sans entrer tout à fait.

— Qui c'est ? s'enquit-elle sans baisser le ton. Ça fait plusieurs fois que j'entends sa voix.

C'était la première fois depuis des lustres qu'elle semblait s'intéresser à autre chose qu'à sa vie gâchée par le gin et je ne pus m'empêcher de lui répondre.

— Il s'appelle Cam. C'est un ami.

— Il te baise ?

— Maman ! aboyai-je.

Le volume sonore avec lequel elle avait prononcé ces derniers mots me mit mal à l'aise.

— Alors ? insista-t-elle en ricanant. Regarde-toi ! Toujours en train de me juger. Tu ferais mieux de changer d'attitude, fillette. Tu te crois supérieure ? Tu m'accuses de frapper Cole, tu me prends pour une moins que rien. Eh bien, regarde-toi dans un miroir, parce que tu ne vaux pas mieux que moi !

En découvrant le mépris dans ses prunelles, je compris qu'elle attendait cet instant depuis longtemps. Voilà comment elle me faisait payer mon geste : en m'humiliant devant Cam.

— Tu es bonne à rien, et ce type-là dehors te laissera tomber quand il se sera lassé de ce qu'il trouve entre tes cuisses !

Je claquai sa porte, puis y apposai le front. Je tremblais comme une feuille, malgré mes efforts pour maîtriser ma respiration. Quelques secondes plus tard, je l'entendis se mettre à pleurer.

— Jo ?

J'inspirai entre mes dents serrées et me retournai vers lui. Il était debout dans le couloir, les yeux brillant de colère. Il se rapprocha de moi et déclara, d'une voix assez forte pour que ma mère puisse l'entendre :

— Tu n'es pas bonne à rien. Tu vaux bien mieux que ce que les gens pensent de toi.

Je jetai un coup d'œil à son tatouage.

Sois la Calédonie.

Quand je remontai le regard jusqu'à son visage, quand je découvris la douleur qu'il éprouvait pour moi, je compris que Cam était le seul garçon à m'avoir vue sous mon vrai jour. Et plus important encore : il voyait également ce que je pouvais devenir. À ses yeux, j'étais quelqu'un.

Je voulus lui prendre la main, l'entraîner jusqu'à ma chambre, me déshabiller devant lui et lui laisser me faire tout ce qu'il désirait.

Et lui rendre la pareille.

Au lieu de quoi, je lui adressai un sourire de remerciement on ne peut plus platonique.

— On va se le boire, ce café ?

14

Le samedi suivant, tout ce que je m'empêchais d'éprouver ou d'admettre arriva à un point critique.

Durant la semaine, Malcolm m'avait invitée à une fête organisée par la colocataire de Becca. La soirée devait avoir lieu chez elles, à Bruntsfield, et Malcolm avait promis d'y faire une apparition. En revanche, comme il craignait de s'y sentir comme un poisson hors de l'eau, il m'avait quasiment suppliée de l'y accompagner. Je n'étais pas particulièrement excitée à l'idée de voir Cam et Becca se bécoter, mais puisque je trompais mentalement Malcolm, j'estimais que je lui devais bien ça.

Ce matin-là, je me levai tôt car ma mère m'avait réveillée en balançant dans l'évier ses bouteilles de gin vides. J'avais réussi à intervenir assez tôt pour l'empêcher de commettre plus de dégâts, j'avais rapidement pansé les microcoupures qu'elle s'était faites aux mains, je l'avais bercée quand elle s'était réfugiée dans mes bras pour vagir comme un bébé et j'avais fini par accepter l'aide de Cole pour la remettre au lit. Les muscles de ses jambes s'asséchaient complètement, à tel point que je peinais à comprendre comment elle parvenait encore à marcher. Cole et moi avions arrêté de la forcer à aller se promener, et à présent que j'en découvrais les conséquences, je culpabilisais.

Afin d'oublier la tristesse qui ne manquait pas de m'envahir chaque fois que maman trouvait un moyen de nous montrer que son addiction l'enrageait autant que nous, je m'étais imaginé passer la matinée à bouquiner tandis que Cole descendrait chez Cam. Puisque j'essayais encore de trouver les ressources pour inscrire mon frère au judo, Cam avait proposé de lui donner des cours tous les samedis matin. Cole adorait ça, et, honnêtement, je pense que Cam était ravi de transmettre son savoir.

J'étais donc plongée dans la traduction d'un roman sentimental de l'un de mes auteurs japonais préférés quand on sonna à la porte.

C'était Jamie, le copain de Cole.

Quand je lui ouvris, ce petit gamin légèrement rondouillard devint rouge comme une pivoine. Je me mordis la lèvre pour ne pas sourire.

— Salut, Jamie.

— Salut, Jo. (Il déglutit, ne sachant pas où poser le regard.) Cole est là ? Il était censé me retrouver dehors il y a un quart d'heure.

À l'évidence, mon petit frère avait perdu la notion du temps. J'étouffai un soupir exaspéré – il m'avait interrompue au cœur d'un passage clé –, et sortis dans l'escalier en refermant doucement derrière moi.

— On va aller le chercher.

Quand je frappai à la porte de Cam, il me cria d'entrer. Je fis patienter Jamie dehors et vis les deux garçons debout dans le salon, à côté d'un grand tapis. Tous les meubles avaient été repoussés le long des murs. Cole souriait jusqu'aux oreilles. De la transpiration lui ruisselait dans le cou, maculant son tee-shirt de traces plus sombres. Malgré son jogging, Cam n'était guère moins attirant que d'habitude.

Je contemplai Cole en haussant les sourcils.
— Tu n'aurais pas oublié quelque chose ?
Il fit une moue dubitative.
— Non.
— Va dire ça au garçon sur le palier.
— Oh, m... (Il s'interrompit.) Jamie.
— Il t'attend.
Cole s'empressa de récupérer chaussettes et chaussures.
— Merci pour l'entraînement, Cam.
— Pas de problème, mon pote.
— Tu devrais te changer avant de sortir, lui conseillai-je tandis qu'il disparaissait dans la cage d'escalier. Et envoie-moi un message pour me dire ce que vous faites.
Je refermai la bouche en entendant la porte claquer. Je me tournai vers Cam.
— Autant prêcher dans le désert.
Il se fendit d'un sourire en coin – mon quatrième tic préféré, après le tressautement de la lèvre – et enroula le doigt pour me faire signe de le rejoindre.
— Tu veux prendre la suite.
Je reculai immédiatement d'un pas en secouant la tête.
— Je ne crois pas, non.
— Allez. (Son expression se fit soudain sérieuse.) J'ai vu comment certains clients se comportaient avec toi et Joss m'a avoué qu'elle avait dû t'arracher plusieurs fois aux griffes de vieux michetons. Ça t'aidera peut-être à mieux réagir.
En effet, je n'aurais pas été mécontente de pouvoir remettre moi-même à leur place les connards aux tendances agressives, au lieu d'avoir toujours à compter sur l'aide d'autrui. Mais tout de même, m'entraîner avec Cam ? Hors de question. Ça ne ferait qu'attiser la flamme.

— Non, merci.
Il soupira, mais finit par capituler.
— D'accord. Tu veux une tasse de thé ?
J'acquiesçai en le suivant dans la cuisine, essayant de regarder autre chose que ses épaules musclées ou son cul bien ferme. Je ne fis pas beaucoup d'efforts.
Debout près du comptoir, je songeai à la soirée qui nous attendait tandis que Cam préparait son café et mon thé. J'aperçus alors du coin de l'œil quelque chose qui me fit tourner la tête ; je frôlai la crise cardiaque en découvrant la taille de l'araignée qui crapahutait sur les carreaux.
— Oh, mon Dieu ! glapis-je en m'en éloignant au plus vite.
Une boule de la taille du Canada s'était formée dans ma gorge.
— Quoi ? Quoi ?
Cam tourna sur lui-même, les yeux écarquillés.
Je fixais l'arachnide, terrifiée.
— Fais-la partir ou je ne pourrai plus jamais bouger.
Je ne plaisantais pas. J'étais littéralement tétanisée par la peur. Je ne savais pas d'où me venait cette phobie, mais elle était suffisamment grave pour me pousser à investir dans des répulsifs branchés sur nombre de prises dans tout notre appartement. Il nous arrivait néanmoins d'accueillir quelques rares araignées et Cole se chargeait toujours de nous en débarrasser.
Cam nous regarda tour à tour, moi et mon ennemie. Je remarquai l'esquisse de sourire qui se formait à la commissure de ses lèvres.
— Ne t'avise pas de te marrer. Ça n'a rien de drôle.
Son regard s'adoucit et il sembla enfin prendre la pleine mesure de ma peur.
— D'accord. Ne panique pas. Je m'en occupe.
Il ouvrit un placard et en sortit une casserole.
Je me renfrognai.

— Qu'est-ce que tu fais ? Ne la tue pas !

Il s'immobilisa et se tourna vers moi avec une lueur d'amusement dans le regard.

— Pourquoi pas ? Je croyais qu'elle te faisait peur ?

— Elle me *terrifie*, le corrigeai-je. Mais qu'est-ce que ça dirait sur l'humanité si on se mettait à tuer tout ce que nous redoutons ?

Rien de très positif, c'est certain.

Ses yeux magnifiques pétillèrent de plus belle et je m'y perdis complètement, oubliant momentanément ma trouille.

— Quoi ? chuchotai-je.

Ma poitrine semblait sur le point d'exploser. Personne ne m'avait encore jamais dévisagée de la sorte.

Il secoua la tête.

— Rien. C'est juste que tu... Rien.

— Cam ?

— Mmm ?

— L'araignée.

Il cligna rapidement les paupières avant de se concentrer sur elle.

— Ah oui. (Il souleva le couvercle de la casserole.) Je ne vais pas la tuer, c'est juste pour la faire tomber à l'intérieur.

Je me ratatinai dans un coin de la pièce tandis qu'il s'apprêtait à nous sauver mutuellement, l'araignée et moi. Je n'avais qu'une crainte : qu'il ne soit pas assez prompt et qu'elle parvienne je ne sais trop comment à me sauter dessus à travers la cuisine. Par bonheur, il la captura en un temps record et je l'observai, avec un soulagement grandissant, s'approcher de la fenêtre pour la déposer dehors.

— Merci, soufflai-je.

Il ne répondit rien. Il ferma le battant avec précaution, posa la casserole dans l'évier et fit volte-face pour me considérer.

Soudain, l'atmosphère devint électrique, comme chaque fois que nous nous retrouvions côte à côte au bar. J'avais fait de mon mieux pour m'assurer que ces instants ne surviennent qu'au *Club*, tentant de feindre l'indifférence dans le monde extérieur.

Ce jour-là, je n'y parviendrais pas.

Je retins mon souffle face à l'intensité du regard de Cam, qui s'approcha de moi avec une lenteur insoutenable. Quand il arriva à la distance raisonnable censée séparer deux amis respectivement en couple, je m'apprêtai à lui poser une question pour le forcer à s'arrêter ; mais l'instant suivant, sa poitrine effleura la mienne et les mots moururent sur ma langue tandis que la pièce se vidait de son air. Ses mains se refermèrent tendrement sur mes bras. L'odeur familière de son après-rasage me fit tourner la tête, tandis que la proximité de son corps faisait languir le mien.

Incapable de soutenir son regard, je contemplais encore sa gorge quand il se pencha pour m'embrasser délicatement sur le front. Un désir de plus en plus profond me creusait les entrailles et je fondis littéralement en sentant ses lèvres provoquer un frisson délicieux sur ma peau. Puis il remplaça sa bouche par son propre front. Nous fermâmes les paupières en même temps et nous reposâmes ainsi l'un contre l'autre, entremêlant nos respirations.

Mon attente était d'autant plus insupportable que je la savais réciproque.

— Cam, chuchotai-je en espérant qu'il s'écarterait, tout en éprouvant le besoin de ne jamais le laisser s'en aller.

Il poussa un grognement et laissa lentement glisser son front ; son nez effleura ma joue, longea ma mâchoire et vint se nicher dans le creux de mon cou.

Je retins mon souffle, dans l'expectative.

Ses lèvres chaudes caressèrent ma peau. Une fois. Deux fois.

Puis je perçus le toucher humide et érotique de sa langue et je me laissai aller contre lui en frissonnant. Mes tétons dardaient sous le fin coton de mon tee-shirt, le suppliant de continuer.

Une sonnerie perçante stridula alors et je recouvrai mes esprits dans un sursaut. Cam jura, serrant les dents à les briser. Il attrapa son téléphone posé sur le comptoir et blêmit en découvrant l'identité de son correspondant. Il m'adressa un regard indescriptible.

— Becca, annonça-t-il d'un air sévère.

Je suffoquais désormais, n'arrivant pas à croire que je l'avais laissé me toucher, que nous avions été à quelques secondes de blesser deux personnes qui ne le méritaient pas. Pis encore : j'étais stupéfaite de n'avoir pas culpabilisé davantage. Mon attirance pour Cam était donc égoïste à ce point.

Ça n'était pas normal.

Avec n'importe qui d'autre, j'aurais suggéré qu'il était temps de prendre nos distances. Mais il s'agissait de Cam. J'avais besoin de lui.

— Je ferais mieux de remonter. Malcolm va passer me prendre dans quelques heures.

Je tirai sur mon tee-shirt et resserrai l'élastique tenant ma queue de cheval en place. J'étais à nouveau dans l'incapacité de croiser son regard.

— Donc on recommence à faire comme s'il n'y avait strictement rien entre nous ?

Je me raidis à sa brusquerie et tressaillis en découvrant la colère qui animait ses prunelles.

Merde.

Je ne pouvais pas me permettre de laisser filer son amitié. C'était la meilleure chose qui m'était arrivée depuis la naissance de Cole.

— Cam, non, s'il te plaît. Je sors avec Malcolm, et toi avec Becca.

Il ouvrit la bouche pour répliquer, mais je tournai les talons et quittai les lieux sans lui laisser le temps de dire quoi que ce soit.

J'eus toute la journée le cœur au bord des lèvres. J'arrivais à peine à faire quoi que ce soit, prenant tout juste le temps de répondre au SMS de Cole, qui m'annonçait qu'il dormirait chez Jamie cette nuit-là. Je m'habillai de façon étonnamment décontractée pour la soirée, enfilant une minijupe noire moulante et un tee-shirt imprimé. J'agrémentai le tout de bottes cavalières avec un doublage en polaire pour ne pas mourir de froid et d'une veste en fausse fourrure que j'avais acquise en solde et que je portais généralement avec des tenues plus élégantes.

Ce soir-là, je n'étais pas d'humeur à briller. Je cherchais du confort, de la jeunesse – d'une certaine façon, je cherchais à être moi-même. Je ne cessai de frissonner tout en me préparant, me demandant ce que Cam faisait, s'il accepterait de me reparler un jour. Je sentais encore ses lèvres chaudes contre ma gorge, qui me picotait encore à l'endroit où sa langue m'avait léchée. Pourquoi tenait-il à nous confronter à notre désir, alors que nous étions chacun en couple ? Comptait-il quitter Becca ? Espérait-il que je quitte Malcolm ?

Et, plus important : en étais-je capable ?

Pouvais-je laisser tomber un homme qui tenait à moi, qui pouvait m'apporter à la fois la sécurité et des garanties pour l'avenir ? Étais-je capable de sacrifier cela pour Cam ? Et si oui, qu'arriverait-il si notre relation se révélait n'être que charnelle ? Sans une once d'émotion ?

Ces réflexions me donnaient la migraine.

Malcolm m'attendait devant le bâtiment, à côté de notre taxi, et je marquai un temps d'arrêt en voyant la façon dont il considérait ma tenue. Quand il eut fini son inspection, il m'adressa un léger sourire avant de m'embrasser fugacement sur les lèvres.

— Qu'est-ce qu'il y a ? lui demandai-je en fronçant les sourcils.

Je me rendais bien compte que quelque chose clochait et cela ne me plaisait guère. J'avais déjà l'estomac noué à l'idée d'affronter Cam à nouveau, j'aurais préféré ne pas avoir à m'en faire pour Malcolm.

Celui-ci m'invita à monter en voiture et, quand nous démarrâmes, il observa mes jambes avant d'étudier à nouveau mon visage.

— Tu fais très jeune, ce soir.

J'examinai une nouvelle fois ma tenue et fis la moue. Je faisais mon âge. Je me ressemblais.

— Ça ne te plaît pas, murmurai-je.

Il réprima un éclat de rire.

— Ma chérie, tu es sexy en diable, mais tu ressembles à une jeune fille rebelle sortant avec un vieux grincheux.

Sa façon de dire ça me mit la puce à l'oreille. Il semblait inquiet. Je revis le visage de Cam à quelques centimètres du mien et la culpabilité m'étreignit de plus belle.

— Tu n'es pas un vieux grincheux. Tu es mon séducteur d'âge mûr.

Il se détendit légèrement.

— Si c'est ce que tu penses…

— Je ne m'habillerai plus jamais comme ça.

— Bien, grommela-t-il en se penchant pour m'embrasser sur la joue. J'aime mieux te voir dans les robes que l'on t'a achetées. Elle te donne un air plus âgé, plus sophistiqué.

Jamais un tel commentaire ne m'aurait dérangée auparavant ; ce soir, en revanche, il m'irrita légèrement. Je feignis un sourire et le laissai me serrer la main, regrettant déjà de ne pas être restée seule chez moi avec un bon bouquin.

Quand le taxi nous déposa devant l'immeuble de Becca, je dus prendre une profonde inspiration pour chasser la nausée. Malcolm pivota brusquement vers moi, les sourcils froncés d'inquiétude.

— Tout va bien ?

— À vrai dire, je me sens un peu patraque, mentis-je. Je pense que je couve quelque chose.

— Tu veux qu'on fasse demi-tour ?

OUI, OUI, OUI !

— Non. (Je désignai du menton la bouteille de vin qu'il tenait à la main.) Montons au moins boire un verre.

La soirée battait son plein lorsque nous y fîmes notre apparition. L'immense loft semblait avoir besoin du même coup de neuf que tant d'appartements d'étudiants à Édimbourg. À l'instar de ses convives, Becca ne paraissait pas incommodée par le désordre, la moquette élimée, les boiseries écornées ou les murs jaunissants.

Pour ma part, la multitude de rayures, de taches de peinture et de couleurs me faisait quelque peu tiquer. Cela me rappelait ces dessins indéfinissables qu'il fallait fixer un temps certain pour voir apparaître la véritable image.

— Mal, Jo ! s'exclama Becca quand nous pénétrâmes dans le vaste séjour.

Elle abandonna ses amis pour se jeter dans les bras de Malcolm. Puis elle tapa dans ses mains comme une petite fille.

— Tu as apporté du bon vin ?

— Oui.

Malcolm lui sourit en lui tendant la bouteille.

J'étudiai Becca dans le détail, l'examinant comme je ne l'avais jamais fait par le passé. Elle était debout devant moi, avec son grand sourire charmeur et ses yeux pétillant d'intelligence. Était-ce cela qui avait séduit Cam ? Les nombreuses qualités de Becca me mirent soudain mal à l'aise et je haïssais cette jalousie qu'elle faisait naître en moi.

Je la surpris à observer ma tenue avant de s'exclamer joyeusement :

— Jo, tu es superbe.

— Merci, répliquai-je doucement, me sentant coupable d'avoir presque… fait ce que Cam et moi avions failli faire.

— Cam ! (Elle fit volte-face et lui adressa un grand signe par-dessus la foule des invités.) Viens dire bonjour.

Je sentis mon pouls s'accélérer à mesure qu'il approchait. Je dus masquer insuffisamment mon expression, car Malcolm me passa un bras autour de la taille pour me presser contre lui. Il me chuchota à l'oreille :

— Que se passe-t-il ? Tu sembles nerveuse.

Oh, merde. Oh, putain. J'étais en train de tout foutre en l'air. J'inspirai subitement et me tournai vers lui, décidant de lui faire croire que je me sentais mal à l'aise de l'avoir perturbé.

— Je n'aurais pas dû mettre cette tenue.

Malcolm fit la grimace et me caressa affectueusement la joue.

— Ne t'en fais pas. Si j'avais su que tu réagirais comme ça, je ne t'aurais rien dit. Tu es splendide. Comme toujours.

En plongeant mon regard dans ses yeux bienveillants, je me sentis encore plus coupable. En compensation, je décidai de le rendre heureux, quitte à le faire à mon détriment.

— Je n'aime pas te décevoir.

Ses prunelles se réchauffèrent – peut-être serait-il plus juste de dire qu'elles s'embrasèrent, tandis qu'il m'attirait encore plus près de lui.

— Tu ne m'as pas déçu. Même si j'ai hâte de te déshabiller.

Je me sentis plus que jamais écœurée par mes propres mensonges. J'avais créé ce personnage de toutes pièces afin de plaire à Malcolm – j'étais devenue celle que *lui* voulait. En d'autres termes, je n'étais pas moi-même. Et malgré la tristesse qui m'accablait, je feignis de glousser et il sourit à pleines dents.

— Euh, pardon. (Becca pouffa et nous pivotâmes tous deux la tête pour leur faire face, à Cam et à elle.) Vous voulez que je vous libère une chambre ?

Cam me sonda avec une fureur à peine contenue, les traits déformés par la colère. Son expression me fit l'effet d'un coup de poing dans le ventre et je voulus soudain me libérer de l'emprise de Malcolm pour l'implorer à genoux de me pardonner.

Ou pour m'enfuir à toutes jambes loin de ces deux hommes.

En clair, j'étais bouleversée.

À mon grand soulagement, Cam fut distrait par Becca, qui lui demanda de l'aider à accueillir de nouveaux invités. Je restai seule avec Malcolm, à m'efforcer de lui assurer que tout allait bien. Que tout allait bien *entre nous*. Je riais à ses plaisanteries, le touchais avec affection et lui accordais toute mon attention, même lorsque nous discutions avec un groupe au sein duquel se trouvaient Becca et Cam. Même quand ce dernier posait sur moi son regard incandescent.

Une heure plus tard, épuisée par tant d'efforts, je pris congé pour me rendre aux petits coins, situés près de l'entrée. Je m'apprêtais à m'enfermer à l'intérieur quand on rouvrit la porte. Surprise, j'eus un pas de recul et Cam se faufila dans la pièce. Il verrouilla derrière lui, puis me fit face.

Je regrettai de ne pas porter de talons. À plat, je mesurais un mètre soixante-dix-sept et Cam me dépassait de cinq bons centimètres. Ça n'était pas gigantesque, mais il était tout en muscles, et lorsque la colère l'habitait, il donnait l'impression de me dominer de trente centimètres.

Je désignai la porte d'une main tremblante.

— Qu'est-ce que tu fous ? Quelqu'un a pu te voir.

Ses yeux bleus me lançaient des éclairs.

— Tu parles de Malcolm ?

— Ou de Becca, crachai-je entre mes dents serrées. Tu te souviens d'elle ? Ta petite amie ?

Il ne releva pas. Je frémis de façon incontrôlable quand son regard se balada lentement sur mon corps. J'étais parcourue de fourmillements. Ses lèvres se redressèrent aux commissures quand il riva ses yeux aux miens.

— Tu es magnifique, ce soir. Je ne t'avais jamais vue comme ça.

Alors que nous continuions à nous dévisager silencieusement, les battements de mon cœur et mon souffle s'accélérèrent. Il fallait que je sorte de là avant de commettre une erreur des plus stupides. Espérant arborer un air suffisamment déterminé et furieux, je me rapprochai de la porte.

— Laisse-moi sortir, Cameron.

Il leva les mains en signe de reddition et s'écarta d'un pas. Cependant, dès que j'eus posé la main sur la poignée, il me plaqua contre le battant, le corps collé au mien, les mains maintenant ma tête en place.

— Qu'est-ce...

— Chut.

Son souffle m'effleura les lèvres. Puis ses paumes glissèrent jusqu'à ma taille.

— Tu le ressens, toi aussi. Tu le ressens depuis le soir de notre première rencontre.

J'étais incapable de répondre, partagée entre l'exultation – je n'étais finalement pas la seule à éprouver cela ! – et l'angoisse – nous faisions quelque chose de mal et risquions de nous faire surprendre. Je m'humectai les lèvres avec nervosité.

Il prit cela pour une invitation.

Mon souffle disparut dans la chaleur du sien, sa langue venant glisser sur la mienne. Sa barbe de trois jours m'irrita la peau quand il approfondit notre baiser et sa main droite remonta sur mon ventre, mes côtes, pour venir se poser sur mon sein. Il en traça du pouce le contour inférieur. Je m'embrasai immédiatement et lui passai les deux bras autour du cou pour l'attirer plus près. Je gémis contre sa bouche ; mon cœur battait à tout rompre sous cette avalanche de sensations. Je sentais le goût de café sur sa langue, l'arôme de sa peau, sa chaleur, sa puissance. J'étais submergée. Et j'en voulais encore.

J'oubliai où nous nous trouvions.

Tout ce qui m'importait, désormais, était de fusionner avec lui.

Notre étreinte était comme douloureuse, notre baiser violent, humide, presque désespéré.

D'accord.

Cam émit un son rauque qui se répercuta dans ma poitrine et me fit naître des sensations à l'entrejambe. Je me tortillai contre lui. Il comprit le message et se plaqua au plus près de moi. Son érection m'appuya contre le bas-ventre ; ses jambes forcèrent les miennes à s'écarter. Je laissai échapper un gémissement incontrôlable quand il prit un peu de recul pour observer mes lèvres enflées. Je n'avais jamais vu un homme égaré à ce point dans une brume de désir lubrique ; mon sexe se contracta quand je découvris le pouvoir que j'exerçais sur lui et ma culotte s'humidifia tandis que mon corps se préparait à l'accueillir.

Cam me mordilla la lèvre inférieure, avant de la lécher.

— J'ai fantasmé des millions de fois sur cette bouche, m'avoua-t-il à mi-voix avant de m'embrasser voracement.

Notre étreinte devenait de plus en plus indomptable et quand je sentis ses doigts chauds à l'intérieur de ma cuisse, je tendis la langue pour l'encourager à poursuivre son exploration. Et lorsqu'il s'immisça sous ma culotte, je faillis exploser.

Ses doigts s'engouffrèrent langoureusement en moi et je poussai un petit cri en m'arc-boutant contre sa main. Cam retira sa bouche de la mienne et respira bruyamment dans mon cou.

— Si on ne s'arrête pas tout de suite, je vais te baiser ici et maintenant.

Ses mots me firent l'effet d'une douche froide - une honte et une culpabilité que je n'avais jamais ressenties si fortes me submergeaient. Cam releva le front pour m'observer.

Lentement, comme il comprit mon expression, le désir se dissipa dans ses prunelles et je sentis ses doigts se retirer.

— Jo...

Je secouai la tête et le repoussai par les épaules, tentant de ravaler mes larmes.

— On ne peut pas faire ça. Qu'est-ce qui nous arrive ?

Les muscles de sa mâchoire tressautèrent et il me lâcha soudain pour m'attraper par les bras, une émotion indéfinissable sur le visage.

— Je vais quitter Becca. Ce soir.

Ce soir ? Maintenant ? Le sang m'afflua aux oreilles. Je compris, paniquée, ce que cela sous-entendait.

— Je sais. C'est nul, je sais, mais je ne peux pas continuer comme ça. Je ne suis pas du genre à tromper qui que ce soit. Et je ne peux pas continuer à coucher avec elle tout en pensant à une autre.

Je suffoquais, à cause de la peur autant que de l'allégresse.

— Cam, je…

— Tu veux le faire. Je le sais. (Il apposa son front contre le mien et je fermai les paupières, inspirant son haleine.) Vas-tu quitter Malcolm ?

Tous mes muscles se contractèrent et je sus qu'il s'en rendit compte quand il raffermit son étreinte.

— Johanna ?

En vérité, je ne connaissais pas la réponse à cette question. Laisser tomber Malcolm n'aurait pas des conséquences uniquement sur moi, mais aussi sur Cole et sur notre avenir.

— Ne me dis pas que tu vas rester avec lui ? me demanda-t-il sèchement, pris de tremblements. Tu comptes passer le restant de tes jours à l'accompagner en soirée, à te fendre de ce gloussement ridicule ? Tu sais que tes yeux te trahissent, quand tu ricanes de la sorte ? (Il s'écarta de quelques centimètres et le dégoût dans son regard me fit tressaillir.) La fille qui sort avec ce type n'est pas la vraie Jo. Je ne sais pas qui elle est exactement, mais je sais qu'elle m'exaspère au plus haut point. Elle est fausse, elle minaude et elle a tout d'une putain de bimbo. Ce n'est pas toi.

Seuls les bruits de nos respirations courtes et inégales venaient rompre le silence tendu qui s'installa alors entre nous. Blessée par ses paroles, que je savais pourtant justes, je n'avais d'autre choix que de peser chacune de mes options, d'envisager leurs conséquences, de penser à ce qui était bien ou mal.

Ma réponse tarda trop.

Cam me lâcha et je frissonnai, soudain gelée. Le regard qu'il m'adressa me donna envie de disparaître.

Sans ajouter le moindre mot, il déverrouilla la porte et m'écarta sans ménagement pour l'ouvrir et retourner à la soirée.

J'avais des sanglots plein la gorge, mais je serrais les poings pour les réprimer. Je pouvais surmonter la situation sans me mettre à pleurer comme une Madeleine. J'en étais capable.

Les jambes tremblantes, je m'appuyai au lavabo pour me regarder dans le miroir. Je hoquetai d'horreur. J'avais les joues écarlates, les yeux brillants de larmes, la jupe à moitié retroussée. Je suffoquai à nouveau en repensant à ses doigts à l'intérieur de moi ; je m'agrippais si fort à la vasque que j'en avais les phalanges toutes blanches. Mes tétons dardaient encore sous mon tee-shirt.

J'allais devoir reprendre le contrôle de mes émotions si je ne voulais pas que tout le monde devine ce qui m'était arrivé.

Je m'octroyai dix minutes avant de rejoindre Malcolm ; j'aperçus alors Cam du coin de l'œil, fendant la foule des convives pour gagner la sortie. Peu après, la porte d'entrée claqua.

— Ça va ?

La voix de Malcolm me ramena à la réalité.

— Quel salaud !

La voix de Becca couvrit le ronron de la musique et des conversations. Malcolm et moi nous tournâmes vers elle dans un même mouvement. Elle se faisait réconforter dans un coin.

— Tu crois qu'il l'a plaquée ? me chuchota Malcolm à l'oreille. Ils se sont disputés, pendant que tu étais à la salle de bains.

Toute honteuse de ne connaître que trop bien la réponse, je me trouvai incapable de le regarder en face.

— On dirait bien.

— Ça va ? s'inquiéta-t-il à nouveau.

— Je ne sens pas trop cette fête, répondis-je avec un haussement d'épaules.

— Moi non plus. Et Becca semble être sur le point de péter un plomb. Tu crois que ça craint si on s'en va discrètement ?

Je lui décochai un faible sourire.

— C'est une très bonne idée.

Il m'ouvrit ma veste pour m'aider à l'enfiler. Deux secondes plus tard, je le laissai m'entraîner dehors. Nous descendîmes sans un mot Leamington Terrace pour rejoindre la route principale au niveau de Bruntsfield Place, où nous attendîmes qu'un taxi survienne. Comme aucun n'arriva, Malcolm sortit son téléphone.

— Je vais en commander un. Tu viens un peu chez moi ?

Je l'imaginai m'emmener dans sa chambre comme il le faisait toujours, me déshabiller lentement avant de me faire basculer sur le lit...

Cela me laissa de marbre.

Et la culpabilité redoubla.

Comme si je le trompais...

Malcolm venait de porter le téléphone à son oreille quand je me surpris à lâcher un :

— Arrête.

Surpris, il abaissa immédiatement sa main et raccrocha. Il étudia mon visage et y lut quelque chose qui lui fit pincer les lèvres. Après une courte pause, il se décida à m'interroger :

— Qu'est-ce qu'il se passe ?

Mon pragmatisme m'avait désertée pour aller se réfugier dans un coin, ce furent donc mes émotions qui répondirent :

— Je ne peux pas venir chez toi.

Il me stupéfia alors.

— À cause de Cam.

Après que je les eus retenues si longtemps, mes larmes finirent par poindre.

— Je suis tellement désolée.

Malcolm poussa un soupir et il m'étudia avec un air de douleur.

— Je tiens vraiment beaucoup à toi, Jo.

— Moi aussi.

— Je vois bien comme il te regarde. Et comme tu le regardes. Je savais qu'il se passait quelque chose...

— Je suis désolée.

Il secoua la tête, levant la main pour m'interrompre.

— Ne le sois pas.

— Je me sens tellement mal.

— Je le vois bien.

— Je n'ai pas couché avec lui.

Il serra les dents, puis se détendit juste assez pour répliquer :

— Je sais. Tu n'es pas ce genre de fille.

Je retroussai la manche de ma veste d'une main tremblante et détachai le bracelet de la montre qu'il m'avait offerte à Noël. Comme il ne fit pas mine de la récupérer, je lui saisis la main et déposai mon Omega dans sa paume, avant de refermer ses doigts autour.

— Merci pour tout, Malcolm.

Quand il releva la tête, je ressentis un violent pincement à la poitrine en découvrant son air abattu.

— C'est juste un gamin qui n'a pas idée du cadeau que lui fait le ciel en te confiant à lui. Et quand il commettra l'erreur de te plaquer, j'espère que tu reviendras me voir.

Il fit un pas vers moi et je me figeai quand il se pencha pour m'embrasser délicatement sur les lèvres.

— On pourrait être vraiment heureux.

Je ne repris mon souffle que quand il s'éloigna un peu. Il leva la main pour héler un taxi. Celui-ci fit demi-tour et vint se ranger dans le virage. Malcolm m'ouvrit la portière.

— Je serai là quand il te lâchera.

Je le laissai seul sur le trottoir, tandis que mon chauffeur me ramenait à London Road.

J'avais rompu avec Malcolm.

Oh, mon Dieu.

J'avais le cœur lourd, lesté de remords. J'avais si peur d'avoir pris la mauvaise décision. D'un autre côté, j'étais submergée par le besoin d'aller retrouver Cam pour lui expliquer que je ressentais la même chose que lui. Pour la première fois de ma vie, j'allais faire ce que je désirais vraiment. Je le regretterais peut-être dès le lendemain, mais pour l'heure, j'aspirais exceptionnellement à goûter quelque chose de pur et de bon.

Je jetai pratiquement la monnaie au taxi et me précipitai dans l'immeuble, sans me soucier du bruit de mes bottes retentissant sur les marches en béton. J'étais sur le point d'atteindre le palier de Cam quand j'entendis une porte s'ouvrir. Quand j'arrivai au sommet des marches, je le vis, pieds nus, qui m'attendait sur son seuil.

Submergée par l'émotion, je trébuchai vers lui, manquant de me prendre les pieds dans le paillasson.

Cam ne dit rien. Il me dévisageait, tendu comme une arbalète.

— Cam...

Les mots m'échappèrent quand il m'attrapa par le poignet pour me plaquer contre lui, écrasant sans attendre sa bouche sur la mienne. Je l'étreignis immédiatement et mes doigts s'emmêlèrent dans les cheveux de sa nuque tandis que je lui léchais, suçais et caressais la langue de la mienne ; notre baiser était si profond que je ne me rendis compte que j'étais chez lui que lorsque la porte claqua derrière moi.

Cam rompit notre baiser le temps de me retirer ma veste, que je laissai tomber au sol. Mes seins étaient tout gonflés d'excitation, ma peau me brûlait et je fus une fois de plus surprise de me sentir humide d'impatience après un unique baiser.

— Cam... chuchotai-je en ressentant le besoin de le toucher à tout moment.

Je remontai la main sous son tee-shirt, caressant sa peau ferme, chaude et satinée.

— J'ai rompu avec lui.

Il opina, les mains sur mes hanches, et me souleva de terre. Mes seins frottant délicieusement contre son torse me provoquèrent un frisson ; Cam sourit, pleinement conscient de son emprise sur moi. En réaction à son impudence, ma main redescendit sur ses abdos, puis poursuivit son chemin. Il inspira entre ses dents tandis que je le palpais à travers son jean, voyant ses pommettes s'empourprer.

— C'est ce que j'ai cru comprendre, ma beauté, répondit-il avec un grognement. Sans quoi tu ne serais pas là.

— Est-ce qu'on est vraiment en train de faire ça ? murmurai-je contre sa bouche.

Ses mains me pétrirent la taille et je plongeai mon regard dans le sien. Ses yeux viraient au bleu marine tant ils brûlaient d'ardeur.

— Oui, on est vraiment en train de le faire. Et il est trop tard pour reculer. (Sa bouche remonta le long de ma mâchoire jusqu'à atteindre mon oreille.) Je vais te baiser si fort, m'enfoncer si profondément en toi que tu ne voudras plus jamais te débarrasser de moi. Jamais.

Ces paroles me provoquèrent des décharges dans tout le corps.

Je me tournai vers ses lèvres. J'en adorais le goût, le contact ; j'espérais qu'il embrassait aussi bien qu'il couchait. Je suçotai sa langue et il frémit à son tour, grognant un encouragement. Notre baiser devint alors le plus humide et le plus salace que j'eusse jamais connu.

Il me plaqua au mur.

— Je n'en peux plus d'attendre, déclara-t-il, le souffle court.

Je secouai la tête, mon cœur battant contre le sien, pour lui informer que j'étais aussi pressée que lui.

Ses mains chaudes et rugueuses me caressèrent l'extérieur des cuisses, puis retroussèrent ma jupe jusqu'à ma taille. Avec un grondement quasi animal, Cam enroula les mains autour de ma culotte et tira ; le tissu se déchira et le contact de l'air sur mes parties intimes me fit encore monter en température. Il venait de m'arracher ma lingerie, putain !

Voilà qui était carrément chaud.

Je craignais de me sentir exposée, mal à l'aise, ainsi debout avec ma jupe remontée et mon intimité révélée. Ça n'était pourtant nullement le cas.

Je ne ressentais que du désir.

Nos lèvres se heurtèrent, se mordirent, jouèrent les unes avec les autres et nos mains se rejoignirent sur le bouton de son pantalon. Il s'en délesta en même temps que de son boxer, libérant son membre dressé ; il récupéra son portefeuille dans sa poche arrière et en sortit un préservatif. Il l'enfila sur son sexe érigé et mon souffle se bloqua. Il était grand, mais j'avais déjà connu ça. Ce n'était pas la longueur qui m'avait coupé la respiration, mais la circonférence.

— Mon Dieu, soufflai-je, sentant le fourmillement s'accentuer entre mes jambes.

— Merci, me répondit Cam avec un sourire arrogant qui me fit rire.

Puis haleter, quand il m'écarta les cuisses pour me pénétrer sans attendre.

— Cam ! m'écriai-je de surprise et d'extase.

Sa chaleur palpitante me submergeait. Chaque sensation, chaque pensée étaient tournées vers cette grosseur qui m'envahissait et je peinais à respirer tandis que mon corps tentait de se détendre et de s'ajuster. J'avais l'impression que tous mes nerfs étaient enflammés, que le moindre mouvement provoquait une tension délicieuse que j'aspirais immanquablement à prolonger.

Cam, ce faisant, restait immobile contre moi, le souffle court, comme essayant lui aussi de recouvrer un peu de maîtrise. Ce n'était pas ce que mon corps désirait. Lui en voulait encore, et tout de suite. Je tendis les hanches et son emprise sur mes cuisses se fit presque douloureuse.

— Attends, dit-il d'une voix rauque. Laisse-moi une minute. J'espère cet instant depuis si longtemps et c'est tellement agréable... Laisse-moi en profiter une minute de plus.

Quand j'entendis cette confession érotique, mes muscles internes se contractèrent autour de lui. Il inspira profondément, rejetant la tête en arrière de surprise et ancra ses yeux aux miens.

— Ma belle, si tu recommences, je ne vais pas tenir longtemps.

Je secouai la tête, enfouissant mes doigts dans son dos.

— Je m'en fous. Bouge, s'il te plaît. Remue. J'ai besoin de te sentir.

Il céda.

Quand il souleva mes jambes, je les enroulai autour de sa taille. Ainsi serrée contre lui, je haletai d'excitation et il me pilonna contre le mur, s'enfonçant jusqu'à la garde avant d'aller et venir en moi, le bruit humide de la chair frappant contre la chair nous propulsant rapidement vers l'orgasme.

Il me donna le coup de grâce en apposant le pouce sur mon clitoris et mon cri de jouissance provoqua celle de Cam. Il arqua le cou en arrière sans me quitter des yeux et se fendit d'un grognement guttural en se libérant sous la pression de ma féminité palpitante.

Puis il s'écroula sur moi, les lèvres sur mon épaule, sa poitrine contre la mienne, sans me reposer par terre. Il pivota la tête pour m'embrasser dans le cou.

— Tu sais combien de fois j'ai imaginé tes longues jambes parfaites s'enrouler autour de moi pendant que je te baisais ?

Je secouai la tête, trop étourdie pour parler.

— Tous les jours. Et aucun de mes fantasmes n'a été à la hauteur de l'événement.

Je souris tendrement à cet aveu, alors qu'il redressait le menton pour m'embrasser derechef. Puis il fit mine de s'écarter, mais je rattrapai sa bouche, m'accrochant à sa nuque pour lui donner un baiser d'une ardeur suffisante pour lui faire comprendre que je n'en avais pas terminé avec lui. Je basculai ensuite la tête en arrière et me perdis une nouvelle fois dans la contemplation de ses yeux magnifiques. Une diablesse perverse et malicieuse avait pris possession de moi. J'avais de nouveau envie de lui. Envie de lui de façon aussi crue et brutale que quelques instants plus tôt.

— Tu sais combien de fois au fil des dernières semaines je me suis caressée en pensant à toi ?

Il toussota nerveusement et je sentis sa verge remuer en moi.

— Bon sang, souffla-t-il en écarquillant les yeux. Continue de parler et tu risques de ne plus pouvoir marcher demain.

Je lui souris, contractant mon périnée autour de lui.

— C'est le but.

15

Cam me planta un baiser léger sur la bouche avant de se pencher en arrière pour se libérer de mon étreinte. L'excitation ne m'avait pas encore quittée, mais la brume qui m'obscurcissait l'esprit s'était suffisamment dissipée pour laisser la réalité s'imposer à moi.

J'avais largué Malcolm.

Et fait l'amour avec Cam contre le mur de son couloir.

Pris un pied incroyable.

Un pied hallucinant.

Nous avions mis la barre assez haut.

Et ce « nous » impliquait que Cam et moi étions désormais ensemble.

L'inquiétude qui me retournait l'estomac fut un instant remplacée par de joyeux papillons. Des semaines passées à rêvasser sur lui... et voilà que ce fantasme n'en était plus un. Nous l'avions vraiment fait.

Soudain, je me sentis étrangement timide.

— Je ne sais pas à quoi tu penses, mais continue.

Cam me sourit et lissa ma jupe sans jamais me quitter des yeux. Il retira le préservatif usagé et remonta son jean.

— Ne bouge pas, ajouta-t-il.

Sans me laisser le temps de répondre, il disparut dans la salle de bains au bout du couloir. J'entendis la chasse d'eau avant de le voir sautiller dans ma direction, sans avoir refermé sa braguette. Il avait toujours un regard de braise.

— Est-ce que Cole passe la nuit chez Jamie ?

J'opinai, le cœur battant à tout rompre.

Cam vint s'immobiliser devant moi et me tendit la main.

— Tant mieux. Ça veut dire que tu peux dormir ici.

Je n'avais encore jamais été excitée par un homme avec des tatouages, mais le simple fait de considérer son bras, et le « Sois la Calédonie » qui y était inscrit, me donna un sentiment de propriété sur ses encrages, en particulier celui-ci. Quelque part, il m'appartenait également et je voulais en explorer les moindres détails du bout de la langue pour me l'approprier.

Un feu d'artifice d'émotions explosa dans mon ventre quand il me serra la main pour me conduire à la chambre principale, au fond de l'appartement. J'examinai les lieux en y pénétrant. Je n'y avais encore jamais mis les pieds. Je pénétrais en territoire privé.

Il n'y avait pas grand-chose à voir.

Un lit deux places recouvert d'une parure bleu clair, des murs complètement nus en dehors d'un poster montrant deux stormtroopers montant à bord d'une DeLorean, une commode, une penderie et deux étagères croulant sous les livres et les DVD. Tout était propre et bien rangé, comme le reste de l'appartement. Nous venions de faire l'amour, l'idée de recoucher ensemble n'aurait donc pas dû faire s'emballer mon rythme cardiaque. C'était pourtant le cas.

Cam me lâcha la main en atteignant le lit et se retourna pour me faire face. D'un mouvement fluide, il retira son tee-shirt et le jeta à terre.

Je craignis de me mettre à baver en le découvrant ainsi, à moitié nu.

Je ne m'étais pas trompée en imaginant cette scène. Cam était tout en muscles. Je suivis du regard le contour de ses abdos bien dessinés jusqu'à la cambrure sexy de ses hanches et je me sentis m'empourprer.

J'attendais qu'il se débarrasse de son jean pour me laisser le reluquer un peu plus, mais il s'assit au bord du lit pour m'observer par en dessous.

— Alors... qu'est-ce que tu voudrais faire de moi ?

Euh, ça ressemblait à une question bête, pas vrai ? Mon souffle court et ma bouche ouverte n'en disaient-ils pas assez long sur mes intentions ?

— Quoi ?

Il haussa nonchalamment les épaules, comme si nous nous apprêtions à prendre le thé et non à réitérer notre partie de jambes en l'air, mais cette fois sur un lit.

— Si tu veux qu'on s'engage là-dedans, tu vas devoir te montrer directe avec moi, y compris pour le sexe. Je ne suis pas le genre de gars auquel on s'accroche de façon désespérée : pas question que tu t'adaptes à moi en essayant de me plaire au détriment de ce que tu es et de ce que tu désires. Nous allons vivre cette relation ensemble et je viens de te prendre comme je l'entendais. À toi, maintenant. Alors, qu'est-ce que tu veux ?

Je fus d'abord tentée de lui sauter dessus pour le violer sur place. Tout ce qu'il avait dit était tellement parfait qu'il me fallut quelques secondes pour me rappeler que c'était également réel. Étais-je enfin tombée sur quelqu'un qui en avait vraiment quelque chose à faire ? Qui ne se tamponnait pas royalement de mon bien-être ?

J'essayai de m'empêcher de dériver sur mon petit nuage, armée d'une pagaie nommée Espoir et d'une autre appelée Rêves, mais ça n'était pas évident face à une personne aussi merveilleuse.

Bon, d'accord, je n'étais pas non plus complètement naïve. Je me doutais bien que Cam n'était pas parfait – il me l'avait d'ailleurs prouvé lors de notre première rencontre –, mais je commençais à me demander s'il ne correspondait pas à mon idéal. Après toutes ces années, j'avais enfin débusqué un garçon qui voulait vraiment être avec moi – la vraie moi. Et qui m'encourageait, en outre, à devenir encore plus moi-même.

À mon grand étonnement, la question qu'il m'avait posée me provoqua un certain embarras. Je n'étais pourtant pas particulièrement prude. J'avais couché un grand nombre de fois avec plusieurs hommes différents. Néanmoins, aucun d'entre eux ne m'avait jamais demandé de verbaliser nos rapports. Jamais une question sur ce que je pouvais apprécier ou non. Et voilà que Cam s'attendait à ce que je communique avec lui à ce sujet... Je me surpris à sourire pour masquer mon embarras.

— Tu n'as pourtant pas l'air d'avoir l'habitude de te laisser dominer.

— Non, en effet. Et je ne suis pas non plus du genre à parler autant. Mais je tiens à m'assurer que nous sommes sur la même longueur d'onde. C'est trop important. Alors, même si je meurs d'envie de te foutre à poil et de te retourner sur le bureau, je te laisse aux manettes pour ce soir. (Son regard s'assombrit.) On profitera du bureau plus tard.

L'idée qu'il mette sa menace à exécution m'excita incroyablement, m'apparut même comme particulièrement jouissive. Je m'humectai les lèvres en le scrutant, tandis qu'il attendait patiemment que je prenne ma décision.

Je me délectais de sa quasi-nudité, parcourue de frissons impatients.

Il avait raison. Le bureau pouvait attendre.

— Déshabille-toi, ordonnai-je calmement.

Il se leva sans pudeur et laissa tomber jean et boxer sur ses chevilles, avant de s'en débarrasser d'un coup de pied. Son érection me salua et je laissai cette image s'imprégner dans mon esprit pendant quelques secondes.

Je retirai mon tee-shirt, les mains tremblantes, avant d'ôter mes bottes. Ma jupe s'ensuivit rapidement, puis mon soutien-gorge vint rejoindre la pile de vêtements à mes pieds.

Je frémis en voyant Cam me détailler, son membre palpiter, ses joues rosir. Quand ses yeux bleus se rivèrent aux miens, je pris une profonde inspiration en y découvrant un flamboiement d'envie.

— Tu es à tomber, murmura-t-il d'une voix rauque. Aucun homme ne mérite d'être avec toi.

Bon sang de...

Waouh.

Mon cœur fit des bonds.

— Cam, chuchotai-je en retour.

L'émotion provoquée par ses mots magnifiques me serra la gorge. Cameron MacCabe se révélait finalement être romantique. Je secouai la tête, ne sachant comment appréhender cette facette de sa personnalité. Je lui désignai finalement le lit.

— Allonge-toi sur le dos.

Je vis sa mâchoire tressauter et dus réprimer mon sourire suffisant. Non, Cam n'avait clairement pas l'habitude d'être dominé. Pressentant qu'il ne me laisserait pas souvent l'occasion de diriger les débats, je décidai d'en profiter pleinement. J'attendis qu'il s'exécute en haussant impatiemment les sourcils.

Cependant, son érection ne souffrit pas de cette humiliation, semblant plus que jamais désireuse de recueillir mon attention. Il me fixait désormais, les mains croisées derrière la tête. « Alors ? » lisais-je dans son regard.

Sans m'inquiéter des frémissements me parcourant bras et jambes, je m'approchai lentement de lui en ondulant des hanches, tandis que mes seins dardés sautillaient doucement. Je dissimulai ma satisfaction de voir son corps se crisper davantage face à ma féminité.

Je rampai sur lui, constatant que son poitrail se gonflait et se creusait plus rapidement. J'avais moi-même du mal à respirer quand je m'arrêtai à hauteur de sa virilité.

— Jo... gémit-il quand ma bouche plongea vers lui.

Cela ne me dérangeait pas de faire une gâterie à un mec, mais ce n'était pas mon activité favorite. Cependant, j'avais envie de le goûter. Envie de le posséder de toutes les façons possibles.

Je voulais qu'il se consume avec moi.

Quand sa raideur brûlante franchit la barrière de mes lèvres, je sentis ses cuisses se durcir sous mes doigts. Ma langue longea la veine parcourant le dessous de son pénis et il sembla s'arrêter complètement de respirer quand j'entrepris de faire aller et venir ma bouche autour de lui avec une lenteur affriolante.

— Bon sang, grogna-t-il entre ses dents serrées. Si tu continues – aaah –, ma belle, je vais jouir et ce sera déjà terminé.

Je n'avais pas du tout envie de ça.

Après l'avoir allumé encore un peu, je le lâchai et le scrutai derrière mes cils, stupéfaite d'avoir autant apprécié de le sucer, que mon corps ait ainsi réagi. Découvrant les vertus de l'attente comme aphrodisiaque et me demandant comment j'avais pu vivre une vie sans préliminaires, j'embrassai le creux de sa hanche gauche, puis remontai le long de son torse sans décoller les lèvres. Un genou posé de chaque côté de sa taille, je frissonnai en sentant son sexe frotter l'intérieur de ma cuisse. J'apposai ma bouche sur son téton droit, y donnant quelques coups de langue ; quand ses mains se refermèrent sur mes seins, j'étouffai un gémissement contre son corps en les sentant durcir sous ses caresses expertes. Lorsque ses pouces effleurèrent mes mamelons, je tressaillis et laissai échapper un soupir.

— Tu es sensible, murmura Cam, manifestement satisfait, en me pinçant les tétons.

J'avais à peine eu le temps de me remettre de la décharge fulgurante qui plongea vers ma féminité quand sa main droite parcourut mon ventre pour aller s'y réfugier.

J'arquai le dos tandis que deux doigts s'inséraient en moi, libérant ainsi l'accès à ma poitrine tout en accroissant la pression sur la main visiteuse. Je haletais désormais, me fichant complètement que Cam ait repris le contrôle de la situation.

J'étais même agréablement surprise qu'il ait accepté si longtemps de subir.

— Putain, grogna-t-il en soulevant ses fesses du lit. Laisse-moi te pénétrer. Il y a des préservatifs dans le tiroir…

Je tendis la main et ouvris sa table de chevet à tâtons. Une fois la capote en place, nous le guidâmes ensemble vers mon entrée.

Je m'enfonçai sur lui de tout mon poids et Cam se tendit vers moi, nous arrachant à tous deux un petit cri.

Nous trouvâmes rapidement un rythme langoureux. Je refermai les mains sur le drap au niveau de ses cuisses et me penchai légèrement en arrière pour trouver l'angle le plus agréable. J'ondulais lentement, cheminant tranquillement vers un orgasme exquis.

Je ne quittai jamais le visage de Cam du regard ; l'évolution de son expression lorsque ses yeux se posaient sur mes seins ou le reste de mon corps me conférait un sentiment de puissance et d'irrésistibilité. Il m'attrapa par les hanches pour me plaquer au plus près ; il poursuivit ses va-et-vient en contractant les mâchoires et nous fûmes bientôt recouverts d'une fine pellicule de sueur.

Alors que j'approchais de la délivrance, je ne percevais plus que le plaisir grandissant au fond de moi, le son de nos souffles saccadés et nos gémissements de plaisir, l'odeur enivrante de la luxure… puis la voix rauque de Cam me demandant de jouir. Un sentiment de béatitude m'envahit alors ; je fermai les yeux pour en profiter au mieux et j'accélérai la cadence pour atteindre au plus vite le septième ciel.

Des lumières éclatèrent derrière mes paupières closes, tandis que l'orgasme me faisait trembler tout entière. Mes muscles se contractèrent autour de Cam, à mesure que les vagues de plaisir se succédaient autour de son sexe.

Je ressentis un courant d'air frais quand il me retourna sur le dos et je rouvris brusquement les yeux lorsqu'il me plaqua au matelas, m'emprisonnant les mains au-dessus de ma tête. Ses traits étaient déformés par le désir et il écrasa sa bouche contre la mienne tout en me pénétrant plus profondément que jamais, multipliant les assauts secs et brutaux. Il gémit contre mes lèvres et son râle se répercuta dans tout mon corps, où je sentis naître un nouvel orgasme.

Quand il cessa de m'embrasser, je le contemplai avec émerveillement. Nos halètements emplissaient la pièce, alors que je me tendais pour l'accueillir plus loin encore. Il me lâcha un bras pour plonger la main entre nos ventres joints et dès qu'il commença à me masturber du pouce, je hurlai de bonheur.

— Jo ! s'écria Cam, les yeux ronds de stupeur, quand ma jouissance précipita la sienne.

Il s'écroula sur moi, enfouissant la tête au creux de mon cou, libérant mon bras encore entravé. Sa verge continuait à frémir en moi, me procurant de nouvelles ondes de plaisir.

J'avais l'impression de m'être liquéfiée au milieu du lit – je ne sentais plus mes membres, incapable du moindre mouvement. Je flottais de satisfaction, complètement rassasiée.

— Waouh ! soufflai-je enfin.

J'avais envie d'enfouir mes doigts dans sa chevelure, sans trouver la force de le faire.

Cam hocha la tête pour approuver mon commentaire.

Après un court moment, il se redressa à bout de bras. Ses traits étaient parfaitement détendus, ses yeux doux et langoureux.

— Putain, je n'avais encore jamais joui si fort, confessa-t-il doucement.

Une vague de satisfaction me balaya ; je trouvai enfin la force de soulever mon bras. Je caressai le dos musclé de mon amant, puis lui passai la main dans les cheveux pour les lisser délicatement.

— Moi non plus. En fait, jusqu'à aujourd'hui, je pensais que les orgasmes multiples étaient un mythe.

Il rit en me passant affectueusement le pouce sur la pommette.

— Tu vas passer la nuit ici ?

— Si tu veux.

Son expression se modula, son air se fit sérieux – pensif, même.

— Il n'y a rien que je désire plus.

Je me rendis compte en souriant que je le croyais.

Je n'étais pas encore certaine de lui faire complètement confiance, mais je savais au moins qu'à cet instant précis il était sincère. J'attirai sa tête vers la mienne pour l'embrasser avec douceur, comblée de plaisir et baignée d'émotions positives. Quand je le laissai reprendre son souffle, je me sentais comme une gamine venant de découvrir que le père Noël existait réellement.

— Tu me diras si je ronfle.

Il fronça les sourcils.

— Personne ne te l'a encore jamais dit ?

— La fois où je suis restée, je ne me suis pas attardée assez longtemps le matin pour poser la question.

— Tu veux dire que tu n'as dormi chez un homme qu'une seule fois ?

Je déduisis de la dureté de son regard qu'il avait très bien compris pourquoi.

Je haussai les épaules et me détournai, soudain gênée d'avoir mis le sujet sur la table et inquiète de sa réaction.

— Ouais.

— Jo ? (Il me tourna le menton afin de me regarder dans les yeux.) C'était des cons. Tous autant qu'ils sont.

— Ne parlons pas d'eux.

— Nous en parlerons, mais pas maintenant.

Sur ces paroles presque menaçantes, il se retira et alla jeter le préservatif. Quand il ressortit de la salle de bains quelques secondes plus tard, il tira la couette sur laquelle j'étais allongée pour m'en recouvrir et il s'allongea à côté de moi. Je roulai de côté, la tête sur son oreiller, le nez plein des effluves de son parfum, le cœur tambourinant contre ma poitrine alors que j'hésitais sur la marche à suivre.

Il m'apparut bientôt que je n'avais aucune raison de m'en faire.

Les bras puissants de Cam se refermèrent autour de ma taille et il vint se lover contre moi, son bas-ventre plaqué contre mes fesses dénudées, ses jambes entremêlées aux miennes.

— Bonne nuit, ma belle.

Sa voix résonna dans mon oreille et mon ventre se noua.

Lui caressant les bras, je me blottis au plus près de lui et me détendis complètement.

— Bonne nuit.

Ce furent mes papillons qui me réveillèrent ; quand j'ouvris les yeux, j'avais la joue sur le torse nu de Cam, un bras en travers de son ventre. Sa main reposait au creux de ma taille, tandis que j'étais roulée en boule contre lui. Les battements d'ailes anarchiques s'amplifièrent.

Cam avait dû s'infiltrer dans mon subconscient, car ce furent mes inquiétudes et mon euphorie qui me tirèrent du sommeil. L'excitation de me trouver avec lui, contre l'angoisse d'avoir dilapidé une relation stable avec Malcolm pour cette aventure passionnée, mais instable. Contrairement à tous les hommes avec qui j'étais sortie, il pouvait m'agacer, me mettre en rogne, se disputer avec moi pendant de longues minutes… si bien que tout hurlait « désastre en devenir ! » à notre sujet.

Pourtant, force était de reconnaître qu'une véritable alchimie était à l'œuvre entre nous, que nous fusionnions de façon remarquable ; en outre, dès qu'il cessait de se comporter comme un connard, il savait faire preuve de compassion et de considération et était d'une patience et d'un pragmatisme rares. J'appréciais particulièrement le fait qu'il sache reconnaître ses torts, qu'il voyait plus en moi que n'importe qui d'autre, et qu'il avait pris le temps d'apprendre à connaître Cole. Cam me plaisait. Je l'aimais vraiment bien et je compris en me réveillant entre ses bras que j'aurais perdu la dernière once de respect de moi que je possédais encore si j'avais tu plus longtemps ces sentiments, si je les avais réprimés uniquement au profit de la fortune d'un autre et de l'avenir qu'il aurait pu nous assurer, à Cole et à moi.

Cole.

Je me crispai légèrement, me tracassant au sujet de mon frère. J'étais loin d'avoir mis assez d'argent de côté pour financer ses études. J'allais devoir me mettre à chercher un boulot mieux payé que celui chez Meikle & Young.

— Je ne sais pas à quoi tu penses, mais je ne suis pas sûr que ça me plaise, marmonna Cam d'un air endormi.

Je redressai la tête, surprise, pour venir croiser son regard embrumé.

— Quoi ?

Il m'étreignit.

— Tu étais toute chaude et détendue, et d'un coup je t'ai sentie te contracter. À quoi tu penses ?

— Je me fais du souci pour le travail. Il faut que je trouve quelque chose qui paie mieux que chez Meikle.

— On s'en fout, du salaire. Ce qui compte, c'est que tu sois mieux traitée.

J'émis un grognement d'assentiment.

— C'est donc ça que tu fais dès le matin ? Angoisser ?

J'opinai avec un sourire.

— Si on reste ensemble, il va falloir t'y faire.

Il raffermit son étreinte.

— Si on reste ensemble, je ferai de mon mieux pour que tu n'aies plus jamais à t'inquiéter de quoi que ce soit.

J'en eus le souffle coupé. Merde, j'espérais qu'il n'allait pas prendre l'habitude de me débiter ces conneries romantiques qui me laissaient sans voix.

— Beau parleur, répondis-je un peu sèchement.

Il se fendit d'un léger sourire, comme si ce salopard arrogant savait pertinemment que ses paroles me faisaient fondre.

— Quelle heure est-il ?

— Je ne sais pas. J'ai rendu à Malcolm la montre qu'il m'avait offerte.

— Tu as bien fait.

— Je pouvais difficilement agir autrement, répliquai-je avec une grimace.

Une onde de remords me traversa. Quelque part, je ne me sentais pas le droit de m'abandonner à Cam et à la joie qu'il me procurait, alors que Malcolm était seul chez lui à ruminer ma trahison.

— Tu te sens coupable ? marmonnai-je contre sa peau tout en traçant du bout des doigts le contour de ses abdos.

— Quand tu me touches, c'est difficile de me sentir autrement que tout dur, répliqua-t-il d'un ton bourru.

Je gloussai malgré moi.

— On est insatiable, c'est ça ?

— Avec toi, apparemment.

— Encore des belles paroles. Suis-je censée t'en récompenser d'une manière ou d'une autre ?

— Qu'est-ce qui te fait croire ça ?

J'eus une moue moqueuse.

— Eh bien, tu n'as pas la réputation de te montrer tendre avec moi, Cam.

Je sentis sa poitrine se gonfler sous ma joue tandis qu'il poussait un petit soupir agacé.

— Combien de temps vas-tu me le faire payer ?

— Oh, je ne sais pas. Mais ça pourra se révéler utile, à l'avenir.

Son grondement joueur emplit la pièce tandis qu'il me fit rouler sur le dos. Je gloussai légèrement, mais le laissai me clouer au matelas. Il m'écarta les cuisses des genoux. Son visage était détendu, toutefois la courbure provocante de sa lèvre supérieure requérait mon attention.

— Tu veux vraiment savoir pourquoi je me suis comporté comme ça ?

— Tu me l'as déjà expliqué – ah.

Je terminai par un hoquet de surprise en sentant son membre érigé frotter contre mon sexe avec insistance. J'ouvris instinctivement les jambes pour l'accueillir, tandis qu'il continuait ses mouvements aguicheurs.

— La vérité ?

Il abaissa la tête pour m'embrasser la mâchoire, avant de remonter jusqu'à mon oreille. Je frissonnai de délice quand il me mordilla le lobe, puis me le lécha pour apaiser la douleur. Ma poitrine se souleva et mes seins vinrent effleurer son torse. Ma respiration se raccourcit.

Cam se figea et laissa échapper un gémissement guttural.

Je remontai les genoux pour l'inciter à faire ce dont nous avions tous deux terriblement envie. Il tendit la main vers le tiroir et farfouilla à l'intérieur pour en sortir un préservatif.

Tandis qu'il enfilait la protection, ses yeux généralement cobalt devinrent presque noirs.

— La vérité ? insista-t-il.

— La vérité, soufflai-je en retour.

— J'avais envie de toi, mais tu n'étais pas libre.

J'entrouvris les lèvres d'étonnement.

— C'est pour ça que tu t'es si mal comporté avec moi ?

— Je n'avais aucune envie de te vouloir si fort et quand j'ai eu l'impression que je ne pourrais jamais te respecter ni te désirer, je m'y suis accroché. Mais plus tu réduisais mes présupposés à néant, plus j'avais envie de toi.

Quand Cameron plongea son regard dans le mien, j'eus l'impression qu'un poids écrasant venait m'accabler, en même temps qu'un cocon protecteur se refermait autour de nous pour préserver le lien si fort et si profond qui se nouait rapidement entre nous.

— Je présume que tes jours de gros connard sont donc derrière toi ? répliquai-je d'une voix étouffée par l'émotion.

Il fronça les sourcils.

— Ce qui signifie ?

— Que tu peux arrêter de me désirer maintenant que tu m'as.

Ses prunelles se mirent à pétiller malicieusement.

— Ça m'étonnerait. Je ne pourrai jamais arrêter de te désirer.

Et sans prévenir, sans non plus me laisser le temps de réagir, il plongea en moi et m'arracha un cri. Je lui griffai le dos le temps de laisser mon corps se réadapter à son volume. Son souffle flotta jusqu'à mes lèvres avant qu'il ne m'embrasse et sa langue vint titiller la mienne tandis qu'il se retirait de quelques centimètres avant de me pénétrer derechef.

Il me couvrit de baisers chauds et doux tout en me faisant lentement l'amour, nous propulsant tous deux vers un nouvel orgasme.

Nous venions de sortir de sa douche – où j'avais enfin eu l'occasion d'explorer ses tatouages du bout de la langue – et nous apprêtions à prendre notre petit déjeuner quand mon téléphone sonna. Je le retrouvai dans la poche de ma veste en fausse fourrure, restée par terre dans le couloir depuis que Cam m'en avait dépouillé la veille.

La photo de Joss adressant un sourire malicieux à quelqu'un derrière moi occupait tout l'écran. Je l'avais prise au bar plusieurs mois plus tôt, sans me rendre compte que Craig effectuait une danse sexuelle absolument absurde dans mon dos. Je décrochai avec amusement en repensant à cette scène.

— Allô ?

— Salut, toi, répondit-elle d'un ton neutre. Comment tu vas ?

— Bien.

Plus que bien ! M. Tatouages vient de révolutionner ma vie sexuelle ! Je souris, tâchant de contenir ma joie tout en retournant dans la cuisine, où Cam était posté près de la bouilloire, le torse encore nu et offert.

— Et toi ?

— Bien. Tu as l'air bizarre.

— Bizarre ?
— Ouais. Bizarre.
— Je ne vois pas de quoi tu parles.

Cam leva les yeux vers moi et sa bonne humeur fit naître quelques pattes d'oie sexy autour de ses yeux.

— Je ne vois pas *du tout* de quoi tu parles, insistai-je.

— Mmm. (Elle n'était manifestement pas convaincue.) Est-ce que Cole et toi allez manger chez les Nichols, aujourd'hui ?

Je marquai une hésitation. J'avais beaucoup à faire en ce dimanche. Il fallait que j'informe mon frère de ma relation avec Cam et il était grand temps que je mette sur eBay les fringues que Malcolm m'avait achetées. Je me sentis coupable en repensant à la façon dont notre histoire avait pris fin.

— Beurre ou confiture, sur tes toasts ? me demanda Cam à voix haute.

J'inspirai brusquement.

— C'était Cam ? me demanda Joss avec plus qu'une pointe de curiosité.

— Oui.

— À 9 h 30 du matin ? Au petit déj ?

— Mmm, mmm.

— Oh, mon Dieu, vous avez baisé.

Je levai les yeux au ciel.

— On peut dire ça, oui.

— J'en déduis que tu as largué Malcolm avant de te faire M. Tatouages. Pauvre Malcolm. Bof, tant pis.

Une onde de chaleur inattendue se répandit en moi après le bref résumé de Joss. Elle ne m'avait pas demandé si j'avais trompé Malcolm. Elle avait simplement supposé que j'avais eu la décence de le quitter avant. J'étais heureuse de savoir qu'elle ne me percevait pas autrement.

— On a rompu hier soir. (J'étais soudain très consciente du regard inquisiteur de Cam.) Écoute, on en parlera plus tard, d'accord ?

— Venez manger avec lui.

Euh, quoi ?

— Quoi ?

Je tentai de dissimuler la pointe d'hystérie qui perçait dans ma question.

— Si vous vous fréquentez, il devrait vous accompagner chez les Nichols. Ça ne dérangera pas Élodie.

— Tu ne me l'as jamais proposé, avec Malcolm.

Cam m'adressa un nouveau regard interrogateur.

— Eh bien, si j'avais pensé que le déjeuner serait aussi intéressant que celui-ci promet de l'être, je l'aurais peut-être fait.

— On ne va pas venir manger juste pour faire l'animation.

Soudain, Cam m'arracha le téléphone et le porta à son oreille.

— Salut, Joss, c'est Cam. On y sera. C'est à quelle heure ? (Il hocha le chef en entendant sa réponse.) Super. À tout à l'heure.

Je récupérai mon portable et fis un geste surpris.

— Je ne sais pas ce qui vient de se passer, mais on va en discuter. (Je reportai le combiné à mon oreille.) Joss ?

— Il a une belle voix, hein ? gloussa-t-elle.

— Très marrant. Apparemment, on se voit tout à l'heure ?

— Oui, à plus tard ! Oh, Jo ?

— Ouais ?

— C'est un bon coup ?

Un éclat de rire m'échappa tandis que je me rappelais comment j'avais harcelé Joss de questions après avoir appris qu'elle avait couché avec Braden. Saloperie de vengeance.

— Qu'est-ce que tu m'avais dit, déjà ? Tu vas devoir attendre ton tour pour le découvrir ?

Sa complainte me fit sourire de plus belle.

— Je suis vraiment une connasse. Ne répète jamais à Braden que je t'ai dit ça, s'il te plaît.

— C'est promis.

— Bon. Si tu romps cette promesse, je trouverai un moyen de t'enfermer dans une pièce avec Ellie et sa collection de comédies romantiques.

— Tu sais, tout le monde ne trouve pas ça si horrible.

— OK. Si c'est ça, je vais me mettre à fumer, histoire de jouer avec tes nerfs.

— Tu as vraiment un côté sadique. Mais pour ta gouverne, la clope ne me manque pas du tout.

— Même quand tu en sens l'odeur ? demanda-t-elle d'un ton suffisant.

Merde. C'était vrai. Chaque fois que j'en humais une bouffée, je fermais les paupières avec nostalgie et devais impérativement mettre la main sur un chewing-gum pour faire passer le besoin de nicotine.

— De toute façon, c'est purement spéculatif, car je ne le lui dirai jamais.

— Spéculatif ? Joli mot. Tu as le cerveau bien vif pour un dimanche matin. Il a vraiment dû éveiller tes sens, hein ?

— Au revoir, Joss. Oh, et si tu parles de Cam et moi à qui que ce soit avant que j'aie eu l'occasion de le faire, j'irai tout rapporter à Braden.

Je raccrochai avec un rictus de satisfaction.

Cam me dévisageait tout en me tendant ma tasse de thé.

— Qu'est-ce que vous vous êtes dit ?

— J'ai des infos qu'elle voudrait que je garde secrètes. Elle m'a menacé de me torturer avec de la fumée de cigarette si je ne tenais pas ma langue.

Il fronça les sourcils en poussant vers moi une assiette de toasts. Certains étaient tartinés de beurre, d'autres de confiture. Je jetai mon dévolu sur ces derniers.

— Tu fumais ?

— J'ai arrêté il y a presque six mois.
— Dieu merci, murmura-t-il.
Ces mots me provoquèrent une bouffée d'angoisse, en songeant que le simple fait d'être fumeuse m'aurait rendue moins désirable à ses yeux. Serait-ce si facile de le perdre à l'avenir ? Je dissimulai mon incertitude derrière un ricanement forcé.
— Quoi ? Ça aurait tout fait capoter ?
Il grimaça.
— Nan. J'aurais de toute façon trouvé le moyen de te convaincre d'arrêter. Par contre, je suis content d'avoir échappé à la période de sevrage. Cole a dû apprécier.
Je me détendis alors et ris, de bon cœur cette fois.
— Ça n'a pas non plus été l'enfer.
— Ouais, ouais. Je lui demanderai son point de vue.
— Puisqu'on en parle...
Je parcourus mon répertoire en quête de son numéro. Son téléphone sonna à trois reprises avant qu'il ne décroche.
— Quoi de neuf ?
— Tu es en route ?
— À cinq minutes.
— D'accord. J'aurai un truc à te dire.
Je souris à Cam, tout en redoutant légèrement la réaction de mon petit frère.
— Je crains le pire.
— On verra.
Il poussa un grognement, qui me fit lever les yeux au ciel.
— À tout à l'heure.
Il raccrocha après un nouveau bruit de gorge. Je soupirai.
— Il me faudrait un dictionnaire adultes-ados. Je ne me suis jamais exprimée en onomatopées.
Cam ricana dans son mug.

— Je suis sûr que si.

Je lui décochai un coup de poing amical.

— Tu vois très bien ce que je veux dire.

Il haussa les épaules.

— C'est un ado. Et étant donné cet état de fait, je trouve que vous communiquez remarquablement.

Supposant qu'il devait avoir raison, je hochai la tête et me saisis d'un nouveau toast.

— On verra ce qu'il en est de mes talents de communicante quand il s'agira de parler de toi.

Cam alla poser sa tasse dans l'évier avec un sourire carnassier.

— À en juger par tes hurlements de cette nuit et ce matin, je dirais que tu es prête.

— Tu es vraiment un sale crâneur.

— Alors arrête les hurlements, ça ne fait que gonfler mon ego. Entre autres choses.

— D'accord. À compter de ce jour, je me ferai discrète comme une souris.

Cam m'étreignit en riant, alors que je mastiquais ma dernière bouchée de toast. Il m'embrassa, se mettant des miettes et de la confiture plein les lèvres.

— Je te mets au défi d'essayer. Chiche. Ça n'en rendra les choses que plus intéressantes.

Les deux mains sur son torse, je me serrai contre lui, le sentant durcir à travers son jean. Je me mordis la lèvre en souriant légèrement, sans cesser de contempler sa bouche si sensuelle.

— J'accepte le défi. (Je l'observai dans les yeux d'un air moqueur.) Ça risque d'être du gagnant-gagnant.

Il raffermit son étreinte.

— Tu vas m'en faire baver, pas vrai ?

— Tu y prendras plaisir.

Son sourire s'élargit et il secoua la tête.

— Je n'arrive pas à croire que nous ayons attendu si longtemps.

J'acquiesçai.

— C'est vrai que, jusqu'ici, tout se passe bien.

Même si Cam me souriait toujours, je remarquai son air soudain grave.

— Oui, ma belle. Jusqu'ici, tout se passe très bien.

16

Quelque chose ne me parut pas naturel quand Cam entrelaça ses doigts aux miens avant de m'embrasser la main. Le léger contact de ses lèvres sur ma peau me fit l'effet d'une invitation et mon corps y répondit, parcourut de chair de poule. Il me fit monter l'escalier jusqu'à chez moi et, durant toute l'ascension, je ne cessai de le contempler, émerveillée. Les marches de béton que nous foulions auraient aussi bien pu être des nuages de guimauve. Pourquoi le sexe ne me rendait-il pas aussi « fifille » que le simple fait de me tenir la main ? L'espace d'un instant de grâce, j'oubliai même où il me menait.

Chez ma mère.

Fiona était installée devant la télé quand Cam et moi entrâmes dans l'appartement. Dès que j'entendis les voix étouffées filtrer dans le couloir depuis le salon, je me crispai en prenant conscience que Cam allait la rencontrer pour la première fois depuis qu'il avait aidé Cole la nuit où j'étais restée chez Malcolm.

Joie.

Semblant décrypter mon langage corporel, Cam me posa une main rassurante dans le bas du dos pour me diriger vers ma chambre.

Elle était avachie dans le fauteuil avec sa robe de chambre miteuse et ses cheveux filasse mouillés. À ma grande surprise, je compris qu'elle avait pris une douche sans que j'aie eu besoin de l'y contraindre. Elle tenait une tasse fumante, qu'elle agita dans notre direction en la portant à ses lèvres, tout en nous regardant avancer vers la chambre.

— Maman.

Je la saluai d'un bref hochement de tête et Cam posa sa main puissante sur ma hanche pour me serrer contre lui.

L'éclat d'intérêt dans les prunelles de ma mère prouva que ce geste délibéré ne lui avait pas échappé.

— Vous êtes déjà venu ? demanda-t-elle doucement, d'un ton curieux, mais pas accusateur, contrairement à ce que j'aurais imaginé.

Elle avait manifestement tout oublié de la présence de Cam le soir de cette horrible nuit.

— Cameron MacCabe, se présenta-t-il d'un air bourru, en m'étreignant derechef.

Elle marmonna quelque chose, avant de reposer sur moi ses yeux injectés de sang.

— Il n'y avait personne, ce matin.

Me blottissant au plus près de Cam, agrippée à l'arrière de son tee-shirt telle une petite fille, j'opinai de nouveau.

— Cole a dormi chez Jamie.

— Je suis tombée. (Elle fit la moue.) Je suis tombée. Mon dos me fait souffrir le martyre. Et il n'y avait personne pour m'aider. Quand tu vas te balader, faudrait au moins que ce petit con reste dans le coin.

L'insulte me fit l'effet d'une barre d'acier enfoncée dans ma colonne vertébrale. Je me raidis subitement, avançant d'un pas. Je la toisai en étrécissant les yeux, tâchant d'oublier la douleur qui me vrillait la poitrine – cette même douleur qui rejaillissait chaque fois qu'elle se comportait d'une façon si égoïste qu'on peinait à croire qu'elle pût être parent.

— Et le gin ne t'a pas aidée à te relever, maman ? C'est marrant, il semble pourtant te soutenir pour tout le reste.

En dehors des vaisseaux éclatés qui les jalonnaient, ses joues couperosées blêmirent à ma réplique cinglante.

— T'avise pas de faire la maligne parce qu'*il* est là.

Je pris une profonde inspiration, sachant pertinemment qu'en continuant à ce rythme nous ne tarderions pas à avoir une violente dispute devant Cam. Je me radoucis donc avant de reprendre :

— Cole et moi avons chacun notre vie, maman. Il va falloir que tu apprennes à te débrouiller un peu plus toute seule, désormais, d'accord ?

M'attendant à une violente réaction, je reculai d'un pas afin de sentir la chaleur apaisante de Cam dans mon dos. Je lui savais gré de ne pas être intervenu et de m'avoir laissée gérer ça à ma manière. Ma mère se mit debout avec peine, puis posa son mug sur la table.

— J'avais juste besoin d'un peu d'aide, répondit-elle doucement.

Ses mots me frappèrent droit au cœur. La culpabilité se mit à me ronger, malgré mes efforts pour m'en préserver.

Je poussai un long soupir.

— Si tu es vraiment désespérée, pense à m'appeler, la prochaine fois.

Je me serais giflée d'avoir capitulé si facilement.

— Je n'y manquerai pas, ma puce. (Elle nous passa devant sans un regard.) Heureuse de vous avoir rencontré, Cameron.

Elle n'avait jamais été aussi avenante depuis que je l'avais accusée de frapper Cole. Me rappelant combien elle était peu fiable, je regrettais déjà profondément de m'être montrée ne fût-ce que polie avec elle. *Je n'aurais jamais dû céder*, songeai-je amèrement.

Cam grogna en réponse, en une imitation convaincante de Cole.

J'attendis qu'elle disparaisse de la pièce et referme la porte de sa chambre avant de me tourner vers Cam.

— Alors ?

Ses traits se durcirent.

— C'est une vieille conne manipulatrice qui te mène par le bout du nez.

Sur ce, il tourna les talons et se dirigea vers la cuisine. Je l'y suivis, le cœur tambourinant dans ma poitrine.

— Je te l'avais dit.

— Ouais, elle alterne entre la sorcière imbuvable et la maman parfaitement normale et agréable. C'est volontaire. Dans le premier cas, tu t'opposes à elle. Dans le second, tu cèdes toujours, et elle le sait. Elle te manipule.

Consciente qu'il avait raison, mais ne souhaitant pas en discuter plus avant alors que la matinée avait si bien commencé, je l'aidais à préparer du café et du thé. Nous retournâmes ensuite dans le salon, ayant tacitement décidé de changer de sujet. Dès que nous fûmes assis sur le canapé, Cam me fit grimper sur ses genoux, face à lui.

— Qu'est-ce que tu fais ? demandai-je en riant.

— Je me mets à l'aise.

Il tendit les bras pour attraper nos tasses et me donna la mienne.

Je m'en saisis machinalement, ensorcelée par notre proximité. Nous étions si proches l'un de l'autre que je distinguais les stries marron dans le bleu cobalt de ses iris.

— Parce que tu es à l'aise dans cette position ?

Je l'observai avaler une gorgée de café ; son autre bras était passé autour de ma taille, sa main posée à la courbure de mes fesses.

— Exactement, murmura-t-il.

Je haussai les épaules et me détendis, buvant à mon tour.

Mon répit ne fut que de courte durée. L'ouverture de la porte d'entrée me fit immédiatement réagir. Je tentai de me relever aussitôt.

Cam m'en empêcha d'un seul bras.

— Qu'est-ce que tu fais ? sifflai-je.

J'étrécis les paupières pour lui décocher un regard menaçant ; mon cœur s'emballa à l'idée que Cole puisse nous surprendre dans cette position sans explication préalable.

— Euh, qu'est-ce qui se passe ?

Trop tard.

Je fermai brièvement les yeux, puis les rouvris en dardant vers Cam un regard assassin ; j'inclinai alors la tête pour regarder mon frère derrière lui et je lui adressai un sourire d'excuse. La silhouette de Cole occupait l'essentiel de l'encadrement de la porte, avec sa grande taille et ses épaules de plus en plus larges. Ses iris verts étaient rivés sur les cheveux de Cam. Puis ils se posèrent sur moi.

— C'est ça que tu voulais me dire ?

Je hochai le chef et tentai à nouveau, en vain, de me lever. Cole entra dans la pièce et contourna le canapé pour venir se poster près du fauteuil. Cam lui sourit avant de boire une nouvelle gorgée. Il était parfaitement détendu, en dehors du bras qui me maintenait en place.

Cole se fendit d'un soupir et se laissa tomber dans le siège.

— Et donc, vous êtes ensemble.

Nous répondîmes à l'unisson.

Malheureusement, pas de la même manière.

— Oui.

— On verra.

Cole haussa des sourcils amusés, tandis que Cam pivotait furieusement la tête vers moi.

— On verra ?

Merde. À présent, il allait penser que je n'en avais pas envie. J'en *avais* envie. Simplement, je ne voulais pas lui mettre trop de pression, pour ne pas l'effrayer.

— Je ne veux pas qu'on précipite les choses.

— Tu parles. Tu ne veux pas que *je* précipite les choses. On en a déjà discuté.

Je le contemplai, bouche bée. Cam n'avait jamais brillé par son intuition en ce qui me concernait, mais apparemment, plus il me découvrait, plus il progressait dans ce domaine. Ou alors je commençais à devenir prévisible ?

Je ne savais quoi en déduire.

— Si vous attendez ma bénédiction, vous l'avez, murmura Cole en se relevant. (Il adressa à Cam un léger sourire en sortant du salon.) Tu sembles savoir où tu mets les pieds.

— Ah, très drôle.

Je pris ombrage de la raillerie de mon frère, levant les yeux au ciel en l'entendant ricaner avant de s'enfermer dans sa chambre. Quand je me retournai vers Cam, je découvris avec stupeur qu'il me scrutait, une moue moqueuse sur les lèvres.

— Je vous défends de vous liguer contre moi.

Il éclata de rire, faisant naître ces pattes d'oie qui me faisaient fondre chaque fois.

— C'est juré.

Il posa sa tasse sur la table, puis la mienne, avant de me prendre dans ses bras. Je l'étreignis au cou pour me rapprocher de lui.

— Ça s'est plutôt bien passé.

— Ça s'est passé comme n'importe quelle conversation avec Cole ces derniers temps.

— C'est-à-dire ?

— Brièvement.

Les épaules de Cam se mirent à trembler.

— C'est un mec. On aime bien aller droit au but.

Profitant du mélange de bonheur et d'excitation que j'éprouvais dans ses bras, je me blottis contre lui, sentant son érection croître sous mes fesses. J'apposai légèrement ma bouche contre la sienne, me félicitant d'entendre son souffle s'accélérer.

— Il t'a fallu du temps pour arriver au but, ce matin.

La lueur dans ses prunelles fut le seul avertissement auquel j'eus droit avant de me retrouver plaquée au canapé. Il m'attrapa les cuisses et les écarta afin de pouvoir se positionner devant. J'enroulai mes longues jambes autour de lui et il m'embrassa, lentement et passionnément. Notre baiser se prolongea un bon moment, comme celui de deux adolescents. C'était fabuleux !

Quand sa main puissante glissa le long de ma cuisse, j'inspirai profondément, captant son odeur désormais familière ; je regrettais de devoir sortir pour déjeuner. Semblant lire dans mes pensées, il se recula, et je ne pus m'empêcher de dessiner ses lèvres du bout des doigts. Il avait vraiment la bouche la plus attirante qu'il m'ait été donné de voir.

Nous reprîmes notre conversation, comme si ces cinq minutes d'échange de salives n'avaient pas eu lieu.

— Ça n'était pas un reproche, chuchotai-je. Loin, très loin de là.

— Alors, à l'avenir, je vais m'assurer de toujours prendre mon temps avant d'arriver au but.

— J'ai dit que ça ne me dérangeait pas, pas que je voulais assister à ça, grommela Cole.

Nous redressâmes tous deux la tête et le découvrîmes, debout au pied du canapé, qui nous toisait avec une assiette de sandwichs dans une main et un verre de Coca dans l'autre.

— Eh, qu'est-ce que tu fais ? houspillai-je mon frère en repoussant Cam. On va sortir manger. Tu n'auras plus faim pour le repas.

— Waouh, dit Cam d'un ton désinvolte en se redressant. Je viens d'apercevoir l'avenir.

— Quoi ?

Il éclata de rire et secoua la tête en se tournant vers Cole. Il lui désigna les sandwichs.

— Je vais en prendre un.

Cole lui tendit l'assiette et Cam se servit en toute décontraction.

Je les observai tous deux mastiquer leur en-cas, quitte à se couper l'appétit.

— Bon Dieu. Des siamois.

Cam et Cole échangèrent des sourires entendus, comme s'ils venaient soudainement de rejoindre la société secrète des garçons.

Une onde de chaleur – merveilleuse, relaxante et satisfaite – se répandit dans ma poitrine, puis dans mon corps tout entier. Je découvrais un bonheur jusqu'alors inconnu.

Et cela me flanqua une trouille bleue.

Je soliloquai pendant tout le trajet en bus jusqu'à Stockbridge. Je ne crois pas m'être arrêtée une seule fois pour reprendre mon souffle. Cole était assis derrière nous avec ses écouteurs, écoutant un livre audio. Il s'épargna ainsi mes incessants blablas sur les avantages de mettre une sourdine à notre relation. Honnêtement, je ne comprenais pas moi-même pourquoi je refusais de la révéler au grand jour. Sans doute pour éviter un nombre trop important de témoins en cas de rupture douloureuse, mais je n'allais certainement pas avouer cela à Cam. Au lieu de quoi, je ne cessai donc de discourir et de lui rebattre les oreilles de mes arguments fallacieux.

Ma voix devait l'insupporter à notre descente du bus, mais, au moins, j'avais réussi à le convaincre. Et nous n'étalerions pas notre bonheur aux yeux de tous.

— Jo et moi sortons ensemble.

Nous venions d'arriver chez les Nichols et étions encore debout dans leur salon devant la famille au grand complet, à laquelle s'ajoutaient Adam, Braden et Joss. Tous nous dévisageaient. Cam avait effectué cette déclaration en réponse au « Alors, comment ça va ? » d'Ellie.

Un coup bas. Je dardai sur lui un regard incrédule.

— Tu n'as rien écouté de ce que je t'ai expliqué dans le bus, ou quoi ?

Il m'adressa son large sourire apaisant qui me remuait les sens.

— J'ai une ouïe sélective, ma beauté. (Il me posa une main sur la hanche et tenta de m'attirer contre lui.) Heureusement, sans quoi mon cerveau m'aurait dégouliné par les oreilles. Je ne pensais pas qu'une bouche humaine était capable de prononcer tant de mots à la minute.

Je me tournai vers mes amis, qui nous contemplaient avec des moues amusées.

— Cam et moi venons de rompre.

L'intéressé éclata de rire et me serra contre son corps. Je m'offusquai en essayant vainement de me libérer.

— Qu'est-ce que tu fais ?

— Je nous remets ensemble.

Le bruit de ricanements à peine réprimés me fit monter le rouge aux joues. Oh, mon Dieu, nous agissions comme un vrai petit couple en public. Je louchai vers Joss. Naturellement, elle arborait un sourire supérieur. Je ne pouvais plus gagner cette manche, mais je pouvais au moins mettre un terme aux niaiseries.

— D'accord, marmonnai-je à contrecœur en me détendant.

Élodie et Clark, qui n'avaient rencontré Cam que trois minutes plus tôt, se mirent à l'assaillir de questions sur son métier de graphiste, son enfance à Longniddry et la vie de ses parents ; je finis par l'abandonner en compagnie de Cole et me servis de Hannah pour fuir cette scène. Comme je ne percevais pas la brûlure du regard acéré de Joss, j'en déduisis qu'elle était simplement heureuse que Cam et moi sortions ensemble et qu'elle n'avait finalement pas besoin de connaître tous les détails. Avec Ellie, en revanche, ce serait une autre histoire. Elle voudrait absolument tout savoir. Ses yeux me sondaient avec intensité et j'entendais presque ses messages télépathiques m'ordonnant de la regarder. Et j'avais donc décidé d'implorer silencieusement l'aide de Hannah.

Ma jeune sauveuse se releva d'un bond.

— J'ai un truc à montrer à Jo. *En privé,* ajouta-t-elle en décochant à sa sœur une moue signifiant que sa décision ne souffrirait aucune contestation.

Son autorité naturelle lui venait de sa mère.

— Mais…

Nous étions enfermées dans sa chambre avant qu'Ellie puisse ajouter une quelconque objection.

Nous peinions à étouffer nos gloussements.

— Tu es la personne la plus gentille au monde, lui dis-je en souriant.

Elle se laissa tomber sur son lit, le visage rayonnant.

— Tu sais que tu vas quand même devoir subir l'interrogatoire bientôt, pas vrai ?

— Je sais. Mais le plus tard sera le mieux.

Soudain, Hannah s'empourpra légèrement.

— Il est vraiment canon.

J'éclatai de rire et allai m'asseoir près d'elle, sentant mes oreilles s'échauffer tandis que je repensais à nos activités du matin et de la veille au soir.

— On peut dire ça.

— Je ne vais pas te poser de questions sur Malcolm ni rien, mais… j'ai entendu Ellie dire à Joss que Cam n'était pas ton type de garçon. Mais j'imagine que ça n'a pas d'importance, tant que tu es heureuse.

J'adorais cette gamine. Sincèrement et profondément.

— Aujourd'hui, je suis heureuse. Et effrayée. Mais heureuse. Cam m'a convaincue de faire quelque chose pour moi et pour moi seule, au lieu de le faire pour Cole et moi.

Je me rappelai qu'en tournant le dos à Malcolm j'avais également fait une croix sur un avenir assuré, et je ressentis une nouvelle pointe d'angoisse, que je m'efforçai de réprimer. J'adressai un coup de coude joueur à Hannah.

— Alors, comment va Marco ?

Elle poussa un soupir interminable, puis s'écroula sur le matelas pour contempler le plafond, fuyant mon regard.

— Il recommence à me parler.

— Et ça ne t'excite pas plus que ça ?

— Non, parce que cette andouille se comporte comme si rien ne s'était passé. Comme si nous étions simplement amis. Sans parler du fait qu'une fille dans la classe d'au-dessus n'arrête pas de raconter partout qu'ils sont sortis ensemble à une soirée le week-end dernier. Et elle est très jolie.

— Eh bien, étant donné que tu es magnifique, je dirai que tu as toujours un avantage sur elle. (Hannah se fendit d'un ricanement incrédule et je lui tapotai le genou.) Un jour, tu te regarderas dans le miroir et tu y verras ce que je vois.

— Une geek avec des problèmes de discipline ?

Je fis la grimace.

— Quoi ?

— J'ai eu des ennuis cette semaine. Les parents ne sont pas contents.

Ma petite Hannah si timide avait eu des problèmes de discipline ?

— Quoi ? répétai-je, incrédule.

— Mon prof de sport s'en est pris à moi parce que je ne voulais pas faire une équipe de filles contre une équipe de garçons au basket. Je lui ai répliqué qu'il était prouvé scientifiquement que les garçons étaient plus rapides et plus forts, et que, du coup, nous étions sûres de perdre. Il m'a dit que je dénigrais l'ensemble des femmes. J'ai dit que j'étais simplement réaliste et que je pensais qu'il favorisait volontairement les garçons. Il a fait un rapport sur moi et, si notre prof principale lui a suggéré qu'à partir de maintenant les équipes de basket devraient être mixtes, elle a aussi appelé maman pour lui dire que j'avais des problèmes de discipline.

Je dissimulai mon amusement et, percevant une lueur tourmentée dans son regard, je secouai la tête.

— Qu'est-il arrivé à ta timidité maladive ?

Elle parvint à hausser les épaules en position allongée.

— J'ai l'impression que ça m'empêche d'avancer.

— À cause de Marco ?

— Non, pas seulement. Même si j'ai le sentiment de ne pas être assez « cool » pour lui...

— Dans ce cas, c'est un idiot.

— Mais surtout, je regrette de ne pas avoir rejoint le club de débat, parce que je sais que je serais très douée.

— On en a tous conscience.

Elle me balança un coussin dessus et continua comme si je ne l'avais pas interrompue.

— Et puis j'ai raté le bal de Noël, parce que mes copines et moi, on était trop gênées d'y aller seules. Et j'ai écrit un poème qui compte beaucoup pour moi et j'ai voulu l'envoyer pour un concours régional, mais je ne l'ai pas fait parce que...

— Tu étais trop timide, complétai-je en lui tapotant à nouveau le genou. Alors quoi ? Tu t'es réveillée un matin en décidant de ne plus l'être ?

Hannah s'assit, les yeux empreints d'une sagesse en décalage avec son jeune âge.

— Non. J'ai embrassé un garçon que j'aime beaucoup et il m'a repoussée. Si j'ai réussi à encaisser ça, je peux sans doute arriver à m'exprimer devant des gens que je fréquente à l'école depuis des années.

Je hochai lentement la tête et lui adressai un sourire rassurant.

— Ça vaut ce que ça vaut, mais tu es la personne la plus cool que je connaisse.

— Plus cool que Cam ?

Cam était ce genre de garçon intelligent et canon, qui faisait les choses comme il l'entendait. Ouais. Il était cool à en crever, mais il n'était pas question que je l'avoue à une adolescente déjà entichée de lui. Je ricanai en me levant du lit.

— Oh, arrête, il n'y a que lui pour se croire cool.

— Il l'est vraiment, pas vrai ?

Elle me sourit par-dessus son épaule tout en allant ouvrir la porte de sa chambre.

Je la suivis dans le couloir, ayant laissé tomber mon masque de supériorité feinte.

— Ouais. Mais ne lui répète pas.

— Répéter quoi à qui ?

Ellie apparut subitement devant moi, comme si elle venait de se matérialiser. En quelques secondes, Hannah et moi fûmes guidées jusqu'à sa chambre par elle et Joss.

Cette dernière m'adressa un sourire compatissant.

— J'ai essayé de la retenir.

Je pris une longue inspiration entre mes dents serrées, dans l'expectative.

Puis Ellie se mit à me bombarder d'une rafale de questions.

Le repas n'aurait pas pu mieux se dérouler. Cam se montra bien élevé, courtois, intelligent, intéressant – autant de qualités que je lui connaissais déjà, mais que je fus heureuse de le voir partager avec les Nichols, Joss et Braden. En outre, ils constatèrent tous qu'il était déjà très proche de Cole. Ils s'étaient assis côte à côte et, chaque fois que la conversation n'était pas directement dirigée vers eux, ils discutaient à mi-voix du livre que mon frère écoutait. Apparemment, c'était Cam qui le lui avait recommandé.

Et puisque celui-ci partageait le sens de l'humour cassant de Braden et Adam, je ne doutais pas qu'ils s'entendraient bientôt comme larrons en foire. Braden n'arrêtait pas de me lancer des sourires taquins qui semblaient dire : « Je suis content pour toi. » C'était gentil. Sincèrement. Cependant, cela contribuait à faire croître ce spectre d'angoisse qui flottait autour de moi et qui ne cessait de me rappeler ce qu'il adviendrait si tout s'écroulait avec Cam.

Je n'avais jamais eu droit à ces terribles séances d'apitoiement et de compassion suite à mes ruptures, car personne n'avait jamais vraiment pris au sérieux mes relations passées – même lorsqu'elles l'étaient. Cependant, je savais que, dans ce cas précis, tout le monde me prendrait en pitié et je n'étais pas certaine de pouvoir le supporter.

Et alors que tout allait bien, j'étais déjà à me morfondre sur la décrépitude de notre couple.

Il fallait vraiment que j'aille consulter.

Tandis que nous rentrions tous les trois vers London Road, la main de Cam fermement serrée autour de la mienne, sa voix chaude et tendre m'emplissant de bonheur, je savais qu'il fallait que je me fasse analyser. Tout se passait bien. Nous venions de nous mettre ensemble et tout se passait déjà à la perfection. Je n'allais pas laisser ma méfiance tout gâcher. Hors de question.

Je serrai la main de Cam lorsque nous entrâmes dans notre immeuble et sa voix résonna dans la cage d'escalier quand il me parla des deux ou trois offres d'emploi qu'il avait vues dans le journal.

— Tu devrais postuler, lui dis-je en fronçant les sourcils après Cole, qui grimpait les marches avec les lacets défaits.

Il allait finir par se tuer.

— Cole, noue tes lacets.

— On est presque arrivés, contra-t-il.

— Fais ce que je te dis.

Nous nous arrêtâmes en attendant qu'il obtempère.

— Ça y est, tu es contente ? grogna-t-il en reprenant son ascension.

— Toujours, quand tu me parles sur ce ton, ironisai-je.

J'entendis Cam ricaner derrière moi et je lui lançais un regard mauvais avant d'atteindre son palier. Ce qui expliqua que je heurtai soudain Cole.

— Qu'est-ce que...

Ma voix dérailla quand je me retournai abruptement pour voir ce qui l'avait poussé à s'immobiliser.

L'obstacle était Becca, qui faisait le pied de grue devant la porte, un sac plastique à la main.

— Je viens récupérer mes affaires.

Elle tendit brutalement les siennes à Cam, qui nous dépassa pour la rejoindre.

— Voilà tes merdes. Tu as toujours pris grand soin de ne rien apporter chez moi, alors il n'y a qu'un livre et ton lecteur MP3.

Aïe. Son amertume se répercutait sur tous les murs. Je me sentis immédiatement coupable et me rapprochai de Cole, qui se posta devant moi de façon presque protectrice. Il n'avait rencontré Becca qu'une seule fois, mais il savait qui elle était et avait compris ce qui se tramait.

Cam récupéra calmement le sac.

— Qu'est-ce que tu as laissé ?

Elle ricana.

— Tu t'en fous pas mal, hein ? Tu as rompu avec moi pour rentrer avec *elle*. (Elle me désigna d'un geste méprisant.) Ouais, Malcolm m'a raconté. (Ses yeux luisaient d'une fureur nouvelle à présent qu'elle me faisait face.) Ne t'en fais pas, salope. Malcolm et moi nous sommes mutuellement remonté le moral cette nuit. J'espère que tu te sens moins mal.

— Ça suffit, intervint Cam. (Il bouillait de colère et Becca eut le bon sens de se taire.) Ne lui parle plus jamais sur ce ton. Pigé ?

Elle étrécit les yeux.

— Va chercher mes affaires.

— Je vais faire le tour de l'appartement et je t'enverrai ce qui t'appartient.

— Mais...

— Je te les enverrai, Becca. Fin de la discussion.

C'était assez brutal de sa part, mais je comprenais sa réaction. Je supposais qu'il préférait éviter une scène dans le couloir, que tout le monde – y compris Cole – pourrait entendre. La forcer à partir sans attendre semblait être la solution la plus sage. Je m'écartai du chemin pour la laisser descendre, mais elle se figea en arrivant à ma hauteur.

— Tu vas baiser tous les mecs que je me tape ?

Je tressaillis.

— Surveille ton langage.

Becca me considéra comme si je débarquais d'une autre planète.

— Tu as été idiote de larguer Malcolm Hendry pour *lui*. Tout le monde sait que Cameron MacCabe saute une fille par quinzaine avant de passer à autre chose.

Tu as sacrément perdu au change, mais tant pis pour toi.

Elle décocha à Cam un sourire narquois que je savais destiné à cacher sa peine. J'avais toujours su qu'elle tenait plus à lui que l'inverse.

— Pour ma part, je crois que je vais monter en gamme. (Elle dirigea vers moi son sourire malveillant et me chuchota :) Je vais rappeler Malcolm.

Nous la regardâmes tous trois partir en silence ; puis, finalement, les jambes légèrement flageolantes, je laissai Cole ouvrir la voie vers notre appartement. Il m'adressa un regard inquiet avant de disparaître dans sa chambre et je sentis, plus que je ne l'entendis, Cam me suivre dans la cuisine.

Sa chaleur m'enveloppa quand il se plaqua contre mon dos, immobilisant ma main sur la bouilloire avant de resserrer les bras autour de ma taille. Je lui caressai les mains avant de me laisser aller contre lui.

— Ça va ? me demanda-t-il doucement, d'une voix sincèrement préoccupée.

Je haussai les épaules, incapable de dire avec précision ce que je ressentais.

— Bof. Je me sens mal.

— Si ça peut te rassurer, je n'ai jamais fait la moindre promesse à Becca. Ça a toujours été très informel.

— Pas pour Malcolm et moi.

Il raffermit son étreinte.

— Est-ce que ça t'a gênée ? Ce qu'elle a dit pour Malcolm et elle cette nuit ?

Je l'ignorais. Il me semblait que oui. Je ne savais cependant pas si c'était parce que j'éprouvais encore des sentiments pour lui, ou uniquement parce que mon ego en avait pris un coup.

— Ça n'a fait que mettre en exergue la réalité des faits : il n'y avait rien de concret entre nous.

Le contact des lèvres chaudes de Cam sur ma joue me provoqua un délicieux frisson qui me fit momentanément tout oublier.

— Où est-ce que je dors, cette nuit ?

La perspective de la soirée à venir me réchauffa le corps.

— Mon lit est trop petit pour deux, mais je ne peux pas laisser Cole tout seul. Ça te va si je descends te voir ? Mais je ne pourrai pas rester, cette fois.

— C'est parfait, ma belle. Écoute, j'ai promis à Nate d'aller boire un verre avec lui. (Il recula d'un pas et me fit pivoter face à lui.) On se retrouve chez moi plus tard ?

— Ouais. Vers 23 h 30 ?

— J'y serai.

Il se pencha pour m'embrasser sur les lèvres, puis je levai les mains pour le rattraper et le forcer à rapprocher sa bouche de la mienne. J'approfondis notre baiser, lui titillant la langue, raclant doucement sa barbe naissante de mes ongles, avant de refermer mes doigts sur les cheveux de sa nuque. Je l'embrassai à lui en couper le souffle.

Les yeux légèrement dans le vague, Cam hocha la tête et me lâcha à contrecœur.

— Disons plutôt 22 h 30.

17

— Je me disais qu'on pourrait tous les deux effectuer un dépistage pour arrêter les préservatifs. Tu prends la pilule, pas vrai ?

Mes cheveux glissèrent sur l'oreiller quand je tournai la tête vers Cam, allongé à mon côté, la peau emperlée de sueur. Je haletais encore, suite à nos derniers ébats, et je pris une minute pour réfléchir à sa proposition.

— Ouais. J'irai faire un test cette semaine.

— Moi aussi. Ça devrait aller. J'en ai fait un avant Becca et on ne l'a jamais fait sans capote.

— Petit conseil d'amie, soupirai-je en me tournant vers le plafond. Ne parle pas de tes parties de jambes en l'air avec tes ex quand tu viens de faire l'amour à ta copine actuelle.

— Il n'y a pas de quoi être jalouse, ma beauté. Tu mérites un dix, elle valait seulement cinq. Voire six, quand elle était dans un bon jour.

Je roulai les yeux, faisant comme si cela m'était égal que Cam me juge meilleure au lit que Becca.

— Deuxième conseil : ne leur mets pas de notes.

Cam éclata de rire et roula sur le flanc pour pouvoir m'attirer contre lui. Il voulut m'embrasser, mais je lui couvris la bouche de la main, légèrement agacée qu'il ait eu l'idée de parler de Becca. Il embrassa donc ma paume et marmonna à l'intérieur quelques mots inintelligibles.

Je retirai ma main.

— Quoi ?

Ses yeux vagabondèrent sur mon visage et un petit sourire joueur se dessina sur ses lèvres.

— J'ai dit que j'étais désolé.

— C'est bien.

Il se pencha sur moi, la mine sévère, et reprit la parole tout contre ma bouche :

— Si tu te détournes encore une fois de moi, je fourmille d'idées de châtiments possibles.

Je frémis. Cet aspect de sa personnalité au lit était vraiment excitant.

— Je suis encore libre de faire ce que je veux de ma bouche.

— C'est vrai, admit-il en venant positionner sa main entre mes cuisses. (Je tressaillis malgré moi quand son pouce m'appuya sur le clitoris.) Mais hier soir, tu étais d'accord pour dire que nous étions ensemble, ce qui signifie que ta bouche m'appartient. Et je n'aime pas qu'on me cache mes affaires.

Il termina sa phrase par un sourire retors. Son pouce décrivit un petit cercle qui m'arracha un hoquet et je lui saisis le poignet pour l'encourager à continuer.

Je voulais le remettre à sa place, mais me retrouvais incapable de parler. Incapable de penser. Mon corps venait de subir un orgasme retentissant et se voyait déjà précipité vers un autre.

Je jouis rapidement, puissamment, et en poussant un cri que Cam étouffa contre sa bouche. Son baiser était humide et provocant, appliqué dans le seul but d'avaler mon extase et d'en clamer la propriété.

Ce salopard avait de la chance que je sois aussi possessive que lui.

Je lui attrapai alors fermement la tête pour l'embrasser tout aussi voracement et, quand il se recula pour reprendre son souffle, je lui mordis la lèvre inférieure. Fort.

Il siffla en écarquillant les yeux, puis darda le bout de sa langue pour apaiser sa blessure.

— Si ce qui est à moi est à toi, alors la réciproque est vraie.

Cela sembla lui plaire. Je m'en rendis compte à la façon amusée dont il plissa les paupières.

— Marché conclu.

Cela me plaisait également. J'aimais me sentir suffisamment à l'aise pour être moi-même. Je caressai sa lèvre du pouce, comme pour m'excuser à contrecœur.

— Il faut que j'y aille.

Je fis mine de rouler hors du lit, mais il m'immobilisa en me plaquant au matelas par la taille.

— Reste. Juste un moment.

Je me crispai subitement d'inquiétude, oubliant en un instant toutes mes pensées heureuses au sujet du couple que nous formions. J'avais une terrible impression de déjà-vu : moi, m'empressant de rentrer rejoindre Cole, abandonnant derrière moi un homme las de me voir partir. Jusqu'alors, j'avais toujours veillé à ne rien faire qui puisse mettre mes relations en péril. Mais avec Cam, il m'apparaissait plus impératif que jamais de préserver ce que nous construisions ensemble. Je fronçais les sourcils, confuse et angoissée. Je m'étais dit que ce serait différent avec lui. Qu'il comprendrait. Quelques secondes plus tôt, j'étais Miss À-l'aise-dans-ses-baskets, et voilà que je me retrouvais de nouveau fatiguée de l'existence.

— Quoi ? (Il me tira doucement vers lui.) Pourquoi tu réagis comme ça ?

Il traça du bout des doigts les rides d'expression qui me creusaient le front.

— Ce n'est rien.

— Ce n'est pas rien. (Il me força à me retourner complètement face à lui.) Tu es toute crispée. Pourquoi ?

D'un côté, je voulais que ça marche entre nous. Que notre relation soit franche et honnête. De l'autre, je ne voulais pas qu'il pense que je remettais déjà en cause son mode de fonctionnement ; et je ne tenais pas à quitter son lit fâchée après lui, ou inversement.

Je me mordillais la lèvre, restant songeuse trop longtemps à son goût.

— Bon sang, Johanna.

Il s'écarta sans me laisser l'occasion de me justifier. Il fronçait les sourcils d'un air furieux.

— Putain, je ne suis pas comme *eux*.

Il rejeta les draps au bout du lit pour se lever.

Merde !

— Je suis inquiète, c'est tout, soufflai-je.

Je m'empourprai d'avance à l'idée de ce que j'allais lui révéler.

Cam se figea, tournant simplement la tête pour m'observer par-dessus son épaule.

— Continue.

Son ton autoritaire me fit grimacer et je remontai les genoux contre ma poitrine en un geste d'autodéfense inconscient.

— J'ai peur que tu te lasses du fait que je ne peux pas... accéder à tes désirs. Parce qu'il y a Cole, et... (Je rassemblai tout mon courage, me demandant comment il allait réagir à ma prochaine déclaration.) Et Cole sera toujours ma priorité.

En quelques secondes, je me retrouvai plaquée au matelas. Le visage de Cam flottait au-dessus du mien. Son regard était plus tendre ; mieux encore, il semblait compréhensif.

— Ça ne sera jamais un souci. J'ai pigé. C'est normal. Cole compte plus que tout. C'est logique. Ce n'est qu'un gamin et il a besoin de toi. Je ne vais ni me lasser ni m'énerver. Et franchement, si cela devait arriver, je ne mériterais pas d'être avec toi.

Une sensation étrange naquit dans ma poitrine, quelque chose de si énorme et envahissant que c'en était effrayant. Il s'agissait des sentiments que j'éprouvais pour Cam. Ils étaient définitivement ancrés en moi, désormais, inamovibles.

— Est-ce que tu existes vraiment ? lui demandai-je avec un faible sourire, tâchant de masquer mon émotion.

Cam me sourit en retour, avant de me planter un léger baiser sur la bouche.

— Oui, ma beauté. Je suis ici, en chair et en os. Mais s'il te faut une preuve...

Il remonta ses genoux entre mes jambes pour les écarter et son air malicieux me fit comprendre que je n'étais pas près de rentrer.

Après tout ce que Cole et moi avions traversé, j'avais presque du mal à me sentir si heureuse. J'étais shootée au Cameron MacCabe, et même si l'essentiel de mon être l'aimait, une petite partie de moi, cette petite partie qui ne parvenait pas à se défaire du passé, en était terrifiée. Par chance pour nous deux, j'avais vu Joss mettre en péril son couple avec Braden exactement pour la même raison et je ne tenais nullement à suivre son exemple. Nous n'étions ensemble que depuis deux jours, pourtant je pressentais déjà qu'il faudrait un petit miracle pour m'éloigner de M. Tatouages.

En revanche, je ne pouvais pas prévoir ce qui pourrait l'éloigner de moi, mais j'étais déterminée à supprimer ce genre de pensées négatives avant qu'elles viennent tout gâcher. J'étais tellement résolue à ne rien compromettre que, quand Malcolm m'envoya un SMS le lundi matin au travail, je n'en parlai pas à Cam.

Évidemment, je ne lui avouai pas non plus que j'avais répondu.

Malcolm avait toujours été gentil. Il s'était comporté en gentleman. En ami. Peu m'importait qu'il ait trouvé du réconfort dans les bras de Becca. Tout ce qui comptait, c'était qu'il se soit montré bon avec moi durant toute notre relation. Je n'étais pas prête à faire une croix dessus et quand il me demanda si tout allait bien, je lui répondis donc que oui. Je m'excusai de nouveau, avant de prendre de ses nouvelles.

Ça va aller, ma douce. Tu me manques. Je suis content qu'on se parle encore. x

Je fus prise de remords en découvrant son message.

Amis ?

Bien sûr. N'hésite pas à me dire s'il te faut quelque chose. J'espère que tu es heureuse, Jo. x

Il remuait involontairement le couteau dans la plaie.

Oui. Toi aussi. x

Cam n'aurait pas forcément apprécié cet échange de SMS avec Malcolm et je trouvais qu'il était trop tôt pour aborder le sujet, surtout après le microdrame de la veille.

Nous nous vîmes le soir avant qu'il parte travailler et je restai muette à ce propos.

Le mardi soir fut notre première soirée au boulot en temps que couple. Nous nous étions d'emblée mis d'accord sur le fait que nous ne cesserions pas pour autant de flirter avec la clientèle, puisque c'était le meilleur moyen d'obtenir de bons pourboires. Cela ne me réjouissait pas forcément, mais ça nous paraissait logique à tous les deux. Cette soirée fut l'une des plus calmes du *Club*. Il n'y eut ni flirt ni incident notable.

Le jeudi, en revanche…

Tout commença dès l'entrée, avec Phil.

Ainsi qu'il l'avait fait l'avant-veille, Cam me tint la main depuis la maison jusqu'à l'escalier descendant à la salle. Nous en franchîmes l'entrée, sa poigne ferme réchauffant ma paume, et la première chose que nous entendîmes fut :

— Tu sors avec ce crétin, maintenant ? J'ai plus d'argent que lui.

Même si Phil avait lancé cette pique sur le ton de la plaisanterie, cela ne m'en blessa pas moins.

Je lâchai la main de Cam et adressai un sourire à Brian en continuant d'avancer. J'entendis alors la voix sévère de Cam résonner dans le couloir :

— Fais gaffe à ce que tu dis, mec.

Je n'attendis pas la réplique de Phil. Suffisamment agacée, je passai à grands pas devant Joss, sans même répondre à son bonjour.

— Qu'est-ce qui ne va pas ? s'inquiéta-t-elle en me suivant dans la salle du personnel.

J'ôtai mon manteau, tout en m'efforçant de me calmer.

— Jo ?

— C'est la faute de Cam, répliquai-je avec amertume.

— Qu'est-ce que j'ai fait ? demanda l'intéressé en entrant nous rejoindre, la mine aussi sombre que la mienne.

Joss nous contempla sans comprendre. Je les gratifiai tous deux d'un regard noir.

— Tu avais raison, dis-je à Joss. Je laisse les gens se faire une piètre image de moi. Et ça ne me posait pas de problème, jusqu'à ce que M. Tatouages se pointe et m'ordonne d'être plus exigeante avec moi-même ; et soudain, les commentaires narquois émanant de gens que j'apprécie – mais qui manifestement me perçoivent exactement comme tu le pensais – commencent à me blesser. Alors, merci, Cam. Maintenant, je ne suis plus qu'une plaie sur pattes.

Il existait de nombreuses réponses appropriées à ma diatribe. Taper joyeusement dans le dos de Cam en lui adressant un large sourire n'en était très clairement pas une.

— Tu viens de devenir ma nouvelle personne préférée, le flatta Joss.

Je remerciai silencieusement Cam de la dévisager comme si elle était timbrée. Et j'appréciai encore plus qu'il me prenne dans ses bras. Je l'enlaçai à mon tour, trouvant la proximité de son corps si robuste quelque peu apaisante. J'inspirai son odeur et me blottis encore plus fort contre lui.

— Pourquoi vous tirez ces tronches ? s'étonna Joss. C'est une super nouvelle, insista-t-elle le plus sérieusement du monde.

Je dressai le menton afin de le caler sur l'épaule de Cam, puis je la menaçai vertement :

— Je suis à ça de mettre un terme à notre amitié.

Guère intimidée par ma tentative de chantage affectif, elle arbora son air buté.

— Je suis navrée que quelqu'un t'ait fait de la peine. Dis-moi qui c'est et j'irai volontiers lui flanquer une correction qu'il ne sera pas près d'oublier. Mais je trouve ça positif, Jo. Cam a réalisé en un rien de temps ce que j'essaie en vain d'accomplir depuis un an. Il t'a réveillée.

Cam me lâcha et se fendit d'un petit sourire satisfait.

— C'est un peu niais, comme commentaire, Joss.

Elle réagit comme s'il lui avait fait remarquer qu'elle avait mis le pied dans une crotte de chien : elle fronça le nez et frissonna avec une moue dégoûtée.

— Il faut que j'arrête de laisser Ellie choisir les films que l'on regarde. Ça me rend toute mielleuse.

Elle tourna les talons en grommelant quelques mots vantant les mérites de Jason Bourne.

— Bien joué, murmurai-je à Cam, impressionnée par la manière dont il s'était débarrassé d'elle.

Il me déposa un baiser sur la joue en réponse et je pivotai la tête pour le regarder dans les yeux.

— Tu es sûr que ça ne te dérange pas d'être vu en compagnie d'une fille régulièrement considérée comme une escort ?

Le tic nerveux qui lui contracta la mâchoire quand il serra les dents m'indiqua que ce n'était pas la chose à dire. Il m'attrapa le menton pour m'empêcher de me détourner.

— Arrête. Cesse de te définir en ces termes. Et ne me pose plus de questions débiles. Si quelqu'un dit une horreur pareille sur toi… viens me trouver. Il ne recommencera pas.

Cam venait de se muer en mâle dominant sans que cela m'affecte. Il avait beau endosser le rôle du petit ami dominateur, je n'oubliais pas que, quelques semaines plus tôt, il m'avait dit la même chose que Phil ce soir-là. Je voulais pourtant effacer ça de ma mémoire. Je pensais sincèrement y être parvenue. Mais c'était manifestement toujours là, latent, terré sous des couches de déni.

La colère déserta lentement ses prunelles, tandis que sa bouche retombait d'exaspération. Il soupira en me lâchant.

— C'est à cause de moi ? De ce que je t'ai dit ?

Je haussai les épaules, m'épargnant un mensonge.

— Est-ce que tu me pardonneras un jour de m'être comporté comme un con lors de notre première rencontre ?

Je haussai de nouveau les épaules. Cole aurait été fier de moi.

— C'est oublié.

Mais apparemment pas pardonné.

— Mais pas pardonné.

Saleté de télépathe.

Après un autre soupir, Cam m'attrapa par les hanches et m'attira à lui pour m'embrasser tendrement. Sa main droite remonta sous mon débardeur et sa fraîcheur sur ma peau nue me provoqua une décharge de frissons. Je sentis mes tétons durcir quand il atteignit mon soutien-gorge, caressant du pouce le renflement de mon sein. Mes genoux se mirent à trembler et je dus me raccrocher à lui.

— Tu ne m'as pas pardonné, répéta-t-il d'une voix rauque. Mais ça viendra.

Il écrasa sa bouche contre la mienne, presque douloureusement. Cela ne me gêna pas. Inutile de nier que j'étais complètement accro à son goût et à son contact.

— Clients ! nous avertit Joss depuis derrière le bar.

Nous nous séparâmes et Cam remit à contrecœur mon débardeur en place.

— Je vous rejoins.

Je baissai les yeux sur la bosse qui déformait son jean avant de répliquer :

— Prends ton temps.

Il m'adressa un grognement joueur quand je passai devant lui en tortillant des fesses.

Après le deuxième sourire aguicheur que Cam adressa à ses clientes, je cessai de le surveiller. J'avais, comme toujours, conscience de sa présence, mais j'étais résolue à rester aveugle à toute tentative de flirt éhonté.

J'aurais pu lutter contre ce phénomène en en faisant autant de mon côté, mais chaque fois que j'entreprenais d'allumer un client, je sentais le regard acéré de Cam se porter sur moi, et cela m'en passait l'envie.

Mon agacement grandissant atteignit son paroxysme quand il y eut une accalmie. Je jetai alors un torchon à vaisselle sur Cam.

— À cause de toi, notre bocal à pourboires ne se remplit pas.

Il rattrapa le carré de tissu avant qu'il ne l'atteigne et fit mine de nettoyer le comptoir avec.

— Qu'est-ce que j'ai fait, encore ?

— Tu n'arrêtes pas de me surveiller. Je ne peux pas flirter quand je t'ai sur le dos.

Son profond ricanement me fit frémir jusque dans des endroits peu recommandables et je détestai le sourire si sexy qu'il adressa à Joss.

— Tu m'as vu faire quoi que ce soit ? lui demanda-t-il.

Elle haussa les épaules.

— Je n'ai rien remarqué de particulier, mais, en tout cas, continue. Son gloussement idiot a disparu, ajouta-t-elle en me désignant mollement, c'est tout ce qui compte.

Ils se liguaient encore contre moi ! Je croisai les bras, espérant que cela suffirait à leur faire faire machine arrière.

— Mon gloussement, comme tu dis, n'est pas si horrible.

Elle grogna son désaccord.

— On dirait Miss Piggy avec une mitrailleuse coincée dans la gorge.

Cam partit d'un rire tonitruant, sans se soucier de mon regard assassin. En le voyant ainsi hilare, suite à la description que Joss venait de faire, je dus fournir un gros effort pour réprimer mon propre amusement : je ne pouvais pas non plus les encourager, il était déjà suffisamment difficile de résister à la maison au tandem formé par mon petit frère et mon petit copain, sans avoir à subir la même chose au travail avec ce dernier et ma meilleure amie.

Je leur tournai le dos en adoptant de grands airs et me dirigeai vers mon prochain client. Un homme. Grand. Plutôt mignon. Tout en lui servant sa pression, je lui demandai s'il passait une bonne soirée et badinai joyeusement, lui tenant gentiment la jambe pendant cinq longues minutes, avant que ses amis finissent par le rappeler à leur table. Le tout sans émettre une seule fois mon « gloussement idiot ».

Cam ayant fait étalage de sa possessivité, mon objectif était de le faire rager pour le remettre à sa place.

Je pivotai sur mes talons, prête à affronter son courroux. Au lieu de quoi, je le trouvai accoudé au comptoir, un rictus moqueur aux lèvres.

— Bien essayé.

Merde. Voilà que je sortais avec M. Imprévisible. Cet imbécile ne réagissait jamais de la manière escomptée. Comment diable étais-je censée naviguer à vue dans ces eaux si je n'en connaissais pas la profondeur ?

Connard.

Cette relation promettait vraiment de ne ressembler à aucune autre.

Les paroles suivantes qui franchirent les lèvres de Cam ne firent que renforcer ce sentiment.

— Si on passait un week-end chez mes parents ?

Je cillai rapidement, prise de court par cette proposition, tâchant d'ignorer Joss qui faisait semblant de raccrocher le porte-serviettes pour épier notre conversation.

— Quoi ?

— Plus que trois samedis à bosser avant d'avoir une journée libre. On pourrait y aller à ce moment-là. Passer une nuit sur place. Toi, moi et Cole.

— Copine, il veut te présenter à ses parents, me chuchota Joss. Réfléchis bien avant de lui répondre. Ses parents. Déjà.

Cette simple évocation la fit frémir.

— Jo ?

Je me retournai vers un Cam dans l'expectative.

— Je ne peux pas laisser ma mère toute seule.

— Je pourrais lui rendre visite, si tu veux, proposa Joss à haute voix.

Je la contemplai, bouche bée, avant de murmurer :

— Tu viens de me dire de bien y réfléchir.

— Oui. Tu n'as pas dit que tu ne voulais pas y aller. Tu as soulevé un obstacle et je t'ai proposé une solution.

Quand elle se détourna, je surpris une ombre de sourire déformer ses lèvres.

— Tu es tordue, sifflai-je.

Cam me donna un coup de torchon pour attirer mon attention.

— Alors ?

J'eus un sourire craintif.

— D'accord. Pourquoi pas ?

Putain.

18

Après avoir appris que ma mère avait cogné Cole, je ne pus plus l'approcher pendant des semaines, parvenant à peine à lui parler, tant je nageais dans une mare boueuse de ressentiment et de culpabilité. Cependant, le fait de passer mes soirées avec Cam dès que l'occasion se présentait – qu'il s'agisse alors de prendre un pied d'enfer ou simplement de lire près de lui tandis qu'il travaillait avec Cole sur leur bande dessinée – me métamorphosa. Cela atténua mon amertume.

Si le poids que je portais en permanence sur mes épaules ne s'était pas complètement volatilisé, il s'était considérablement atténué. Je marchais désormais d'un pas plus léger, je respirais mieux... Je ne me sentais plus du tout aussi vieille et fatiguée.

J'étais jeune. Excitée. Ensorcelée. Presque... comblée.

J'avais également décidé de moins me prendre la tête au sujet de notre situation financière. Si difficile que cela fût, je parvins à débourser la somme nécessaire pour que Cole puisse prendre des cours de judo avec Cam. Cela les occupait le samedi matin, l'un des rares créneaux durant lesquels Cam et moi pouvions avoir un peu de temps à nous, enfin tant pis. C'était peut-être idiot, mais le simple fait de voir Cole sourire quand Cam apparaissait, de le savoir heureux d'avoir un grand frère à qui parler… cela me conférait une sorte de paix intérieure que je ne pensais pas trouver un jour.

Cameron MacCabe. Espèce de magicien. Tu es en train de changer ma vie.

Je reposai mes mains sur le paquet que je venais d'envelopper, souriant bêtement en me remémorant la nuit précédente. Ou, techniquement, le petit matin. Cam et moi étions rentrés du travail, plus étourdis que réellement fatigués, et il m'avait finalement prise contre son bureau comme promis. Après de longs préliminaires, nous avions fait l'amour avec lenteur et sensualité ; cela avait été incroyable. J'avais l'impression de passer mes journées shootée à l'endorphine. Cela m'aida sans doute à faire une croix sur quelques jolies choses. À l'intérieur du colis en papier kraft se trouvait ma robe Donna Karan préférée – l'une de celles que Malcolm m'avait achetées. Elle était partie à un bon prix sur eBay et il était temps de l'expédier à sa nouvelle propriétaire.

Je contemplai ma pile à vendre avec un soupir de lassitude. Je m'étais déjà débarrassée de plusieurs objets, mais il m'en restait encore deux ou trois à prendre en photo avant de les poster sur le site. Les bénéfices serviraient à payer les cours de judo de mon frère, il fallait donc que je m'y résolve. Je devais consentir à ce sacrifice. Je saisis une paire de chaussures Jimmy Choo. Je me rendis compte en les observant que j'allais devoir solliciter l'aide de l'un des garçons. Ces magnifiques talons de quinze centimètres étaient constitués de nombreux lacets de cuir. Dans leur boîte, elles ne ressemblaient pas à grand-chose. Une fois au pied, elles étaient sexy en diable. J'allais donc devoir les porter pour les photographier, mais je ne serais en conséquence pas en mesure de tenir l'appareil.

Mon fardeau dans les bras, je sortis de la chambre de Cole et m'arrêtai devant la porte de maman. Les puissants ronflements qui me parvinrent m'indiquèrent que tout allait bien, je pus donc descendre chez Cam sans culpabiliser. Les garçons m'avaient envoyé un message après leur entraînement pour me dire qu'ils allaient travailler sur leur BD.

Je compris aux bruits de mitraillettes qui émanaient de chez Cam qu'ils s'étaient foutus de moi : ils jouaient à Call of Duty.

J'entrai sans frapper et me rendis discrètement au salon, où Cam, Cole et Nate étaient vautrés sur le canapé. Ces deux derniers étaient aux manettes. Peetie avait pris place dans le fauteuil face à moi. J'avais recroisé les amis de Cam deux ou trois fois depuis son emménagement, mais je n'avais jamais vraiment appris à les connaître, car ils passaient leur temps devant la console. Les rares échanges que nous pouvions avoir se produisaient quand je me donnais la peine de leur confectionner un en-cas.

Peetie m'adressa un signe de la main en m'apercevant, ce qui attira l'attention de Cam. Il se retourna et me décocha un sourire de bienvenue qui réveilla les insupportables papillons qui nichaient dans mon ventre.

— Salut, beauté.

J'arquai un sourcil en considérant son écran plat.

— C'est comme ça qu'on dessine ?

— Nate et Peetie sont rentrés avec nous.

Comme si ceci expliquait cela.

— Salut, Jo ! me lança Nate en m'adressant un fugace coup d'œil. Tu n'aurais pas apporté des sandwichs, par hasard ?

Voilà qui j'étais pour lui. Mme Sandwich.

— Non. (Je brandis mes chaussures vers un Cam inquisiteur.) Il faut que tu me prennes en photo avec ça.

Cameron les examina avant de hausser les sourcils.

— Waouh. (Il effectua un geste de la main.) Pas devant eux.

Je le toisai en plissant les yeux.

— Pas ce genre de photo, espèce de pervers.

— Eh, avant de répondre à ça, rappelez-vous que son petit frère est dans la pièce, intervint brusquement Cole.

Cam se leva en souriant.

— Tu comptes les mettre sur eBay ?

Je hochai la tête en lui montrant mon appareil photo et j'entrepris de retirer mes chaussures pour enfiler les Jimmy Choo. Quand ce fut fait, je levai la jambe pour les admirer une dernière fois, faisant pivoter mon talon de côté, regrettant déjà leur absence.

— Ma beauté, si tu les aimes tant que ça, garde-les.

Je fis la moue.

— Je ne peux pas. Elles valent une fortune. Ce serait dommage de les conserver.

— Putain, mec, souffla Nate en louchant sur mes pieds. Ne la laisse pas les vendre. (Il me dévorait littéralement du regard.) Elles sont carrément bandantes.

— Tu vas t'en prendre une, le menaça Cam d'un air mauvais.

Nate haussa les épaules, m'adressa un sourire impertinent et se retourna vers la télé.

— C'est pas ma faute si ta copine est franchement baisable.

Cole alla écraser son épaule contre celle de Nate avant que Cam puisse réagir.

— Mec, tu parles de ma sœur.

— Et mec, surveille ton langage.

Je m'efforçais de ne pas rougir. Sans m'offusquer du sourire impénitent de Nate, j'essayai d'offrir à Cam le meilleur angle de vue. Mes yeux tombèrent ce faisant sur Peetie, qui envoyait un SMS à quelqu'un. D'après ce que Cam m'avait raconté, il devait s'agir de sa fiancée, Lyn. Apparemment, elle le menait par le bout du nez. Il avait l'air plutôt gentil. À l'opposé du caractère imprévisible, brutal et un peu crâneur de Nate. Ce dernier était très beau, même s'il n'avait pas le côté rebelle de Cam ni celui bourru de Braden. Il avait plutôt des allures de star du cinéma, avec son épaisse chevelure brune et ses prunelles plus sombres encore, et il en jouait.

Mon regard navigua ensuite jusqu'à Cole, qui ressemblait chaque jour un peu plus à notre père. Celui-ci était certes une brute et un connard, mais bel homme. Quand Cole commencerait à en prendre conscience, sa réaction dépendrait des diverses influences qu'il aurait.

Je ne voulais pas qu'il devienne comme Nate.

— J'espère que vous n'êtes pas en train de dépraver mon frangin.

— Tu rigoles ? s'offusqua Nate. S'il y en a un ici qui déprave les autres, c'est bien lui.

Cela fit sourire Cole et me fit me sentir à la fois heureuse et inquiète. Je le trouvais changé, depuis quelques semaines. Il semblait toujours empreint de mélancolie, grommelait toujours autant et haussait les épaules toujours aussi souvent, mais il commençait à discuter un peu plus avec d'autres personnes que Cam et moi, ce qui me semblait être bon signe. En revanche, traîner avec Nate pourrait le rendre effronté. D'un autre côté, traîner avec Cam était possiblement voué au même résultat.

— Ça y est.

Cam me rendit mon appareil en me plantant un léger baiser sur les lèvres.

— Merci.

Je venais de me pencher pour retirer les lanières de ma cheville quand il me chuchota à l'oreille :

— Attends-moi ici ce soir, sans rien porter d'autre que ces chaussures.

Ma température grimpa de plusieurs degrés à cette perspective et je m'empressai de me tourner vers les autres pour m'assurer que personne n'avait entendu. Ils étaient tous bien trop concentrés sur leur jeu. Je reportai mon regard sur Cam et acquiesçai.

Une sonnerie retentit et nous nous détournâmes à contrecœur.

Cole brandit son téléphone.

— C'est le mien. Faut que j'y aille. Les copains m'attendent au ciné.

— Mais on n'a pas fini, se plaignit Nate.

Peetie ricana.

— Nate, mon pote, si tu commences à supplier un ado de rester jouer à la console avec toi, il est grand temps de te poser des questions.

Nous éclatâmes de rire, ce qui nous valut un majestueux doigt d'honneur de la part de la victime de nos moqueries.

— Je rentre dans quelques heures, m'informa Cole avec un léger sourire, qui me réchauffa davantage qu'une grande tasse de chocolat chaud.

— En fait, vous devriez y aller aussi, suggéra Cam à ses amis quand Cole eut quitté l'appartement.

Peetie se leva avec une moue entendue.

— Ouais, bien sûr. De toute façon, Lyn m'a demandé de la rejoindre sur Princes Street.

Nate éteignit en grommelant la console et la télé.

— Elles vous mènent tous les deux à la baguette.

— Tu as vu ces chaussures ? lui demanda Cam d'un ton suffisant qui me fit rougir.

Si je doutais encore qu'il veuille me baiser de façon imminente, la question ne se posait plus. Pour ses amis non plus.

Nate maugréa encore un peu et se fendit d'un « Foutu veinard » qui me fit m'empourprer de plus belle.

— À plus, Jo, me lança Peetie avec un signe de tête.

Nate décocha un coup de poing à l'épaule de Cam.

— Fais gaffe à ces talons, conseilla-t-il. Ça peut faire mal.

Je gémis d'un air mortifié, tandis que Cam éclatait de rire.

— Sortez couverts, reprit-il avec un clin d'œil. Amusez-vous bien, les enfants.

Dès qu'il eut refermé la porte derrière lui, je lançai à Cam un regard assassin.

— On ne va pas coucher ensemble.

Sa mâchoire sembla sur le point de se décrocher.

— Pourquoi pas ? Je les ai foutus dehors. On a deux heures devant nous de sexe ininterrompu.

— Ouais, mais maintenant, ils s'en doutent.

— Qu'est-ce que ça change ?

— Je ne sais pas trop. Mais ça change quelque chose.

Il bascula la tête de côté.

— C'est de la logique toute féminine. Il me faudrait le mode d'emploi.

— Et si on invitait Peetie et Lyn à dîner ?

— D'accord, c'est peut-être de la logique Jo-esque.

Cam ricana de me voir ainsi sauter du coq à l'âne.

Je haussai les épaules et me dirigeai vers la cheminée pour aller observer un cadre photo montrant la bande de garçons déguisés en superhéros pour Halloween. Cam était en Batman. *Évidemment.*

— Je me disais juste que ce serait sympa que j'apprenne à connaître un peu mieux tes amis. Ils sont comme des frères, pour toi.

— Ouais, c'est une bonne idée. Je lui en toucherai deux mots.

— Je te proposerais bien d'inviter Nate, mais venir dîner chez des amis avec une cavalière doit être contraire aux signaux qu'il aime envoyer à ses… compagnes.

Cam grogna son assentiment.

— C'est pas faux.

Je fronçai les sourcils en observant Nate dans sa tenue d'Iron Man. Il était vraiment beau garçon. Et il avait un petit quelque chose de spécial, derrière toutes ses fanfaronnades. Cela se voyait dans ses yeux. Ils étaient doux.

— Il est réellement allergique à toute forme de relation ? Si oui, c'est vraiment dommage. (Je pivotai vers Cam pour lui sourire tendrement.) Il a l'air sympa, pourtant.

— C'est le cas, confirma Cam, soudain très sérieux. Mais… il a perdu quelqu'un.

Je ressentis un pincement au cœur en comprenant ce que cela signifiait.

— Une copine ?

Je me rendis alors compte que, quoi qu'il se fût passé, cela n'avait pas non plus laissé Cam indifférent.

— C'est arrivé il y a un bon moment, mais ça l'a vraiment transformé.

Stupéfaite, je secouai la tête avant d'observer de nouveau le Nate souriant de la photo.

— On ne sait jamais quelles épreuves les gens affrontent, pas vrai ? On est tellement forts pour cacher nos émotions…

— Toi la première.

Ouais, je ne risquais pas de lui donner tort.

Je m'égarai un instant dans la contemplation de cette photo, éprouvant soudain une profonde compassion pour Nate et cet amour qui lui avait été arraché. Je n'entendis donc pas Cam se déplacer, jusqu'à le sentir juste derrière moi. Sa chaleur, son odeur m'extirpèrent de mes pensées mélancoliques et je lâchai le cadre pour me concentrer tout entière sur son approche.

Il posa un bref instant ses mains sur mes hanches et cela suffit à me provoquer un frémissement d'excitation dans le bas du ventre. Ses doigts puissants s'enroulèrent autour de mon sweat, qu'il entreprit lentement de remonter. Je levai les bras pour lui faciliter la tâche ; seuls les bruissements du tissu et nos souffles légers venaient rompre le silence de la pièce. Bientôt, la fraîcheur de l'air couvrit ma peau de chair de poule.

Je frissonnai et laissai lentement retomber mes bras, tandis que mon pull rejoignait le sol.

La main chaude de Cam me caressa délicatement le dos, faisant basculer par-dessus mon épaule les cheveux qui y cascadaient. Ses doigts tendres suivirent ensuite la bretelle de mon soutien-gorge le long de mon épaule, puis coulissèrent à l'horizontale.

Après un léger pincement, mon soutif se détacha et glissa par terre, à peine encouragé par le geste de Cam. Un nouveau frisson me parcourut le dos et mes tétons se durcirent d'excitation. Je m'agitai inconfortablement, sentant ma culotte déjà humide frotter contre mon entrejambe.

Il me tortura encore de son toucher habile, ses doigts adroits visitant ma taille, mes côtes, la courbure de mes seins. Il ne répondit pas à ma supplique silencieuse et cessa son exploration en bas de mon ventre, à la lisière de ma jupe.

Puis il se rapprocha d'un pas, afin de venir se plaquer contre moi. Il passa ensuite les pouces sous le tissu de mes vêtements et fit tomber l'ensemble. Au lieu de tout laisser choir, il accompagna le mouvement en apposant ses paumes sur mes habits pour les coller à mes jambes, tout en m'effleurant la peau du bout des doigts. Il se retrouva bientôt accroupi, tandis que ses mains vagabondes longeaient l'extérieur de mes cuisses, de mes genoux, de mes mollets, avant d'atterrir finalement à mes chevilles.

Tout en m'efforçant de respirer normalement, je fis un pas de côté pour me libérer de ces vêtements qui m'entravaient les pieds. Une vague de chaleur remonta le long de mon dos quand il se releva.

Il me caressa les fesses, et je serais tombée dans l'âtre s'il ne m'avait pas passé un bras autour de la taille pour me retenir. Quelque chose de dur appuyait contre ma croupe et je n'eus pas besoin d'entendre son souffle saccadé pour deviner de quoi il s'agissait.

Ses lèvres chaudes se refermèrent sur mon épaule ; puis son bras disparut, mais pas sa chaleur.

Le bruit d'une braguette que l'on abaisse me fit languir de désir et mon soupir rauque vint rompre le silence. Je perçus un nouveau froufrou de vêtements avant d'apercevoir du coin de l'œil son tee-shirt gagner le sol. Bientôt, je ne sentis plus le contact rêche du jean, immédiatement remplacé par la brûlure nue et palpitante de son érection parcourant la courbure de mes fesses.

Puis cela disparut également.

Surprise, je jetai un coup d'œil par-dessus mon épaule et baissai les yeux jusqu'au tapis placé devant la cheminée. Nu comme au premier jour, au garde-à-vous, Cam me considérait par en dessous avec ses yeux de braise. Il était allongé là, les genoux remontés, les bras le long du corps, les paumes à plat sur le sol.

Il tendit une main vers moi sans prononcer un mot et je me retournai pour m'en saisir. Je pris position audessus de lui, les jambes tremblantes, les joues rouges, et je restai debout, les pieds de part et d'autre de ses hanches, parfaitement vulnérable et ouverte.

Cam me tira sur la main et je suivis le mouvement, me mettant lentement à genoux. Cam se saisit de son membre érigé et l'orienta vers mon entrecuisse, et tandis que je continuais ma descente, il coulissa en moi avec une satisfaction qui nous arracha un hoquet à tous les deux. Je m'appuyai à ses épaules pour remonter un peu, le frottement délicieux me provoquant un remous d'excitation dans le bas-ventre. J'entrouvris les lèvres d'extase et rivai mes yeux à ceux de Cam tout en me mettant à onduler autour du va-et-vient idéalement rythmé qu'il imposait.

Voir le plaisir croître dans ses yeux était quelque chose d'intense. Ma peau me brûlait et j'essayai d'accélérer le mouvement pour atteindre plus vite l'orgasme, mais Cam me força à ralentir, m'agrippant les hanches pour endiguer mes manœuvres. Il scrutait mon visage, en absorbait les moindres détails, me mettant encore plus à nu que je ne l'étais déjà.

Je secouai la tête, lui enjoignant silencieusement d'arrêter. Son étreinte se raffermit. Je ne pouvais pas me détourner. Je voulais pourtant regarder ailleurs. C'était si fort. Trop fort. Quand les larmes me piquèrent les yeux, je me penchai en avant, écrasant mes seins contre son torse, enroulant mes bras autour de son cou, plongeant mes lèvres dans sa tignasse tout en le chevauchant avec une lenteur délibérée.

Il me força à me redresser en me tirant doucement par les cheveux. Une chaleur chaude et humide captura mon téton quand il le prit en bouche, tandis que sa main gauche me pétrissait l'autre sein, en pinçant l'extrémité entre l'index et le pouce. Un cri m'échappa lorsqu'une décharge de plaisir naquit entre mes jambes et je m'agrippai à sa nuque pour forcer le rythme, qu'il le veuille ou non.

Sa bouche se déplaça, multipliant les baisers, et je m'écroulai à nouveau sur lui, en réclamant davantage. Il gémit contre ma peau, enfonçant ses doigts dans les muscles de mon dos.

— Cameron, soufflai-je alors que la tension s'accumulait. Ça vient. Ça vient…

Je le tirai légèrement par les cheveux pour le forcer à redresser la tête afin de l'embrasser pendant l'orgasme. Mes lèvres trouvèrent les siennes et nos langues se mêlèrent dans le plus érotique des baisers.

L'extase me rattrapa alors. Je jouis avec un cri étouffé et mes muscles se contractèrent momentanément autour de lui, mon sexe comprimant sa verge, tandis que des vagues de plaisir convulsif me submergeaient les unes après les autres. Je m'étalai sur lui de tout mon long, mon front sur son épaule, tandis qu'il dispensait d'ultimes coups de reins en se répandant en moi. Son grognement rauque à mon oreille fit à nouveau palpiter mon vagin.

Nous restâmes ainsi de longues minutes, nos membres entremêlés.

Sans piper mot.

Parler était inutile.

Cam poussa un grognement.

— Il faut que je parte dans une heure.

Nous étions toujours allongés sur le tapis, recouverts du plaid en fausse fourrure que Becca lui avait offert pour son emménagement. J'avais la tête sur son torse, les jambes entremêlées aux siennes, tandis qu'il me massait le cuir chevelu.

— Aux chiottes le travail, dis-je avec une petite moue, tout en traçant les fioritures tatouées sur son bras droit.

— Je suis bien d'accord. Je pourrais rester ici toute la vie.

Je souris, aux anges.

— Tu sais, la seule chose qui pourrait rendre la situation plus parfaite serait qu'un bon feu brûle dans la cheminée.

Il pouffa doucement.

— La prochaine fois, j'allumerai des bougies.

— Ce serait génial. On t'a déjà dit que tu étais un grand romantique ?

— Nan. C'est clairement la première fois qu'on me fait ce compliment.

Surprise, je relevai la tête pour l'observer bien en face.

— Sérieux ?

— Sérieux. (Ses lèvres furent prises d'un tic nerveux.) Tu me trouves vraiment romantique ? Ma belle, ça en dit long sur les connards que tu as fréquentés.

Je lui souris plus largement.

— Eh bien, oui, ça t'arrive.

Il me serra affectueusement l'épaule, tout en me considérant d'un air très tendre.

— Avec toi, c'est si facile.

— Tu vois ! m'exclamai-je, les prunelles luisant de contentement. Ça, c'était romantique.

— Ah bon ?

— Carrément. Tu devais bien l'être aussi avec tes ex.

Oh, bon Dieu, pourquoi avait-il fallu que je pose cette question ? Tenais-je réellement à ce qu'il me parle de ses ex ?

Par chance, il éluda la question. Malheureusement, il le fit en m'interrogeant à son tour.

— Est-ce que Malcolm était romantique ? Ou ce Callum ?

Il m'avait interrogée avec une certaine angoisse, j'avais donc intérêt à lui répondre avec précaution. Mais avec honnêteté.

— Callum l'était souvent. Des cœurs, des fleurs, des conneries dans le genre.

— Des conneries dans le genre ? grommela-t-il.

Je haussai les épaules, assumant pleinement cette passade maintenant que j'avais trouvé des bras dans lesquels m'abandonner réellement.

— Avec du recul, ce n'était pas très sincère. On est sortis ensemble pendant deux ans. Il a rencontré Cole plusieurs fois. Mais jamais ma mère. Je le voyais un week-end sur deux, dans la mesure du possible. Il m'envoyait des fleurs, m'offrait de jolis cadeaux et il sortait le grand jeu pour la Saint-Valentin. Il m'a présenté ses parents, mais je ne savais presque rien d'eux. On traînait avec ses potes, que je connaissais encore moins. Je ne suis même pas sûre que je le connaissais vraiment, *lui*. Je suis en revanche certaine qu'il ignorait qui j'étais en réalité. Alors ouais... des conneries dans le genre. Je préfère largement me faire prendre contre un bureau par un mec qui sait exactement dans quoi il met les pieds – entre autres –, à recevoir des fleurs ou des chocolats tous les matins.

J'épiais la réaction de Cam, qui souriait jusqu'aux oreilles.

— Je crois que j'ai une bonne influence sur toi, Johanna Walker.

Je lui souris en retour.

— Je le crois aussi.

Il frotta son mollet contre le mien et m'étreignit.

— Et Malcolm ?

— Ça dépendait. Là encore, je ne savais pas grand-chose de lui, ce qui semblait lui convenir. Je savais qu'il était divorcé, que sa mère était décédée, mais son père toujours vivant. Il était très proche de son frère, mais apparemment pas assez pour me le présenter. Il était loin de me connaître aussi bien qu'il aimait à le croire, mais… c'est un vrai gentleman.

Je sentis Cam se contracter un instant avant de souffler longuement entre ses lèvres pincées.

— Tu tenais à lui.

Après l'avoir rassuré d'un baiser sur le torse, je hochai la tête en signe d'acquiescement.

Le silence nous enveloppa de nouveau, un silence empli de mots contenus, d'une émotion qui saturait l'air. Comprenant ce que cela signifiait, je sentis ma poitrine se contracter. Pour m'empêcher de prononcer trop tôt des paroles irrévocables, je posais bêtement une question à laquelle je ne voulais surtout pas connaître la réponse :

— Tu as déjà été amoureux ?

Je tâchai de ne pas réagir à son profond soupir. Et quand il répondit simplement « Oui », je craignis d'être malade.

C'était débile, bien sûr, d'en avoir mal au cœur à ce point, de sentir mon ventre se nouer et mon esprit hurler *Nooon !!!* mais je n'y pouvais rien. Cameron avait connu l'amour.

Je me concentrai pour m'assurer de parler d'une voix ferme, pris une longue inspiration et insistai :

— Quand ? Et de qui ?

— Tu tiens vraiment à le savoir ? repartit-il d'un ton bourru.

— Si tu veux bien me le dire, oui.

— D'accord, déclara-t-il tendrement en me caressant le bras. C'était il y a bien longtemps. Je l'ai rencontrée il y a dix ans, quand j'en avais dix-huit. Elle s'appelait Blair, et c'était lors de notre premier semestre à la fac.

Blair.

Et il l'avait aimée.

J'envisageais déjà quelque grande beauté ténébreuse, aux yeux intelligents et à la parfaite maîtrise d'elle-même, un peu comme Joss. Je repoussai ces images.

— Qu'est-ce qui s'est passé ?

— On est sortis ensemble pendant trois ans et demi. Je pensais qu'on allait se fiancer, acheter une maison, se marier, avoir plein d'enfants… Je croyais que c'était la bonne.

J'avais l'impression qu'il m'enfonçait un couteau dans le flanc. Je m'efforçais de rester immobile, de ravaler l'intense jalousie et la puissante douleur que ses révélations me provoquaient.

— Et puis on lui a proposé un stage dans une fac en France, pour qu'elle valide son troisième cycle en littérature française. J'ai donc rompu. J'ai rompu avec elle avant qu'elle rompe avec moi, parce que je savais qu'elle choisirait la France et qu'elle savait que je ne quitterais jamais l'Écosse. Je ne pouvais pas laisser mes parents derrière moi ni même Nate et Peetie. Elle allait de toute façon me plaquer, je lui ai donc facilité la tâche.

Sa confession sous-entendait tant de choses que ma gorge se serra d'angoisse. Je ne pipai mot, me contentant de refermer ma main autour de la sienne en attendant que la douleur se dissolve.

Cela n'arriva pas.

Un peu plus tard, nous prîmes notre douche ensemble, puis Cam partit travailler au bar. Je me retrouvai à remonter chez moi dans un état d'abattement total. J'avais essayé de m'arracher à mon humeur sinistre en lui adressant nombre de sourires et de baisers, en me serinant qu'il ne m'avait pas une fois donné lieu de penser qu'il n'était pas totalement investi dans notre relation, qu'il ne ressentait pas la même chose que moi quand nous étions ensemble.

Je m'en étais presque convaincue avant d'arriver chez moi, mais après avoir refermé la porte, je me retrouvai face à face avec ma mère. Elle chancelait sur ses pieds nus, sa chemise de nuit pendant telle une toile sur sa silhouette squelettique. Son regard dans le vague et son équilibre précaire m'indiquèrent qu'elle n'y était pas allée de main morte sur la bouteille. Ce jour-là, elle était déterminée à en découdre.

— Où qu't'étais ?

Pas d'humeur à lui parler, je répliquai de façon laconique :

— Avec Cam.

Puis je la dépassai pour me rendre dans ma chambre.

— Où qu'l'est ?

Supposant qu'elle me demandait où il était parti, je lui répondis par-dessus mon épaule :

— Au boulot.

— L'bar, se moqua-t-elle. Sacré toquard, hein ?

Puisque je travaillais également au *Club 39*, je tentai de ne pas le prendre personnellement.

— En réalité, il est graphiste, maman.

— Pff, un connard snobinard, hein ? (Elle ricana dans sa barbe en se tournant vers la cuisine.) Me d'mande bien c'qui fout avec toi.

Je me figeai.

— Va s'lasser d'toi, gamine. Trop bête pour lui.

J'enfilai le couloir à reculons et partis m'enfermer dans la salle de bains, de nouveau rongée par le doute. Mes incertitudes ressemblaient beaucoup aux élucubrations de ma mère quand elle était ivre.

Mais elle avait raison, non ?

Cam avait été amoureux d'une fille intelligente et intéressante, qui s'était envolée pour le continent pour valider un troisième cycle en littérature française.

En somme, tout l'inverse de moi.

Pis encore, il n'avait pas mis un terme à la relation parce qu'il avait cessé de l'aimer.

Mais à cause de ses propres problèmes liés au délaissement.

Je me regardai dans le miroir en quête de quelque chose, quelque chose d'intéressant, quelque chose d'unique, quelque chose qui pourrait pousser quelqu'un comme Cam à avoir besoin de moi.

Je ne trouvai rien.

Un sanglot me monta dans la gorge et je laissai les larmes s'écouler.

Aujourd'hui, j'étais tombée amoureuse de Cameron MacCabe. Mais comment pouvais-je espérer qu'il m'aime en retour alors que je ne m'estimais pas digne de l'être ?

19

— J'ai fait des pancakes ! annonça joyeusement Helena MacCabe en tendant le bras vers l'assiette de son mari.

Je m'empressai d'empiler la mienne sur celles de Cole et de Cameron.

— Je vais vous aider, déclarai-je avec un sourire poli.

Helena et Anderson MacCabe s'étaient montrés on ne peut plus avenants et amicaux avec Cole et moi depuis notre arrivée la veille ; pourtant, je n'arrivais toujours pas à me départir de ma nervosité.

Pas uniquement parce qu'il s'agissait des parents de mon petit ami et que je voulais faire bonne impression, mais parce qu'il s'agissait des parents de *Cam*, ses parents qu'il adorait et que j'espérais qu'ils me jugeraient digne de leur fils.

La semaine précédente avait été étrange. Les premiers jours, je m'étais sentie inquiète et mal dans ma peau à cause des révélations de Cam sur cette Blair, apparemment si extraordinaire. Mais puisqu'il passait tout son temps libre avec moi et se montrait même tendre quand nous étions au bar – manifestement incapable de ne pas me toucher pendant plus de cinq secondes –, mes doutes avaient commencé à s'estomper, jusqu'à disparaître presque complètement.

Alors que le samedi approchait, et que Cole et moi nous préparions à passer la nuit à Longniddry, je me sentais de plus en plus nerveuse à l'idée de rencontrer les parents de Cam. Je lui fis part de mon angoisse, et il trouva cela adorable. Apparemment, il ne doutait pas un instant qu'ils m'apprécieraient.

Malcolm non plus.

Nous continuions à nous écrire des SMS et, le mercredi, il m'avait même appelée pour discuter, pour la première fois depuis notre rupture. Ça m'avait d'abord semblé bizarre, mais la tension s'était apaisée dès l'instant où il m'avait annoncé avoir rencontré quelqu'un. Elle était plus âgée que moi et avait déjà une gamine, avec laquelle il se sentait légèrement dépassé. Je lui conseillai de gâter sa mère pour se la mettre dans la poche. Il me recommanda d'être moi-même pour mettre les parents de Cam dans la mienne. J'avais raccroché en me demandant de quelle « moi-même » il parlait, puisque je ne pensais pas lui avoir jamais présenté ma véritable personnalité.

Le samedi matin, Cam avait loué une voiture pour faire la route et, bientôt, nous roulions sur la rue principale de Longniddry, longeant les pavillons pittoresques aux briques couleur sable et aux toits d'ardoise rouge. Nous passâmes également devant le pub local, qui semblait bien fréquenté, mais dont je n'eus guère le temps de profiter. C'était une fraîche journée de printemps, le soleil perçait, et le petit village était relativement animé. Moi ? J'étais fort occupée à me mordiller les lèvres. En dépit des propos rassurants de Cam et de Malcolm, de mini-versions de moi couraient en rond en flippant dans mon ventre. Je les sentais me balancer des coups de pied en hurlant.

Nous avions tourné à gauche à un rond-point et Cam m'avait désigné l'imposant corps de garde de pierre rouge protégeant la maison Gosford, tout en me récitant certaines anecdotes que lui avait contées son père à ce sujet. Cole lui avait répondu, j'en avais donc déduit qu'il écoutait avec attention. De mon côté, j'essayais simplement de ne pas vomir.

Quand nous nous étions garés dans un lotissement bien entretenu, devant une maison de taille moyenne blanchie à la chaux, j'avais tout bonnement cessé de respirer. Cam s'était moqué de moi et m'avait adressé un rapide baiser avant de nous faire sortir de la voiture et entrer chez ses parents.

Et, jusqu'à présent, ceux-ci s'étaient montrés adorables. Helena – ou Lena, ainsi qu'elle préférait qu'on l'appelle – était chaleureuse, gentille et moqueuse ; Anderson – Andy – était calme, amical et sincèrement intéressé par Cole et moi. Leur chien, Bryn, était un petit épagneul de quatorze mois qui tomba immédiatement sous le charme de mon petit frère, et réciproquement.

Nous étions tous allés déjeuner à l'auberge locale, où nous avions discuté du travail – le mien, celui de Cam, le leur, ainsi que le talent manifeste de Cole pour l'écriture et le dessin. Je compris que Cam avait dû leur glisser quelque information sur maman, car ils s'étaient appliqués à éviter le sujet avec délicatesse. Bizarrement, je me fichais qu'ils soient au courant. Cam était manifestement proche d'eux et avait l'habitude de partager beaucoup de choses de son quotidien. Si cela nous incluait, moi et ma vie, cela ne pouvait être que de bon augure pour la suite de notre relation.

Ce soir-là, nous avions regardé un peu la télé avec eux, et Cole s'était laissé happer par le documentaire historique qu'Andy suivait avec assiduité, complètement fasciné par sa grande connaissance en la matière. Il l'avait écouté assidûment, tout en torturant un Bryn ravi de se voir accorder autant d'attention. Je m'étais installée dans la cuisine avec Cam et sa mère, qui avait sorti des vieilles photos de bébé devant lesquelles je m'étais tordue de rire. Le Cam préadolescent avait eu une drôle de tête. C'était tellement mignon.

Tout était si normal.

Si parfaitement ordinaire.

Si merveilleux.

Au moment d'aller au lit, Cole s'était installé sur le canapé, et Cam et moi dans son ancienne chambre. Celle-ci n'avait pas bougé depuis son adolescence : les murs étaient tapissés de groupes plus jeunes d'une décennie, de photos découpées dans des magazines de cinéma et de dessins qu'il avait lui-même réalisés. À l'instar des croquis qu'il faisait toujours, ceux-ci consistaient en de petits personnages caricaturaux. Il les mettait toujours dans des situations parfaitement incompatibles avec leur apparence physique. J'avais réussi à récupérer l'un des gribouillages qu'il avait effectués sur une serviette au bar. Il s'agissait d'un mercenaire – un dur de dur, aux muscles saillants, un bandana sur la tête, vêtu d'une veste en cuir et de bottes de moto, équipé de chaînes, de ceintures à munitions, de flingues rangés dans leur étui et d'un couteau sanglé à son mollet. Il tenait à la main une grosse boîte de chocolats en forme de cœur, dans laquelle il piochait avec un grand sourire benêt et rêveur. Je m'en servais désormais comme marque-page.

J'adorais la personnalité enfantine que trahissait la déco. Et j'avais moi-même eu l'impression de rajeunir de quelques années quand nous avions commencé à nous bécoter sur son lit. J'y avais heureusement mis un terme avant que cela n'aille trop loin, car je refusais de faire l'amour sous le toit de ses parents. Cela ne lui avait pas plu, mais, étant donné que son sommier devait être celui qui grinçait le plus de toute la planète, je ne l'avais pas laissé infléchir ma position.

M'endormir lovée dans ses bras avait cependant été particulièrement agréable. Doux. Presque émouvant. Rassurant.

Je m'étais réveillée de bonne humeur, l'odeur du petit déjeuner venant me chatouiller les narines.

Après nous avoir gavés, notamment de délicieux beignets de haggis, Lena semblait résolue à nous achever. Surtout moi. Pour leur part, les garçons semblaient complètement à l'aise avec l'idée de s'empiffrer de quelques pancakes.

— Je pense que je vais passer mon tour, dis-je à Lena avec une moue amusée. Je crains d'exploser.

— Ne dis pas de bêtise. (Elle me sourit en déposant les assiettes près de l'évier.) Si tu peux manger autant que tu veux sans jamais prendre un gramme, alors profites-en.

Ravie du compliment, je rinçai rapidement la vaisselle avant de la mettre dans la machine. Le temps que je me retourne, Lena avait déjà empilé un tas de pancakes sur deux autres assiettes.

— Attrape les sirops, me dit-elle en me désignant les bouteilles de mélasse et de coulis de chocolat.

Nous retournâmes nous asseoir à la salle à manger, et j'observai tout le monde se servir sans prêter attention à Bryn, qui courait d'une chaise à l'autre en espérant que quelqu'un ferait tomber quelques miettes. Je pris un pancake par pure politesse, en déchirai un morceau et le fis discrètement pendouiller sous la table. Une langue râpeuse s'en empara avant de me lécher copieusement les doigts. Je tendis immédiatement la main vers les serviettes en papier disposées au milieu de la table, feignant de ne pas remarquer le sourire entendu de Cam.

— Cam nous disait qu'il avait postulé pour un boulot de graphiste, dit Andy à Lena tandis qu'elle attaquait son assiette.

— Oh, c'est très bien, mon fils. Dans quelle entreprise ?

— C'est pour un site Web, répliqua Cam après avoir avalé sa bouchée. Ce n'est pas tellement mieux payé que le bar, mais au moins, je ferais ce qui me plaît.

— Et c'est toujours mieux que de devoir aller jusqu'à Glasgow ou de déménager dans le Sud, renchéris-je avec un pincement à la poitrine en l'imaginant quitter Édimbourg.

— C'est vrai, admit Lena.

— Je ne déménagerai pas, nous rassura Cam.

Il tentait surtout de *me* rassurer, en dardant sur moi un regard bleu chaleureux que je trouvai extrêmement gênant devant ses parents.

— J'aime bien trop mes voisins, précisa-t-il.

Je rougis en souriant.

— Oh, mec, marmonna Cole en secouant la tête.

— Comment ça, mec ? s'offusqua Cam, outré que Cole puisse ne pas le trouver cool. C'est comme ça que ça marche, mon pote.

— Ouais, opina Andy en aspergeant son pancake de sirop. (Il décocha un clin d'œil à son épouse.) Il a appris auprès du meilleur.

Avant de reprendre la route, nous décidâmes d'emmener Bryn sur la plage. Celle-ci était loin d'être parfaite. Typique de son environnement, elle était couverte de galets, de moules, d'algues poisseuses et de mouettes. Bryn s'élança immédiatement après ces dernières, plongeant dans l'eau sans se soucier du froid, la langue pendant de ravissement. La chienne était si mignonne qu'elle pensait que les oiseaux jouaient avec elle, alors qu'ils ne remarquaient sa présence que quand elle se mettait à japper pour leur dire bonjour, ce qui les effrayait suffisamment pour les pousser à s'envoler plus loin. Un peu à l'instar de ce que Braden avait dû penser de moi à notre première rencontre. Je lui avais sauté dessus comme une idiote, tellement déterminée à mettre le grappin sur l'homme idéal que je ne m'étais même pas rendu compte qu'il n'avait d'yeux que pour Joss.

Tandis que je marchais au côté d'Andy, loin derrière Lena, Cole et Cam, qui jouaient avec le chien, je me demandais qui était cette personne qui s'était comportée comme une imbécile. Je ne la reconnaissais plus, et je ne voulais plus jamais la revoir.

Grâce à Cam, je ne pensais pas qu'elle puisse un jour resurgir.

— Il est heureux, déclara soudain Andy, à voix suffisamment basse pour que le vent qui me battait les cheveux et me mordait les joues ne la fasse pas porter trop loin.

Je me passai une mèche derrière l'oreille en lui adressant un regard interrogateur.

— Cameron ?

Il acquiesça avec un sourire étonnamment chargé d'une affection qui se lut jusque dans ses yeux.

— À la manière dont il parlait de toi au téléphone, j'ai compris que tu étais différente. Et maintenant que je t'ai rencontrée, que je vous ai vus ensemble, je sais.

Surprise, je ralentis le pas tandis que les battements de mon cœur s'accéléraient.

— Qu'est-ce que vous savez ?

— Mon fils a toujours été quelqu'un de secret. Il a sa famille, ainsi que Nathaniel et Gregor, et ça lui a toujours suffi. Il a eu plusieurs petites copines, évidemment, dont certaines de qui il a été proche, mais il s'est toujours contenté de son cercle d'intimes, les en excluant sans même s'en rendre compte. (Andy sourit de nouveau, les yeux rivés sur son fils, qui marchait en tenant joyeusement sa mère par les épaules.) Mais pas toi. Toi, il t'a incluse. Et Cameron est... eh bien, je ne pense pas l'avoir déjà vu si heureux.

Mon cœur manqua un battement et je cessai brièvement de respirer en observant Cam, adorant sa façon de se mouvoir, puissant, à l'aise avec son corps, confiant. Sans parler de son contact facile avec les gens, de sa faculté à dire ce qu'il pensait sans se soucier du regard des autres.

— Vraiment ?

— Ouaip. (Andy me décocha un petit coup d'épaule, une habitude que Cameron avait sans doute inconsciemment héritée de lui.) Je suis heureux qu'il t'ait rencontrée, Johanna.

La tension qui pesait encore sur moi se volatilisa d'un seul coup et je me détendis complètement.

— Moi aussi, chuchotai-je, incapable de dissimuler mes sentiments.

Avant qu'Andy puisse me poser la question qui, manifestement, le tarabustait, mon téléphone se mit à sonner. Je m'excusai en le sortant de la poche de ma veste. C'était Joss.

Mon cœur s'arrêta de battre.

Maman ?

— Allô ? répondis-je à court de souffle.

— Salut, toi.

La voix de Joss était basse, mal assurée.

J'en eus un haut-le-cœur.

— Tout va bien ? Maman va bien ?

— Oh, oui, s'empressa-t-elle de me rassurer. En fait, je t'appelle pour t'annoncer quelque chose.

Cela me parut légèrement inquiétant.

— Quelque chose ?

— Eh bien... Braden m'a demandée en mariage hier.

QUOI ?

— Oh, mon Dieu.

— Et j'ai dit oui.

— Quoi ?

J'éclatai d'un rire franc, entendant son ricanement rauque et évidemment ravi à l'autre bout du fil.

— Je suis tellement heureuse pour toi ! Félicitations, poulette. Et dis à Braden qu'il était presque temps !

Son rire me réchauffa le cœur.

— Je n'y manquerai pas. Écoute, Ellie me fait peur, elle est déjà en train de préparer une fête de fiançailles, alors, euh, on en discutera à ton retour. J'espère que le week-end « rencontre des parents » s'est bien passé.

— Très bien. Mais pas aussi bien que le tien, on dirait.

— Ouais. En fait, il a mis un chauffeur de taxi dans la confidence, et il m'a fait sa déclaration à Bruntsfield, dans la voiture, à l'endroit même où nous nous sommes rencontrés. Il a sorti une bague, m'a dit qu'il m'aimait et qu'il essaierait de ne pas tout foutre en l'air si j'essayais de ne pas tout foutre en l'air, alors je n'ai pas pu dire non.

Je m'étranglai de rire.

— En effet. C'était la demande idéale pour toi.

Sa voix s'atténua.

— Ouais, j'imagine.

— Je suis sincèrement heureuse pour vous.

— Merci, Jo. On se voit bientôt ?

— Bientôt.

Nous raccrochâmes et Andy me considéra en haussant les sourcils.

— De bonnes nouvelles ?

J'opinai.

— Ma meilleure amie vient de se fiancer. Elle-même n'a pas de famille, alors c'est inespéré.

Les larmes me montèrent soudain aux yeux, quand j'envisageai tout ce que Joss allait gagner d'un coup, et je me mis à rire bêtement, des sanglots dans la gorge.

— Qu'est-ce qui se passe ? demanda Cam en s'approchant, la mine sombre. Qu'est-ce que tu as ?

— Rien du tout. (Je lui adressai un sourire maladroit et lui montrai mon téléphone.) C'était Joss. Braden et elle viennent de se fiancer.

Cam sourit et me passa un bras autour du cou pour m'attirer contre lui.

— Viens ici, ma bécasse. Ce vent glacial va sécher tes larmes.

Je me blottis contre lui.

— Tu ne trouves pas que c'est une super nouvelle ?

Il hocha du chef, plantant son regard dans le mien.

— C'est génial. C'est une fille bien, elle mérite d'être heureuse.

Dieu qu'il pouvait être adorable.

— Et Braden est un brave type. Il va falloir que je lui paie une bière, un de ces quatre.

Andy grommela dans son coin.

— Une pinte pour un soldat s'en allant en guerre.

Les épaules de Cam tressautèrent.

— Exactement.

— Pour un général dominant son champ de bataille avec pour seule arme la logique, face à un adversaire imprévisible.

— Ouaip.

— Pour un preux chevalier s'apprêtant à franchir l'entrée de la caverne du dragon.

— Carrément.

— Pour...

— Ça va, ça va, les comiques, les interrompis-je. Quel intérêt de sécher mes larmes au vent pour que les MacCabe me fassent pleurer de rire avec leur numéro ?

Andy darda sur moi un sourire malicieux, puis se tourna vers son fils alors que nous rejoignions Cole, Lena et Bryn.

— Celle-là, tu n'as pas intérêt à la laisser filer, fiston.

20

— Bonjour, merveille.

Une voix grave et familière me fit relever la tête de la lettre que je glissais dans une enveloppe.

Découvrant Malcolm debout sur le seuil de la salle d'attente de M. Meikle, je souris. Mon cœur s'accéléra quelque peu quand il en fit de même. Comme à son habitude, il était vêtu d'un costume sur mesure des plus raffinés.

— Malcolm, l'accueillis-je chaleureusement.

Ses prunelles sombres s'illuminèrent quand il entra dans la pièce avec la plus grande décontraction et approcha vers moi.

— Je suis content de te revoir.

Je restai un instant assise, très mal à l'aise, le temps de déterminer quelle réaction serait la plus appropriée. Malcolm s'arrêta de l'autre côté de mon bureau, haussant les sourcils d'un air interrogateur.

Après avoir vu son nom sur la liste des rendez-vous du jour, j'avais commencé à avoir des nœuds à l'estomac. Nous avions certes échangé quelques SMS, mais ce serait notre première rencontre depuis la rupture. Et à présent qu'il se trouvait juste devant moi, je ne savais plus comment me comporter.

Je repoussai ma chaise avec un petit rire nerveux et contournai ma table de travail pour aller l'embrasser. Il me serra puissamment dans ses bras et je lui rendis son étreinte, surprise d'être si heureuse de le voir. Je dus cependant m'écarter quand ses mains se mirent à glisser lentement vers le bas de mon dos. Je rougis d'avoir laissé Malcolm me toucher d'une façon plus qu'amicale.

Quinze jours s'étaient écoulés depuis que j'avais rencontré les parents de Cam et nous sortions désormais ensemble depuis un peu plus de six semaines. Bizarrement, cela me paraissait un laps de temps très long. Suffisamment long pour que je sache qu'il s'agissait du genre de contact qui rendrait mon petit ami furieux.

— Tu as bonne mine, déclarai-je d'un ton enjoué pour compenser le fait d'avoir rompu notre embrassade si brusquement.

— Toi aussi. J'en déduis que tu vas bien ?

J'opinai et retournai m'asseoir, le scrutant avec intérêt.

— Et toi ?

— Oui. Ça va. Tu me connais.

— Et comment va ta jeune mère célibataire ?

Il partit d'un petit rire sec.

— Ah, c'est fini. Ça n'a pas collé.

— Oh, navrée de l'entendre.

— Et Cameron ?

Je m'empourprai de nouveau et me forçai à ne pas détourner les yeux.

— Ça va.

Malcolm fronça les sourcils.

— Il prend toujours bien soin de toi ?

— Oui.

— Tant mieux. (Il sifflota en observant la pièce, sans doute pour se donner un aspect détendu.) J'imagine qu'il a rencontré Cole et ta mère ?

Merde. Une nouvelle vague menaça de m'engloutir et je me retrouvai à étrangler ma réponse. Soudain, je craignis qu'en lui disant la vérité – à savoir que Cam en savait déjà plus sur moi que lui – je lui assène un nouveau coup de poignard.

Mon silence lui servit de réponse. Il me dévisagea avec un air abattu.

— Je prends ça pour un oui.

— Malcolm ! s'exclama M. Meikle en ouvrant soudainement la porte de son bureau. Joanne ne m'a pas prévenu de votre arrivée. Entrez, entrez.

C'était bien la première fois que j'appréciais la rudesse de mon employeur. Il venait de m'épargner la peine de réagir à la mine chagrinée de Malcolm.

Durant tout le temps que celui-ci passa enfermé dans le bureau de mon patron, j'en surveillai la porte en me mordillant la lèvre ; ma jambe tressautait machinalement tandis que j'attendais de le voir ressortir. Je consacrai les vingt minutes de leur entretien à me préparer à sa réaction, mais au final il quitta les lieux en m'adressant un sourire désinvolte et en me promettant de m'appeler bientôt.

Je m'effondrai dans mon fauteuil, alors que la tension retombait.

— Johanna.

Je me retournai brusquement, aussi surprise par le fait que M. Meikle ne se soit pas trompé dans mon prénom que par son ton plus méprisant que jamais. Il était debout dans l'encadrement de sa porte et dardait sur moi un regard mauvais, une expression d'incrédulité plaquée sur le visage.

— Monsieur ?

— Vous avez rompu avec Malcolm Hendry ?

Je m'enfonçai les ongles dans mes paumes, tant à cause du caractère personnel de sa question que de la trahison de Malcolm.

— Oui, monsieur.

— Pauvre idiote.

Il secoua la tête, semblant presque désolé pour moi. Mon cœur s'accéléra en prévision de la nouvelle insulte qui ne tarderait pas à tomber ; mon sang commençait à bouillir de colère.

— Une fille avec vos maigres capacités devrait y réfléchir à deux fois avant de jeter par la fenêtre une occasion en or de s'unir avec une personne aussi influente que Malcolm Hendry.

La violence de sa saillie me renvoya à mon passé.

— Dégage de là ! brailla papa en me décochant un violent coup de pied aux fesses avec sa chaussure de sécurité.

Je trébuchai, mais la colère et l'humiliation me firent me retourner pour lui opposer un air de défi. Son visage s'assombrit et il s'approcha d'un pas menaçant.

— T'avise pas d'me r'garder comme ça. T'avise pas ! T'es rien. Tu vaux *rien.*

Ce souvenir, provoqué par la condescendance de Meikle, me cloua à mon siège. Ma peau s'échauffa à ce nouveau camouflet. Il est très difficile de se dire qu'on n'est pas une minable quand un parent a passé l'essentiel de nos années charnières à nous le rabâcher. Une vraie bonne à rien. Je savais que je porterais toujours ce poids comme un fardeau. Inutile d'être fin psychologue pour comprendre pourquoi j'avais une si piètre estime de moi-même, ou pourquoi je ne croyais pas en mes facultés.

Cependant, j'avais tellement l'habitude de me considérer de cette manière que, quand quelqu'un d'autre me traitait de la sorte, cela me paraissait presque normal. Même si Joss tentait, depuis plusieurs mois, de m'expliquer que c'était faux, je n'avais jamais vraiment réussi à m'en convaincre.

Jusqu'à Cameron.

Il voulait que je sois plus exigeante avec moi-même. Il se mettait en colère quand je me sous-estimais et piquait des rages folles quand d'autres me dévalorisaient. Il trouvait quotidiennement des façons bien à lui de m'expliquer combien j'étais spéciale. Il dissipait lentement mes doutes relatifs à mon intelligence, à ma personnalité, et même s'ils existaient encore, son soutien sans faille permettait de les museler. Chaque jour, ils disparaissaient un peu plus profondément dans les méandres de mes angoisses.

Cam affirmait que je valais mieux que ça.

Comment quelqu'un que je ne connaissais pas pouvait oser me dénigrer ?

Je repoussai violemment ma chaise, qui vint s'écraser avec fracas contre les classeurs métalliques.

— Je démissionne.

M. Meikle cilla rapidement, le rouge aux joues.

— Pardon ?

Le gratifiant d'un regard assassin, je ramassai mon sac et arrachai ma veste au portemanteau près de mon bureau. Je me retournai en atteignant la porte et m'habillai avec un air provocateur.

— J'ai dit que je démissionnais. Trouvez une autre victime à votre langue de vipère, espèce de vieux pipelet court sur pattes.

Je fis volte-face et m'empressai de sortir sur mes jambes flageolantes, l'entendant déblatérer dans mon sillage. Je descendis l'escalier et franchis la porte principale. Des décharges d'adrénaline guidaient mes pas empressés tandis que je descendais la rue, folle de colère et d'indignation.

Le vent frais me soulevait les cheveux et me fouettait les pommettes, apaisant lentement le feu qui m'animait et les tremblements qui me diminuaient.

Je venais de démissionner.

De quitter un boulot dont Cole et moi dépendions.

Le souffle court, je m'appuyai à une barrière en fer forgé, m'efforçant tant bien que mal de reprendre ma respiration. Qu'allions-nous faire ? Nous ne pouvions pas survivre uniquement sur mon salaire du bar, et les offres d'emploi n'étaient pas légion. J'avais un peu d'argent de côté, mais il était destiné à Cole et ne devait pas me servir à joindre les deux bouts en attendant de retrouver un travail.

— Oh, putain, marmonnai-je, les larmes aux yeux, en me redressant.

Je jetai un coup d'œil derrière moi. Je sentais le poids du regard des passants, comme s'ils percevaient ma détresse et se demandaient si j'avais besoin d'aide.

— Il faut que j'y retourne, dis-je pour moi-même.

Je fis deux pas en direction du bureau, puis m'immobilisai, les poings serrés.

Ma fierté m'en empêchait.

Moi ? Retenue par ma fierté ?

Je partis d'un rire hystérique et joignis les mains devant mon ventre, me sentant sur le point de vomir.

Je ne pouvais pas y retourner. Après ce que je lui avais balancé, Meikle refuserait de toute façon de me reprendre.

— Bon Dieu.

Je me passai la main dans les cheveux, avalant d'aussi grandes goulées d'air que possible.

Puis cela me frappa.

C'était la faute de Cam.

L'attirance que j'éprouvais pour lui m'avait poussée à plaquer un homme riche, gentil et beau, qui, de surcroît, tenait à moi. Et voilà que je venais également de quitter mon emploi. Tout ça pour quoi ? Parce que Cameron était suffisamment charmant pour me faire me sentir spéciale, pour revaloriser mon estime de moi ? Mais qu'en était-il du concret ? Et s'il me disait un peu qu'il m'aimait, hein ?

Cela ne faisait que six semaines, mais je me savais amoureuse de lui. N'était-il pas censé partager ces sentiments ? Ce n'était pas comme s'il en était incapable : il était bien tombé amoureux de Blair !

De nouvelles larmes perlèrent au bout de mes cils. Je foutais ma vie en l'air à cause de lui. Je prenais des décisions aussi idiotes qu'impulsives qui allaient annihiler tout espoir de garanties financières pour l'avenir de Cole.

Oh, mon Dieu… Cole.

J'avais laissé Cam se rapprocher de lui également.

Quel monstre ferait une chose pareille ?

Qui jouerait à la roulette russe pas uniquement avec ses propres sentiments, mais aussi avec ceux de ses enfants ?

Il fallait que je fasse quelque chose. Vite. J'avais besoin d'espace. De temps pour reconsidérer les événements avant qu'il ne soit trop tard.

Il fallait que je voie Cam.

Malgré mon rythme soutenu, qui me permit de couvrir en vingt-cinq minutes ce que je faisais habituellement en quarante, le trajet me sembla durer une éternité. Je dus me retenir d'aller frapper chez Joss quand je bifurquai sur Dublin Street. Parler avec une amie aurait peut-être pu m'aider à y voir plus clair, mais j'avais peur que Joss, qui prenait toujours fait et cause pour Cameron, tente de me convaincre que je délirais.

Ce qui n'était pas impossible.

En réalité, au fond de moi, j'étais à peu près sûre de me faire des films, mais la colère et la panique me guidaient alors davantage que la logique.

Une logique dont Joss se serait sûrement servie pour me faire changer d'avis. De toute façon, elle fuyait Ellie en ce moment, car cette dernière n'arrêtait pas de la harceler avec les préparatifs de la fête de fiançailles qui devait avoir lieu deux semaines plus tard. N'en pouvant plus de la bonne humeur épuisante d'Els, Joss m'avait expliqué un soir au travail qu'elle avait décidé de ne plus jamais ouvrir sa porte en journée. Cinq semaines pour organiser une soirée ? Si j'étais Joss, je me terrerais également.

N'ayant donc personne à qui parler, et étant en proie à de violentes émotions contradictoires, j'entrai en trombe dans mon immeuble et gravis les marches sans ralentir. J'arrivai chez Cam à court d'haleine. Je tambourinai peut-être plus violemment que nécessaire à sa porte.

— Bordel de...

Cam s'interrompit en me découvrant ainsi essoufflée et échevelée.

— Jo ? Qu'est-ce que tu... ? Pourquoi tu n'es pas au travail ?

Je le considérai. Il était quasiment sur son trente et un. Son tee-shirt Diesel semblait neuf et un peu plus moulant que ses vêtements habituels, dessinant merveilleusement les lignes fermes de son corps musculeux. Et s'agissait-il d'un jean neuf ? Mes yeux descendirent les jambes du Levi's noir et je fus presque soulagée de découvrir qu'il portait ses bottines noires éraflées. Pourquoi était-il à moitié sapé ?

Il était canon.

Et il ne manquait jamais de m'exciter quand il braquait sur moi ses yeux bleus chaleureux, même lorsqu'ils étaient chargés d'inquiétude comme à cet instant.

— Jo ?

Il sortit de son appartement, tendant la main vers moi.

Je voulus me laisser aller contre lui, le serrer de toutes mes forces, humer son odeur, sentir ses lèvres sur ma peau. Que cela perdure pour l'éternité.

Non, putain ! Mon pas de recul le surprit. J'avais besoin d'espace. Chaque fois que je me trouvais près de lui, mon esprit s'embrouillait.

Il fronça les sourcils, laissant retomber son bras.

— Qu'est-ce qui ne va pas ?

Soudain, je fus pris d'une irrépressible envie de pleurer. Je ravalai néanmoins mes pleurs tout en fuyant son regard.

— J'ai démissionné.

Un silence s'installa avant qu'il ne réplique :

— Tu as bien fait.

Mon regard le plaqua au mur.

— Non. Je n'ai pas bien fait. J'ai horriblement mal fait, Cam.

— D'accord, ma belle, calme-toi. Apparemment, il s'est passé quelque chose. (Il poussa un profond soupir et se passa la main dans les cheveux.) Et je ne sais pas comment tu vas réagir à ce que je m'apprête à te dire.

Je secouai la tête, me dirigeant vers l'escalier pour monter chez moi.

— Je ne veux rien entendre, Cam. (J'inspirai longuement, cherchant au plus profond de moi la force de l'avouer.) J'ai besoin d'un peu d'espace pour réfléchir.

Il semblait abasourdi, comme si je l'avais frappé.

— De l'espace ?

J'opinai en m'enfonçant douloureusement les dents dans la lèvre.

Son regard s'assombrit alors et son expression tout entière se transforma sous l'effet de la colère. Je me mordis jusqu'au sang quand il fit un pas menaçant dans ma direction.

— Tu veux t'éloigner de moi.

J'acquiesçai.

— Mon cul, grogna-t-il en m'attrapant avant que j'aie eu le temps de m'enfuir. Raconte-moi ce qui t'est arrivé.

— C'est ta faute, répliquai-je aussi calmement que possible.

Ma tranquillité apparente semblait attiser sa colère et l'éclat se renforça dans ses prunelles.

— Ma faute ?

— Je n'arrête par de prendre des décisions irréfléchies et égoïstes, tout ça au détriment de Cole.

Le visage de Cam se chiffonna.

— Des décisions irréfléchies ? Serais-je une putain de décision irréfléchie ? C'est ce que tu es en train de me dire ?

— Non ! m'écriai-je en percevant la douleur dans son regard. Non. Je ne sais pas. (Je levai les mains, tellement perdue que j'aurais préféré que la terre s'ouvre pour m'engloutir tout entière.) Toi ? Moi ? Nous ? Enfin, qu'est-ce qu'on fabrique ? Je n'arrête pas de m'attendre à ce que...

— De t'attendre à quoi ?

— À ce que tu te réveilles un jour et que tu te rendes compte que tu t'emmerdes avec moi et que tu me largues.

Le silence retomba, plus tendu que précédemment, et je l'observai avec nervosité tenter de réprimer son agacement. Il finit par planter ses yeux dans les miens pour me demander doucement :

— Est-ce que je t'ai déjà donné cette impression ? Que tu es une histoire sans lendemain ? Bon sang, je t'ai présentée à mes parents ! Sans parler de ce que je viens de faire aujourd'hui. Toutes ces conneries sont dans ta tête et ce n'est pas moi qui les y ai mises, alors qu'est-ce qui se passe ?

Je levai de nouveau les mains, les larmes aux yeux.

— Je ne sais pas. J'ai démissionné, c'est tout ce que ça m'a apporté d'être en colère après moi. Alors j'ai décidé de l'être après toi ! En plus, j'ai mes règles, donc je suis peut-être un peu plus sensible que d'habitude.

Je ravalai mes sanglots.

Ses lèvres frémirent légèrement et la colère sembla le déserter.

— Ce n'est pas drôle !

Je me mis à trépigner tel un enfant irascible.

Avec un grognement, Cam me fit décoller de l'escalier et me prit dans ses bras. Je l'étreignis machinalement et enfouis mon visage au creux de son cou.

— Tu n'as plus besoin d'espace ? s'enquit-il d'une voix rauque, son souffle chaud m'emplissant l'oreille.

Je secouai négativement le chef et il m'embrassa de plus belle.

— Pourquoi as-tu démissionné ?

Je reculai la tête et il me reposa au sol, sans pour autant me lâcher. Maintenant que nous étions si proches l'un de l'autre, je ne voulais plus le laisser s'en aller non plus.

Bon sang, j'étais vraiment paumée.

— Il a découvert que j'ai plaqué Malcolm et il m'a balancé des ignominies.

Le visage de Cam s'assombrit.

— Quel genre ?

Je haussai les épaules.

— En gros, que j'étais débile de ne pas être restée avec un homme riche, alors que je ne pourrais jamais rien accomplir de mieux dans la vie.

— Je vais le tuer. D'abord, tu vas porter plainte contre lui pour harcèlement moral et ensuite je vais le tuer.

— Je ne veux plus jamais avoir affaire à lui.

— Jo, il est allé trop loin.

— Oui, c'est vrai. Mais je n'ai pas envie de perdre mon temps à essayer de le traîner devant un tribunal. Il faut que je retrouve du boulot.

— Braden.

— Nan.

Je pinçai les lèvres.

Il secoua la tête.

— Tu es vraiment têtue comme une mule.

Puis il m'embrassa, d'abord doucement, ensuite plus voracement, m'attirant contre lui pour me forcer à lui rendre son baiser.

Quand il finit par me laisser reprendre mon souffle, il semblait presque malheureux.

— Ne me refais plus jamais ça, d'accord ?

Honteuse de m'être comportée de la sorte et me jurant à moi-même de ne jamais prendre sous l'effet de l'émotion une décision aussi importante que de rompre avec lui, je joignis de nouveau ma bouche à la sienne, saisissant ses joues entre mes mains en espérant qu'il comprendrait que les mots ne suffisaient pas à exprimer tout ce que je ressentais.

— Je suis désolée, chuchotai-je.

— Tu es pardonnée.

Il me serra au niveau de la taille.

Tout en lissant son nouveau tee-shirt, je fronçai pensivement les sourcils.

— Pourquoi tu t'es habillé ? Et qu'est-ce que tu voulais dire par « Sans parler de ce que je viens de faire aujourd'hui » ?

— Ah. (Cam me repoussa légèrement.) Il y a quelqu'un chez moi qui veut te voir.

21

On aurait pu croire qu'après avoir été témoin de mon effondrement émotionnel Cam aurait pris plus de pincettes pour me préparer à la rencontre qui m'attendait.

Mais non.

Il voulait me réserver la surprise.

Légèrement nerveuse, j'acceptai à pas timides de le suivre jusqu'au salon.

Mes yeux furent immédiatement attirés par la jeune femme qui se levait du canapé. Plus petite que moi, mais plus grande que Joss, plantureuse, elle jouissait en outre de courbes parfaites et de cheveux incroyables. Bizarrement, je pensai tout d'abord qu'il s'agissait de Blair. Je scrutai ses iris d'un noisette exceptionnellement clair, presque doré, et sentis ma gorge se serrer. D'aucuns l'auraient probablement jugée en léger surpoids, mais cela venait sans doute de son opulente poitrine et de son derrière rebondi, qui lui seyaient d'ailleurs plutôt bien. Sa crinière de jais lui cascadait dans le dos en une multitude de vaguelettes incroyablement douces. La détestant d'emblée rien que pour son identité supposée, je ne remarquai pas tout de suite ses traits relativement banals. Ses cheveux, ses yeux et sa silhouette lui conféraient une allure extraordinaire.

Puis elle me sourit.

Elle avait un sourire ravageur.

— Jo ?

Et un accent américain.

Euh... quoi ?

— Johanna ?

La voix bourrue attira mon regard sur la gauche ; je remarquai, bouche bée, l'homme robuste qui se tenait près de la cheminée. Stupéfaite, je reculai d'un pas incertain. J'étais tellement consumée de jalousie que je ne m'étais même pas rendu compte que ces yeux exotiques m'étaient étrangement familiers.

— Oncle Mick ?

J'eus un hoquet de stupéfaction avant de l'examiner longuement.

Il paraissait plus vieux, désormais, sa barbe et ses cheveux bruns grisonnant légèrement. Cette véritable montagne humaine, culminant à deux mètres et à la carrure exceptionnelle, semblait toutefois en aussi bonne forme que onze ans plus tôt. Tout le monde disait alors de lui que c'était une véritable armoire à glace, et ce qualificatif lui convenait toujours parfaitement.

Que faisait-il là ?

— Jo. (Il secoua la tête, m'adressant un sourire qui m'emplit de nostalgie.) J'ai toujours su que tu deviendrais magnifique, ma chérie, mais regarde-toi...

Son accent m'étonna un instant, les inflexions cassantes et abruptes des Écossais légèrement adoucies par le parler traînant des Américains. Le parfait opposé de celui de Joss.

Toujours sous le choc, je ne pus que prononcer son nom derechef.

— Oncle Mick ? (Je me tournai vers Cam, la gorge nouée.) Qu'est-ce qu'il se passe ?

Cam vint me saisir les mains de façon rassurante.

— Tu m'as donné le nom de famille de Mick, tu m'as dit qu'il avait emménagé en Arizona et tu m'as montré de vieilles photos. Il a un compte Facebook, je n'ai donc eu aucun mal à le contacter.

Facebook ? Je considérai mon mentor d'un air incrédule, n'arrivant toujours pas à croire qu'il se trouvait devant moi. Il incarnait à lui seul tous mes bons souvenirs d'enfance et j'ignorais si je voulais me précipiter dans ses bras ou tourner les talons, puis fuir à toutes jambes.

— Cam et moi avons discuté, et j'ai appris combien les choses avaient été difficiles pour toi, ma chérie. Je suis désolé. (Mick parlait d'une voix douce, comme s'il s'adressait à un animal effrayé.) Je suis navré de n'avoir pas été là pour toi.

Je ravalai un douloureux sanglot et tentai, pour la centième fois de la journée, de ne pas pleurer.

— Pourquoi es-tu venu ?

— Nous sommes retournés brièvement à Paisley il y a quelques années, mais personne ne savait où vous étiez passés. Même pas ton père.

Je grimaçai à cette évocation.

— Il est donc toujours là-bas ?

Mick hocha la tête et s'approcha de moi.

— Je suis content que Fiona vous ait éloignés de lui. Content qu'il ignore où vous vous trouvez et qu'il soit trop idiot pour le découvrir.

Mon nez se mit à me piquer sous l'assaut des larmes que je ne pouvais plus refouler.

— Et donc tu es venu jusqu'ici pour me voir ?

Il sourit.

— Tu vaux largement le déplacement, ma poupée.

Ma poupée. Il m'avait toujours surnommée comme ça, et j'adorais ça. C'était d'ailleurs la raison pour laquelle j'appelais Cole « mon poupon ». Un sanglot m'échappa cette fois sans que je puisse rien y faire ; Mick, qui devait en avoir marre d'attendre, émit alors un grognement et traversa la pièce pour venir me serrer contre son cœur. Je l'étreignis en retour, inspirant son odeur. Il n'avait jamais été féru d'après-rasage et sentait toujours le savon et la terre. La douleur s'intensifia, alors que je redevenais une petite fille de dix ans.

Nous restâmes ainsi enlacés un long moment, jusqu'à ce que mes pleurs se tarissent enfin ; Mick me relâcha alors, et ses yeux clairs – des yeux que j'adorais plus que n'importe lesquels avant de connaître Cam – se posèrent sur moi.

— Tu m'as manqué.

J'éclatai de rire pour m'éviter une nouvelle crise de larmes.

— Toi aussi, tu m'as manqué.

Il se racla alors la gorge, basculant son poids d'un pied sur l'autre d'un air mal à l'aise, et se tourna vers la jeune femme. Il me la présenta, même si je savais désormais de qui il s'agissait. Ses yeux la trahissaient.

— Jo, je te présente Olivia, ma fille.

Elle s'approcha de moi, les prunelles humides d'émotion.

— Ravie de te rencontrer enfin, Jo. Papa me parle de toi depuis des années, j'ai donc déjà l'impression de te connaître. Bon sang, ma phrase était vraiment aussi clichée qu'elle en avait l'air ?

Je me fendis d'un faible sourire, ne sachant encore trop que penser d'elle. J'étais heureuse de voir oncle Mick la couver d'un regard adorateur. Heureuse qu'il ait fondé sa propre famille. Mais la gamine de treize ans qui sommeillait en moi en voulait à Olivia, qui m'avait arraché Mick.

Je m'efforçai de réprimer ce sentiment, le sachant vil, inutile et immature, mais il était plus fort que moi.

— Comme nous n'avons pas pu te retrouver à Paisley, nous avons essayé Facebook, mais tu n'as pas de compte. Nous avons cru avoir retrouvé Cole, sans en être certains. Et papa craignait que tu n'aies de toute façon plus envie d'entendre parler de lui.

Je pivotai vers Mick, m'agrippant à son bras.

— Je suis désolée de ne pas avoir gardé le contact, c'était puéril.

— Ma poupée, tu n'étais qu'une enfant.

— Cam était à peu près sûr que tu voudrais revoir papa.

Olivia lui décocha un sourire reconnaissant et je me tournai vers lui.

— Je n'arrive pas à croire que tu aies fait ça, chuchotai-je doucement, sachant pertinemment que ce que je ressentais pour lui se lisait dans mes yeux.

Cela m'était égal.

Il me caressa la joue du revers de la main.

— Tu es contente ?

J'opinai, ravalant la boule qui m'obstruait la gorge. J'étais heureuse. Et la simple présence de Mick me faisait me sentir... en sécurité.

Nous nous installâmes autour de la table basse, tandis que Cam allait nous chercher à boire. Je pris place entre Mick et Olivia, surprise par l'affection et l'enthousiasme de celle-ci. J'aurais pensé qu'elle me détesterait d'avoir monopolisé son père durant les treize premières années de son existence, mais elle ne semblait pas du tout fâchée. Simplement satisfaite que son père m'ait trouvée.

— Combien de temps allez-vous rester ? demandai-je à Mick tandis qu'il s'adossait confortablement aux coussins, allongeant paresseusement le bras sur le dossier du canapé.

Ses yeux glissèrent jusqu'à Olivia quand il répliqua :

— On ne sait pas encore.

Quand Cam vint nous rejoindre, les questions se bousculèrent hors de ma bouche.

Certaines des réponses m'attristèrent et mon ressentiment à l'égard d'Olivia diminua. Je n'étais pas la seule à avoir eu une vie heurtée.

Mick avait emménagé à Phoenix pour apprendre à connaître sa fille, ravivant son histoire avec sa mère, Yvonne. Il travailla là-bas pour plusieurs entrepreneurs, finit par épouser son amour de jeunesse et tous trois formèrent une famille heureuse. Jusqu'à ce qu'on découvre qu'Yvonne était atteinte d'un cancer du sein de stade IV. Elle décéda trois ans plus tard, laissant Olivia et Mick seuls au monde. La mère et la sœur d'Yvonne vivaient au Nouveau-Mexique, mais elles n'étaient pas très proches d'eux.

— Nous avons vu les e-mails de Cameron comme un signe, expliqua Olivia d'une voix calme. Peut-être que ça nous ferait du bien de quitter l'Arizona... (Elle haussa les épaules.) En tout cas, ça nous semblait normal de venir te voir, et cela nous donnait l'occasion de souffler un peu.

Je fronçai les sourcils.

— Mais, vos vies là-bas ? Le boulot d'oncle Mick ? Le tien ?

— Les choses ne sont plus pareilles à Phoenix, depuis quelque temps, répliqua Mick doucement. Nous avions tous les deux besoin d'une pause.

Au voile de tristesse qui recouvrait son regard, je compris qu'il faisait à nouveau référence à la mort d'Yvonne. Mick m'adressa un sourire tendre.

— Ça te dirait de faire une petite balade avec moi, Jo ? On pourrait discuter.

Ce fut la plus étrange des journées. Je marchais au côté de la silhouette imposante de Mick et, pour la première fois de ma vie d'adulte, je me sentais physiquement petite. Il restait près de moi, mais je le voyais considérer les moindres détails du décor, tandis que nous quittions

Leith Walk pour emprunter Princes Street. Oncle Mick considéra l'hôtel Balmoral de l'autre côté de la rue quand nous passâmes devant.

— Cet endroit m'a manqué. Édimbourg n'était même pas ma ville et pourtant elle m'a manqué. Tout m'a manqué, ici.

— C'est vrai que je n'imagine pas beaucoup de lieux plus différents de l'Écosse que l'Arizona.

— Ouais. Tu m'étonnes.

— Mais tu étais quand même heureux ?

Je le sentis qui m'examinait tandis que nous étions séparés par un flot de piétons. Il reprit la parole dès que nous fûmes de nouveau côte à côte.

— Avec Yvonne et Olivia, oui. Mais il n'y a pas un seul jour où j'ai cessé de penser à toi, Cole et Fiona. J'ai deux regrets dans la vie, Jo. Le premier est d'avoir raté treize années de l'existence d'Olivia ; le second est de ne pas avoir été là quand tu as eu besoin de moi. Surtout maintenant que je sais tout ce que tu as enduré.

— Cam t'a donc tout raconté, hein ?

— Il m'a parlé de Fiona. Du fait que tu devais travailler si dur. Il m'a dit que tu avais élevé Cole toute seule et que c'était un bon gamin. Les choses n'ont pas été faciles, mais je suis ravi que tu aies trouvé quelqu'un qui tienne à toi, ma poupée.

Me souvenant de la crise que j'avais faite à Cam un peu plus tôt, je ressentis une nouvelle vague de culpabilité. J'allais devoir me faire pardonner.

— J'aimerais bien voir Fiona.

— Je ne suis pas sûre que ce soit une bonne idée.

— J'ai besoin de m'en assurer. Elle n'a jamais été facile à vivre, mais nous étions amis.

Je poussai un soupir, envisageant le mélodrame que pourrait engendrer la présence de Mick dans notre petit appartement. Il venait toutefois de faire plusieurs milliers de kilomètres pour venir nous voir, je pouvais difficilement lui refuser ça.

— D'accord.

— Et j'aimerais rencontrer Cole.

— Si tu veux.

— Je ne sais pas combien de temps nous allons rester ici, mais j'aimerais profiter de toi autant que possible.

Je lui adressai un sourire inquiet, mais empreint d'ironie.

— Ça ne devrait pas poser problème : j'ai démissionné aujourd'hui même.

La tête posée dans le giron de Cam, sur son canapé, je regardais silencieusement la télévision.

Oncle Mick et Olivia étaient partis dès la fin de notre balade ; peu après, Cole était rentré et j'avais dû tout lui raconter.

Cam avait insisté pour que nous restions dîner, et quand je m'étais levée pour partir afin que Cole puisse prendre sa douche et s'attaquer à ses devoirs, Cam avait enfoncé le clou. Comme j'avais toujours du mal à laisser mon petit frère seul avec maman, j'avais fini par céder, à condition qu'il puisse prendre sa douche sur place.

Cam rompit soudainement le silence, sans cesser de me caresser lascivement le bras.

— Tu n'as quasiment pas décoché un mot de la soirée. Tu m'as dit tout à l'heure que tu étais contente que je les aie contactés. C'est toujours le cas ?

— Oui, lui assurai-je. Je ressens une sorte de paix intérieure, maintenant que je sais qu'il va bien. Et Olivia semble gentille. (Je tordis le cou pour le regarder dans les yeux.) Merci.

Il haussa les épaules sans quitter l'écran du regard.

— J'essaie juste de te rendre heureuse.

Mon estomac se noua.

— Et tu y arrives très bien.

— Vraiment ? Ce qui s'est passé tout à l'heure n'était donc effectivement qu'une sorte de... saute émotionnelle... féminine ?

J'aurais voulu en rire, mais toutes les conneries que je lui avais débitées dans l'escalier étaient loin d'être drôles.

— Je suis désolée. Ça n'était pas sympa de ma part. J'étais furieuse après Meikle et après moi, et j'ai retourné la situation dans ma tête afin de pouvoir la reprocher à quelqu'un d'autre. Quelqu'un sur qui me défouler.

Cam émit un grognement.

— Et il a fallu que ça tombe sur moi ?

Je lui flattai affectueusement le torse.

— Pardon.

Il baissa lentement le front vers moi.

— Est-ce que le moment est mal choisi pour te dire que j'ai trouvé du boulot ?

Stupéfaite, je me redressai subitement.

— Un poste de graphiste ?

— Ouais.

Transportée de joie, je me surpris à sourire comme une idiote.

— Où ça ?

— Ici. J'ai récupéré mon ancien poste. La restructuration ne s'est pas bien passée et ils se sont rendu compte qu'il leur manquait quelqu'un. Ils ne peuvent pas assumer la charge de travail sans un recrutement. Mon patron m'a soutenu. (Il haussa les épaules.) C'est une sorte de pari de retourner chez eux, mais ils paient bien et je ferai ce que j'aime.

Je me penchai vers lui pour lui planter un baiser furtif sur les lèvres.

— Cam, je suis vraiment contente pour toi. Tu commences quand ?

— Lundi. (Il raffermit son étreinte autour de moi.) Su n'est pas ravie que je ne respecte pas mon préavis de deux semaines, mais je ne pouvais pas prendre le risque de laisser filer une occasion pareille.

— Elle s'en remettra. Je devrai sans doute faire plus d'heures, en attendant qu'elle te remplace.

J'eus une moue en songeant que cela signifiait plus de nuits dehors.

— Tu sais, si tu acceptais l'offre de Braden, la question ne se poserait même plus.

— J'ai dit non. Je trouverai autre chose. Ne t'en fais pas.

Il changea de position, se contractant légèrement.

— Putain, tu es tellement têtue. Tu passes ton temps à t'en faire pour Cole, à vouloir lui assurer un présent et un avenir. Je parie que la moitié de ce qui s'est passé ce matin dans l'escalier est due au fait que tu as l'impression de le laisser tomber. Mais si tu t'inquiètes tant que ça, tu devrais accepter sans réfléchir le moindre boulot correct qu'on t'offre sur un plateau.

Je repoussai ses bras ; les joues me brûlaient suite à son sermon. Je me réfugiai à l'autre bout du canapé et tendis le bras vers la télécommande pour monter le son du programme de science-fiction que nous regardions. Son ton m'insupportait, mais plus encore le fait qu'il ait totalement raison.

Son soupir las emplit le salon.

— D'accord, grommelai-je. J'appellerai Braden demain.

Comme il me répondit par un silence, je risquai sur lui un rapide coup d'œil avant de me retourner vers l'écran. Cet enfoiré de tyran se mordait les joues pour ne pas sourire.

— Tant mieux.

— Est-ce que tu fais exprès de te comporter comme un connard suffisant ?

Il ricana.

— Comment le type qui a fait revenir ta famille a pu se transformer si vite en un connard suffisant ? Et comment as-tu fait pour passer de mes genoux à l'autre bout du canapé ? (Il me saisit par le mollet.) Reviens par ici.

Je me libérai d'un coup de pied.

— Arrête.

— D'accord. Dans ce cas, c'est moi qui viens.

Je glapis quand il se rua sur moi et me cloua au canapé.

— Dégage !

J'éclatai de rire quand il enfonça son nez dans mon cou, tout en me chatouillant les flancs.

— Tu vas être gentille ? murmura-t-il tout contre ma peau.

Je fis la moue.

— Je suis toujours gentille.

Cam se redressa, embrassa mes lèvres avancées ; puis, ce qui avait commencé comme un simple jeu gagna en intensité. Je l'attirai contre moi, plaquant son torse contre ma poitrine déjà sensible, tandis que nous mêlions nos salives.

Lorsqu'il joua du bassin, frottant son érection contre mes cuisses, j'abandonnai sa bouche, me sentant prête à fondre.

— Non, soufflai-je en lui saisissant les hanches pour l'immobiliser. On ne peut rien faire et je suis déjà tout excitée. Ne me torture pas davantage.

— Ah ouais ?

Son sourire maléfique s'accentua quand sa main remonta le long de mon ventre pour prendre mon sein en coupe. Il le pinça, me provoquant un mélange de tendre douleur et une explosion d'humidité au niveau de l'entrejambe.

— Aïe, mes yeux ! hurla Cole.

Cam et moi nous éloignâmes l'un de l'autre et je tordis le cou pour apercevoir mon frère debout dans l'embrasure de la porte, en pyjama, ses cheveux mouillés plaqués sur son front. Il s'abritait derrière son avant-bras.

— Putain, je suis aveugle, gémit-il en tournant les talons, rentrant dans un mur avant de se souvenir de baisser le bras.

Puis il sortit bruyamment de l'appartement, claquant la porte d'entrée derrière lui.

Horrifiée, je me retournai vers Cam, les yeux écarquillés.

— Je crois que je peux le laisser dire « putain », pour une fois.

Cam ricana et partit d'une sorte de fou rire en plongeant la tête entre mes seins.

Un gloussement m'échappa malgré ma grande honte.

— Ce n'est pas drôle. Ça risque de le marquer à vie. Je vais monter lui parler.

Cam secoua la tête, les prunelles luisant d'amusement.

— Tu es la dernière personne qu'il ait envie de voir à cet instant.

— Mais il est tout seul avec maman.

— Je suis sûr qu'il s'est barricadé dans sa chambre et qu'il fait tout pour se débarrasser de sa vision de moi en train de chauffer sa sœur.

— Pourquoi faut-il toujours que tu aies raison sur tout ? C'est extrêmement pénible.

Il se contenta de sourire.

— Non, je suis sérieuse. Il faut que tu arrêtes, si tu ne veux pas te retrouver en permanence du mauvais côté du canapé.

— Pas grave. (Il me décocha son sourire d'allumeur.) J'aime bien la partie où on se rabiboche.

Je l'embrassai presque violemment, adorant sa réponse et me sentant bien trop aveuglée par l'amour pour me soucier qu'il comprenne combien son impudence pouvait m'exciter. Quand je le laissai finalement reprendre son souffle, je lui passai le pouce sur la bouche, en espérant que la courbure si sexy qui l'animait ne disparaîtrait jamais.

— Merci pour aujourd'hui. Pour tout. Pour prendre si bien soin de moi et pour t'être démené afin de me ramener oncle Mick.

Ses yeux s'illuminèrent d'affection et de tendresse. Il scruta longuement mon visage, comme pour s'imprégner du moindre détail.

— C'est un plaisir, ma belle.

Je l'attirai contre moi et nous demeurâmes silencieux quelques instants. Tout en lui caressant les cheveux, je demandai d'un ton hésitant :

— Cam ?

— Ouais ?

— Je sais que tu m'as dit avoir laissé tomber l'idée de retrouver tes parents biologiques, mais après avoir été témoin de mes retrouvailles avec Mick... tu en es toujours aussi sûr ?

— Ce n'est pas la même chose, me chuchota-t-il contre la clavicule. Mick et toi avez un vécu commun. Je ne connais pas les gens qui m'ont abandonné. Honnêtement, je ne ressens plus le besoin de les rencontrer. Anderson et Helena MacCabe m'ont apporté tout ce dont je pouvais rêver. Je n'ai pas besoin d'entendre leurs raisons ou excuses, car... eh bien... quelles qu'elles soient, je sais qu'elles étaient plus importantes que moi. Ils ont renoncé à moi. Même si leurs motifs sont logiques, pratiques... ça ne changera rien à ma réaction initiale. Alors, quel intérêt ?

Je lui passai une main apaisante dans le dos, désirant l'attirer en moi, où il était plus aimé encore qu'il ne se l'imaginait.

— Ils ne savent pas ce qu'ils ont perdu, mon chéri. Ils n'ont pas idée.

22

Cole savait déjà tout ce qu'il y avait à savoir sur oncle Mick. Il n'avait que trois ans au moment de son départ et ne se souvenait donc pas de lui, mais il semblait d'accord pour le rencontrer ; je lui avais tant parlé de lui au fil des années qu'il s'imaginait presque que je le pensais capable de marcher sur l'eau.

En revanche, en parler à ma mère avait été une autre paire de manches. J'avais même eu peur d'aborder le sujet, craignant que cela ne la fasse complètement dégénérer. À ma grande surprise, elle avait pris la nouvelle avec calme et accepté de sortir lui parler à son arrivée.

Je crus même l'entendre prendre une douche tandis que je naviguais sur un site de recherche d'emploi dans la chambre de Cole.

Quand celui-ci rentra de l'école, j'avais les paumes moites d'appréhension. Maman s'était montrée imperturbable un peu plus tôt, mais rien n'indiquait qu'elle le resterait en posant les yeux sur Mick. Mon cœur manqua un battement quand on frappa à la porte. J'ignore pourquoi c'est souvent présenté comme une chose positive dans les romans sentimentaux : quand mon cœur manque un battement, je n'arrive plus à respirer, je me sens un peu nauséeuse et clairement pas dans mon assiette.

— Vous êtes là.

Je me fendis d'un faible sourire en ouvrant la porte à Mick et Olivia.

Cette dernière gloussa.

— On est en retard ?

— Non, non, non, m'empressai-je de répliquer pour les rassurer.

Je m'effaçai pour les laisser entrer.

— Ce n'est pas pour nous qu'elle s'inquiétait, lui murmura Mick.

Je lui adressais un sourire entendu par-dessus mon épaule, tout en les menant vers le salon.

— Enlevez vos manteaux, et faites comme chez vous. Je peux vous servir du thé ou du café ? De l'eau, un jus de fruits ?

— Du café, répondirent-ils à l'unisson.

J'acquiesçai avec nervosité.

— Pas de problème.

L'apparition de Cole dans l'embrasure de la porte m'arrêta net. Je lui passai un bras autour des épaules et allai le présenter à Mick et Olivia.

— Cole, voici Mick, et sa fille, Olivia.

Mick lui sourit en lui tendant la main. Cole la saisit avec hésitation.

— Enchanté, murmura-t-il en se dissimulant derrière une mèche de cheveux afin de ne pas avoir à affronter leur regard.

— Moi aussi. Bon sang, tu es le portrait craché de ton père au même âge.

— Il n'a rien à voir avec lui, répliquai-je avec brusquerie.

Olivia haussa les sourcils et lança un regard de reproche à son père.

— Bien joué, papa.

Manifestement mal à l'aise, Mick soupira.

— Ce n'est pas ce que je voulais dire.

Bien joué, Jo.

— Je sais. (Je balayai le sujet d'un geste de la main, regrettant la virulence de ma réaction.) C'est une question un peu sensible.

— Compris.

— Cole, je m'appelle Olivia. (Il s'empourpra légèrement en lui serrant la main.) Je suis ravie de te rencontrer. (Elle examina la pièce d'un air approbateur.) Vous avez un très joli appartement.

— C'est Jo qui a fait toute la déco. (Cole me surprit en l'en informant presque avec enthousiasme.) Le papier peint, la peinture, le ponçage... tout.

— Je suis impressionnée.

Je sentis Mick m'observer avec fierté.

— On dirait que mes leçons ont porté leurs fruits, hein ?

Gênée, je haussai les épaules.

— J'aime bien faire la déco.

— Ouais, on sait.

La voix de ma mère me coupa le souffle. Nous nous tournâmes tous pour la voir faire son entrée.

— Tu la refais tous les quatre matins.

Cole et moi échangeâmes des regards incertains, stupéfaits par son apparition. Elle ne s'était pas contentée de se doucher, elle s'était également habillée. Elle s'était lissé les cheveux au séchoir, avait mis du maquillage et enfilé un jean serré qui paraissait ample sur ses jambes trop frêles, ainsi que le chemisier en soie noire que je lui avais offert à Noël, même si je ne pensais alors jamais la voir dedans. Pour nous, elle avait meilleure allure que depuis des années, mais quand je me retournai vers Mick, je lus de la stupeur dans ses prunelles.

Il s'approcha de maman, qui le gratifia d'un léger sourire.

— Fiona. Je suis content de te revoir.

Elle hocha la tête, la bouche tremblotante.

— Ça fait longtemps, Michael.

— Oui.

— Tu n'as quasiment pas changé.

— Toi si, ma chérie, répliqua-t-il doucement, une pointe d'angoisse dans la voix.

Maman haussa les épaules en un geste résigné.

— J'ai fait ce que j'ai pu.

Oncle Mick ne répondit pas, mais je compris à sa façon de serrer les dents qu'il n'estimait pas qu'elle ait fait suffisamment d'efforts. Je ne pouvais pas lui donner tort.

— Papa.

Olivia vint se poster à côté de lui. Elle lui prit la main de manière rassurante et les derniers ressentiments que j'éprouvais à son égard se volatilisèrent. Comment en vouloir à quelqu'un qui l'aimait manifestement autant ?

Oncle Mick lui pressa la main.

— Fiona, je te présente ma fille, Olivia.

Cela suffit à tout déclencher.

Maman pinça les lèvres en examinant l'intéressée.

— Ouais, elle ressemble à cette Américaine que tu tringlais.

Je serrai les paupières, mortifiée, et entendis Cole gémir à côté de moi.

— Fiona, la rabroua Mick.

— Papa, ce n'est pas grave.

— Pff. (Ma mère me toisa alors.) Tu m'avais dit qu'il n'y aurait que lui. Je retourne me coucher. Laisse-moi de quoi dîner.

J'opinai, tous les muscles contractés en attendant qu'elle disparaisse. Quand la porte de sa chambre claqua, je poussai un soupir.

— Désolée, oncle Mick. C'est toujours comme ça, avec elle. Olivia, je suis navrée...

— Laisse tomber, ce n'est pas grave.

— Je n'arrive pas à croire que ce soit la même femme.

Mick secoua la tête tout en allant s'asseoir. Il était tellement choqué que ses jambes peinaient à le soutenir.

— Je n'arrive pas à y croire, répéta-t-il.

Je me gardai bien de lui dire qu'elle s'était pourtant bien comportée, au moins jusqu'à apercevoir Olivia.

— Et pourtant...

À l'instar d'une tortue ayant pointé la tête hors de sa carapace pour se rendre compte qu'il pleuvait, ma mère se renferma encore plus profondément qu'avant. Elle quitta à peine sa chambre après qu'une caisse d'alcool eut été livrée chez nous ; je savais qu'elle était vivante uniquement parce que la nourriture que je laissais à son intention disparaissait. Chaque fois que je frappais à sa porte pour m'enquérir de sa santé, elle me grognait de déguerpir.

J'aurais préféré voir les choses en noir et blanc. Je voulais la haïr d'avoir cogné Cole et me foutre de savoir si elle était morte ou pas, mais je me révélais incapable de la laisser tomber complètement.

Cam estimait qu'il fallait parfois laisser partir les gens. Qu'il était inutile de leur venir en aide et qu'en leur tendant la main il y avait un risque d'être entraîné dans leur chute.

C'était plus facile à dire qu'à faire. Malgré notre passif, elle restait ma maman et j'espérais encore quelque part qu'elle tenait plus à nous qu'à elle-même. Je savais pourtant que j'aurais dû me faire une raison. J'en avais conscience. Pour mon bien, comme pour celui de Cole. Quand l'heure viendrait de la quitter vraiment, je le ferais. Mais je ne m'en sentirais pas moins coupable pour autant.

Oncle Mick m'avait affirmé vouloir passer autant de temps que possible avec moi et il tint sa promesse. Ce samedi-là, Cole, Cam, Olivia, lui et moi nous retrouvâmes au Grassmarket pour déjeuner dans un pub. Je découvris à cette occasion qu'Olivia avait été bibliothécaire aux États-Unis, mais que, un peu comme Cam, elle avait été mise à la porte à cause de coupes budgétaires. Elle était drôle, chaleureuse et extrêmement difficile à détester ; j'étais sûre qu'elle s'entendrait à merveille avec Joss et Ellie.

Le repas fut des plus agréables. Mick m'adressa nombre de regards entendus signifiant qu'il voyait d'un bon œil l'amitié qui liait Cam et Cole. Nous déambulâmes dans les rues fort fréquentées, allant de Victoria Street au pont George-IV, avant de faire découvrir le Royal Mile à Olivia. Je pris des photos de Mick et elle dans ce somptueux décor, ainsi que sur le chemin du retour vers New Town. Nous visitâmes les jardins de Princes Street et je les immortalisai de nouveau près de la fontaine Ross, avec le château d'Édimbourg en arrière-plan. Ce fut une très bonne journée, une journée relaxante. Et tandis que nous rentrions tous ensemble, le bras de Cam passé autour de ma taille, j'oubliai provisoirement tous mes soucis.

Le dimanche, Élodie fut fidèle à elle-même. Ayant entendu parler de la visite d'oncle Mick et d'Olivia, elle les invita à manger. Lorsque nous arrivâmes chez les Nichols, nous eûmes la surprise de constater qu'elle avait déniché une seconde table quelque part et qu'elle l'avait installée au bout de la première. L'appartement regorgeait de conversations croisées et de rires, tandis que tout le monde devisait joyeusement, apprenant à faire connaissance. Je surveillais Olivia du coin de l'œil et sentis une boule m'obstruer la gorge quand je vis le ravissement sur son visage, le rose sur ses joues et l'étincelle dans son regard. Ellie avait presque immédiatement bondi sur elle et je les devinais déjà inséparables. Els avait un don avec les gens.

Joss, ma voisine de table, me décocha un léger coup de coude et se pencha pour me murmurer à l'oreille :

— Tu pensais un jour faire partie d'un truc pareil ?

Je contemplai tous les visages qui nous cernaient, m'attardant plusieurs secondes sur celui de Cam, qui rigolait à une plaisanterie de Braden. Je me retournai vers elle en secouant la tête.

— Jamais de la vie.

Elle sourit et je fus stupéfaite par l'émotion qui se lisait sur ses traits quand elle contempla le solitaire reçu pour ses fiançailles.

— Moi non plus.

— Ça va ?

Elle hocha la tête.

— Mieux que bien.

Je lui souris à mon tour et m'apprêtais à lui servir une vanne pour nous tirer de cette conversation trop sérieuse quand Braden m'apostropha :

— Eh, Jo, tu cherches un boulot ?

Je levai les yeux au plafond et coulai vers Cam un regard impatient.

— J'allais lui en parler.

— Dis donc, tu prenais ton temps.

Je soupirai et m'empourprai en répondant à Braden par l'affirmative :

— Si tu as un mi-temps à me proposer, je suis preneuse.

Ses yeux bleu clair sondèrent les miens et je me sentis mise à nu par l'intensité de son observation. Braden semblait doté du pouvoir de lire en les autres comme dans un livre ouvert. J'ignorais comment Joss avait résisté si longtemps avant de lui avouer ses sentiments à son égard. À mon avis, il en avait alors conscience depuis longtemps.

— Jo, par pitié, demande-nous, quand tu as besoin.

Je hoquetai, mais me forçai à hocher la tête.

— Je vois demain si on peut te faire commencer dès mardi.

— Merci, dis-je dans un murmure.

Lorsque les conversations reprirent, Joss gloussa discrètement.

— Il fait peur, pas vrai ?

— Braden ?

— Ouais. Il voit plus clair que n'importe qui. (Elle me considéra avec attention.) Est-ce qu'il t'arrive quelque chose que j'ignore ? Tout va bien, entre Cam et toi ?

Je repensai à mes nombreux doutes et à nos disputes quotidiennes.

— On essaie encore de trouver nos marques.

— Bien sûr. Tu sais, il me plaît bien. Avant de le rencontrer, tu n'aurais jamais accepté l'offre de Braden.

— Ouais, n'en rajoute pas.

— Bon Dieu, Jo, je ne pensais pas un jour rencontrer quelqu'un d'aussi fier et obstiné que moi.

— Eh bien, tu t'es trompée, rétorquai-je sèchement.

Elle éclata de rire.

— Ouais, et maintenant tu as, toi aussi, ton homme des cavernes pour te secouer un peu les plumes.

Je sentis le rouge me monter aux joues en imaginant Cameron me secouer les plumes ce soir-là. J'avais hâte d'y être.

Joss ricana.

— Je ne veux pas savoir à quoi tu penses.

23

Il arrive parfois qu'il se passe tant de choses en même temps qu'on a l'impression d'être submergé. On se réveille, on se douche, on s'habille, et la journée s'écoule dans une succession d'événements, de tâches, d'activités diverses, de corvées, et en un clin d'œil, complètement éreinté, on repose la tête sur l'oreiller et on s'enfonce dans le matelas. Puis, deux secondes plus tard, le réveil sonne, nous contraignant à rouvrir les paupières. Voilà à quoi ressembla mon existence pendant quelque temps.

Les choses se bousculaient tant que je laissai tomber ma névrose pour une nuit et restai chez Cam jusqu'au matin. C'était le mercredi après le week-end passé en compagnie de Mick et Olivia. Dès que l'alarme se déclencha, je repoussai les couvertures en grommelant et bondis hors du lit.

Apparemment, ma façon de me lever amusait beaucoup Cameron.

Je regardai ses épaules nues tressauter tandis qu'il enfouissait sa tête dans l'oreiller.

Mes paupières tombantes et le stress lié à mon deuxième jour de travail chez Douglas Carmichael & Co nuisaient clairement à ma patience.

— Ça n'est pas drôle.

Cam tourna vers moi son visage souriant, mais bouffi de sommeil.

— Ma belle, tu es hilarante, déclara-t-il d'une voix rauque extrêmement sexy.

Même si je mourais d'envie de replonger sous le drap avec lui, il fallait que je me prépare.

— Si je ne saute pas du lit, je suis sûre de me rendormir, expliquai-je. Je suis incapable de me réveiller à ta manière.

Il se redressa pour me considérer avec tendresse.

— Putain, tu es adorable. Tu le sais, pas vrai ?

Sa faculté à me faire rougir était presque risible. Personne ne savait me faire réagir de la sorte ; et avec lui, je ne me sentais pas moi-même, tout en étant moi-même à cent pour cent. Je tournai les talons pour me rendre à la salle de bains.

— Et je vais être adorablement en retard.

Nous n'eûmes pas d'autre occasion de discuter en tête à tête durant les quinze jours qui suivirent. La première semaine, nous démarrions tous deux notre nouveau boulot (enfin, pour Cam, c'était plutôt un retour aux sources) ; Mick et Olivia nous invitèrent à dîner, puis vinrent manger chez Cam, nous sortirent tous trois au cinéma, passèrent plusieurs heures seuls avec Cole et moi pendant que Cam traînait avec Peetie et Nate... Bref, ils nous consacrèrent autant de temps que possible. Et j'en savourais chaque instant, ne sachant trop quand ils allaient rentrer aux États-Unis. Je n'osais imaginer le montant de leur note à l'hôtel Caledonian. D'après Mick, Yvonne avait hérité de l'argent de sa grand-mère – ce qui avait contribué au contentieux qu'elle avait eu avec sa famille – et l'avait légué à son mari et sa fille. Cependant, ils ne pourraient pas piocher incessamment dedans et le voyage en Écosse avait déjà considérablement entamé cette somme rondelette. Je connaissais suffisamment Mick pour savoir qu'il ne voudrait pas tout dépenser en nuits d'hôtel.

Même si je trouvais Olivia extrêmement facile à vivre, c'était la présence de son père qui m'importait le plus. Comme un vrai petit papa, il refusait de me laisser payer quoi que ce soit, m'abreuvait de conseils et me taquinait sans cesse, se comportant exactement comme quand j'étais enfant. Sa simple présence suffisait à m'apporter un sentiment de sécurité et la sensation d'être acceptée telle que j'étais. En outre, il examina de plus près tous les travaux que j'avais réalisés chez nous et m'affirma, ainsi que l'avait fait Cam, que je possédais un véritable talent. Personne ne m'avait encore jamais fait pareil compliment et voilà que deux des hommes les plus importants de mon existence déclaraient la même chose sans se consulter.

C'était tout bonnement génial.

Durant la deuxième semaine, je vis moins souvent Mick et Olivia. Celui-là avait décidé que sa fille devait profiter un peu de son héritage et ils avaient réservé une chambre dans une auberge de Loch Lomond, où ils avaient disparu quelques jours. Cela me donna l'occasion de m'approprier mon nouveau poste, qui n'avait rien de compliqué en soi. Braden m'avait nommée administratrice et je donnais également quelques coups de main à l'accueil. Les bureaux étaient considérablement plus animés que ceux de Meikle, les agents immobiliers partageant une pièce et le personnel administratif une autre. Tout le monde allait et venait sans arrêt, et nombre de jeunes hommes charmeurs prenaient plaisir à venir draguer de notre côté.

Leur réaction à mon arrivée avait été presque comique. Un nouveau jouet avec lequel s'amuser ! Sauf que ma propension au flirt avait largement diminué depuis que j'avais rencontré Cameron. Certes, j'étais capable de sourire et de plaisanter avec la plupart d'entre eux, mais les regards torrides et les moues aguicheuses avaient disparu. Je n'étais plus en train de chercher en permanence une solution de repli. Je ne voulais plus d'un plan B.

J'avais trouvé mon bonheur chez un tatoué patient, drôle, gentil, quelque peu arrogant et insupportablement parfait.

Avec mon nouvel emploi du temps – en plus de mes habituels mardis, jeudis et vendredis au bar, je travaillais désormais les lundis, mercredis et jeudis à l'agence –, je ne voyais Cam que très peu, d'autant qu'il avait commencé un nouveau projet au boulot qui lui accaparait tout son temps libre. Il avait repris les cours de judo en soirée, je l'apercevais donc quand il montait chercher Cole. J'étais descendue le voir le mercredi soir, mais l'avais trouvé assoupi sur sa table à dessin. Je l'avais réveillé avec toute la tendresse du monde pour l'encourager à aller se coucher. Il avait refermé un bras étonnamment puissant autour de ma taille et m'avait attirée au lit avec lui. Je l'avais laissé faire, appréciant sa proximité, même alors qu'il dormait à moitié. Quand son étreinte s'était relâchée, j'avais réussi à me relever sans le réveiller.

Au matin du samedi, il me manquait énormément. Je ne voulais pas être de ces filles collantes à l'excès et je ne pensais pas l'être. Mais je regrettais de ne plus le voir aussi souvent, car j'avais pris l'habitude de nos longues conversations, de nos éclats de rire ou même de nos silences confortables. Sans oublier bien sûr nos incroyables parties de jambes en l'air.

Ça ne faisait qu'une semaine.

Bon Dieu, j'étais accro.

Ce soir-là avait lieu la fête de fiançailles de Joss et Braden, et puisque j'avais fait le vide dans ma penderie en vendant mes plus belles tenues sur eBay, j'allais devoir m'acheter une nouvelle robe en rognant sur mon nouveau budget revu à la baisse.

À ma grande surprise, Cameron proposa de m'accompagner.

Je compris pourtant très vite qu'il détestait faire les boutiques.

— Pourquoi es-tu venu ? lui demandai-je, hilare, en le voyant bouder dans un coin du magasin.

Il s'empressa de me saisir la main pour m'entraîner dehors.

— Parce que tu me manques, répliqua-t-il sans sourciller. Et si je dois endurer cette épreuve pour passer un peu de temps avec toi, alors d'accord.

Jugeant que sa bravoure méritait bien un baiser, je l'embrassai goulûment en plein milieu de Princes Street. Quand il m'étreignit de toutes ses forces, je me mis à douter finalement que l'idée fût si judicieuse. Le temps qu'il me libère, après avoir soigneusement ignoré les « Prenez une chambre ! » que nous lancèrent une bande de garçons prépubères, nous étions aussi excités l'un que l'autre. Nous n'avions pas couché ensemble depuis une semaine. Un record. Une période de jachère à laquelle nous comptions bien mettre un terme le plus vite possible.

Mais le moment était mal choisi.

— Ce soir, chuchotai-je contre sa bouche, avant de le lâcher à contrecœur.

J'essayai de ne pas prolonger trop longtemps la torture du lèche-vitrines. Nous entrâmes dans l'une de mes boutiques préférées sur Castle Street et Cam se plaignit abondamment des haut-parleurs qui crachaient une musique pop si assourdissante qu'on ne s'entendait plus parler. Je m'emparai de plusieurs robes d'un coup. La vendeuse surveillant les cabines d'essayage tenta de m'empêcher d'y pénétrer avec Cam, mais je parvins à la convaincre en arguant du fait que j'avais impérativement besoin des conseils de mon petit ami, car cette soirée était très spéciale pour nous deux, *clin d'œil, clin d'œil*. Elle pouvait bien interpréter ce *clin d'œil, clin d'œil* de la manière qui lui chantait, ce qu'elle ne se priva d'ailleurs pas de faire en nous laissant passer avec un grand sourire. Je découvris à mon grand ravissement que la plus vaste des cabines était libre et j'y laissai tomber toutes les robes que j'avais choisies. Je lui désignai le tabouret à l'extérieur du rideau.

— Tu peux t'asseoir ici.

Il poussa un soupir et s'exécuta. Quand je lui souris, ses lèvres frémirent.

— C'est la première fois que je t'entends m'appeler ton petit ami.

Je fis une grimace en guise de protestation.

— N'importe quoi.

— Si, si.

— Vraiment ?

Il sourit de toutes ses dents.

— Vraiment.

Je pris mon courage à deux mains pour lui demander :

— Et qu'est-ce que ça t'a fait ?

— C'était très plaisant.

Nous partageâmes un instant de silence, durant lequel je me sentis rayonner intérieurement.

— Bon, soupirai-je en m'efforçant de ne pas avoir l'air d'une adolescente éprise, j'essaie de faire vite.

Je tirai le rideau et me déshabillai rapidement pour enfiler la première robe. Je la trouvais trop courte. Cam partageait mon avis.

— C'était facile, estimai-je en disparaissant à nouveau dans ma cabine.

S'ensuivit une succession de « non » et de « peut-être », jusqu'à ce que je passe une robe droite bleu marine à lacets, classe et élégante tout en étant suffisamment proche du corps pour être également sexy.

— Qu'est-ce que tu en penses ?

Je tournai sur moi-même devant Cam pour recueillir son avis. Il me considéra de la pointe des orteils jusqu'au sommet du crâne, les yeux pétillant d'excitation. Puis il se fendit d'un hochement de tête imperceptible.

Je haussai les sourcils d'un air interrogateur.

— Elle te plaît ?

Comme il opina de nouveau, je tournai les talons et retournai me mirer dans la cabine. *À moi aussi.*

Je m'apprêtais à en abaisser la glissière quand le rideau bruissa derrière moi. Cameron s'introduisit à l'intérieur, m'attirant contre lui. Je sentis mon cœur s'accélérer et ma température grimper de quelques degrés. Inutile de lui demander ce qu'il avait en tête. Je ne connaissais que trop bien ce regard qu'il arborait.

Soudain, peu m'importait que nous nous trouvions dans une cabine d'essayage, dans un magasin, dans un lieu public.

Cam me caressa la joue et laissa courir sa main jusqu'à ma nuque, avant de m'offrir un baiser qui me mit les nerfs à vif. Je tremblais de tous mes membres, comme si nous ne nous étions jamais embrassés auparavant, jubilant de sentir son souffle chaud et mentholé grâce au chewing-gum qu'il avait mastiqué plus tôt. Je m'agrippai à lui et nous nous prîmes les pieds dans la pile de vêtements, avant que je me retrouve le dos plaqué au miroir mural. Cam se recula alors, les paupières mi-closes, la bouche enflée.

— Tourne-toi, m'ordonna-t-il à l'oreille afin que sa voix puisse couvrir la musique.

La rudesse de son ton me fit tressaillir de la même façon que s'il avait introduit deux doigts en moi. Ma poitrine se souleva d'excitation quand j'obtempérai. Il abaissa ma fermeture Éclair et fit glisser ma robe le long de mes jambes. Je vis son reflet la jeter sur la pile de tenues gisant déjà au sol.

— Achète-la, me conseilla-t-il.

Je frémis derechef quand son haleine me réchauffa la peau, tandis que ses mains vinrent se refermer sur mes seins nus. Je me mordis la lèvre pour réprimer le gémissement qui ne demandait qu'à s'échapper de ma bouche et j'arquai le dos pour accentuer ses caresses. Je posai mes mains sur les siennes quand il entreprit de me pincer les tétons. Collé à moi, la respiration saccadée, il fit descendre ma petite culotte, que j'aidai, en me trémoussant, à choir jusqu'à mes chevilles. J'achevai de m'en débarrasser au moment où il ouvrit sa braguette.

Il se dépouilla de son pantalon noir tout en me pénétrant de deux doigts. Je pris appui sur la glace pour ne pas tomber, gardant en permanence les yeux rivés sur son reflet. Il observa, aussi fasciné qu'excité, son index et son majeur aller et venir en moi, ce qui me fit mouiller davantage encore.

— Cam, geignis-je doucement.

Comme s'il avait entendu mon murmure, il redressa la tête pour me regarder dans les yeux. Ses prunelles s'illuminèrent quand il vit mon expression extatique.

Il me cloua alors à la cloison, posant une main à plat au-dessus de la mienne, alors que l'autre se plaquait sur ma hanche.

Il s'enfonça en moi avec un grognement étouffé, et je hoquetai de plaisir. Il commença à me pilonner et je tendis les fesses vers lui pour l'accueillir plus profondément. Nous nous fixâmes du regard sans ciller tandis qu'il me possédait.

Alors que mon ventre se contractait, Cam m'attrapa par les hanches et disparut si profondément en moi que c'en fut presque douloureux. Soudain, il se mit à genoux, m'entraînant avec lui. Posée dans son giron, la main toujours sur le miroir, ses paumes couvrant mes seins, je me mis à onduler contre lui. Il posa sa joue contre mon dos alors que nous approchions de la libération ; mon orgasme fut précipité par les râles profonds et gutturaux qu'il émettait dans mon cou.

Me sentant sur le point de jouir, Cam plaqua hâtivement sa main sur ma bouche. J'explosai alors autour de lui, étouffant dans sa paume mon cri de plaisir.

Cam m'imita quelques secondes plus tard et je le vis se contracter dans le miroir, les veines du cou gonflées. Sa bouche s'ouvrit sur un grognement silencieux et après une ultime saillie il répandit en moi sa chaude semence.

— Putain, chuchota-t-il en reposant sa tête contre la mienne.

— Euh, tout va bien, là-dedans ? nous demanda la vendeuse d'une voix forte.

Nous nous serrâmes l'un contre l'autre, tant elle semblait proche.

Oh, nom d'un chien ! J'avais fini par oublier où nous nous trouvions.

— Oui, répondis-je, essoufflée.

J'espérais que ma gêne de m'être abandonnée à cet homme à même le sol d'une cabine d'essayage n'était pas trop perceptible.

— Voulez-vous que j'aille vous chercher une autre taille, ou est-ce que celle-ci vous convient ?

Dégage ! Quand je croisai le regard de Cam dans le miroir, il ne me donna aucune indication silencieuse quant à la marche à suivre. Bon sang, je le sentais toujours en moi. Je manquai éclater de rire en y songeant, puis je me retournai vers le rideau.

— Non, c'est très bien. C'est… la taille idéale.

Mon allusion fit pouffer Cam, qui étrangla son rire dans mes cheveux, tandis que ses épaules étaient secouées d'hilarité. Il tressauta également à l'intérieur de moi, me provoquant une nouvelle décharge de bonheur.

— D'accord...

Sa voix s'atténua alors qu'elle s'éloignait de la cabine.

— Tu penses qu'ils nous ont entendus ?

Cette fois, il ne tenta pas de réprimer son éclat de rire.

— J'en ai rien à foutre.

Il le pensait vraiment.

Il se retira alors avec délicatesse et m'aida à me remettre debout. Il me prit les joues entre ses mains et me gratifia d'un long baiser sensuel et langoureux qui m'étreignit la poitrine.

Je t'aime.

Je repoussai cette pensée quand il se recula pour m'examiner.

— Heureusement qu'on a trouvé la robe, car je ne pourrais pas essayer autre chose avant d'avoir pris une douche.

Une lueur intensément sexuelle illumina ses prunelles et je compris qu'il trouvait excitant que je doive rentrer à la maison, le corps imprégné de sa sueur et de sa semence.

— Joss a raison, murmurai-je. Vous êtes tous des hommes des cavernes.

Cam n'en prit pas ombrage. Au contraire, il s'appliqua à me rhabiller, attardant longuement ses mains sur mes parties sensibles, jusqu'à ce que je doive le chasser d'une tape pour éviter l'envie de remettre le couvert.

J'avais les joues écarlates quand je rendis les tenues non retenues à la vendeuse suspicieuse. Je m'efforçai de ne pas regarder Cam, car chaque fois que je me tournais vers lui, il m'adressait un sourire entendu qui me donnait envie de glousser d'excitation et de honte. Dès que nous fûmes sortis de la boutique avec ma robe neuve, je me blottis contre lui et partis d'un rire franc.

— Je n'arrive pas à croire qu'on l'ait fait, soufflai-je.

— Ouais, c'était une première pour moi aussi.

— Tu n'as pas intérêt à en parler à Nate et Peetie.

Mon avertissement ne dut pas lui faire trop peur, vu que j'avais un sourire jusqu'aux oreilles.

— Pourquoi pas ? C'est une super bonne histoire de cul.

Je m'empourprai de nouveau, ce qui le fit s'esclaffer. J'étais tellement sur mon petit nuage que ce qui arriva ensuite fut plus violent qu'un brusque retour sur terre.

Cam s'immobilisa net et je dus me rattraper à son bras pour ne pas perdre l'équilibre. Je tournai la tête vers lui. Il était complètement livide, et ses yeux étaient ronds de stupeur.

— Cam ? chuchotai-je en ressentant un pincement au cœur.

Je suivis son regard et avisai la fille debout devant nous ; ses yeux magnifiques étaient aussi écarquillés que ceux de Cam.

— Cameron ? émit-elle en s'approchant de nous, sans toutefois sembler remarquer ma présence.

— Blair, répondit-il d'une voix enrouée.

Dès que j'entendis son nom, je me mis à l'observer sous un jour nouveau, emmagasinant un maximum d'informations à son sujet. À ma grande surprise, elle n'avait rien à voir avec ce que je m'étais imaginé. Je m'attendais à une grande beauté exotique dotée d'un air mystérieux ; elle était en réalité plus petite que Joss, mince et menue. Elle portait un tee-shirt à l'effigie d'un groupe par-dessus un top à manches longues, un jean miteux et des bottines semblables à celles de mon homme. Ses cheveux noirs et courts cernaient son joli minois de lutin. Ses grands yeux marron constituaient sans doute son principal atout, ainsi cernés de leurs longs cils. Un mélange de surprise et de nostalgie emplissait ses prunelles, et je serrai malgré moi le poing sur la veste légère de Cam.

— Ça me fait plaisir de te voir, dit-elle avec un sourire adorable.

Cam hocha la tête, se racla la gorge et se départit de son air de lapin apeuré par les phares d'une voiture.

— Euh, à moi aussi. Depuis combien de temps es-tu rentrée à Édimbourg ?

— Quelques mois. J'ai hésité à chercher ton adresse, mais...

Sa voix dérailla quand elle remarqua enfin la femme accrochée au coude de Cam. Elle me dévisagea, penaude, comme déçue. Déçue par Cam, qui s'était rabaissé à prendre quelqu'un comme moi ?

Cette pensée me hérissa et le bras de Cam se resserra autour de mon corps.

— Non, tu aurais dû, me surprit-il à lui répondre.

Le visage de Blair s'illumina.

— Sérieux ?

— Ouais.

Il me lâcha, afin de sortir son téléphone de sa poche.

— Donne-moi ton numéro, il faut qu'on rattrape le temps perdu.

Quoi ?

Je les regardai s'échanger leurs coordonnées, presque tête contre tête, et mon esprit entra en ébullition. Putain, que se passait-il ? Il s'apprêtait à renouer contact avec l'ex-amour de sa vie ! Dans quelle espèce de réalité pourrie étais-je encore tombée ?

Pour ne rien arranger, il ne m'avait même pas présentée.

Il rit doucement à l'une de ses paroles et elle releva les yeux vers lui comme pour contempler un miracle. Il en était un. C'était *mon* miracle et s'il ne me présentait pas à cette...

— Blair, je te présente Jo, ma copine, dit-il en rangeant son portable.

Il m'adressa un regard rassurant que je ne lui retournai pas.

— Enchantée, parvins-je à articuler avec un sourire courtois, alors que je l'agonisais intérieurement de toutes les insultes de mon répertoire.

Elle ne sourit pas.

— Pareillement, répondit-elle simplement.

Nous nous jaugeâmes longuement, entamant une conversation silencieuse.

Je te déteste, disait-elle.

Et moi, je crois que je te hais, répliquai-je.

Il était à moi, affirma-t-elle.

Et maintenant, il est à moi, rétorquai-je.

Une forte tension s'installa entre nous jusqu'à ce que Cam rompe ce maléfice en posant quelques questions de pure politesse.

Après qu'ils se furent promis de se revoir bientôt, nous laissâmes Blair reprendre sa route via Princes Street. Je constatai, paniquée, que Cam n'eut plus le moindre geste de tendresse à mon égard. Nous rentrâmes, côte à côte, sans nous toucher et sans parler. Il semblait s'être réfugié quelque part en lui-même et je me mis à redouter cet endroit presque plus que tout au monde.

24

Cole comprit que quelque chose n'allait pas dès que je franchis la porte de l'appartement. Je persistai à lui dire que ça n'était rien, ce qui le mit en rogne. Même s'il me le fit savoir en des termes autrement plus virulents. Je lui rétorquai bien sûr qu'il ne fallait pas jurer, ce qui ne fit que l'énerver davantage, si bien que le temps de m'habiller pour la soirée, j'étais furieuse après Cam d'être un tel crétin, terrifiée à l'idée que notre relation s'achève et fâchée après mon petit frère qui était parti passer la nuit chez Jamie sans me dire au revoir.

En résumé, j'étais prête à faire la fête.

Mes sombres ruminations se multiplièrent quand je me précipitai chez Cam pour ne pas être en retard et qu'il jeta à peine un coup d'œil à ma robe. Cette robe qu'il avait trouvée tellement canon avant de revoir Blair qu'il m'avait sautée dans une cabine d'essayage.

Un étau d'angoisse me compressa la poitrine ; il desserra à peine les lèvres de tout le trajet en taxi avec oncle Mick et Olivia. Même celle-ci lui demanda si tout allait bien.

Naturellement, il affirma que oui, même si nous savions tous (moi, tout du moins) qu'il avait été sidéré par l'apparition de son ex-petite amie, alias la seule femme qu'il ait jamais aimée.

Lorsque nous arrivâmes à l'appartement de Joss et Braden sur Dublin Street, la soirée battait déjà son plein. Hannah et Declan étant chez des amis, les Nichols pouvaient rester aussi tard qu'ils le souhaitaient. Élodie était déjà à moitié ivre – et une Élodie à moitié ivre était une version sublimée d'une Élodie sobre. Elle n'arrêtait pas de courir d'un invité à l'autre pour leur proposer de remplir leurs verres et, quand ils avaient le malheur d'accepter, elle les faisait copieusement déborder en se fendant d'un petit « Oups ! » amusé.

Cam, Olivia et moi nous installâmes dans un coin avec Adam et Ellie. J'essayais de suivre la conversation, tout en m'efforçant d'arborer une mine normale et de rire avec les autres quand Adam fit remarquer que Joss semblait de plus en plus éreintée à force de discuter avec ses convives. Nous la vîmes même essayer en vain d'arracher sa main à celle de l'épouse d'une relation professionnelle de Braden, qui s'était perdue dans la contemplation de sa bague. Joss la tira doucement à deux ou trois reprises, mais comme cela ne suffit pas, elle finit par donner une tape sur le poignet de sa harceleuse, avant de lui décocher un sourire angélique et de prendre congé devant un Braden hilare.

Nous riions tous de bon cœur et, quand je me tournai vers Cam pour partager un moment de connivence avec lui, je le vis penché sur son téléphone.

— Ça va ? lui demandai-je tout en louchant sur le SMS qu'il rédigeait.

Ma poitrine se comprima de plus belle.

Il redressa le menton et m'adressa un sourire absent.

— Ouais, et toi ?

— Bien. À qui tu écris ?

— Blair. Elle me demande mon adresse.

— Mmm.

Je hochai la tête, espérant que ma fureur ne se lisait pas sur mon visage. Je me détournai, l'enjoignant silencieusement d'aller brûler en enfer.

Tu te pointes aux fiançailles de ma meilleure amie en tant que mon foutu cavalier et tu ne fais attention à rien ni personne, te contentant d'envoyer des putains de SMS à une ex, dont tu m'as fortuitement avoué avoir été amoureux ; si tu t'attends à ce que je ne sois pas furax, espèce de porc, tu te fourres...

— Alors, Jo, comment se passe ton nouveau boulot ? m'interrogea Adam en interrompant sans le savoir ma diatribe intérieure.

— Oh, bien.

Adam s'attendait manifestement à ce que je développe, mais j'avais l'esprit ailleurs. Tandis que mon sang bouillonnait et que le souffle me manquait, mes pensées mélancoliques m'accaparaient tout entière. Comprenant qu'il n'obtiendrait rien de plus de moi, Adam engagea une autre discussion avec Olivia, cependant que je faisais mine de ne pas remarquer les coups d'œil inquiets qu'Ellie n'arrêtait pas de m'adresser.

Je lançai un regard circulaire dans la pièce, espérant trouver quelque échappatoire, envisageant même d'aller m'enfermer aux toilettes pour y fondre en larmes. Cela me semblait néanmoins un peu exagéré, étant donné que Cam n'avait réellement rien fait de mal. Si je doutais de la sorte, c'était sans doute uniquement parce que je n'étais pas assez sûre de moi. Non ?

Je croisai le regard d'oncle Mick et lui souris. Il me sourit à son tour et s'en retourna vers Clark. Tous deux étaient très différents, l'un étant universitaire, l'autre artisan, et pourtant ils semblaient s'entendre à merveille. J'en étais ravie. C'était très gentil de la part de Joss et Braden d'avoir invité Mick et Olivia à leurs fiançailles, mais je craignais un peu qu'ils se sentent légèrement mis à l'écart.

À l'évidence, la seule personne qui se sentait mise à l'écart, c'était moi.

J'écoutais d'une oreille distraite Ellie essayant laborieusement de discuter avec Cam. S'il évoqua le nouveau projet sur lequel il travaillait – le logo d'une chocolaterie indépendante qui allait s'installer à Édimbourg –, il le fit sans enthousiasme. Je le connaissais trop bien. Je savais que son esprit vagabondait à mille lieues d'ici.

Était-ce réellement mon manque de confiance en moi qui me soufflait que ses pensées étaient tournées vers Blair ? Ou mon instinct ?

Il me fallait l'opinion d'un couple franc, direct et honnête.

J'eus beau balayer la pièce du regard, je n'aperçus ni Joss ni Braden. Je m'excusai et me dirigeai vers le couloir désert, avant de m'orienter vers la cuisine où un grand groupe de convives s'était réuni. Ils n'y étaient pas non plus. Je vérifiai les chambres à coucher. Les deux étaient vides.

Me demandant s'ils étaient sortis prendre l'air, je retournai sur mes pas et m'apprêtais à ouvrir la porte d'entrée quand j'entendis des rires étouffés.

Je me figeai en haussant les sourcils, puis me tournai vers la salle de bains.

Non.

Ils n'auraient pas osé.

Si ?

— Attends, j'ai une crampe, ricana Joss avant de glousser nerveusement.

J'ignorais qu'elle était capable de produire un son pareil.

— Comment ça se fait ? lui murmura Braden.

— Au cas où tu ne t'en serais pas rendu compte, mon chéri, je ne suis pas en pâte à modeler.

J'étouffai mon éclat de rire dans ma paume. Dans quelle position l'avait-il mise ?

— Tu veux un massage ?

Il y eut un moment de silence, puis...

— Oh, oui, juste là, gémit-elle.

— Putain, bougonna Braden, tu vas me refaire bander.

— Sérieux ? s'étonna-t-elle. J'ai à peine poussé un petit gémissement.

— C'est tout ce qu'il faut, bébé.

Joss gloussa de nouveau. Ce bruit me plaisait bien.

Puis je pris conscience que j'écoutais à la porte de la salle de bains pendant qu'ils s'envoyaient en l'air au cours de leur foutue soirée de fiançailles. Je frappai doucement.

— Euh, une seconde ! s'exclama Joss.

— C'est moi, annonçai-je à mi-voix. Tu es visible ?

— Pas encore. Attends.

J'entendis un bruissement de vêtements, puis un « aïe » étouffé, suivi d'un bruit de chute.

— Tu veux me tuer, ou quoi ?

Braden éclata de rire.

— C'est toi qui voulais baiser dans la salle de bains.

— Chut ! siffla Joss. Jo est dehors.

— Je crois qu'elle sait à quoi on joue.

— Elle sait, intervins-je de mauvaise grâce.

Braden rit à nouveau.

La porte s'ouvrit. Braden me dominait de toute sa hauteur, les cheveux en bataille, la chemise à moitié sortie du pantalon. Joss sautillait sur un pied derrière lui, tentant de remettre sa chaussure. Elle était rouge écarlate et son chignon pendouillait mollement sur sa nuque.

— Sérieux ? demandai-je en lançant un regard alentour pour m'assurer que nous étions toujours seuls. Dans la salle de bains, le soir de votre fête de fiançailles ?

Joss roula les yeux.

— Quoi, ne me dis pas que tu n'as jamais fait un truc un peu osé ?

Je rougis en repensant à notre séance d'essayage du matin. Bon sang, cela me semblait remonter déjà à une éternité.

Saloperie de Blair.

Braden m'évalua entre ses paupières mi-closes, puis adressa un signe de tête entendu à Joss.

— Elle sait carrément de quoi tu parles.

Joss sourit, laissant finalement tomber sa chaussure pour me contempler à son tour.

— Je crois que vous avez raison, monsieur Carmichael. Regardez-moi la jolie couleur de ses joues.

Je poussai un soupir impatient, regrettant de ne pas savoir mieux cacher mon embarras.

— Je ne vous ai pas cherchés partout pour vous parler de ma vie sexuelle.

J'entrai dans la salle de bains et indiquai à Braden de fermer la porte. Il haussa un sourcil incertain, mais obtempéra.

— Tout va bien ?

Essayant de ne pas me laisser submerger par mes émotions, je m'ouvris à eux. Je leur racontai l'histoire de Cam et Blair, leur rupture, puis la réapparition subite de cette dernière et le comportement ambigu de celui-là depuis.

— Est-ce qu'il y a lieu de s'inquiéter ? les interrogeai-je en me mordillant les lèvres.

Joss se tourna vers Braden.

— Qu'est-ce que tu en penses ?

Braden lui décocha un clin d'œil.

— J'en pense que je me trouve plutôt beau gosse.

Joss lui assena un coup de poing dans l'épaule.

— Ça ne nous aide pas beaucoup, sale crâneur.

Il poussa un grognement, sans se départir de son air supérieur, mais se rembrunit en se rendant compte que je n'étais pas d'humeur. Son regard s'adoucit alors.

— Jo, tu n'as pas à t'en faire.

C'était exactement le genre de phrase que j'avais besoin d'entendre, mais il m'en fallait davantage.

— Vraiment ?

— Écoute, Cameron vient de retrouver une fille avec qui il a vécu quelque chose de fort. C'est normal que ça l'affecte. Ça ne signifie pas pour autant qu'il a toujours des sentiments pour elle. Si Joss et moi croisions l'une de mes ex au cours d'une balade, je serais sans doute, moi aussi, un peu bizarre pour le reste de la journée, mais ça ne voudrait pas dire que je suis encore amoureux de cette connasse.

Je haussai les sourcils, me demandant s'ils avaient vécu pareille scène. Je me tournai vers Joss.

— C'est clair, dit-elle en caressant le bras de Braden de façon réconfortante. C'est une sale connasse.

— Vous pensez donc que je m'en fais pour rien ?

— Oui, répondirent-ils à l'unisson.

— Cependant... (Joss secoua la tête d'un air déçu.) Il ne faut pas non plus être un monstre d'empathie pour deviner que le fait qu'il retrouve l'une de ses ex risque de te perturber.

Braden ricana au manque de tact de Cam.

— C'est pas faux.

Je fis une petite moue.

— C'est pas faux... Pardon de vous avoir dérangés avec ça pendant vos fiançailles. C'était franchement égoïste. Bon sang ! m'exclamai-je en levant les mains au ciel. Cette relation me rend complètement schizo.

Joss se fendit d'un sourire compatissant.

— Bienvenue dans mon monde.

Quand je retournai à la fête, je découvris que Cam s'était soûlé à une allure incroyable. Il ne buvait jamais au point de se rendre malade et, à mesure que la soirée avançait, le peu que Braden avait pu dire pour me rassurer fut réduit à néant par l'état de mon cavalier. Mick dut m'aider à le mettre dans un taxi, puis à lui faire gravir les marches jusqu'à chez lui. Je leur souhaitai bonne nuit, à lui et Olivia, puis je déshabillai Cam, déposai une bouteille d'eau et un tube d'aspirine à côté de son lit, et m'installai près de lui pour m'assurer qu'il allait bien.

Je ne m'endormis pas.

J'avais l'impression d'être perchée au sommet du plus haut immeuble du monde, à contempler les merveilles que l'univers avait à offrir, tout en m'attendant à ce qu'une bourrasque me fasse basculer dans le vide, me privant de la meilleure vue que j'avais jamais eue.

Alors que, la tête à plat sur l'oreiller, je surveillais le sommeil de Cam, une partie de moi songea que je le haïssais un peu. Je le détestais de m'avoir fait l'aimer autant avant de me faire me sentir si peu sûre de moi. J'avais passé toute ma vie d'adulte à dépendre d'hommes à l'aise financièrement, et voilà que j'avais jeté mon dévolu sur Cam. Je pensais l'avoir fait pour de bonnes raisons, mais il me semblait désormais que j'avais échangé la sécurité financière contre la sécurité affective et que le risque n'avait pas été payant.

Après m'être assurée que ce con d'ivrogne survivrait, je sortis de son lit et enfilai mes bottes.

Peut-être valait-il mieux que je ne compte que sur moi-même pour un temps.

25

Où es-tu ? x

Je découvris le message de Cam en soupirant et lui répondis dans la foulée.

J'ai emmené Cole déjeuner avec Mick et Olivia. Gueule de bois ? x

— Je sais que ça ne me regarde pas, mais tu n'as pas l'air dans ton assiette, me fit remarquer Olivia en marchant à mon côté.

Oncle Mick et Cole nous devançaient de plusieurs mètres et je voyais que le premier expliquait quelque chose au second à grand renfort de gestes. Nous avions mangé dans un tex-mex génial situé derrière la fac. À présent, nous digérions nos hamburgers en prenant un bon bain de soleil dominical dans les Meadows. Nous n'étions pas les seuls à apprécier ce vaste parc à deux pas de l'université. Des groupes d'amis et des familles entières s'y réunissaient pour jouer au foot ou au tennis, courir après des chiens joueurs ou simplement profiter de la douceur agréable du printemps tant qu'ils en avaient l'occasion. J'avais décidé ce matin-là que je ne tenais pas à affronter Cam ni nos problèmes. Au contraire, j'avais bondi sur mon frère dès son retour, puis j'avais immédiatement appelé oncle Mick pour lui proposer de déjeuner ensemble. Dès que nous avions quitté notre immeuble, je m'étais mise à mieux respirer et j'avais même réussi à passer du bon temps jusqu'à ce que Cam se rappelle à mon bon souvenir avec son SMS.

Mon téléphone sonna avant que je puisse répondre à Olivia.

Encore Cam.

Un ptit peu. Ça va ? x

— Une seconde, Olivia, dis-je sur un ton d'excuse avant de répliquer que tout allait bien et qu'on se verrait à mon retour.

— C'est Cam ? s'enquit-elle en désignant mon portable du menton.

— Ouaip.

J'avais secrètement espéré qu'il aurait la pire gueule de bois de l'histoire. Malheureusement, ma volonté sadique ne semblait pas être exaucée.

— Je ne l'avais encore jamais vu aussi bourré, ajoutai-je.

— Il va mieux ?

Je la considérai un instant. Nous ne nous connaissions qu'à peine, je n'étais donc pas certaine de pouvoir me confier à elle. Je m'étais tournée vers Joss et Braden, car je savais qu'ils feraient preuve d'honnêteté, mais les propos rassurants qu'ils m'avaient tenus la veille avaient été sérieusement amoindris par l'ivresse de Cam. Je ressentais un besoin puissant de m'en ouvrir à quelqu'un d'autre. Mais à Olivia ? Nous n'étions pas assez intimes.

Elle m'adressa un sourire compréhensif, comme si elle avait conscience du cheminement de ma pensée.

— J'ai pigé. Tu n'es pas sûre de vouloir me parler. Ce n'est pas grave. Mais sache que je suis de très bon conseil et que je garde les secrets mieux que personne. Si je n'étais pas devenue bibliothécaire, j'aurais sans doute répondu au courrier du cœur de jour et été espionne de nuit.

Je pouffai.

— Eh bien, c'est bon à savoir. En vérité, je ne sais même pas trop quoi raconter. Je ne sais pas si c'est juste dans ma tête, ou s'il y a réellement un problème.

Olivia s'éclaircit la voix.

— Manifestement, quelque chose te perturbe, et je... Eh bien, disons que l'expérience m'a appris à ne pas négliger mon instinct.

Soudain distraite de mon sujet de préoccupation, je lui demandai d'un ton hésitant :

— Qu'est-ce qu'il s'est passé ?

Elle étrécit ses beaux yeux et je remarquai qu'elle serra inconsciemment les poings.

— Ma mère. Elle se comportait bizarrement avant qu'on connaisse le diagnostic. Elle était souvent de mauvais poil, s'emportait facilement, faisait preuve d'impatience... Avant ça, c'était la personne la plus décontractée du monde. Je savais au fond de moi qu'un truc déconnait sérieusement, mais je n'ai pas insisté plus que ça. J'aurais dû. J'aurais peut-être pu la convaincre d'aller voir un médecin pour la grosseur dans son sein. Au lieu de quoi, elle était si tétanisée par la peur que, quand elle a enfin trouvé le courage d'aller consulter, il était trop tard.

— Oh non, Olivia, je suis désolée.

Elle haussa les épaules.

— Je vis avec ce poids au quotidien, alors quoi que te disent tes tripes, écoute-les.

J'étais si occupée à scruter les ombres hantant ses prunelles que je passai complètement à côté du conseil d'Olivia.

— Est-ce qu'oncle Mick sait ce que tu ressens ?

— Ouais, acquiesça-t-elle. Ça l'inquiète. Mais je vais bien.

— Si un jour tu veux en parler…

Elle me gratifia d'un sourire triste.

— Merci, Jo. Je suis sincère. Tu m'as vraiment bien accueillie ici et je sais que ça n'était pas forcément facile. Je vois à la façon dont tu le regardes combien papa compte pour toi et depuis que j'ai vu ta mère, je m'en veux de te l'avoir enlevé alors que tu avais visiblement grand besoin de lui.

— Mais non, voyons, tu es sa fille. Et puis *lui* avait besoin de toi. J'ai fini par le comprendre. « Moi Ado » n'avait rien capté, mais « Moi Adulte », oui. Et « Moi Adulte » l'a accepté. (Plus loin, Mick s'esclaffa suite à une phrase de Cole.) Et je suis contente de le revoir pour quelques jours.

— Cameron doit vraiment tenir à toi pour s'être donné tant de mal pour nous retrouver.

Sa question en sous-entendait une autre et je sus qu'elle avait compris que ce qui me tracassait avait un lien avec Cam. Mon besoin de me confier l'emporta sur ma réserve. J'avais passé si longtemps à tout garder pour moi que je devais en avoir marre de subir sans mot dire.

— Cam et moi avons croisé son ex, hier.

Olivia poussa un profond soupir.

— Ah.

— Il m'a appris il y a quelque temps qu'il avait été amoureux de cette Blair. Ils avaient rompu parce qu'elle était partie travailler dans une fac en France, pas parce qu'ils ne s'aimaient plus. Et maintenant, elle est de retour à Édimbourg et ils commencent déjà à s'envoyer des messages. Tu as dû remarquer qu'il était bizarre hier soir, c'est pour ça qu'il a tant bu ; normalement, il reste toujours raisonnable. Alors, bien sûr, je m'imagine le pire. Qu'il ne sait plus où il en est parce qu'elle est rentrée et qu'il est toujours amoureux d'elle.

— Waouh, ça fait beaucoup de choses. (Elle leva la main et entreprit de compter sur ses doigts.) D'une : tu ne sais pas s'il l'aime encore. De deux : croiser un ou une ex qui compte est forcément perturbant. De trois : il ne peut pas redevenir ami avec elle sans t'en parler d'abord. Ce qui m'amène au quatrième point : il faut absolument que vous en discutiez. Sans quoi, le doute va ronger votre relation comme un virus.

J'opinai.

— Tu as raison. C'est vrai que tu es douée.

— Je sais. Et donc, tu comptes suivre mon conseil ?

— J'ai un léger problème de confiance en moi, il risque donc de me falloir du temps avant d'oser aborder le sujet avec lui.

— En d'autres termes, tu as peur qu'il te tourne le dos et qu'il choisisse cette Blair ?

Je fronçai les sourcils.

— Tu devrais peut-être ajouter « télépathe » à ton CV.

— Ouais, on est d'accord pour dire que je suis formidable.

Elle sourit d'un air effronté et j'étirai la bouche en retour.

— Oui.

Elle recouvra aussitôt son sérieux.

— Trouve le courage de lui parler, Jo, ou ça va prendre des proportions dingues.

— Du courage ? (Je plissai à nouveau le front.) Tu crois que ça se télécharge sur Internet ?

— Ça ne m'étonnerait pas. Mais ça doit venir avec des tas d'engagements et une foule de ramifications complexes.

— Il va donc falloir que j'en dérobe à quelqu'un.

— Comment ça, que tu en dérobes ? Johanna Walker, tu es l'une des personnes les plus fortes et les plus courageuses que je connaisse, et ce n'est pas rien : j'ai grandi en Arizona, où environ six millions de personnes subissent volontairement une chaleur écrasante de mai à septembre.

— Cam aussi me trouve forte, répondis-je avec incrédulité.

— Ma belle, va lui parler. Je n'arrive pas à croire qu'un homme qui te regarde d'une façon qui me donnerait presque envie d'être en couple puisse être amoureux de quelqu'un d'autre.

Je pris une brusque inspiration.

— OK, j'irai lui parler.

Olivia me donna une grande tape dans le dos qui me fit grimacer.

— Ça, c'est envoyé !

Quelques heures plus tard, nous dîmes au revoir à Mick et Olivia sur Princes Street en nous promettant de dîner ensemble dans la semaine, puis je déposai Cole au cinéma, où il avait rendez-vous avec ses amis. Quand je tournai les talons, il me rattrapa par le bras.

— Jo, tu vas bien ? me demanda-t-il, les sourcils froncés d'inquiétude.

Je m'étonnai du fait que nous fassions désormais la même taille. J'aurais préféré qu'il soit moins grand, cela m'aurait permis de croire qu'il resterait pour longtemps un enfant. Cependant, petit ou pas, rien n'entamait son intuition. Cela faisait partie de sa personnalité, mais aussi de notre relation : il me connaissait trop bien. Je haussai les épaules.

— Ça va.

Il fourra les mains dans les poches de son jean, se voûtant légèrement, et inclina la tête vers moi pour fouiller mon regard.

— Est-ce que tu me caches quelque chose ?

— Je me sens juste un peu déphasée. C'est un truc de fille, le rassurai-je avec un sourire timide. File, maintenant. Va t'amuser et sois immature. Responsable, m'empressai-je de préciser, mais immature.

Il fit la grimace.

— Est-ce que les deux sont compatibles ?

— Tant que ton immaturité n'a pas de conséquences, ça reste responsable.

Cole grogna.

— Tu devrais écrire cette co… cette bêtise.

— Je sais ce que tu as failli dire, mon poupon. Pour la peine, je te pique le dernier biscuit.

— Tu es dure, Jo. (Il secoua la tête et s'éloigna avec un sourire en coin.) Très dure.

Je levai les yeux au ciel et lui adressai un petit signe de la main avant de le laisser, espérant que le chemin du retour me suffirait à m'armer de courage.

Une fois devant la porte de chez Cam, je me sentais prête à le mettre face à ses responsabilités. Lui ayant déjà envoyé un SMS pour le prévenir de mon arrivée, je ne me donnais pas la peine de frapper.

— C'est moi, annonçai-je en entrant.

— Je suis là.

Je suivis sa voix jusqu'au salon et fus surprise de le découvrir avec Nate. Plus étonnant encore : la télé n'était pas allumée. Un rapide coup d'œil aux tasses de café et aux sandwichs à moitié dévorés me suffit à comprendre que Nate était là pour discuter.

Mon cœur s'emballa.

Oh, oh, ça ne pouvait pas être bon signe.

— Salut, Nate.

Je lui souris d'un air craintif.

— Jo. Tu es splendide, comme d'habitude.

Il me sourit à son tour en s'essuyant les mains.

Je ne savais pas comment me comporter avec Cam. Il ne m'avait plus touchée depuis que nous avions croisé Blair. Lui qui, habituellement, ne semblait pas capable de respirer sans être en contact avec moi n'avait pas posé le doigt sur moi. Il ne m'avait plus tenu la main, plus serrée par la taille, plus embrassée dans le cou. De mémoire, cela n'était jamais arrivé depuis que nous sortions ensemble.

Ne me sentant pas d'humeur à être rejetée, je ne me précipitai pas vers lui comme je l'aurais fait en temps normal. Je restai simplement debout, mal à l'aise, à l'observer. Cet enfoiré de petit veinard ne semblait pas du tout souffrir d'une quelconque gueule de bois.

— Comment tu te sens ?

Cameron ne me répondit pas immédiatement. En réalité, pendant ce qui me sembla être une éternité, il resta à bercer son mug tout en scrutant mon visage. Lentement, un sourire lui étira les lèvres et la tendresse dans son regard me causa un pincement à la poitrine.

— Beaucoup mieux, ma belle. Beaucoup mieux.

Ses mots semblaient receler plus qu'une simple réponse à ma question. Je n'arrivais toutefois pas à déterminer quoi.

— Bon, j'ai fait ce que j'avais à faire.

Nate se tapa sur les genoux et se leva.

Je le suivis du regard, perplexe.

— Ce que tu avais à faire ?

— Oh. (Il secoua la tête, arborant une moue mystérieuse.) J'étais venu nourrir M. Alambic ici présent.

Sans cesser de sourire, Nate s'approcha de moi et m'embrassa sur la joue. Ses prunelles sombres pétillaient joyeusement quand il se recula.

— Ça me fait toujours plaisir de te voir, Jo. À plus tard.

— Bye, répondis-je doucement, étonnée par cette marque d'affection, stupéfaite par leur comportement étrange, et me demandant dans quoi j'avais bien pu mettre les pieds.

— À plus, mon pote, lui lança Cam.

Nate lui répondit d'un geste de la main et sortit.

Je fronçai le nez, éberluée, et me tournai vers Cam.

— C'était quoi, ce délire ?

Cam secoua la tête et reposa son mug sur la table basse.

— Il est juste passé discuter. (Ses lèvres s'ourlèrent aux commissures.) Qu'est-ce que tu fais encore à l'autre bout de la pièce ?

Il plia le doigt pour me faire signe d'approcher, avec cette assurance irrésistible qui fit immédiatement naître de petits drapeaux verts dans mes zones érogènes. La mise en route de mes moteurs sexuels ronronna à mes oreilles, les drapeaux se levèrent, prêts à donner le départ...

Je m'ébrouai littéralement pour me rappeler que j'étais venue ici pour lui parler, pas pour me jeter sur lui à la première occasion. Ce n'était pas parce que Cam se sentait soudain d'humeur paisible et affectueuse que j'avais changé d'avis. Je tenais toujours à avoir des explications par rapport à son comportement de la veille.

N'est-ce pas ?

— Jo ? (Cam haussa un sourcil.) Viens par ici, ma belle.

— Non.

Je fis saillir mon menton et étrécis les yeux. À quel jeu jouait-il encore ?

— Si tu veux de moi, viens me chercher.

J'eus à peine le temps d'entendre son grognement qu'il se jeta sur moi, à une allure étonnante pour quelqu'un qui se remettait d'une cuite. Il traversa la pièce en une fraction de seconde et me plaqua contre son bureau. Il m'agrippa les cuisses sans ménagement, enroula mes jambes autour des siennes afin de pouvoir presser son érection contre moi. Je m'accrochai à lui, les mains sur sa taille, la tête rejetée en arrière tandis qu'il enfouissait son nez dans mon cou.

— Cam, grognai-je en tentant de me rappeler le but de ma visite.

Il frotta son jean érigé contre la couture à l'entrejambe du mien. Je me mis à haleter, déjà humide de désir. *Qu'est-ce qui se... qu'est-ce qu'on... quoi ?*

Je sentis sa langue sur ma gorge et nos mouvements s'accentuèrent.

Il traça un sillon de baisers jusqu'à mon oreille.

— Tu m'as manqué, ce matin, susurra-t-il d'une voix rauque.

— Ah bon ? Je te pensais trop bourré pour ça.

Mes doigts glissèrent le long de son dos pour venir se rejoindre sur sa nuque, où j'enroulai les doigts dans ses cheveux pour lui renverser la tête en arrière afin de pouvoir plonger mes yeux dans les siens. Je pris alors une profonde inspiration, redoutant que ce que je m'apprêtais à dire mette un terme définitif à notre étreinte passionnée.

— Tu n'étais plus toi-même, hier. Après... Blair...

Il hocha lentement la tête, me caressant l'extérieur des cuisses en un geste se voulant rassurant.

— J'ai été stupéfait de la voir. Et puis je me suis perdu dans mes pensées.

— Tu t'es noyé dans l'alcool aussi, précisai-je avec un faible sourire. Tu es sûr que tout va bien ? Que ça va... entre nous ?

Il me saisit alors le menton dans sa paume.

— Ma belle, ça va plus que bien entre nous.

Il m'embrassa, m'attirant au plus près de lui, et je me détendis avec un geignement. Bon sang, je voulais le croire plus que tout.

Sa langue taquina ma lèvre inférieure tandis que ses doigts se débattaient avec le bouton de mon pantalon. Je m'écartai assez pour lui faciliter la tâche, le désir l'emportant finalement sur toutes les questions qui me trottaient en tête. Il m'avait assuré que tout allait bien, cela me suffisait. Je m'humectai les lèvres, recueillant sa salive, et il acheva de me déboutonner en me faisant fondre de son regard torride. Il me tira ensuite jusqu'au bord du bureau, auquel je m'accrochai tout en soulevant les fesses pour qu'il puisse me retirer mon jean. Mes ballerines rouges partirent avec.

Il m'ôta alors ma culotte avec une lenteur provocante, puis la glissa dans sa poche arrière.

— Tu es un sale pervers.

Il rit sous cape et se dépouilla de son pantalon et de son boxer sans me quitter des yeux. Je m'empourprai quand il se caressa lentement.

Je me tortillai, écartant inconsciemment les jambes.

Il fit un petit pas en avant, le jean autour des chevilles, et alors que je m'attendais à ce qu'il me pénètre, il se mit à genoux, m'écarta grandes les cuisses et approcha son visage de mon intimité.

— Oh, oui, gémis-je en rejetant la tête en arrière quand sa langue m'effleura le clitoris.

Je lui attrapai les cheveux pour le maintenir en place, puis tanguai doucement sur sa bouche pour lui permettre de me lécher jusqu'à l'orgasme.

Puis il aspira mon bouton de chair. Puissamment.

Je laissai échapper un cri, jouissant contre sa bouche dans une explosion de lumière et de chaleur. Mes muscles commençaient tout juste à se détendre quand il se leva, m'enserra les hanches, les inclina vers le haut et me pénétra si profondément que c'en fut presque douloureux. Ma respiration se bloqua et je m'accrochai à lui en me contractant involontairement autour de son membre.

Ses mains sur ma peau étaient blessantes, ses mouvements brusques, violents et frénétiques, mais je m'en fichais. Déjà, la tension recommençait à s'accumuler en moi, ma respiration saccadée et mes suppliques impatientes se mêlaient à ses grognements et à ses râles animaux.

J'avais chaud.

Trop chaud.

Je voulais nous arracher nos tee-shirts, mais cela nous obligerait à faire une pause, et rien ne pouvait plus m'arrêter désormais.

L'une de ses mains quitta ma hanche pour se refermer sur ma nuque et il plaqua sa bouche contre la mienne, mélangeant activement nos lèvres et nos langues… sans délicatesse, il reproduisait en haut ce qu'il m'infligeait en bas. Il me souleva à nouveau par la taille, interrompant notre baiser. Son regard se fit possessif quand il me pilonna puissamment.

Mon corps tout entier était prêt à s'embraser, chacune de ses saillies me rapprochant de l'extase.

Quand finalement…

J'explosai.

L'orgasme m'emporta, vague après vague, et j'étais tellement sous le coup de cet instant extraordinaire que j'entendis à peine Cam s'exclamer « Putain ! » quand il se contracta et jouit.

Ma main glissa du bureau et mes muscles se liquéfièrent. Cam m'enlaça tout en tâchant de reprendre son souffle, le menton posé sur mon épaule.

Je n'avais jamais fait l'amour avec autant de rudesse et ce mélange douleur-plaisir constituait une nouvelle expérience. J'ignorais si mon corps avait réagi à la virulence ou à la possessivité de Cam, à son besoin de me conquérir, de me revendiquer. Il se comportait toujours un peu comme ça pendant l'acte, mais cette fois-ci avait été… différente.

Presque désespérée.

— Est-ce que je t'ai fait mal ? demanda-t-il doucement, soudain pris de remords.

Je secouai la tête, frottant ma joue contre le tissu humide de sueur de son tee-shirt. Son odeur, mêlée à celle de son après-rasage et de son gel douche fraîcheur marine, était réconfortante.

— Non.

— Tu en es sûre ?

— Certaine. (Je partis d'un rire léger.) Même si j'ai l'impression que je pourrais dormir pendant un mois, maintenant.

Il ricana.

— Moi aussi.

Il se retira, tout sourire, et me caressa tendrement la joue.

— Je ne suis jamais mieux qu'à l'intérieur de toi, ajouta-t-il, me libérant de mes derniers doutes.

— Et je ne suis jamais mieux que quand tu es en moi.

Son baiser fut doux et agréable, presque délicat par rapport aux ébats que nous venions d'avoir... comme si ce qui venait de se passer l'avait rassuré et adouci.

Je me rappelai que Andy m'avait affirmé n'avoir jamais vu Cam aussi heureux qu'avec moi et je me sentis soudain stupide d'avoir douté de nous. D'avoir douté de lui. Tel un chaton satisfait, je me reposai sur mes coudes et regardai Cam renfiler son jean. Il m'ordonna de ne pas bouger. Il disparut dans la chambre et en revint quelques instants plus tard avec un gant de toilette. Jusqu'à présent, je m'étais toujours sentie gênée quand il m'aidait à me nettoyer après l'amour, mais quelque chose avait définitivement changé entre nous et je ne souffrais plus de la moindre appréhension. Je n'étais plus embarrassée. J'étais... toute puissante.

J'écartai les jambes avec un sourire enjôleur et ma malice fit pétiller ses prunelles.

— Plus sexy que jamais, murmura-t-il en me passant le gant entre les cuisses.

Je fermai les paupières en sentant la fraîcheur du linge humide et je me soulevai légèrement pour l'aider. Des lèvres chaudes se refermèrent sur les miennes, sa langue s'introduisit dans ma bouche. Le tissu disparut et je laissai échapper un petit cri quand deux doigts épais s'enfoncèrent dans mon canal meurtri.

Je n'en pouvais plus.

Je secouai la tête, gémissant en m'écartant de lui.

— C'est trop.

Cam n'était pas d'accord. Il fit aller et venir ses doigts, scrutant mon visage avec intensité. Après un tel orgasme, je m'imaginais incapable de jouir rapidement, mais mon corps était encore tout frétillant et sa pénétration doublée de la caresse délicate de son pouce sur mon clitoris me précipita de nouveau au septième ciel. Ce fut cette fois plus tendre, mais ma peau me brûlait.

— Tu veux ma mort.

Cam m'embrassa encore et je sentis le gant de toilette revenir entre mes jambes.

J'étais encore toute tremblante quand il m'aida à me remettre debout et remonta mon jean. Je n'essayai même pas de réclamer ma culotte, je connaissais déjà la réponse.

Quelques instants plus tard, nous nous installâmes sur le canapé pour regarder un film. J'étais allongée entre ses jambes, le dos contre son torse, détendue pour la première fois depuis ce qui me paraissait être des siècles. Je n'arrivais pas à croire que notre rencontre avec Blair ne datait que de la veille. J'avais l'impression que cette menace planait sur moi depuis des semaines.

Cam éclata de rire à cause d'un gag à la télé et je levai la tête pour lui sourire.

— Tu es clairement de meilleure humeur qu'hier.

Il referma ses bras autour de moi.

— Tout va bien, aujourd'hui. J'ai pris un pied d'enfer, je suis merveilleusement accompagné, j'ai des amis super. Au fait : je t'ai dit que j'organisais une fête la semaine prochaine ?

Je secouai la tête.

— Ah non, j'en parlais avec Nate et Blair. J'invite tout le monde à l'appart le week-end prochain. Dis-le à Olivia.

Je n'entendis que « ... et Blair ».

— Blair ?

Il acquiesça distraitement, déjà reconcentré sur la télé.

— Je lui ai parlé ce matin, avant que Nate arrive. Je me disais que ce serait sympa qu'on se retrouve tous les quatre, avec Nate et Peetie.

— Je croyais que ça t'avait fait un choc de la revoir hier ?

J'essayai tant bien que mal d'oublier les violents battements de mon cœur, espérant sincèrement que Cam ne les sentait pas.

— Oui, mais dans le bon sens du terme. C'était exactement ce dont j'avais besoin. (Il ricana à nouveau devant son film.) Putain, qu'est-ce qu'il va faire de ça ?

Qu'entendait-il par « exactement ce dont il avait besoin » ?

J'étais de retour à la case départ.

L'heure était venue de lui demander franchement ce que lui inspirait le retour de Blair. Et ce que cela impliquait pour nous. Que ressentait-il pour elle ? Était-il toujours amoureux ?

Oh, mon Dieu, notre majestueuse partie de jambes en l'air était-elle due à cela ?

Mes poumons se contractèrent et j'eus soudain du mal à respirer.

Sa bonne humeur avait-elle un lien avec la conversation qu'il avait eue avec Blair ? Transférait-il sur moi l'affection qu'il éprouvait pour elle, simplement parce qu'il m'avait sous la main ?

Ou est-ce que mes gros doutes, illogiques et psychotiques, repointaient sans raison le bout de leur nez pour venir à nouveau tout chambouler ?

— Ça va ? s'inquiéta-t-il en me caressant le bras.

Dis-lui ! Demande-lui !

Mais j'étais terrifiée. Si je lui posais la question et qu'il l'aimait toujours, il serait contraint de me l'avouer et je devrais abandonner ses bras pour ne plus jamais les retrouver.

Étais-je pitoyable au point de me complaire dans un mensonge pour le seul plaisir de sentir son souffle sur mon oreille ? Oui.

— Je vais bien, mentis-je à voix basse en cherchant une position plus confortable. (Je fermai les yeux.) Je suis juste un peu fatiguée.

Il plongea ses doigts dans mes cheveux et je tentai de réprimer mes doutes.

Notre partie de jambes en l'air, ce câlin... il ne peut pas penser à quelqu'un d'autre que moi.

Cam m'apprécie.

Il m'apprécie même beaucoup.

— Jo ? Je sais quand tu es contrariée. Tu es toute contractée.

Bordel !

Je soupirai et m'installai complètement face à lui. Mon ventre était en proie à une émeute de papillons.

— Je me demande juste : dois-je m'inquiéter que l'amour de ta vie soit de retour dans ton existence ?

Cam fronça les sourcils. Il semblait sincèrement soufflé par ma question.

— Je n'ai jamais dit que c'était l'amour de ma vie. J'ai dit qu'on était amoureux. À l'imparfait. Nous avons tous les deux changé, désormais. Moi, au moins.

Il me caressa la lèvre du pouce et ses yeux suivirent le même chemin avant de se planter dans les miens.

— Tu n'as aucun souci à te faire. Je te l'ai déjà dit. Tu me crois, n'est-ce pas ?

Sa main glissa jusqu'à ma nuque et attira mon visage vers le sien.

— Tu me fais confiance ?

Quand Cam me considérait de la sorte, avec une telle intensité, une telle sincérité, il m'était difficile de répondre par autre chose qu'une simple assertion.

— Je te fais confiance.

26

Comme si Cam avait senti que j'avais besoin d'être rassurée, il m'envoya plus de SMS qu'à l'accoutumée au cours des jours qui suivirent, même s'il débordait de travail. Nous étions tous les deux très occupés. À mon grand ravissement, et à celui de Cole, oncle Mick et Olivia avaient décidé de prolonger indéfiniment leur séjour à Édimbourg. Je passai pas mal de temps à écumer le Net en quête d'un appartement qui pourrait leur convenir, leur envoyant des liens durant mes périodes calmes. Ce faisant, Mick réfléchissait à monter en ville une entreprise de peinture et décoration d'intérieur. Je l'avais mis en contact avec Braden pour qu'il partage avec lui son carnet d'adresses et l'oriente vers certains biens, mais Mick avait également des tas de détails financiers à régler, qu'Olivia et moi étions heureuses de le laisser gérer. Je fus légèrement surprise quand Olivia m'annonça qu'ils cherchaient deux apparts séparés, mais elle affirma s'être trop reposée sur lui ces derniers temps et avoir besoin de reprendre le contrôle de sa vie – ce qui commençait par avoir un logement bien à elle.

Pour couronner le tout, je me retrouvai à jouer les arbitres concernant les préparatifs du mariage de Joss. Ellie n'avait toujours pas désespéré de la transformer en une véritable romantique et Joss avait grand besoin que je lui fasse passer ses idées d'homicide en lui rappelant de temps à autre combien elle aimait sa future belle-sœur, et en lui certifiant qu'elle s'en voudrait profondément de faire « accidentellement » disparaître sa demoiselle d'honneur.

Ainsi, n'ayant pas le temps cette semaine-là de voir Cam aussi souvent que je l'aurais souhaité, je trouvais gentil de sa part de me donner des nouvelles pendant la journée, et encore plus adorable de passer le jeudi midi pour une longue pause déjeuner.

J'étais assise derrière mon bureau quand il entra dans l'agence avec son jean élimé, ses bottines et son vieux tee-shirt Def Leppard, toujours aussi attirant, détendu et bien dans sa peau. Je louchai vers ma collègue Anna, qui s'interrompit en pleine conversation avec Ollie – l'un de nos agents – pour baver devant Cam.

Je me fendis d'un large sourire et m'empressai d'aller l'accueillir. J'aurais dû me sentir gênée par le long baiser dont il me gratifia, mais ce ne fut pas le cas. J'étais trop contente de le voir pour cela.

— Salut, toi, murmurai-je en caressant tendrement ses joues noircies par une barbe de trois jours.

Il m'examina de la tête aux pieds et arborait une mine satisfaite quand il plongea son regard dans le mien.

— Tu es magnifique, ma belle.

Je portais une jupe taille haute noire qui descendait jusqu'à mi-mollet avec un chemisier en soie blanche sans manches. Mes talons aiguilles noir et blanc de dix centimètres me permettaient de le dominer légèrement. Cela ne le perturbait manifestement pas.

— Super sexy, comme secrétaire.

— Punaise, c'est lui, le copain ? demanda d'un ton provocateur Ryan, l'un de nos plus jeunes agents.

Cam se tourna vers lui en haussant les sourcils, observant ce beau jeune homme dans son costume bien taillé.

Ryan était exactement le genre de garçon que j'aurais pu draguer avant Cameron, et je pense que ce dernier en avait pleinement conscience. Je le sentis immédiatement se contracter.

Je me rapprochai de lui, comprenant après mes récents accès de doute et de jalousie (deux sentiments qui n'avaient pas encore totalement disparu) qu'il était parfois nécessaire d'être rassuré par son partenaire. Pour mettre les choses au clair, je lui passai un bras autour de la taille.

— Oui, c'est bien Cameron.

Cam salua Ryan d'un signe de la tête, continuant à le jauger.

Mon collègue lui sourit en retour.

— On pensait tous que tu étais un petit copain imaginaire. (Il me lança un regard outrageusement charmeur.) On se disait que Jo faisait semblant d'en avoir un uniquement pour nous éconduire.

Oh, mon Dieu.

— Pardon ? murmura Cam.

Sa main glissa jusqu'à ma hanche et il m'étreignit plus fort encore.

Ryan éclata de rire, levant les paumes en signe d'apaisement.

— Ah, ne t'en fais pas. On sait qu'elle est prise. T'es un sacré veinard.

Anna gloussa nerveusement, alors que le visage de Cam restait d'une impassibilité intimidante. Il était plus que temps d'aller manger.

— Bon, on sort, annonçai-je joyeusement en attrapant mon sac posé à côté de ma chaise. À tout à l'heure.

Cam m'entraîna hors du bureau et nous remontâmes silencieusement la colline longeant le parc de Queen Street. Le temps d'arriver au restaurant, un établissement délicieux sur Thistle Street, j'avais déjà reçu trois grognements en réponse aux questions que je lui avais posées sur l'avancée de son travail.

Quand nous fûmes installés à notre table, il me contempla un long moment avant de déclarer doucement :

— J'ai compté au moins cinq mecs, là-bas ; tous de notre âge.

M'efforçant de conserver mon calme, sachant que je lui avais fait une crise (au moins interne) durant le week-end, je me contentai de hocher la tête.

— Et si j'ai bien compris, ils flirtent tous avec toi comme ce petit con ?

Je haussai les épaules.

— Tu as déjà vu des mecs flirter avec moi, Cam. Ça arrive sans arrêt, au bar.

— Ce n'est pas pareil. Là, ils ne risquent pas de te filer des pourboires.

— Je n'ai jamais dit que j'entrais dans leur jeu. C'est pour ça que Ryan a plaisanté sur le fait que tu existais vraiment. Ils ne t'avaient jamais vu, mais je parle de toi sans arrêt. (Je me penchai vers lui.) Tu m'as demandé de te faire confiance. J'apprécierais que tu en fasses autant.

Au bout de quelques secondes, il finit par se détendre et posa un coude sur la table, se passant la main dans les cheveux en un geste d'agacement.

— Je suis juste fatigué, désolé. Pas de bonne humeur.

Je saisis sa main libre.

— Pas grave. Tu as le droit d'être ronchon.

— Pas aujourd'hui. On ne s'est pas vus depuis lundi. Je ne vais pas te faire chier tout le repas parce que tu es trop belle pour être honnête.

Je m'esclaffai, aux anges, et la tension se dissipa. Lorsque nos assiettes arrivèrent, nous avions eu le temps de nous enquérir des événements de la semaine.

— Je crois que le judo manque à Cam, déclarai-je.

Cam ayant été trop occupé pour y aller, mon frère avait séché également. En conséquence, il tournait en rond depuis plusieurs jours. N'obtenant pas de réponse, je levai les yeux de mon saumon et fus surprise de le découvrir en train de rédiger un SMS.

— Quelque chose ne va pas ?

Il secoua la tête.

— Non, c'est Blair.

Et, ainsi, des nuages noirs s'amoncelèrent à nouveau au-dessus de notre table et l'orage éclata, m'inondant de malheur. J'attendis quelques secondes, mais il ne reposa pas son téléphone. Ma patience avait des limites.

— Tu ne peux pas lui écrire plus tard ? On est censés passer du temps ensemble.

— Pardon. (Il m'adressa un regard inquiet avant d'appuyer sur le bouton d'envoi et de ranger son portable dans sa poche.) Elle a laissé son Kindle chez moi, hier soir.

J'eus l'impression de recevoir un coup de pied dans le ventre. Sa déclaration nonchalante m'avait coupé le souffle et il me fallut de longs instants pour recouvrer mes esprits.

— Elle était chez toi hier soir ?

Ne pouvant ignorer mon ton accusateur, il fronça les sourcils.

— Ça te pose un problème ?

Mon sang ne fit qu'un tour et je m'imaginai brièvement lui balancer mon saumon et mes patates à la figure en rétorquant : « Ouais, ça me pose un putain de problème ! »

Au lieu de quoi, je repoussai mon assiette et le dévisageai comme s'il était le pire des imbéciles.

— Voyons voir… Tu étais seul chez toi hier soir avec ton ex-amoureuse. En quoi est-ce que cela pourrait me poser problème ?

— On en a déjà discuté. On est juste amis.

— Et si ça, ça me dérange ?

— Je croyais que tu me faisais confiance ?

Je me penchai sur la table et rétorquai à voix basse, afin de ne pas causer d'esclandre :

— Il y a dix minutes, tu t'es comporté comme un gros connard possessif sur mon lieu de travail, à cause de quelques garçons qui me tournent autour. Comment peux-tu imaginer que le fait d'inviter ton ex chez toi sans en parler à ta copine actuelle pourrait ne pas causer un énorme problème ?

Je m'emportai quelque peu sur ces trois derniers mots, et certains clients se retournèrent vers nous. Les joues rouges de colère et d'humiliation, je me levai de table.

— Je retourne au boulot.

— Johanna.

Cam fit mine de m'arrêter, mais je me dirigeai déjà vers la sortie, mon sac à la main, sachant qu'il ne pourrait pas m'emboîter le pas avant d'avoir payé pour le repas.

J'étais si furieuse que je ne retournai pas immédiatement à l'agence. Je me promenai un peu dans le parc et m'assis sur un banc derrière un arbre, reniflant dans mon coin.

Le fait de sortir avec Cameron m'avait transformée en une véritable loque affective.

Mon téléphone sonna. C'était lui. Je ne répondis pas. Je reçus alors un SMS.

Ma belle, je suis désolé. Tu as raison. Moi aussi, j'aurais été furieux. Passe chez moi après le boulot pour discuter. Je déteste me disputer avec toi. x

J'essuyai les larmes qui me perlèrent au coin des yeux et me fendis d'un simple :

OK. x

Rien de plus. Après tout, j'étais encore blessée et fâchée par son incroyable connarditude.

Même si je ne suis pas de celles qui contaminent tout leur entourage avec leur mauvaise humeur, je fus tellement prise dans mes pensées durant le reste de l'après-midi que mes collègues me laissèrent aussi tranquille que possible, conscients de ma détresse. J'ignorais ce que j'allais dire à Cam. Allais-je m'étendre interminablement sur l'affaire Blair ? Sans doute pas. Allais-je lui demander de choisir entre elle et moi ? J'en mourais d'envie, mais cela ferait de moi la pire copine de l'histoire. Je ne pouvais pas imposer à Cam qui fréquenter et qui éviter.

Quand je frappai chez lui, l'incertitude me nouait l'estomac.

Il ouvrit la porte, manifestement soulagé de me voir. Sans la moindre marque d'affection, j'entrai en le bousculant légèrement au passage. Je me dirigeai droit vers le salon, et la première chose que j'y aperçus fut son fichu Kindle. Je laissai tomber mon sac et balançai mon téléphone sur la table basse, juste à côté de la liseuse.

— Elle n'est pas encore passée ?

— Jo...

Son ton plaintif me fit tourner la tête. J'arquai un sourcil interrogateur.

— Tu sais, je voulais croire que ce n'était que moi. Moi et mes doutes stupides. Mais le fait de l'inviter ici sans m'en parler, c'était vraiment minable, Cam.

Il y avait longtemps que je ne lui avais pas vu l'air coupable. La fois précédente devait remonter à quand il s'était rendu compte qu'il s'était trompé sur mon compte, alors que nous étions assis chez lui et que je lui dévoilais toute mon existence.

— Je suis désolé de ne pas t'avoir prévenue, affirma-t-il. Mais c'était complètement innocent.

Je me mordis la lèvre, sentant l'émotion grandir en moi.

— Elle me dérange, avouai-je.

— Elle n'a rien fait de mal, Jo. Blair et moi étions amis avant d'être en couple et je ne fais que retrouver une vieille copine. Rien de plus. Grandis un peu.

Je le détestais. À cet instant précis, je le haïssais de toute mon âme.

— Ne me parle pas sur ce ton condescendant, pauvre type.

— Jo...

— Pourquoi ne m'as-tu pas dit qu'elle était venue hier soir ?

— Je ne te l'ai pas non plus caché. Je te l'ai dit au déjeuner. S'il se passait quelque chose, je ne l'aurais pas fait, si ?

Sa voix, à l'instar de la mienne, commençait à prendre du volume sous l'effet de la colère.

— Tu m'as dit que tu l'aimais.

— *Aimais.* C'est du passé.

N'ayant cure de son impatience croissante, je croisai les bras et essayai d'enfoncer le clou.

— Tu n'as pas rompu parce que tu avais cessé de l'aimer, Cameron. Tu as rompu parce que tu avais peur qu'elle te quitte. Tu avais peur qu'elle privilégie sa carrière à toi et donc tu as coupé les ponts le premier.

Ses yeux s'embrasèrent de colère et il avança vers moi avec un air menaçant.

— Tu ne sais pas de quoi tu parles.

Pour une fois, je ne me laissai pas démonter. J'étais trop furieuse pour cela.

— Je sais que j'ai raison.

Cameron jura dans sa barbe et baissa le regard sur le Kindle.

— Cette conversation vire au grand n'importe quoi.

Alors que je m'apprêtais à répliquer à cette non-réponse à ma non-question, mon téléphone sonna. Je m'apprêtai à me retourner pour le ramasser et l'éteindre, mais la mine de Cam m'en dissuada. Il scrutait fixement mon portable. Il me poussa doucement de côté, mâchoire serrée, les muscles des joues se convulsant légèrement.

Soudain, mon cœur s'accéléra.

Cam fit pivoter l'appareil dans ma direction. L'écran indiquait MALCOLM.

— Comment se fait-il qu'il t'appelle ? Hein ? Tu t'es précipitée dans ses bras au premier signe prouvant que j'étais moins bien que lui ?

Son accusation me fit frémir.

— Non. On discute de temps à autre.

Mauvaise réponse.

— Tu es restée en contact avec lui sans m'en tenir informé ?

Oh, oh. Je haussai les épaules.

Cam poussa un soupir outré.

— Je suis là, en train de me faire engueuler à cause de Blair, alors que tu m'as caché tes coups de fil avec Malcolm ? Pourquoi ? Pourquoi ne m'en as-tu rien dit ?

Je levai les mains, n'arrivant pas à croire que la situation se soit retournée contre moi.

— Parce que ça n'a aucune importance. Ce n'est qu'un ami.

Son air se fit glacial ; la jalousie le disputait à la colère et au dégoût sur son visage.

Et ses prochaines paroles me brisèrent le cœur.

— Non. *Blair* n'est qu'une amie. *Malcolm* est un riche enfoiré qui bande encore pour toi et qui te laisse le mener par le bout du nez. Ça te gêne que je traîne avec Blair ? Tu penses que je me la garde sous le coude au cas où ça ne marcherait pas entre nous ? Dans ce cas, qu'est-ce qui me dit que tu ne vas pas écarter les jambes pour lui dès qu'il y aura de l'eau dans le gaz ?

C'est sans doute le problème quand on commence à connaître trop bien quelqu'un. On sait quel levier émotionnel actionner pour faire mal ; et malheureusement, en cas de conflit, il arrive que l'on s'en serve. Cam ne se fit pas prier. Sa diatribe me tira instantanément des larmes, qui se répandirent sur mes joues dans un silence angoissé. Je reculai d'un pas, le cœur au bord des lèvres. Peu m'importait son expression de remords, seuls comptaient ces mots horribles et ce qu'ils signifiaient.

Ils signifiaient qu'il n'avait jamais réellement cessé de me voir comme une croqueuse de diamants. Il ne pensait pas que je valais mieux que ça, pas au fond de lui. Dès lors, pouvais-je encore croire une seule des choses qu'il m'avait dites ?

La douleur l'emporta bientôt sur le silence et je ne pus réprimer un sanglot.

— Putain, Jo, jura-t-il d'une voix rauque en tendant la main vers moi. Je ne...

— Ne me touche pas.

Je lui arrachai mon téléphone des mains et ramassai mon sac.

— Jo, je ne le pensais pas. (Il me saisit par le bras.) Je voulais...

— Lâche-moi ! lui hurlai-je en me débattant.

Je craignais qu'en le laissant m'étreindre je ne finisse par lui succomber, comme chaque fois. Je reculai, écrasée de douleur.

— Je ne le pensais pas.

Ses prunelles luisaient d'un éclat paniqué que je n'arrivais pas à analyser.

— À quoi on joue, là ? (Je secouai la tête.) Est-ce que ça en vaut la peine ? Est-ce que notre histoire mérite les souffrances que j'endure depuis quelques semaines ? Je me sens à vif en permanence, comme si mon cœur était exposé sur le billot d'un boucher et que tu t'amusais à lui assener des coups de hachoir. Je pensais que ça venait de moi. Je ne m'estimais pas assez maligne ou intéressante à ton goût. Je n'arrêtais pas de me dire : « Il va finir par se réveiller et par se demander ce qu'il fout avec moi. »

Cam inspira entre ses dents serrées.

— Ne...

— Je pensais que ça venait de moi, répétai-je. Que tous nos problèmes étaient dus à mes incertitudes. Que ça n'avait rien à voir avec toi et Blair. Mais hier, tu la revois chez toi... sans me le dire, sans m'en parler, et tu espères que je ne vais pas mal le prendre ? Peut-être effectivement que j'ai eu tort de ne pas te tenir au courant pour Malcolm. Mais ça n'a plus tellement d'importance, après ça.

Je m'essuyai les joues, tentant de tarir le flot de mes larmes. Mais dès lors que je repris la parole, un nouvel afflux surgit.

— Tu m'as dit que tu voulais que je me rende compte que je valais bien mieux que ce que je pensais. Personne ne m'avait jamais affirmé que j'étais intelligente, talentueuse ou courageuse, que je méritais plus que ce que j'avais. Avant toi. Et il s'avère finalement que tu ne l'as jamais vraiment pensé. Tu m'as toujours prise, au fond, pour cette pauvre fille prête à tout pour de l'argent.

— Non, protesta-t-il en me secouant par les épaules. J'étais juste en colère. Ça n'est pas ce que je voulais dire. Je ne le pensais pas.

Il essaya de me serrer contre lui, mais je m'y opposai.

— Ma belle, arrête. S'il te plaît, arrête. Je ne peux...

Je le repoussai et me débattis jusqu'à ce qu'il me lâche, et je soutins son regard avec tout ce qu'il me restait d'estime de moi-même.

— Tu l'as dit. Ça veut dire que c'est là, quelque part.

Puis j'allai jusqu'à cracher :

— J'ai bien vu comment tu réagissais avec Ryan.

Alors qu'il se passa la main dans les cheveux, son expression vira du remords au malaise.

— Quoi, c'est bien le genre de débile vers lequel tu te tournerais.

Je secouai la tête, incrédule.

— Après tout ce que nous avons vécu ensemble, tu penses toujours que c'est mon type de mec ?

— Et toi, tu penses vraiment que je te tromperais avec Blair ?

— Tu as bien trompé Becca avec moi.

Je grimaçai dès que ces mots eurent franchi mes lèvres. C'était un coup bas.

Cam, outré, me contempla avec surprise.

— Et toi, tu as trompé Malcolm.

— C'est vraiment ce que tu penses ?

De nouvelles larmes vinrent faire trembler mes cils. Je le détestais d'arriver à me mettre dans des états pareils.

— Que je gardais Malcolm sous le coude au cas où notre histoire tournerait mal ?

Il haussa les épaules, le visage impassible.

— Tu crois sincèrement que j'attendais quelqu'un de mieux. Que je me suis servi de toi ?

Je m'essuyai le nez du revers de la main et détournai la tête, incapable de le regarder en face quand je rétorquai :

— Je crois que tu n'as jamais cessé de me voir comme la fille de l'époque. Celle que tu ne respectais pas beaucoup.

— Alors peut-être que tu n'es pas si maligne que ça, finalement.

Son ton était horriblement cinglant.

Je ne me souvenais pas d'avoir un jour été si profondément blessée par des paroles. Et je ne supportais pas qu'il ait un tel pouvoir sur moi.

Il poussa un soupir et je finis par lui faire face. Il se passa la main sur la figure et tourna les talons. Puis, il suggéra d'une voix lasse :

— Tu devrais peut-être t'en aller avant que l'on s'envoie au visage d'autres saloperies que nous ne pensons pas.

Je ne répondis rien.

Je me contentai de partir.

27

J'eus du mal à trouver le sommeil ce soir-là. Je finis par sombrer dans une forme de torpeur au petit matin et fus réveillée vers 10 h 30 par le bip puissant de mon portable annonçant la réception d'un SMS.

Oncle Mick me rappelait que j'avais accepté de l'accompagner visiter des appartements. Bien. Cela m'aiderait sans doute à ne pas ressasser indéfiniment ma dispute avec Cameron.

J'avais tourné et retourné la question dans ma tête toute la nuit. Une partie de moi trouvait notre engueulade ridicule, qu'un simple malentendu ne devrait pas provoquer un tel chagrin. Je me demandais si toutes ces méprises m'incombaient. J'avais déjà failli à trois reprises me décider à appeler Cam, pour mettre les choses au clair et aplanir nos différends. J'avais vu des émissions là-dessus à la télé, j'avais lu des situations pareilles dans des bouquins, et même si j'appréciais l'angoisse existentielle qu'elles provoquaient, je ne pouvais m'empêcher de trouver cela risible : ça n'arrivait jamais dans la vraie vie. Les gens n'étaient pas bêtes à ce point.

Eh bien si.

Moi, au moins.

Finalement, je ne lui téléphonai pas. Mes blessures étaient encore trop fraîches. Depuis mes seize ans, j'avais enchaîné les relations et consacré les quelques mois de transition entre chacune à débusquer mon petit ami suivant. Je m'étais si longtemps fiée à l'avis de mes parents, qui me jugeaient bonne à rien, qu'au lieu de m'efforcer de lutter contre cette mauvaise image qu'ils m'avaient collée depuis mon plus jeune âge je m'étais complu dans cette situation et accrochée à des hommes qui, selon moi, disposaient des qualités dont j'étais dépourvue.

Je m'étais tout de suite rendu compte que Cam n'était pas comme les autres, ce qui ne m'avait pas empêchée de me jeter à corps perdu dans notre histoire. Je m'étais mise à compter sur lui. Mieux encore : je m'appuyais sur sa bonne opinion de moi pour me rasséréner sur ma personne. J'étais anéantie par l'idée que son avis puisse évoluer dans le mauvais sens. Ou pis : je doutais qu'il ait jamais été sincère.

Je secouai la tête pour chasser cette vilaine pensée. Même si je ne savais plus où j'en étais à cause de lui, je refusais de croire qu'il n'ait pas pensé tout le bien qu'il disait de moi. Tout ce qu'il avait fait pour moi, tous ces regards qu'il m'avait adressés, l'affection, la tendresse... ça ne pouvait pas être du chiqué. Je le savais au plus profond de moi.

Prendre une journée de recul pour laisser retomber la pression était sans doute la meilleure des conduites à adopter. Nous pourrions toujours en parler le lendemain.

Un nœud dans la poitrine, je m'encourageais silencieusement à suivre cette voie. C'était une excellente décision.

Je me levai pour m'assurer que Cole s'apprêtait bien à partir à l'école. Un seul coup d'œil dans ma direction lui suffit à comprendre.

— Cam et toi vous êtes disputés.

— Saleté de devin, murmurai-je à mi-voix en me dirigeant vers la bouilloire.

— Je prends ça pour un oui.

Je grommelai.

— C'est grave ?

Soudain, il avait le timbre d'un petit garçon apeuré. Je louchai dans sa direction. Cole essayait d'avoir l'air détendu, comme si une dispute entre Cam et moi ne l'affectait pas, mais je savais qu'il redoutait que cela mette un terme à son amitié avec Cam. Je secouai la tête.

— Ça va aller. Il n'y a rien de catastrophique.

Une lueur de soulagement apparut dans ses yeux et il m'adressa un sourire compatissant. *Mon petit frère qui compatit. Je dois vraiment avoir une sale gueule.*

Je fermai les paupières. Bon sang, j'espérais qu'il n'y avait effectivement rien de catastrophique.

Je l'aimais.

Ravalant un soupir déprimé, j'ouvris les yeux et poussai un cri perçant.

Une araignée.

Sur ma tasse.

— Cole ! hurlai-je, tétanisée par la peur.

— Une araignée ? s'enquit-il nonchalamment en s'approchant de moi.

Il ne connaissait que trop bien cette réaction.

— Ma tasse.

Je ne bougeai pas une oreille tandis qu'il l'inclinait sur le rebord de la fenêtre pour y déposer le monstre, un peu comme Cam l'avait fait dans sa propre cuisine quelque temps auparavant. Ce souvenir souleva une vague de nostalgie que je m'empressai de réprimer.

Cole me tendit la tasse et je fis la grimace.

— Poubelle.

Il roula des yeux.

— Passe-la sous l'eau chaude.

— Si tu crois que je vais pouvoir reposer les lèvres dessus alors qu'il y avait ces immondes grosses pattes velues... Beurk.

Je frissonnai de dégoût.

Levant une fois de plus les yeux au ciel, Cole finit par jeter le récipient et je pus enfin me détendre.

Saletés d'araignées. Elles représentaient un sacré obstacle sur ma route vers l'indépendance. Quand Cole vint m'embrasser avant de partir pour l'école, je savais que j'avais l'air un peu moins pitoyable. Néanmoins, son affection me réchauffa le cœur et, pendant quelques instants, je parvins à oublier Cam.

Je fonçai sous la douche avant d'enfiler une tenue confortable. Je passai devant la porte de ma mère avec un soupir exaspéré. Elle n'avait plus mis le nez hors de sa chambre depuis des jours et seuls ses ronflements m'indiquaient qu'elle était encore en vie. Je me rendis alors compte que je ne lui avais pas dit un mot depuis toute une semaine. Pas un. *Ce n'est peut-être pas plus mal,* songeai-je avec une tristesse étonnante. Je n'arriverais sans doute jamais à avoir une meilleure opinion de moi si je la laissais, par sa seule présence, foutre en l'air chacune de mes tentatives. Et peut-être que, si j'avais une meilleure opinion de moi-même, je ne prendrais pas si mal l'amitié qui existait entre Cam et Blair.

D'un autre côté, il se pouvait également que ça ne soit qu'un vœu pieux.

Oncle Mick et moi étions allongés sur le parquet d'un T2 sur Heriot Row. Une rue à quelques minutes seulement de Dublin Street, qui contournait le côté nord du parc de Queen Street. Surtout, elle était à deux pas de Jamaica Lane, où Olivia venait de signer le bail d'un studio situé au-dessus d'une brûlerie. Tout se goupillait bien pour elle. Preuve une fois encore de l'importance du réseau, Clark était parvenu à lui décrocher un entretien à la bibliothèque universitaire. Ils avaient été impressionnés par ses diplômes américains, ainsi que par ses six années d'expérience. Ils l'avaient recrutée sur-le-champ, lui proposant un CDD transformable en CDI dans les six mois.

Elle semblait heureuse. Tendue, mais heureuse.

Mick était inquiet.

Olivia commençant son nouveau travail ce jour-là, je lui avais proposé de l'accompagner dans cet appartement si proche de celui de sa fille. Il aurait certes préféré un meublé, mais l'emplacement de celui-ci était idéal. Comme l'agence Carmichael était en charge de la location, ce fut Ryan qui nous fit visiter. Quand nous nous étions subitement allongés pour étudier la qualité de la décoration, il nous avait contemplés, les yeux écarquillés, puis avait déclaré :

— Euh, je vous attends dehors.

Oncle Mick et moi avions pris l'habitude d'adopter cette position quand il m'emmenait sur ses chantiers. Durant nos pauses déjeuner, nous nous allongions sur la bâche pour parler de tout et de rien. Ce jour-là, je n'étais pas d'humeur à avoir une conversation futile. Il me fallait des réponses.

— Pourquoi est-ce que tu surveilles ta fille adulte comme si elle risquait de disparaître ou de se briser en mille morceaux du jour au lendemain ?

Mick poussa un profond soupir et tourna la tête pour me regarder. Ses yeux dorés luisaient d'affection à mon égard, mais j'y décelais toujours une légère pointe de tristesse.

— Je suis un papa. Je me fais du souci, ma poupée.

— C'est parce qu'elle se sent coupable pour Yvonne ?

— Elle t'en a parlé ?

— Ouais.

— Ma fille est robuste, comme toi, et elle va s'en remettre. Je le sais. Seulement, je suis son père, et elle vient d'émigrer dans un pays inconnu, en abandonnant tous ses amis. C'est un nouveau départ. Je veux simplement m'assurer qu'elle va bien et je sais que je serais rongé par l'angoisse si je ne pouvais pas être près d'elle. Même si je dois pour cela subir l'affront d'une peinture mal faite. (Il me désigna le mur principal, où les coups de pinceau irréguliers se voyaient encore.) S'il se passe quoi que ce soit, si elle a besoin de moi, elle n'aura qu'à me passer un coup de fil et je pourrai accourir en quelques secondes. Littéralement.

— Ça veut dire que tu vas prendre cet appart ?

— Ouais. (Il s'assit, m'aidant à en faire de même.) Ça te dirait d'aller faire un tour chez Ikea ?

— Ah.

Il gloussa et me hissa sur mes pieds.

Je m'époussetai le derrière et pris soudain conscience du poids du regard de Mick.

Je me tournai vers lui et haussai un sourcil en constatant la gravité de son expression.

— Quoi ?

— Je m'inquiète pour toi aussi. (Il repoussa une mèche de cheveux derrière mon oreille, me caressant la joue de son pouce calleux.) Tu sembles fatiguée.

Je secouai la tête et lui adressai un sourire sombre.

— Je me suis disputée avec Cam.

Il fronça les sourcils.

— À quel sujet ?

Je m'ouvris donc à lui, lui déballant tout de Blair, de mes doutes quant à leur amitié supposée et de ma crainte de ne jamais voir Cameron me respecter autant qu'il pouvait respecter son ex.

— Et c'est ça qui te perturbe ? me demanda-t-il, incrédule.

Déconcertée, j'opinai lentement.

— Bon sang, ma petite. Je doute que Cam pensait une seule des choses qu'il t'a dites hier soir. Ça a dû sortir de nulle part. Tu sais, les hommes ne réfléchissent pas comme les femmes.

— Eh bien... (Je fis la grimace.) C'est parce que vous avez les facultés émotionnelles d'une enclume.

Il fit mine de s'offusquer alors que nous rejoignions Ryan à l'extérieur.

— Je le prends, fiston.

— Formidable ! s'enthousiasma Ryan. Nous n'avons plus qu'à retourner au bureau pour remplir les papiers.

Nous lui emboîtâmes le pas tandis qu'il regagnait la rue, le téléphone collé à l'oreille. Tout en lui semblait calculé, répété. Je n'arrivais pas à croire que, moins de quatre mois plus tôt, j'aurais probablement été attirée par ce débilos.

Ce débilos ?

Bon Dieu, je passais vraiment trop de temps avec Cole.

— Pour en revenir à ce que je disais, reprit subitement Mick, arrachant mon regard à la veste parfaitement taillée de Ryan, je pense que tu réfléchis trop. À mon avis, tu vas te rendre compte qu'il tient beaucoup à toi et serait prêt à trouver un compromis. Ce qui est sûr, c'est qu'il ne pensait pas ce qu'il t'a dit hier soir. Tu sais que nos mots dépassent toujours nos pensées quand on est en colère.

— Tu crois qu'il tient beaucoup à moi ?

Il roula des yeux (je n'étais manifestement pas la seule à passer trop de temps avec Cole) et soupira.

— Bien sûr que oui. Bon sang, ma petite. Arrête de faire l'autruche.

J'avais prévu de passer chez Cam avant d'aller bosser au bar ce soir-là, mais quand je frappai à sa porte, je n'obtins pas de réponse. Puisqu'il ne m'avait ni appelée ni envoyé de message, je me dis que ça n'était probablement pas plus mal. Lui aussi avait peut-être besoin de temps pour se calmer.

Je reçus un SMS de Joss avant de partir pour le *Club*, qui m'expliquait qu'elle ne pourrait pas venir travailler, car elle avait chopé un virus que Declan avait rapporté de l'école et ne pouvait rien garder.

Merci pour les détails.

Elle ajoutait que Sadie la remplaçait.

Brian m'accueillit chaleureusement à l'entrée du bar et me présenta notre nouveau videur, Vic, une armoire à glace polonaise à laquelle il valait mieux ne pas se frotter. Je lui souris gentiment et n'obtins qu'un hochement de tête stoïque en retour. J'interrogeai Brian du regard.

— Où est passé Phil ?

Même si je ne le regretterais pas.

— Parti sous des cieux plus cléments, répliqua Brian avec un haussement d'épaules.

Imitant son geste, j'entrai dans la salle et retrouvai Sadie et Alistair, déjà à l'œuvre derrière le comptoir. Su n'avait pas encore remplacé Cam, Alistair était donc revenu et cumulait les heures. Sadie était une étudiante de vingt et un ans qui ne travaillait habituellement que le lundi soir. Elle semblait sympa. Elle était drôle, avenante et intelligente. Nous n'avions que rarement bossé ensemble, nous n'étions donc pas très intimes ; la soirée s'annonçant chargée, nous ne risquions pas de faire plus ample connaissance.

Trois heures plus tard, le bar était bondé. Nous travaillions d'arrache-pied, et je profitai de ma pause pour me réfugier dans le bureau de Su, où le volume sonore était largement atténué. Je ne cessais de jeter des coups d'œil inquiets à mon téléphone, mais Cam ne m'avait toujours pas donné de nouvelles. Je me demandai en me mordant la lèvre s'il y avait lieu de s'inquiéter, mais après tout, je ne l'avais pas contacté non plus. Peut-être que lui aussi surveillait son téléphone avec obsession, se souciant de mon absence de signe de vie.

J'espérais au plus profond de moi que c'était le cas.

Quand je retournai dans la salle, elle était si remplie que je n'eus heureusement pas le loisir de m'appesantir sur ma relation. En réalité, j'étais tellement obnubilée par le travail que, quand cet homme se pencha vers moi par-dessus le comptoir, je ne le reconnus pas. Je lui décochai un rapide coup d'œil agacé, ne supportant pas ceux qui jouaient des coudes pour être servis les premiers. Je m'empressai néanmoins d'aller lui chercher sa bière. Quand je sortis la bouteille du frigo, je me rendis compte qu'il m'avait suivie jusqu'à cette extrémité du comptoir pour se rapprocher de moi. Alors seulement je pris le temps de l'observer pour de bon.

Des iris gris-bleu me scrutaient depuis le visage raviné. Ses cheveux étaient coupés court, mais je remarquai néanmoins qu'ils commençaient à grisonner. De petites ridules charmantes lui cernaient les yeux, mais les années n'avaient pas adouci ses traits mal dégrossis. Ses épaules et son torse puissants indiquaient qu'il était toujours aussi affûté qu'à l'époque.

Ses prunelles dures ne me quittaient pas et je crus que mes jambes allaient me lâcher.

— Papa ? articulai-je, n'arrivant pas à croire qu'il se tienne debout devant moi.

Je voulus me mettre à fuir. Courir me cacher. Non, il fallait d'abord aller chercher Cole à la maison, et ensuite seulement partir me cacher.

— Jo. (Murray Walker se pencha sur le comptoir.) Content de te voir, fillette.

Je me surpris à chanceler dans sa direction. Le bruit assourdissant des conversations et de la musique n'était plus qu'un murmure. Je posai sa bière devant lui d'une main mal assurée.

Murray considéra mes doigts tremblotants, puis me dévisagea avec un sourire en coin.

— Ça fait un bail. Tu as grandi. Tu es encore plus belle que l'était ta mère.

— Eh, on peut être servis ? s'impatienta une fille à côté de lui.

Son agacement se mua en terreur quand Murray tourna brusquement la tête pour la gratifier d'un regard menaçant.

— Qu'est-ce que tu fais ici ? lui demandai-je suffisamment fort pour me faire entendre.

Je m'en voulus de chevroter de la sorte.

— Ça fait des siècles que je te cherche, depuis que je suis sorti de taule, grommela-t-il, arborant cette mine haineuse que je connaissais si bien. Cette pute a mis les voiles sans me dire où. J'ai fait une recherche sur Google il y a quelques semaines, et j'ai trouvé une photo de toi, au bras d'un multimillionnaire d'Édimbourg. L'article disait que tu bossais ici. Ça commençait à dater un peu, mais je me suis dit que j'allais tenter ma chance.

Il me décocha un sourire de façade.

Je tremblais désormais de la tête aux pieds. Le sang me battait aux oreilles, mon cœur tambourinait douloureusement dans ma poitrine et mon ventre était tout noué. Je croisai les mains derrière moi dans l'espoir de me donner une contenance.

— Qu... qu'est-ce que tu veux ?

Il étrécit les yeux et se pencha plus avant. Je reculai instinctivement.

— Je veux voir mon fils, Jo.

Ma pire crainte venait de se réaliser. Je craignais encore plus cette demande que de revoir Murray Walker.

— Non.

Il retroussa les lèvres.

— Quoi ?

Je secouai la tête, les yeux brûlant de colère.

— Jamais. Je ne te laisserai pas t'approcher de lui.

Il se rembrunit, visiblement estomaqué par mon audace. Il abattit la main sur le comptoir avec un sourire en coin.

— Je te laisse y réfléchir avec soin, fillette. À bientôt.

Et, aussi vite qu'il était venu, il tourna les talons et se fondit dans la foule.

Le bruit et la musique m'assaillirent de nouveau et je me rattrapai au bar, en état de choc.

— Jo, tout va bien ?

Je cillai rapidement pour chasser les taches noires qui maculaient ma vision. Je me retournai sur mes jambes flageolantes et me retrouvai nez à nez avec Alistair, qui me considérait avec inquiétude.

— Je suis...

— Waouh. (Il tendit les bras pour me rattraper.) Allez, c'est l'heure de la pause.

— Trop de monde... murmurai-je.

On me glissa quelque chose de froid dans la paume. Alistair me guida vers la salle du personnel. Je baissai les yeux sur la bouteille d'eau que je tenais.

— On gère, Sadie et moi, repose-toi quelques minutes. Tu es sans doute déshydratée. Il fait chaud, ce soir. Allez, bois un coup, insista-t-il.

Dès qu'il fut sûr que j'allais lui obéir, il s'empressa de retourner aider Sadie.

Mon cœur battait toujours la chamade. Je contemplai fixement le mur. En essayant de comprendre ce qui venait de se passer.

Murray Walker était de retour.

Et c'était toujours un fieffé salopard.

Et... Cole. Il voulait voir Cole. Je secouai la tête, ravalant un hoquet tandis que les larmes me brûlaient les yeux.

Non. Jamais.

Putain.

Qu'allais-je pouvoir faire ?

Je pris un taxi pour rentrer, craignant que Murray ne fasse le pied de grue devant le bar. Je ne le vis pas. Néanmoins...

Je me mis au lit, scrutant le plafond.

Cela pourrait m'achever. Je pourrais me rouler en boule, me mettre à pleurer et redevenir cette fillette qu'il avait violentée. Je pourrais aussi me réfugier chez Cam.

Mais il m'appartenait de protéger Cole. Comme depuis sa naissance. De toute façon, Murray se jouait de moi. Il n'avait jamais eu envie de voir Cole quand il faisait encore partie de sa vie, et voilà qu'à présent il était venu me trouver. Pas ma mère. Moi.

« J'ai fait une recherche sur Google il y a quelques semaines, et j'ai trouvé une photo de toi, au bras d'un multimillionnaire d'Édimbourg. »

Ce salopard ne voulait pas voir Cole. Il voulait du pognon.

Il allait me faire chanter pour de l'argent.

Quel crétin. Je n'avais pas un radis !

Je secouai la tête et me tournai de côté, me blottissant sous ma couette. J'allais lui dire que Malcolm et moi avions rompu, et que je n'avais plus accès à son porte-monnaie. J'étais à peu près certaine qu'il retournerait alors se terrer dans son trou à rats de Glasgow.

Voilà, c'était réglé. Inutile d'en parler à qui que ce soit. Murray allait disparaître à nouveau en un clin d'œil.

Une fois encore, le sommeil me fuit une bonne partie de la nuit.

28

Par chance, Cole mit mon air sombre du lendemain sur le compte du silence prolongé qui régnait entre Cam et moi.

— Tu devrais lui parler, m'avait-il conseillé, comme si c'était là la chose la plus simple qui soit.

Je m'étais contentée de hocher la tête en lui promettant de m'arrêter chez Cam en allant au boulot ce soir-là.

Je n'avais toujours pas reçu de SMS.

D'un autre côté, je n'en avais pas envoyé non plus.

Hébétée par le manque de sommeil, je ne fus guère productive durant la journée. Quand je sortis faire des courses, j'eus en permanence l'impression que des yeux étaient rivés sur ma nuque, que Murray avait retrouvé ma trace. Je m'empressai de rentrer à la maison et m'y barricadai jusqu'au soir.

Quand je fus à peu près certaine que Cam était revenu du travail, je dissimulai mes cernes noirs sous une épaisse couche de maquillage et descendis chez lui sur des jambes tremblotantes. Je ne savais pas quoi lui dire ni par où commencer...

Je m'étais tellement armée de courage avant d'aller le voir que ce fut éprouvant de trouver porte close.

Je ne m'étais pas préparée à ça en envisageant le tour pris par la conversation. Je m'étais figuré que nous nous répandrions l'un et l'autre en excuses, qu'il me promettrait de ne plus jamais revoir Blair et qu'il me prendrait ensuite sauvagement sur son canapé.

S'il n'était pas chez lui, rien de tout cela ne risquait de se produire.

Légèrement déconfite, je remontai chez moi en traînant les pieds. Cole était allé dîner chez Jamie après l'école et ne rentrerait que tard dans la soirée. Il avait naturellement l'obligation stricte de me prévenir dès son retour. Obligations strictes ou pas, il avait récemment fait preuve d'un laxisme certain dans la transmission d'informations. Ce soir-là, en revanche, avec les images de Murray qui monopolisaient mon esprit, mon poupon ne risquait pas de s'en tirer avec un silence radio. Je serais sur son dos sans lui laisser de répit.

Déterminée au moins à apercevoir le visage de Cam (ce salopard me manquait, bordel), je frappai à nouveau chez lui en partant au bar. Une fois encore, je n'obtins pas de réponse. Je plaquai mon oreille contre le battant, sans percevoir le moindre bruit de mouvement ni même le ronronnement de la télé ou de la musique.

Où était-il ?

Je jetai un coup d'œil à mon téléphone en sortant de l'immeuble, hésitant à lui envoyer un SMS, à faire le premier pas. Mon portable se mit alors à vibrer. Mon cœur s'emballa quand la petite enveloppe se mit à clignoter sur l'écran. Une vague de soulagement déferla sur moi quand j'ouvrai ma messagerie et découvris que Cam était l'expéditeur.

Je crois qu'il est temps qu'on discute, ma belle. Tu peux passer chez moi demain matin ? STP ? x

J'inspirai l'air frais entre mes dents, me sentant soudain délestée d'un poids considérable. Je hochai la tête, comme s'il s'était trouvé juste devant moi et m'empressai de lui répondre.

J'y serai. x

Je m'apprêtais à monter dans le bus quand mon téléphone vibra de nouveau.

:-)

Je gloussai en me laissant tomber sur un siège. Un smiley. Un smiley était toujours bon signe, non ?

Joss étant toujours indisposée, je passai une nouvelle soirée avec Sadie et Allistair. Celui-ci me demanda immédiatement si je me sentais mieux et je lui mentis en lui assurant que j'allais parfaitement bien. C'était gentil de sa part de s'en inquiéter. Alistair était un gars sympa. En revanche, j'étais ravie qu'il ait été trop occupé la veille pour remarquer la présence de Murray. S'il nous avait vus discuter, il aurait immédiatement compris que quelque chose n'allait pas et m'aurait criblée de questions. Car il savait aussi être soûlant et il m'aurait soumise à un interrogatoire poussé. Comme j'aurais refusé de lui répondre, il se serait tourné vers Joss pour connaître le fin mot de l'histoire. Et si elle s'était retrouvée impliquée dans cette affaire... Disons qu'elle avait le don pour déterrer mes moindres secrets.

Les clients étaient tout aussi nombreux que la veille et j'étais dans un état déplorable. Je mélangeais toutes les commandes, ne lâchai pas un, mais deux verres et m'attirai de si nombreux haussements de sourcils de la part d'Allister qu'on aurait pu le croire directement sorti du *Muppet Show*.

L'heure de ma pause arriva à point nommé. J'avalai de longues gorgées d'eau, fuyant la caféine autant que possible, consciente que cela ne ferait qu'empirer mon état de nerfs. J'en profitai pour sortir mon téléphone. Cole ne m'avait pas envoyé de message.

Je l'appelai sans tarder.

— Euh, allô ?

— Euh, allô ? répétai-je, excédée. (Parfois, l'inquiétude me rendait un tantinet grincheuse.) Tu étais censé m'écrire en rentrant. Tu n'es pas à la maison ?

Je l'entendis pousser un long soupir et dus réprimer ma contrariété pour ne pas lui hurler dessus.

— Si, je suis rentré. Quand est-ce que tu vas recommencer à parler à Cam ? Parce que tu commences vraiment à être...

— Finis cette phrase, et tu es mort.

Un silence s'installa à l'autre bout du fil.

Je me renfrognai.

— Tu es encore là ?

Il grommela en réponse.

— Je prends ça pour un oui. (Je tirai sur ma queue de cheval, m'enroulant les cheveux autour du poing.) Tu as bien fermé à clé, hein ?

— Bien sûr. (Il soupira de nouveau.) Jo, est-ce qu'il y a autre chose qui te perturbe ?

— Nan, m'empressai-je de répliquer. Écoute, tu sais que je m'inquiète pour toi, alors la prochaine fois que je te demande de m'écrire, écris-moi.

— D'accord.

— Bon. On se voit demain matin.

Il raccrocha avec un nouveau grognement.

Alors que je poussais un soupir de soulagement, je remarquai l'enveloppe dans le coin supérieur gauche de mon écran. J'ouvris le message non lu. Il émanait de Joss.

Le règne du vomi est terminé ! J'espère que je ne te manque pas trop :-)

Je réprimai un faible éclat de rire et lui répondis.

Es-tu en train de me dire que tu es en état de travailler, mais que tu lézardes chez toi ? Tss, tss, Mme Carmichael, tss, tss. x

Deux secondes plus tard, mon téléphone vibra.

J'étais en forme jusqu'à ce que tu m'appelles comme ça :-(

Tu ferais mieux de t'y habituer x

Connasse !

J'éclatai de rire pour de bon, cette fois, et secouai la tête. Elle était pire qu'un mec. Braden avait du pain sur la planche, avec elle.

Légèrement rassérénée, je retournai au bar, en priant pour que la soirée s'achève rapidement. Pendant les quelques heures qui suivirent, je ne pus m'empêcher de scruter la foule à la recherche du visage de Murray, mais comme la nuit avançait et qu'il n'était toujours pas là, je commençais à me sentir de plus en plus agitée. Une partie de moi attendait impatiemment la confrontation. Plus tôt il apprendrait que je ne sortais plus avec Malcolm et ne pourrais donc pas céder à son chantage, plus tôt il disparaîtrait à nouveau de mon existence.

La veille, j'avais appelé un taxi pour rentrer, mais je me sentais cette fois d'humeur rebelle. Je m'en voulais encore d'avoir réagi face à mon père comme si j'avais encore dix ans, quand je me protégeais de ses coups de poing. Je ne voulais pas qu'il sache que j'avais peur de lui. Je ne voulais pas qu'il pense avoir la moindre emprise sur moi. Je voulais qu'il se dise qu'il ne m'avait pas laissé de traces.

Je suivis ainsi ma route habituelle pour rentrer chez moi (ce qui, rétrospectivement, était stupide), me dirigeant vers Leith Walk tout en guettant l'arrivée potentielle d'un taxi libre.

Je poireautai cinq minutes sur l'avenue en espérant que cette aubaine se présenterait, mais le seul tacot en vue fut investi par une horde d'ados. Lorsque le véhicule s'éloigna, je restai bêtement plantée sur place pendant une minute, tandis que de l'autre côté de la rue deux filles bourrées s'injuriaient copieusement.

Je commençais à me sentir mal à l'aise. Cela ne me dérangeait habituellement pas, car ce quartier d'Édimbourg regorgeait d'activité à cette heure de la nuit – des gens déambulaient sans arrêt, susceptibles de repérer tout individu suspect couvant de viles intentions. J'eus pourtant la chair de poule en sentant les petits cheveux de ma nuque se hérisser. Je me retournai brusquement, fouillant les ténèbres derrière moi, mais n'aperçus personne.

Avec un soupir las, je décidai de finir le chemin à pied. Il y avait une petite trotte jusque chez moi et je n'aimais pas particulièrement remonter l'interminable London Road, mais je ne voulais pas rester seule dehors plus longtemps.

Je m'apprêtais à bifurquer sur Blenheim Place quand je ressentis le besoin de me retourner de nouveau. Appelez ça un sixième sens, un frisson d'angoisse, un avertissement céleste...

Mon cœur s'emballa.

Une silhouette sombre avançait quelques mètres derrière moi. J'en reconnus la démarche. En grandissant, nous l'appelions la démarche du dur à cuire. Les épaules ostensiblement sorties, la poitrine gonflée, le pas sûr. Habituellement, cette posture était adoptée par les hommes prêts à en découdre. Mon père, cependant, avait toujours marché de la sorte. D'un autre côté, chaque seconde de son existence, il avait traité la vie comme un combat, et les gens comme des ennemis.

Murray Walker me suivait.

Je me remis brusquement dans le sens de la marche et, sans y réfléchir vraiment, j'empruntai la route pavée menant à Royal Terrace au lieu de London Road. Les deux se rejoignaient un peu plus loin, mais je savais qu'un chemin près de l'église me ferait traverser le parc. Je courus jusqu'à l'entrée. Les muscles de mes cuisses me brûlaient, mais je poursuivis mon effort jusqu'à la route plus large montant vers Calton Hill. Le raidillon finissait par redescendre en direction de Waterloo Place, d'où je pourrais aisément rejoindre Princes Street, puis Dublin Street.

Tout ce qui importait était de semer Murray.

Il ne devait pas découvrir où j'habitais.

J'étais tellement paniquée à l'idée de le mener jusque chez nous que je ne perçus même pas la faille dans mon plan.

Moi. Seule. Sur un sentier sombre, boueux et mal entretenu. En pleine nuit.

L'adrénaline me propulsait vers le sommet de la colline. Je tendais l'oreille pour percevoir des bruits de pas dans mon dos, mais mon cœur battait si fort que je n'entendais que l'afflux de sang dans mes veines. J'avais les mains moites, des auréoles de sueur froide sous les aisselles et je peinais à respirer, ma poitrine se gonflant et se vidant au rythme de mon souffle saccadé. La peur me nouait les tripes.

Quand les pas lourds résonnèrent finalement jusqu'à mes tympans, je jetai un coup d'œil derrière moi et vis le visage de mon père baigné de rayons de lune. Il était furax.

Toute la détermination que j'étais parvenue à emmagasiner en imaginant notre confrontation, ma résolution à ne pas laisser transparaître ma terreur avaient disparu. J'étais redevenue cette petite fille paniquée.

Et, comme elle, je tentai de m'enfuir.

Mes semelles claquèrent sur les marches quand je m'envolai à toutes jambes, regrettant de ne pouvoir faire apparaître des témoins. Le parc était désert.

J'étais seule.

En dehors du propriétaire de l'épaisse paire de bottes derrière moi.

En sentant sa main sûre et chaude se fermer sur mon bras, je poussai un gémissement de détresse rapidement étouffé par son autre paume se plaquant sur ma bouche. L'odeur de transpiration et de fumée de cigarette m'envahit les narines. Je tentai de me débattre, enfonçant profondément mes ongles dans son bras, essayant de lui balancer des coups de talon tandis qu'il m'attirait à l'écart du sentier. Dans la bataille, je lâchai mon sac et la bombe lacrymogène qui s'y trouvait.

Je n'étais pas assez forte et j'étais désormais désarmée.

Murray me plaqua contre la paroi caillouteuse de la colline et une onde de douleur se propagea de mon crâne jusqu'au bout de mes orteils. Des larmes jaillirent de mes yeux quand il me maintint là, une main serrée autour de ma gorge.

L'autre m'empêchait toujours de hurler.

Il m'étrangla de plus belle et je cessai de me tortiller.

Même si son visage était essentiellement noyé dans la pénombre, je parvenais à distinguer la colère qui lui déformait les traits.

— Tu as voulu me faire faire une promenade ? siffla-t-il.

Je ne répondis pas, trop occupée à essayer de réfléchir au sort morbide qui m'attendait. Mon corps se mit à trembler violemment et la panique m'empêcha de respirer. Il dut me sentir étouffer, car il eut un sourire narquois.

— Je ne vais pas te faire de mal, Jo. Je veux juste voir mon fils.

Sachant à quelle douleur physique je m'exposais, je secouai néanmoins négativement la tête.

Murray sourit alors jusqu'aux oreilles, comme s'il venait de remporter un prix.

— Alors j'imagine qu'il va falloir trouver un arrangement. Je vais retirer ma main et tu ne vas pas crier. Sinon, je n'hésiterai pas à te faire taire.

J'opinai, prête à tout pour me débarrasser de ses sales pattes. Je plongeai mes yeux dans les siens et me rendis compte pour la première fois que ses prunelles ne recelaient rien. Jamais de ma vie je n'avais rencontré une personne aussi cyniquement égoïste que cet homme. Était-il vraiment mon père ? Nous n'avions jamais connu d'autre lien que celui d'agresseur à agressée. Pour moi, il était l'origine de ce nœud au ventre que je subissais quand j'entendais sa vieille guimbarde se ranger devant la maison. L'affection que je ressentais pour Mick, la joie que j'éprouvais en le voyant, le profond sentiment de sécurité qu'il m'apportait... voilà les émotions que ce type aurait dû me procurer. Pourtant, il resterait à jamais un étranger pour moi. Un étranger au regard mauvais et aux poings plus malveillants encore. Pendant longtemps, je m'étais désespérée qu'il ne m'apporte pas plus d'amour paternel. Je m'étais demandé ce que j'avais d'anormal. À l'observer maintenant, j'étais surprise de m'être jamais interrogée. Le problème n'émanait pas de moi. Mais de lui. C'était lui qui devait avoir honte, pas moi.

J'inspirai entre mes dents quand il retira sa main de ma bouche, mais il accentua la pression sur ma gorge comme pour me rappeler de ne pas faire de bruit.

— Bon.

Il se pencha vers moi, soufflant dans ma direction son haleine de bière et de clope. Il n'était pas venu au *Club 39*, mais il m'avait manifestement attendue dans l'un des bars alentour.

— Je pourrais renoncer à mon droit de visite si ton mec acceptait de me verser une petite compensation. Disons cent mille ?

J'en étais sûre. Il était allé droit au but. Il s'en foutait éperdument. Il était aussi inhumain que jamais. Comment pouvait-on tourner comme lui ? Était-il né dépourvu d'âme, le cœur de pierre ? Ou la vie l'avait-elle transformé ?

Comment était-il possible de s'en prendre à ses propres enfants sans se haïr ? Peut-être que, quand on devenait un monstre, on se départait de sa faculté à évaluer sa propre monstruosité ?

— Je ne fréquente plus Malcolm depuis des mois. Pas de chance.

Il me serra la gorge et la panique s'empara de moi. Je lui attrapai la main par réflexe, enfonçant mes ongles dans sa peau. Il ne sembla même pas s'en rendre compte.

— Je suis sûr que tu trouveras un moyen de le convaincre. (Il colla son nez au mien, me nimbant de son souffle fétide.) J'ai eu une gamine. Elle est bonne à rien, mais elle est mignonne. C'est une denrée rare, Jo. Sers-t'en au mieux, ou je reviendrai chercher Cole.

Il me lâcha alors et je me massai le cou pour m'assurer que ses doigts n'y étaient plus.

— Si je voulais, je pourrais vous pourrir la vie, fillette, ajouta-t-il.

Furieuse d'entendre proférer cette menace après si longtemps, alors que nous pensions enfin être tranquilles, j'oubliai ma peur et explosai :

— « Denrée » est un mot bien compliqué pour toi, Murray. Est-ce que quelqu'un t'a enfin appris à lire ? (J'espérais secrètement que mon regard communiquait une grande condescendance, malgré l'obscurité.) Mais savoir lire ne suffit pas à réfléchir. Je n'ai pas d'argent. Tu ferais mieux de vendre ton cul à un ancien copain de cellule.

J'eus à peine le temps de voir son poing fondre sur mon visage.

Ma tête fut projetée en arrière et tous les muscles de mon cou s'étendirent sous l'impact. Une douleur fulgurante irradia dans ma mâchoire et dans le bas de ma joue. De nouvelles larmes roulèrent de mes yeux quand je m'efforçai de revenir soutenir son regard. Ma lèvre me donnait l'impression d'être un million de fois plus grosse que la normale. Un chaud filet de sang se mit à ruisseler de la coupure que j'y avais déjà faite en y enfonçant les dents.

Ses prunelles ne trahirent aucune émotion quand il me décocha un nouveau coup de poing, dans le ventre, cette fois, qui me plia en deux. Je perdis le contrôle de mon corps, cherchant désespérément à reprendre mon souffle. Je tombai à genoux et il me balança un violent coup de pied dans les côtes, qui me fit basculer de côté. Mon corps entier semblait contusionné quand je m'effondrai sur le sentier boueux, sentant les aspérités du sol me mordre la peau.

Mes poumons cherchaient leur air, tandis que mon estomac aspirait à rendre tout ce qu'il contenait.

Des doigts puissants me saisirent le menton, m'arrachant un petit cri. Chaque muscle, chaque nerf, chaque os semblait en proie aux flammes. Je m'étreignis le flanc quand Murray me redressa la tête.

— Trouve cet argent, fillette. J'ai loué l'appartement au-dessus du centre de réadaptation près de Fleshmarket Close. Tu as deux jours pour m'apporter le pognon. Pigé ?

La douleur dans ma cage thoracique était insoutenable. J'arrivais à peine à me concentrer sur ses paroles.

— Pigé ?

Je hochai faiblement la tête, poussant un soupir de soulagement quand il me lâcha brusquement le menton.

Puis il se volatilisa.

La puissante odeur de bière et de tabac disparut dans son sillage. Je gisais sur le sol froid ; ma lèvre palpitait, mes côtes m'élançaient et ma tête hurlait de rage. J'étais furieuse après lui. Après moi.

J'aurais dû prendre Cam au mot quand il m'avait parlé de ces cours d'autodéfense.

Je me mis à pleurer en pensant à lui, appuyant contre mon flanc douloureux tout en me remettant debout. Mes jambes flageolaient. Je repris mon équilibre contre la paroi de la colline, attendant que le vertige s'en aille. Mon corps se mit à trembler de façon incontrôlable.

J'étais en état de choc.

Je secouai la tête pour m'éclaircir l'esprit. Je n'avais pas le temps de sombrer. J'avais deux jours pour apporter l'argent à Murray. L'énergie du désespoir me propulsa en avant.

Malcolm me le donnerait. En me voyant dans cet état, il n'hésiterait pas un instant. C'était ce genre de personne.

Je redescendis le chemin que j'avais eu tant de mal à gravir, ramassai mon sac au passage, le désespoir et l'adrénaline accélérant mes pas en dépit de la douleur. Je pourrais l'appeler, lui demander de venir me chercher.

Son nom tournoyait dans mon cerveau quand je sortis du parc et fis demi-tour au niveau de Leopold Place, en haut de London Road. Je restai autant que possible sous le couvert des arbres, me terrant dans la pénombre pour le cas où je croiserais quelqu'un. Je ne voulais pas mêler la police à cette histoire. Dans le cas contraire, les autorités pourraient venir fourrer leur nez dans notre vie de famille et... je ne pouvais pas courir ce risque.

Si Malcolm payait, je n'aurais plus à m'en faire.

Sans m'en rendre compte, j'aboutis devant l'immeuble.

En le voyant, mes larmes redoublèrent. Mon souffle se fit sifflant quand mes dents se refermèrent sur ma lèvre éclatée.

Malcolm ne paierait pas.

Malcolm ne paierait pas parce que je ne voulais pas de son aide. Je ne désirais l'aide de personne, sauf de Cameron.

J'entrai dans notre bâtiment et gravis péniblement les marches, déterminée à me jeter dans ses bras. Je pleurais de plus en plus fort. J'avais besoin de me sentir en sécurité et seul Cam pouvait me procurer ce sentiment.

Je frappai doucement à sa porte, prenant une brusque inspiration quand une vague de douleur m'assaillit. Lever le bras me donnait l'impression de m'arracher un point de suture au niveau des côtes. Je m'appuyai doucement contre le chambranle et le battant s'ouvrit subitement. Mon cœur sembla l'imiter en se fendant en deux.

Je cillai, peinant à comprendre ce que j'avais sous les yeux. Je secouai la tête pour faire disparaître cette vision, mais elle resta là.

Blair suffoqua en me voyant pleurer, tout ensanglantée.

— Jo ? Qu'est-ce qui s'est passé ?

Je l'étudiai dans les moindres détails.

Ses cheveux courts et humides s'enroulaient autour de sa mâchoire. Elle portait le tee-shirt Queens of the Stone Age de Cam. Elle était si petite qu'il lui tombait aux genoux. Ses genoux nus. Ses jambes nues.

Blair était chez Cam, les cheveux mouillés, ne portant qu'un simple tee-shirt ne lui appartenant pas à 2 h 30 du matin ?

— Oh, mon Dieu. (Elle tendit la main vers moi, et je chancelai en arrière.) Cam est à la salle de bains, je vais le cher... Jo !

Déjà, je m'étais mise à courir sur mes jambes instables, redescendant les marches d'une foulée incertaine. À cet instant, je n'avais rien à faire dans cet immeuble. Je ne pouvais pas rentrer dans cet état et risquer de tomber sur Cole, quant à Cam...

Je vomis derrière les poubelles.

Puis je m'essuyai la bouche du revers de la main et observai la rue.

Il me fallait un taxi.

Il me fallait un ami.

Si Cam… je réprimai un sanglot et me dirigeai vers London Road. Si Cam avait décidé de ne pas être celui-ci… j'allais devoir trouver un endroit où je serais en sécurité.

La seule bonne chose qui m'arriva ce soir-là fut de tomber rapidement sur un véhicule avec la lumière allumée. Je levai brusquement la main et le chauffeur se rangea le long du trottoir. Sans cesser de me bercer les côtes, je montai tant bien que mal à l'intérieur.

— Dublin Street, lui dis-je d'une voix mal articulée à cause de ma blessure à la lèvre.

Il me considéra avec méfiance.

— Vous allez bien ? Vous voulez que je vous emmène à l'hôpital ?

— Dublin Street.

— Vous êtes dans un sale état…

— Ma famille habite Dublin Street, insistai-je, des larmes plein les yeux. Ils vont s'occuper de moi.

L'hésitation du chauffeur se prolongea assez pour que Cam ait le temps d'accourir dans la rue, vêtu d'un tee-shirt et d'un jean. Il balaya la pénombre d'un regard circulaire, puis nos yeux se croisèrent. Pâle, les traits tirés, il s'approcha de moi alors que la voiture démarrait. Le moteur ne couvrit pas tout à fait son cri étouffé.

Quelques secondes plus tard, mon téléphone se mit à sonner. Je décrochai sans rien dire.

— Jo ? hurla-t-il, manifestement hors d'haleine d'avoir sprinté pour me rattraper. Où est-ce que tu vas ? Qu'est-ce qui s'est passé ? Blair m'a dit que tu avais été agressée ? Qu'est-ce qui se passe ?

Son timbre angoissé n'adoucit en rien la douleur qui m'écrasait la poitrine ni l'amertume que je ressentais à son égard.

— J'imagine que ça ne te concerne plus, répondis-je d'un air hébété avant de raccrocher sur ses hurlements hystériques.

29

— Je vais le tuer, annonça Braden avec une assurance glaciale qui me donna le frisson.

Un éclat vengeur brûlait dans ses prunelles. Je frémis de nouveau quand Joss me tamponna la lèvre.

Je sifflai quand elle m'appliqua l'antiseptique et lui lançai un regard de souffrance.

Elle grimaça, retirant le coton.

— Désolée.

Braden fit un pas vers moi. Même s'il n'était vêtu que d'un tee-shirt et d'un pantalon de jogging, il n'en était pas moins intimidant.

— Où est-il ?

Je secouai la tête.

— Dis-le-moi, Jo.

Comme je m'obstinais à garder le silence, il vint se planter juste devant moi et insista froidement.

— Dis-le-moi.

— Recule-toi ! lui cria Joss, aussi furieuse et angoissée que lui. Tu commences à lui faire peur. (Elle se radoucit alors, sans toutefois perdre en autorité.) Tu ne crois pas qu'elle a eu son content d'émotions pour cette nuit ?

Ils se dévisagèrent un instant, puis Braden marmonna quelque chose dans sa barbe et tourna les talons. Mon respect pour cette femme ne fit que croître. Elle avait beau ne pas être très grande, elle était extrêmement coriace – le genre d'amie que tout le monde rêverait d'avoir à ses côtés.

Quand Joss m'avait ouvert la porte alors que je tambourinais dessus depuis peut-être cinq minutes, elle m'avait dévisagée, stupéfaite, pendant une bonne seconde, encore à moitié endormie dans son pyjama, les cheveux emmêlés négligemment autour de son épaule. Lorsque j'avais chancelé vers elle, l'air affligé, du sang séché me maculant le visage et les vêtements, j'avais compris pour la première fois combien elle tenait à moi. Elle m'avait tirée à l'intérieur et je l'avais sentie trembler de colère tandis qu'elle me menait dans le salon, appelant Braden à l'aide de sa voix rauque.

Je m'étais effondrée sur leur canapé, accablée de fatigue maintenant que j'étais avec eux. Tandis que Joss s'affairait à me nettoyer la lèvre, je leur avais expliqué la situation. C'était suite à cela que Braden s'était mis à se comporter tel un homme des cavernes terrifiant.

— C'est vraiment moche ? demandai-je doucement à Joss.

Je portai mes doigts avec prudence vers la zone enflée autour de ma bouche. La peau y était tendre et gonflée.

Joss se rembrunit.

— Tu as de la chance qu'il ne t'ait pas pété une dent. (Elle baissa les yeux vers mon flanc gauche.) Tu devrais passer une radio des côtes.

— Je ne pense pas qu'elles soient cassées.

— Parce que tu es médecin, maintenant ?

— Joss, repartis-je avec un soupir, si tu m'emmènes à l'hôpital, on me posera des questions, et la police s'en mêlera. Je ne veux pas que les services sociaux mettent leur nez dans notre vie. Maman est au plus bas, en ce moment. Ils pourraient m'enlever Cole.

— Jo, ta mère n'y peut rien, si elle est malade, et tu veilles très bien sur lui, me rassura Braden.

D'un regard, j'essayai de transmettre à Joss tout le bien que je pensais d'elle. Elle avait gardé mon secret, ne le révélant pas même à Braden. Je lui en étais infiniment reconnaissante, mais j'en avais marre de garder cela pour moi. Je n'avais aucune raison d'en avoir honte.

— Braden, ma mère ne souffre pas d'un syndrome de fatigue chronique. Elle est clouée au lit par l'alcool.

En dehors d'un léger haussement de sourcils, il ne réagit pas. Nous restâmes un moment silencieux, puis il vint s'asseoir sur la table basse pour me faire face. Je me perdis un instant dans la clarté de ses yeux bleus.

— Je vais demander à mon médecin de famille de t'ausculter dès demain matin. Il n'en parlera à personne. Tu veux bien ?

— Oui, elle veut bien, décréta Joss à ma place.

Sans même me tourner vers elle, je la sentais qui me toisait, me défiant de m'opposer à sa décision. Je hochai la tête. Le canapé s'affaissa légèrement quand Joss se laissa tomber dessus, profondément soulagée.

— Mais avant, il me faut un plan, dis-je.

Je les observai tour à tour, le désespoir dans mon regard le disputant à la détermination.

— Je ne peux pas le laisser s'approcher de Cole, précisai-je.

— Et il veut l'argent de Malcolm ?

Joss retroussa la lèvre de dégoût.

— Oui.

— Pourquoi n'es-tu pas allée le trouver directement ? s'enquit-elle alors, une once de curiosité dans la voix. Il te donnerait de quoi payer.

— Je sais, admis-je. Mais il faisait partie d'une vie que je ne reconnais plus et je ne tiens pas à retourner en arrière. Aller lui demander cela, abuser de son dévouement, cela me ferait redevenir une autre personne.

Je ne peux pas faire ça. Je ne suis plus que « Jo » désormais. Et je sais que je ne peux pas tout faire toute seule. (Je lui adressai un sourire vacillant.) Par chance, je me suis enfin rendu compte que j'avais des amis sur lesquels je pouvais compter.

Joss avala bruyamment sa salive et entremêla ses doigts aux miens.

— Oui. (Elle se tourna alors vers Braden, une lueur assassine dans les prunelles.) On va te débarrasser de lui. On va payer cet enfoiré pour qu'il te foute la paix.

Je vis du coin de l'œil Braden hocher la tête à contrecœur. Il aurait préféré faire payer Murray. En liquide.

La douleur dans mon flanc et ma fierté blessée me faisaient abonder dans son sens. Murray se satisferait-il d'un unique versement, ou reviendrait-il me hanter plus tard ? Il se comportait déjà de la sorte, quand nous étions plus jeunes. Il s'emparait du moindre billet que laissait traîner ma mère, disparaissait pendant des jours, puis finissait par se repointer à la maison quand il avait tout dépensé. La seule fois qu'il s'était volatilisé pour de bon, c'était quand Mick l'avait tabassé et s'était mis à jouer le garde du...

— Oncle Mick ! soufflai-je, tout excitée, en serrant si fort la main de Joss que ce dut en être douloureux.

— Mick ?

Braden fronça les sourcils, perplexe.

J'opinai.

— Mick. Je ne vais pas vous laisser payer Murray. Il verra immédiatement la brèche et reviendra s'y engouffrer. Non. (Je les contemplai l'un et l'autre, incapable de sourire à cause de ma plaie.) C'est la seule personne dont Murray Walker ait jamais eu peur et il la croit toujours aux États-Unis.

Braden se fendit d'un léger sourire.

— Mick.

— Mick.

Il se tourna vers Joss, et désigna la porte d'un geste du menton.

— Viens, on va s'habiller. On emmène Jo voir Mick, puis Mick et moi irons rendre visite à M. Walker.

— Non, Braden, je ne veux pas que tu...

Il leva la main pour m'interrompre.

— Je ne vais pas lui taper dessus. (Son regard s'assombrit.) Mick et moi allons juste... avoir une petite conversation avec lui.

— On ne devrait pas appeler Cameron ? suggéra Joss en se levant.

La simple évocation de son nom me provoqua une douleur plus insupportable encore que les souffrances physiques que j'endurais. Les joues me brûlèrent quand j'admis à mi-voix :

— C'est d'abord vers lui que je me suis tournée. Il était légèrement occupé avec Blair.

Tous deux restèrent quelques instants silencieux, le temps de bien comprendre ce que je venais de dire. Puis Braden cracha un juron. Il serra l'épaule de Joss tout en lui décochant un sourire carnassier.

— J'ai intérêt à mettre des gants. Apparemment, mes poings ne vont pas rencontrer qu'une seule mâchoire ce soir.

Sur ce, il sortit à grands pas, sans doute pour aller se changer.

Je le suivis du regard, me demandant s'il était vraiment sérieux.

Joss m'adressa un faible sourire.

— Il plaisante. Braden ne se bat pas. Enfin... en temps normal... (Elle arqua un sourcil pensif.) Mais il a tendance à se montrer un peu trop protecteur. Et il n'aime pas les mecs qui tapent les femmes, ou qui les trompent. Mais il plaisante... (Elle tourna la tête pour observer la porte par laquelle il avait disparu.) Je crois.

Le Caledonian était un hôtel de la chaîne Waldorf-Astoria. Plutôt un bel établissement, donc. Pour s'assurer de pouvoir y entrer sans mal, Joss et Braden s'habillèrent bien, et je me tapis derrière eux le temps de traverser le hall désert. Il était désormais 4 h 30 du matin. Braden adressa au réceptionniste un brusque hochement de tête signifiant qu'il ne souffrirait aucune protestation. Son imperméable noir Armani, ainsi que son pantalon de costume et sa chemise semblèrent suffire à rassurer l'employé quant à la légitimité de notre présence en ces lieux.

J'avais des papillons plein le ventre quand nous empruntâmes l'ascenseur jusqu'au quatrième étage. Je me sentais coupable d'avoir entraîné Joss, Braden et Mick dans cette histoire ; je ne le faisais cependant pas pour moi, mais pour Cole. Je m'étais maintes fois conduite de façon égoïste pour le protéger. Par chance, mes trois amis tenaient sincèrement à nous, et je savais qu'ils auraient agi même si je ne leur avais rien demandé.

Nous nous arrêtâmes devant la porte de la chambre de Mick, où Braden frappa bruyamment. Joss me passa un bras autour des épaules pour me serrer contre elle. Mon côté m'élança, ce qui m'arracha une grimace aussitôt accueillie par un déluge d'excuses de la part de la maladroite. Si je n'avais pas tant souffert, je me serais sans doute amusée à compter le nombre de fois qu'elle se traita de conne dans une seule tirade.

La porte s'ouvrit alors et je fus surprise de découvrir Mick déjà vêtu, sur le pied de guerre. Il plissa les paupières en m'observant et je vis se convulser de colère contenue les muscles de ses mâchoires.

— J'ai essayé de t'appeler, me reprocha-t-il d'un ton sévère.

Surprise, je cillai rapidement.

— Euh… j'ai coupé mon téléphone.

J'avais en effet éteint mon portable quand Cam avait réessayé de m'appeler.

Mick hocha la tête, puis recula d'un pas pour nous laisser entrer. Braden fut le premier à s'introduire dans la chambre, mais il s'immobilisa brusquement peu après le palier. Je compris pourquoi quand j'arrivai à sa hauteur.

Olivia et Cam étaient déjà là.

Braden se tourna vers moi, attirant mon regard.

— Je peux le cogner tout de suite, si tu veux ?

En toute sincérité, je dois bien reconnaître que j'y réfléchis sérieusement avant de répondre, dans un profond soupir :

— Il n'en vaut pas la peine.

— Jo ? s'étrangla Cam.

Je le dévisageai et sentis Joss raffermir son étreinte. Les yeux bleus de Cam scrutèrent mon visage et sa mine s'assombrit en même temps qu'une rage pure embrasait ses prunelles.

— Putain, qui t'a fait ça ? grogna-t-il entre ses dents serrées.

Je ne lui répondis pas. Le fait de l'avoir devant moi m'était incroyablement douloureux. Sa réaction à ma pique semblait dérisoire comparativement au fait qu'il m'avait trompée avec Blair.

— Je veux que tu sortes d'ici.

Cam serra les paupières, comme en proie à une intense douleur.

— Jo, s'il te plaît, ce que tu as vu…

— Sors.

— Jo, s'interposa Olivia. Laisse-le s'expliquer.

— Plus tard, intervint Mick, ses yeux dorés rivés sur ma bouche contusionnée. Donne-moi un nom. Tout de suite.

Je hoquetai, subissant l'atmosphère de violence qui emplissait la pièce. Elle n'émanait pas que de Mick, mais également de Cam et Braden.

— Murray.

Ses narines se dilatèrent.

— Papa, précisai-je.

— Quoi ? hurla-t-il alors.

Le chapelet de juron que débita Cam couvrit presque sa voix.

Olivia tenta de les calmer tous deux.

— On va se faire virer de l'hôtel, les prévint-elle avant de s'adresser à moi. Explique-nous ce qui s'est passé.

Pour la seconde fois de la nuit, je racontai donc mon histoire. Quand j'en eus terminé, l'air était saturé de testostérone. Cam n'y tint plus et il traversa la chambre à grands pas pour me prendre le menton en coupe. À peine m'eut-il effleuré que je rejetai la tête en arrière, puis grimaçai de douleur quand mon cou me rappela l'agression de Murray.

— Jo, je n'ai pas fait ce que tu crois, insista-t-il.

J'étais incapable de le regarder. Je ne voyais que son visage en surplomb du mien tandis que nous faisions l'amour, ses yeux m'assurant qu'il tenait à moi. Puis ce cliché fut déchiré par l'apparition de Blair et lui se tortillant, nus, sur un lit. Mon estomac se retourna et la douleur qui me vrilla la poitrine fut indescriptible. Voilà donc ce que c'était que d'avoir le cœur brisé ?

— Qu'est-ce que tu fous là ?

— Je me suis dit que tu te réfugierais ici si tu avais des ennuis.

Sa réponse me surprit. Mes yeux me trahirent et fouillèrent les siens.

— Tu ne t'es pas dit que j'irais chez Malcolm ?

Il secoua la tête d'un air désespéré.

Cela me déconcerta. Ce qui ne me plut guère. Je baissai le front. Toutes ces émotions contradictoires me donnaient la migraine. Après tout ce qui s'était passé, il ne m'avait pas soupçonnée d'aller voir Malcolm. Il me voyait comme je l'étais.

Il me voyait enfin.

L'espoir qui gonfla en moi retomba comme un soufflé.

Il avait aussi baisé Blair.

De nouveau effondrée, je laissai mes épaules s'affaisser.

— Où est-il ? demanda Mick. Je vais régler son compte à cet enfoiré une bonne fois pour toutes.

Je n'étais pas favorable à la violence. Quiconque me connaissait le savait. Cependant, quand je découvris le regard affligé et assoiffé de sang de mon oncle, je ne trouvai pas le courage de lui mentir. Je voulais pourtant croire que soigner le mal par le mal n'était jamais une solution. Je voulais me convaincre qu'il existait un autre moyen. Ç'aurait d'ailleurs pu être le cas pour d'autres personnes. Malheureusement, la peur était la seule chose que Murray Walker comprenait. C'était un gros dur de cour d'école et la plupart des tyrans étaient profondément trouillards. Murray ne faisait pas exception à la règle… quand il avait affaire à Mick.

Un jour, je demanderais à ce dernier l'explication de cet état de fait.

Mais pas ce soir.

— Dans l'appartement au-dessus du centre de réadaptation, près de Fleshmarket Close.

Mick alla chercher son téléphone sur la table de nuit et le fourra dans sa poche. Il se tourna vers Olivia.

— Ramène Jo chez elle. Je vous appelle quand on a terminé. (Il se tourna ensuite vers Cam et Braden.) Vous deux, venez avec moi.

Mes yeux me désobéirent à nouveau, pour venir croiser ceux de Cam. L'émotion que j'y lus fut comme une puissante décharge électrique. Il soutint mon regard, me prit les joues dans ses mains et apposa délicatement son front contre le mien. Son odeur, sa chaleur, le grain de sa peau... tout cela me fit frémir de nostalgie.

— Tu sais que je n'ai pas couché avec elle, Jo, chuchota-t-il contre ma bouche.

Ce fut comme si nous nous retrouvions seuls dans la pièce. J'avais tellement envie de le croire.

Il recula légèrement la tête pour me regarder droit dans les yeux, sans me lâcher. Nous eûmes une conversation silencieuse.

Tu dois me croire.

Je l'ai vue chez toi. Avec ton tee-shirt. Qu'est-ce que je suis censée en déduire ?

Que je ne te ferais jamais un truc pareil.

Une multitude d'images se succédèrent dans mon esprit, accompagnées de murmures colorés et de sentiments divers. La tendresse dans son regard, son honnêteté habituelle, nos éclats de rire, ses caresses que mon corps ne supportait pas de ne plus recevoir...

Le fait que Blair soit revenue dans sa vie me posait problème. Mais pas parce que je m'inquiétais qu'il se montre suffisamment sans cœur pour me tromper. Certes, j'avais craint qu'il me quitte pour elle, mais je savais qu'il ne me ferait pas souffrir en entamant une liaison secrète. Je lui faisais toute confiance. Cette confiance existait-elle encore ? Je fouillai son visage en quête d'une réponse.

Oui. Il ne me ferait jamais souffrir de la sorte.

Son expression changea quand il vit que j'avais compris, et il soupira.

Merci de me croire.

Je lui décochai néanmoins un regard signifiant que je n'en avais pas pour autant fini avec lui.

— Il faudra quand même qu'on discute.

Il opina, puis examina ma bouche. Il pinça les lèvres en redécouvrant la plaie.

— Est-ce que quelqu'un sait ce qui vient de se passer ? s'enquit Mick avec impatience.

— Je crois que Jo vient de dire à Cam qu'elle le croyait, grommela Joss.

Braden marmonna à son tour :

— Si seulement tu étais aussi intuitive dans notre relation...

Elle lui décocha un regard meurtrier.

— Si je n'étais pas aussi inquiète de te voir aller affronter ce type, je te botterais le cul moi-même.

Je haussai les sourcils, observant la réaction de son fiancé par-dessus mon épaule. Il étrécit les paupières et je ne fus cette fois que témoin de la conversation silencieuse qui se joua entre eux. Quoi qu'ils se dissent, cela la fit se trémousser.

— Bon, ça suffit, rouspéta Mick avant de sortir en trombe de la chambre.

Braden lui emboîta immédiatement le pas. Cam m'adressa un dernier regard explicite avant de disparaître à son tour.

Mon estomac se noua quand je songeai à ce qu'ils s'apprêtaient à faire.

Joss, Olivia et moi prîmes un taxi jusque chez moi. Bien qu'épuisée, je dardai un regard si féroce sur la porte de Cam que je fus presque surprise de ne pas la voir s'embraser, consumée par les flammes de ma colère.

— Il nous a tout expliqué, à papa et à moi, plaida soudain Olivia, comprenant manifestement mes sombres pensées. Vous devez impérativement discuter.

— La seule chose qu'elle doive faire pour l'instant, intervint Joss discrètement, c'est se reposer.

Elle sortit mes clés de mon sac tandis que nous gravissions les dernières marches.

— Ça va aller, marmonnai-je. Je le crois. La voir m'a fait comme un choc, je n'avais pas les idées claires... mais Cam ne me ferait jamais une chose pareille. Même si ça ne l'empêche pas d'y penser.

— Il n'y pense pas du tout, m'assura Olivia.

J'étais trop lasse pour l'écouter.

Olivia et moi nous efforçâmes de nous installer le plus discrètement possible sur le canapé, pendant que Joss nous préparait à toutes une tasse de thé. J'entendis néanmoins s'ouvrir la porte de Cole. Je fermai les paupières avant de prendre une profonde inspiration.

— Qu'est-ce qui se passe ? demanda-t-il à Joss.

Elle lui chuchota une réponse. Puis les pas légers de mon frère se rapprochèrent du salon.

— C'est quoi, ce bordel ?

Je rouvris brusquement les yeux pour le découvrir posté devant moi, dans son pyjama. Il me considérait d'un air paniqué, soudain redevenu petit garçon.

— Je vais bien, tentai-je de le rassurer.

Une douleur fulgurante me transperça quand je lui attrapai la main pour le forcer à s'asseoir à côté de moi. La peur commença à déserter son expression, bientôt remplacée par un air que je n'avais que trop vu ce soir : la promesse d'une vengeance toute masculine.

— Qui t'a fait ça ?

Malgré toutes les merdes qui m'étaient tombées dessus durant ces dernières vingt-quatre heures, je commençais à me sentir particulièrement aimée, si j'en jugeais par la colère et l'irritation que mon état provoquait.

— Papa, répondis-je honnêtement, ayant déjà décidé de ne pas lui mentir sur le sujet.

Je lui racontai tout. Et pas seulement les événements de la soirée. Prenant mon courage à deux mains, je les informai également des violences que j'avais subies étant petite.

J'avais achevé mon explication depuis plusieurs minutes et personne n'avait encore repris la parole. Nous restions tous quatre assis dans le salon, murés dans un silence des plus pesants. Mon estomac me torturait tant j'appréhendais la réaction de mon frère.

Joss fut la première à parler.

— J'espère que Mick va buter ce salopard.

— Tu n'es pas sérieuse, murmurai-je.

— Tu crois ? s'étonna Olivia, dont la colère me prit de court.

Elle qui était d'habitude si mesurée... Elle reprit alors :

— Les gens peuvent être... Eh bien, ils peuvent être merveilleux. Mais, malheureusement, il arrive qu'on se barricade chez soi pour se protéger de monstres. On craint qu'ils ne trouvent un moyen d'entrer malgré tout. Nul n'est censé savoir qu'ils se cachent déjà à l'intérieur. Ta mère et ton père auraient dû te protéger de tels monstres, pas endosser ce rôle.

— Elle a raison. (Cole se pencha en avant, les coudes plantés sur ses genoux, le regard vissé au sol.) Il faut que Mick lui donne une bonne leçon. Une qu'il n'oubliera pas, cette fois.

Détestant le voir si abattu, je lui caressai le dos en petits cercles réconfortants.

Il leva la tête vers moi.

— C'est pour ça que tu pètes un câble chaque fois que maman dit que je lui ressemble.

Je pinçai les lèvres.

— Tu n'as rien à voir...

— Avec lui, compléta Cole. Ouais. Je comprends mieux pourquoi, maintenant.

Un nouveau silence s'instaura, puis mon petit frère m'étudia de nouveau.

— Il va falloir que tu arrêtes de me protéger de tout et de tout le monde, Jo. Je ne suis plus un gamin. Tu gères toujours tout toute seule, ça n'est pas juste. Alors, arrête. On forme une équipe.

La fierté et la gratitude mêlées donnèrent naissance à une épaisse boule au fond de ma gorge ; je me contentai donc de hocher la tête tout en lui ébouriffant les cheveux. Il ferma les paupières et, à la surprise générale, il se blottit contre mon côté indemne et me serra contre lui. Nous restâmes assis si longtemps que je finis par m'assoupir…

30

Des chuchotements étouffés, mais agités, effleurèrent la surface de ma conscience, m'arrachant heureusement à un rêve boueux composé de feuilles mortes, de sang et de pas lourds. J'ouvris avec peine mes paupières lestées de sommeil et je me rendis lentement compte qu'il y avait foule dans mon salon.

Olivia et Cole étaient assis près de moi. Joss était installée sur le fauteuil, sur le bras duquel Braden avait trouvé place ; il lui massait délicatement la nuque. Cam et Mick étaient debout près du feu, en compagnie d'un homme plus âgé que je ne connaissais pas, et maman avait investi l'autre fauteuil.

Tous me dévisageaient.

Je contemplais Mick.

L'air crépitait autour de lui, et même si je voyais qu'il s'était quelque peu calmé, il arborait l'aura d'un homme de retour du champ de bataille. Une grande quantité d'énergie réprimée bouillonnait autour de lui.

Je remarquai ses mains.

Ses phalanges éraflées.

Je déglutis douloureusement.

— Il ne t'embêtera plus, ma poupée.

Nos regards se croisèrent, et mes peurs se dispersèrent.

— Il ne s'attendait pas à te voir.

Le coin de sa bouche se retroussa.

— Non. Ça, on peut le dire. Nous avons eu… une conversation. (Il loucha du coin de l'œil sur l'homme que je ne connaissais pas.) Il est retourné à Glasgow et il sait que s'il revient, je le réexpédierai là-bas.

— Quel pouvoir exerces-tu sur lui, Mick ? demandai-je, la voix rendue râpeuse par la douleur et le manque de sommeil.

Il soupira et ses prunelles s'assombrirent.

— Je sais des choses sur lui. Je sais quels leviers enclencher.

Je secouai la tête, perplexe.

— Disons simplement que son père avait lui aussi tendance à réfléchir avec ses poings.

Cette information me tétanisa un instant.

Murray Walker avait lui aussi été maltraité ? Voilà qui expliquait beaucoup de choses. Un cycle de violence. Évidemment.

Je me tournai vers mon frère et repoussai les cheveux qui lui tombaient sur la figure. Je ne l'avais peut-être pas protégé de maman, mais je lui avais épargné la brutalité paternelle. Une bien maigre consolation.

— On t'a réveillée ? interrogeai-je sèchement ma mère, même si je m'en foutais éperdument.

L'agression de mon père avait fait remonter à la surface les sentiments de trahison et de colère que j'avais éprouvés quand j'avais découvert qu'elle tapait sur Cole.

Les yeux angoissés de Fiona scrutèrent mon visage. Je ne devais pas oublier que cette femme avait vu mon père me tabasser quand j'étais petite et l'avait laissé continuer bien trop longtemps.

Je me raidis.

Était-ce exactement ce que j'avais reproduit avec Cole ? Je savais qu'elle ne l'avait plus cogné depuis notre confrontation dans la cuisine, mais était-ce vraiment l'important ? Il devait néanmoins vivre dans un appartement où je redoutais toujours de le laisser seul avec elle. Était-ce égoïste de ma part de le forcer à rester ici pour ne pas le perdre ? Si seulement elle n'avait pas menacé de contacter les autorités si je partais avec lui...

Une résolution nouvelle m'envahit et je la toisai d'un air mauvais. J'en avais plus que marre des menaces en tout genre.

— Je voulais juste m'assurer que tu allais bien, marmonna-t-elle avant de se détourner.

Elle enfouit instinctivement sa main dans ses cheveux sales. Dans l'un de ses rares moments de lucidité, elle resserra sa robe de chambre autour de son corps frêle.

— Maintenant que je te sais en bonne santé, je crois que je vais retourner me coucher.

Je la regardai s'en aller silencieusement. Une décision délicate reposait désormais sur mes épaules.

— Jo, voici le Dr Henderson, m'informa Braden, m'arrachant à mes idées noires.

Le vieil homme distingué s'approcha de moi. J'avais conscience de la présence de Cam à son côté, même si je ne lui avais pas encore accordé le moindre coup d'œil. Il se passait bien trop de choses pour me permettre de réfléchir clairement à notre situation.

— Il va t'ausculter.

J'adressai un sourire timide au médecin.

— Merci.

Son regard avenant se posa sur ma lèvre.

— Où pouvons-nous nous installer, Jo ?

— Dans ma chambre, ce sera très bien.

Le Dr Henderson me suivit sans un bruit. Il examina ma coupure, que Joss avait déjà désinfectée, puis me palpa le ventre et les côtes. Un léger hématome lui tira une moue.

— Apparemment, il cherchait plus à vous faire peur qu'à vous faire mal, mademoiselle Walker, murmura-t-il avec une pointe de colère. Il aurait cependant pu vous causer d'importantes lésions internes s'il avait frappé plus fort. En l'état, je pense que vous êtes simplement contusionnée, même s'il n'est pas impossible qu'il y ait une ou deux côtes fêlées. Vous ressentirez une gêne pendant quelques semaines. Je ne peux rien vous conseiller d'autre que de l'ibuprofène et une poche de glace pour réduire l'inflammation. Je vais toutefois vous prescrire un arrêt de travail. Mieux vaut que vous vous reposiez au moins une semaine. Vous ne fumez pas, si ?

Je secouai la tête.

— J'ai arrêté il y a plusieurs mois.

— Bien. Très bien. Si vous avez le souffle court, ou si vous ressentez la moindre douleur à l'abdomen, contactez-moi.

Il me tendit sa carte de visite, dont je me saisis avec reconnaissance.

— Merci.

— À présent, je vais vous laisser vous reposer. Essayez de dormir un peu.

Je ne me le fis pas dire deux fois et je rampai délicatement sur mon lit quand il sortit de la pièce. Je me tortillai pour sortir de mon jean, grimaçant de douleur. D'un ultime coup de pied, je parvins à faire tomber mon pantalon à terre, puis je m'enroulai dans ma couette.

Pour la première fois depuis une éternité, je me sentais parfaitement en sécurité. Comment aurait-il pu en être autrement, alors qu'une véritable petite armée montait la garde dans mon salon, prête à me défendre jusqu'à son dernier souffle ? J'avais eu tellement peur durant la nuit, une peur panique… Pourtant, ils avaient réussi à me rassurer : Joss, Braden, oncle Mick, Olivia, Cam et Cole.

Ma famille.

Mes muscles éreintés semblèrent se fondre dans le moelleux du matelas. Mes paupières se fermèrent pour de bon. Un profond sommeil m'emporta pour la première fois depuis plusieurs jours.

Ce fut la chaleur qui me réveilla.

Agitée, je repoussai violemment ma couette et poussai un cri de douleur.

— Johanna.

Cam était à mes côtés.

Je clignai plusieurs fois les paupières pour m'éclaircir la vue. Il était assis par terre, le dos contre le mur, les genoux remontés devant lui, les mains pendant négligemment par-dessus. Des cernes noirs lui lestaient les yeux ; des yeux débordant d'inquiétude, bien que voilés de sommeil.

Je me redressai sur un coude, me berçant les côtes. Il faisait jour.

— Quelle heure est-il ? parvins-je à articuler.

Je me sentais poisseuse de sueur et j'avais la bouche toute sèche.

— Il est 8 heures du matin. On est dimanche.

Oh, mon Dieu. J'avais dormi une journée entière. Je mis un certain temps à prendre conscience de l'allure dépenaillée de Cameron.

— Mon chéri, tu n'as pas dormi ?

Ses prunelles s'illuminèrent.

— J'ai somnolé. Je ne voulais pas te laisser seule. Regarde ce qui s'est passé, la dernière fois.

— Ce n'est pas ta faute.

Je pinçai les lèvres et sifflai aussitôt de douleur. J'avais oublié ma blessure.

— J'ai envie de retourner le cogner.

Je haussai les sourcils, pleinement réveillée par ces dernières paroles.

— Tu lui as tapé dessus, toi aussi ?

— Je l'aurais volontiers tué, mais Mick trouvait que ce n'était pas une bonne idée.

— Ah, oncle Mick. Un homme très terre à terre. Un vrai rabat-joie.

Cam esquissa un sourire.

— Content de constater que ton sens de l'humour est intact.

Je fis une nouvelle moue alors que mes douleurs se réveillaient.

— Ça doit être la seule chose indemne.

Il se pencha vers moi.

— Je peux t'apporter quelque chose ?

— Un verre d'eau.

Il opina et se leva aussitôt.

— Où est Cole ? m'inquiétai-je.

— Au lit. Joss et Braden ont proposé de passer le prendre pour aller déjeuner chez les Nichols tout à l'heure.

— Tant mieux.

Je refermai les yeux.

Une minute plus tard, Cam me secouait tendrement pour me tirer de ma torpeur.

— Il faut que tu boives un peu.

À contrecœur, je l'aidai à m'asseoir, et je dus fournir un gros effort pour ne pas enfouir mon visage dans son cou. Il nous restait encore bien des choses à régler avant d'envisager de se câliner.

J'avalai une grande gorgée de l'eau glacée qu'il m'avait apportée et le remerciai. Puis, sans que je puisse rien ajouter, il se blottit contre moi et s'allongea sur le lit, m'attirant contre sa poitrine.

— Qu'est-ce que tu fais ? bredouillai-je, sans protester réellement.

Cam poussa un profond soupir, me passant les doigts dans les cheveux.

— J'ai vécu l'enfer ces derniers jours, Jo. Laisse-moi te tenir dans mes bras.

Les larmes me montèrent aux yeux.

— Je sais que tu n'as pas couché avec elle.

— Ça en avait pourtant l'air, et tu n'étais pas en état de voir au-delà des apparences.

Je serrais fermement le poing. Je ne m'en rendis compte que lorsque Cam me força à rouvrir les doigts. Son pouce me massa la paume, à l'endroit où mes ongles avaient entamé la peau.

— J'ai presque peur de te poser la question, mais... qu'est-ce qu'elle faisait chez toi ?

Je perçus son hésitation et mon cœur s'emballa aussitôt, me martelant puissamment la poitrine.

— Cam ?

Il tourna la tête et m'embrassa sur le front, avant de prendre une longue inspiration. Puis il se recula, et répondit doucement :

— Elle est arrivée tard chez moi, légèrement bourrée et dans tous ses états. Je l'ai laissée entrer. Elle s'est jetée sur moi.

Cette fois, c'était clair : je la détestais.

— Je l'ai repoussée, lui ai affirmé qu'il ne pourrait plus rien se passer entre nous et je lui ai demandé de partir. Elle s'est alors mise à pleurer et je me suis senti comme le pire des salauds. Je n'ai pas pu la foutre à la porte.

Je ravalai la boule qui m'obstruait la gorge.

— Elle t'aime encore ?

— Elle ne me connaît pas, répondit-il, agacé.

— Je prends ça pour un oui.

— On a discuté pendant des heures, tournant en rond jusqu'à ce qu'elle dessoûle un peu. Elle m'a demandé si elle pouvait prendre une douche et passer la nuit chez moi. On était alors d'accord et je me sentais mal pour elle, alors j'ai dit oui.

Il me fallut quelques instants avant de poser la question :

— D'accord sur quoi ?

Cam s'écarta légèrement de moi et se tourna afin de pouvoir me regarder en face. Son visage hagard était plus magnifique que jamais et ma douleur à la poitrine s'accentua. Je me forçai à ne pas contempler trop longtemps sa lèvre supérieure si craquante, et son expression me coupa le souffle.

Il avait l'air à la fois vulnérable, à vif et blessé...

Il s'était mis à nu et saignait pour moi.

— Je lui ai dit une chose que j'aurais dû te dire il y a des siècles. (Il me posa une main sur le cou pour me rapprocher de lui.) Je n'ai jamais rencontré une personne aussi forte et courageuse que toi. Je n'ai jamais connu une personne aussi modeste, aussi gentille et aussi généreuse. Tu es une femme très complexe. (Il se fendit d'un léger sourire.) Et tu es, en outre, intelligente, passionnée, drôle et excitante. Tu me fais complètement perdre la tête. Quand je t'ai vue pour la première fois, je t'ai désirée plus que je n'avais jamais désiré personne. Quand tu m'as envoyé paître, j'ai voulu apprendre à te connaître. Et quand je t'ai véritablement découverte, quand tu m'as dit de ne pas tuer une araignée parce que ça en dirait très long sur la nature humaine de systématiquement tuer ce que l'on craignait, j'ai su. J'ai su que je ne rencontrerais jamais personne d'aussi magnifique, d'aussi compatissant et d'aussi déterminé. Je sais depuis un moment que je suis amoureux de toi, Jo. Et je sais que j'aurais dû te le dire.

Les larmes se mirent à me rouler sur les joues et il s'efforça de les essuyer toutes de la pulpe du pouce. Mon menton tremblait quand je lui demandai :

— Pourquoi ne l'as-tu pas fait ?

Il haussa un sourcil étonné.

— Peut-être pour la même raison que celle qui t'a retenue de me le dire ?

Il me déposa alors sur le haut de la bouche le plus délicat des baisers. Puis il reprit :

— Tu te rappelles, samedi dernier, quand on a rencontré Blair et que je ne t'ai plus adressé la parole ?

— Ouais ?

— Ce n'était pas à cause d'elle, ma belle. C'était à cause de toi. À cause de nous.

— Je ne comprends pas.

Il fit courir sa main le long de mon bras, me caressant la peau du bout des phalanges.

— Ça a été une véritable surprise de tomber sur elle, quelque chose de très étrange. Quand on sortait ensemble, à l'époque, je pensais être amoureux d'elle. Nous sommes restés en couple pendant plus de trois ans et je n'ai pas bien vécu la rupture. Mais quand je l'ai recroisée, que je l'ai revue, je n'ai rien ressenti d'autre qu'une sorte de vague familiarité. Il n'y avait plus ni douleur, ni amour, ni rien d'autre qu'une sorte de plaisir amical. (Son regard s'assombrit.) Dans la rue, ce jour-là, je ne pensais plus qu'à ça... Je m'imaginais, dans dix ans, marcher sur Princes Street avec une femme quelconque à mon bras, et te croiser alors que nous n'étions plus ensemble. Parce que je me disais que tout le monde finissait par partir, un jour ou l'autre. (Il prit alors une longue goulée d'air pour ravaler sa douleur et me serra plus fort.) Ça m'a chamboulé. Ça m'a même foutu en l'air. Je crois que je t'aime depuis cette anecdote dans la cuisine, mais c'est samedi dernier que je me suis rendu compte pour la première fois que j'étais fou amoureux. Ce que je ressens pour toi...

Il prit une respiration sifflante et je me surpris à lui caresser le visage malgré moi. Mon cœur battait la chamade quand je posais les yeux sur cet homme – cet homme fort et irrévérencieux, qui débordait pourtant d'émotion. Pour moi.

— Ça me dépasse complètement, chuchota-t-il en reposant son front contre le mien. C'est presque handicapant. C'est trop. Je... Je n'arrive pas à trouver les mots, mais être avec toi, c'est... Je suis en permanence empli d'une sorte d'intensité, je ressens comme un tiraillement permanent, presque désespéré... Comme si tu m'avais marqué au fer rouge. Ça me brûle.

— Je sais, murmurai-je à mon tour, incapable d'endiguer le flot de larmes. Je sais. Je ressens la même chose.

— Mais tu ne me l'as jamais dit, répliqua-t-il sur un ton de reproche. Tu me l'as toujours caché et je ne l'ai jamais su. Je n'arrivais pas à déterminer ce que tu éprouvais. C'est pour ça que je me suis soûlé samedi dernier. C'est pour ça que Nate est passé le lendemain matin. Il m'a convaincu que tu partageais mes sentiments.

— Comment il s'y est pris ?

— Je lui ai demandé son avis sur toi et il m'a répondu : « Tu n'as pas à t'en faire, mec. Cette fille pense que tu es le bon. Et je ne te le dirais pas si je ne le croyais pas. »

Je me souvins soudain du comportement de Cam après le départ de son ami. C'était comme si quelqu'un avait activé un interrupteur à l'intérieur de son esprit. Le garçon taiseux, distant et sombre de la veille avait disparu, remplacé par un séducteur. L'amour brutal contre son bureau... Je m'étais alors fait la réflexion qu'il me prenait comme un dû. À bien y repenser, je n'étais pas si loin de la vérité.

Un soulagement, un intense soulagement déferla en moi, et je reposai la tête sur sa poitrine.

— Tu as expliqué tout ça à Blair ? murmurai-je contre sa peau.

— Je lui ai dit que je t'aimais et que je ne pensais pas que c'était une bonne idée de redevenir amis.

Une autre larme coula de mon œil et roula sur lui.

— J'espère que ce sont des larmes de joie.

Je pleurais désormais à gros sanglots, incapable de réprimer plus longtemps l'afflux d'émotions de ces derniers jours.

— Je t'aime, dis-je en l'étreignant. Je t'aime tant qu'il m'arrive de vouloir te tuer.

Je fus prise d'un hoquet qui le fit ricaner.

— C'est complètement réciproque, ma belle.

— Bon, et maintenant ? reniflai-je.

— Maintenant ? Je vais devoir souffrir le martyre en attendant que ces côtes guérissent, avant de te prouver toute l'étendue de mon amour.

Je souris malgré les pleurs.

— Je compatis à ta douleur.

Il grogna en réponse.

Nous restâmes allongés silencieusement pendant quelques instants, puis je me reculai pour examiner son visage si parfait.

— Je crois que je vais devoir laisser ma mère, Cam. Mais je ne sais pas comment je vais m'y résoudre.

Il me déposa un nouveau baiser délicat sur la bouche et je le forçai, en dépit de la douleur, à m'embrasser longtemps, profondément, intensément. Nous finîmes par nous arracher l'un à l'autre, pantelants.

Saloperies de côtes.

— On s'en inquiétera plus tard, affirma-t-il. Pour l'heure, tu dois d'abord te rétablir.

— Je peux te redire que je t'aime ?

Il opina lentement, l'air grave.

— Je ne me lasserai jamais de l'entendre.

31

— Alors, des nouvelles du mystérieux Marco ? demandai-je à Hannah.

Appuyée contre le mur de sa chambre, je la regardais accrocher un poster du chanteur de l'un des plus gros groupes de rock indé au monde. Cette petite avait bon goût.

Elle poussa un soupir et recula d'un pas pour examiner son œuvre.

— Je l'aide à préparer un exposé pour l'école, donc on s'est vus pas mal.

— D'après le ton que tu emploies, j'en déduis qu'il ne s'est rien passé d'intéressant ?

Elle me lança un coup d'œil par-dessus son épaule.

— Je crois qu'il y a une certaine tension sexuelle entre nous.

Cette réplique très pragmatique me fit ricaner.

— De la tension sexuelle ?

Elle pivota pour me faire face et me contempla avec la mine déconcertée d'un universitaire confronté à une théorie époustouflante.

— Disons qu'il me plaît, alors je ne sais pas si c'est moi qui me projette, ou si cette impression est due au fait qu'il ressent la même chose.

Je réfléchis à l'atmosphère particulière dans laquelle Cam et moi baignions avant de sortir ensemble, puis j'étudiai Hannah. Cette fille était épatante et trop formée pour ses quinze ans. La Kryptonite de n'importe quel adolescent. J'eus un sourire entendu.

— Il ressent la même chose.

Ses prunelles se mirent à pétiller d'espoir.

— Tu crois ?

— J'en suis sûre.

Ravie, elle entreprit d'accrocher un autre poster, souriant comme une idiote.

— Alors, comment vont tes côtes ?

— Malheureusement, j'ai toujours mal.

Une semaine s'était écoulée depuis l'agression et après avoir passé sept jours au lit, j'avais supplié Cam de m'autoriser une expédition chez les Nichols pour le repas dominical. Conscient de mon désespoir, il avait consenti à me laisser sortir. Étant donné que j'étais censée reprendre le boulot le lendemain, il s'agissait d'une sorte de tour de chauffe. Pourtant escortée de Cam et de Cole, je m'étais rendu compte que j'étais encore un peu nerveuse, une fois dehors. Quand nous fûmes dans le bus, je me surpris à me retourner vers la rue pour voir si Murray Walker n'était pas tapi parmi la foule.

Cam me vit faire et comprit mon manège. Les nuages qui s'amoncelèrent dans son regard me donnèrent une fois de plus l'impression d'être aimée, mais je ne pouvais m'empêcher d'être triste en songeant qu'une partie de ses pensées maussades était due à son sentiment d'impuissance face à tout ça. En gros, il se sentait coupable de n'avoir pas été là pour me secourir, ce qui était aussi mignon qu'idiot et irrationnel. En réalité, nous avions l'un et l'autre besoin de réconfort après cette épreuve. Je lui avais pris la main pour lui faire savoir que je comprenais et il m'avait gardée tout contre lui pour m'assurer qu'il comprenait aussi.

Notre relation avait considérablement évolué en une semaine. Nos déclarations d'amour nous avaient apporté la sécurité dont nous avions besoin. Je ne pensais toutefois pas qu'elles suffiraient à soigner notre possessivité mutuelle, ou l'éclat de jalousie que nous ressentions quand il était question d'un ou d'une ex, mais notre confiance réciproque nous rendait plus forts.

Cela m'excitait aussi énormément et le fait d'être immobilisée était une torture.

La seule chose qui apaisait ma frustration était de savoir que c'en était une pour Cam aussi.

— Ça y est.

Hannah s'écarta du mur et observa avec fierté sa chambre nouvellement redécorée.

— Qu'est-ce que tu en penses ?

— Je pense qu'Élodie va te tuer.

— Elle m'a dit oui.

— Elle a dit oui pour *un* poster.

— Ah, j'ai juste entendu le début, alors.

— Oh, allez. (Je lui souris en lui désignant la porte.) Viens, on va profiter du repas avant que ta mère découvre que tu as transformé ta chambre en un paradis pour groupies.

Avant que nous ayons quitté son repaire, Hannah me demanda posément :

— Sincèrement, est-ce que tu vas bien, Jo ?

Sa sollicitude me réchauffa le cœur.

— Ma poupée, je vais bien. En fait, tu sais quoi ? Je vais plus que bien. Je vais super bien.

— Mais ton père...

Ayant besoin de se confier, Joss avait raconté à Ellie tout ce qui m'était arrivé. Ellie en avait alors parlé à Élodie, Élodie à Clark, et Hannah avait manifestement surpris la conversation entre ses parents. Je lui saisis la main et la pressai doucement.

— Je sais que ça doit être difficile à comprendre, parce que ton père est vraiment génial. Je pourrais me morfondre à l'idée que le mien se fout des personnes à qui il fait du mal, même s'il s'agit de ses propres enfants. Mais j'ai choisi de chercher ailleurs ce qu'il ne pouvait pas m'apporter. J'ai mon oncle Mick. Et je vous ai, vous tous, ma véritable famille. Ça ne change rien à ce que mon père a fait, mais ça m'aide beaucoup à tourner la page. (Je lui adressai un sourire rassurant.) Certains naissent au sein d'une famille, d'autres doivent se la construire. (Je haussai les épaules.) Si ça implique de devoir vous fréquenter, ça me va !

Hannah éclata de rire ; toute trace de tristesse déserta son regard. Elle me serra la main à son tour et je la conduisis jusqu'à la salle à manger, où tout le monde nous attendait : Cam, Cole, oncle Mick, Olivia, Joss, Ellie, Braden, Adam, Élodie, Clark et Declan.

Quelle merveilleuse tablée. Je souris à Cam, de l'autre côté de la pièce, qui me tira une chaise pour m'inviter à m'asseoir.

Lorsque nous fûmes tous installés et que les conversations allaient bon train, Cam se pencha vers moi.

— Comment vont tes côtes ?

Je plongeai le regard dans ses yeux compatissants, retenant la patate rôtie que je m'apprêtais à enfourner.

— Aussi bien que quand tu me l'as demandé, il y a vingt minutes.

— Excuse-moi de m'inquiéter pour ma petite amie.

Je lui fis la grimace et nous eûmes une nouvelle conversation silencieuse.

Tout ce qui t'intéresse, c'est de savoir si je suis suffisamment rétablie pour coucher avec toi.

Il se fendit d'un léger sourire.

Putain, oui.

Aussi amusée qu'excitée, je décidai de me changer les idées en m'intéressant à la conversation d'Ellie, qui réfléchissait à haute voix aux robes des demoiselles d'honneur pour le mariage de Joss et Braden.

— J'en ai vu des fuchsia magnifiques sur un site de couturiers espagnols. Je me disais que...

— Que tu étais folle si tu t'imaginais que Joss accepterait du fuchsia à ses noces, l'interrompit l'intéressée d'un ton cassant.

Braden et Adam concentrèrent alors toute leur attention sur leur assiette, et je me demandai combien de fois ils avaient été pris à partie lors d'une dispute entre la fiancée et sa demoiselle d'honneur.

— Et si on optait pour quelque chose de plus neutre ? suggérai-je à Ellie sur un ton implorant.

Ellie sembla soudain si abattue que je voulus la prendre dans mes bras.

— Mais le fuchsia est une couleur si romantique.

Clark fronça les sourcils.

— C'est quelle couleur, fuchsia, déjà ?

— Rose, grogna Joss.

Braden ricana ; il ne put s'empêcher d'adresser à sa sœur un regard incrédule.

— Tu veux vraiment mettre du rose dans notre mariage ? *Mon* mariage ? Avec *Joss* ?

— Ce n'est pas un rose tout bête, argumenta-t-elle comme si elle avait affaire à une bande de demeurés. C'est plutôt un somptueux magenta.

— C'est rose, trancha Joss.

Ellie fit la moue.

— Tu n'as encore accepté aucune de mes propositions.

— Ellie, ma chérie, je t'adore, mais tu vis dans un monde rempli de bonbons et d'arcs-en-ciel qui ne me ressemble pas.

Je m'aventurai à soumettre une autre idée.

— Et si on optait pour quelque chose de métallique pour nos robes ?

Ellie y réfléchit quelques instants, puis son visage s'illumina.

— On serait toutes belles en champagne. Même Rhian pourrait porter ça.

Rhian était la meilleure amie de fac de Joss, même si elles ne se voyaient plus guère depuis que la première était partie s'installer à Londres. Elles n'avaient néanmoins jamais perdu contact et chacune s'impliquait à distance dans le mariage de l'autre.

— Mmm. (Joss avala son morceau de poulet, puis haussa les épaules.) Ça pourrait me convenir.

Tout le monde cessa de mastiquer pour la dévisager. Elle redressa la tête, surprise. Puis elle fit la grimace et darda sur Braden un regard mauvais.

— Quoi ? Il m'arrive de faire des compromis.

Il éclata de rire.

— C'est bien la première fois que je t'entends donner ton accord à un truc en lien avec le mariage.

— C'est parce que notre organisatrice en chef est nulle. Rien de personnel, Els.

Celle-ci roula les yeux.

— Tu sais, tu peux aussi te débrouiller toute seule, si tu préfères.

— J'ai accepté de l'épouser à condition de ne pas avoir à m'en occuper.

Cam réprima un gloussement.

Braden se tourna vers sa fiancée et plissa les paupières.

— Dans ce cas, je pourrais m'en charger ?

Nous haussâmes tous des sourcils stupéfaits.

— Toi ? s'étrangla Joss.

— Moi. (Il haussa les épaules et avala une gorgée d'eau avant d'ajouter :) On a les mêmes goûts, toi et moi, ça devrait te plaire. Et j'irais plus vite que tes deux pipelettes.

— Tu es déjà bien assez occupé, je ne peux pas te demander ça.

Il haussa de nouveau les épaules et se fendit d'un sourire signifiant : « Alors ? »

— Dans ce cas, je t'aide, annonça Joss d'un air déterminé. On s'en charge tous les deux.

— Vraiment ?

— Vraiment.

— Mais...

Ellie tenta, penaude, de contester son éviction des préparatifs, mais fut interrompue par le baiser fugace qu'Adam lui déposa sur les lèvres. Quand il se recula, ils eurent l'une de ces conversations silencieuses qui semblaient être à la mode ces derniers temps. À la fin de celle-ci, les épaules d'Ellie s'affaissèrent et elle hocha tristement la tête.

— Voilà une bonne chose de réglée ! se réjouit Élodie. Encore un coup de téléphone pour solliciter mon arbitrage, et je me serais mise à hurler.

— Tu m'étonnes, murmurai-je en faisant mine de ne pas remarquer le regard de reproche d'Ellie.

Braden changea alors brusquement de sujet.

— Alors, Mick et Olivia, Jo m'a dit que vous aviez tous les deux trouvé un appartement ?

Olivia opina.

— Sur Jamaica Lane. Et papa sera juste au coin de la rue. On emménage bientôt. Je serai contente de quitter l'hôtel. Oh, et grâce à toi, papa a décroché son premier contrat ! Merci, Braden.

Je n'étais moi-même pas au courant.

— C'est vrai, oncle Mick ? Où ça ?

Mick semblait plus que ravi de me répondre :

— Je vais décorer des maisons témoins, pour un nouveau projet à Newhaven. Le chantier commence dans deux mois. Ça me laisse le temps de recruter mon équipe. (Il me lorgna longuement.) Qu'est-ce que tu en penses, Jo ? Tu serais prête à quitter le bar et l'agence immobilière pour devenir mon apprentie ?

Je lâchai ma fourchette de stupéfaction. Est-ce qu'il... venait-il de... oncle Mick me proposait-il réellement de travailler pour lui ?

— Hein ? répondis-je de façon subtile.

— Ça te dirait de bosser pour moi ? C'est toujours un risque, de lancer son entreprise, mais j'y crois. J'y suis déjà parvenu deux fois, par le passé. Alors, es-tu prête à me faire confiance et à me rejoindre dans cette aventure ?

— En tant que peintre décorateur ? Avec toi ?

Oh, mon Dieu, mon oncle Mick m'estimait-il suffisamment douée pour travailler à ses côtés ?

Je sais que beaucoup ne trouveraient pas très glamour de démarrer un apprentissage de peintre décorateur. Cependant, cela nécessitait du savoir-faire, de la patience, et j'aimais vraiment beaucoup cette activité. Je pourrais même faire carrière là-dedans, chose que je n'avais jamais réellement envisagée.

Car je ne m'estimais pas assez douée pour ça.

Mes vieux démons revinrent me chuchoter à l'oreille, me provoquant des remous dans l'estomac. Mes doutes m'incitaient à dire non, afin de ne pas avoir à essuyer un échec.

Ce qui pourrait se produire. Pas forcément à cause de moi, mais du fait que, comme l'avait souligné Mick, il n'est jamais facile de démarrer une entreprise. Si je laissais tomber deux emplois stables pour celui-là, tout pourrait s'effondrer du jour au lendemain. Pouvais-je réellement faire preuve d'un tel égoïsme ? Cole avait besoin de moi, je devais y réfléchir de façon rationnelle...

Cam glissa sa main dans la mienne et quand je me tournai vers lui, ses yeux me dirent tout ce que j'avais besoin d'entendre. Je repoussai mes incertitudes, réprimai mes angoisses. Celles-ci furent plus difficiles à faire disparaître, mais je hochai néanmoins la tête avec un immense sourire aux lèvres.

— Oncle Mick, j'adorerais ça !

Quelques heures plus tard, j'étais encore sous le choc de cette proposition aussi soudaine qu'inattendue. Assise au bureau de Cam dans son salon, j'écoutais Cole se moquer d'Olivia, qui battait Nate à plate couture sur une partie de jeu vidéo ; j'avais cependant toujours l'esprit à moitié dans la salle à manger des Nichols.

Cam, Cole, Olivia et moi étions rentrés rejoindre Nate et Peetie, qui étaient venus avec des bières, de quoi grignoter et le dernier jeu de combat.

À mon grand étonnement, Olivia s'était vite bien entendue avec Nate et tous deux se balançaient désormais mutuellement des vannes – je ne manquais toutefois pas de les reprendre quand ils se répandaient en grossièretés devant Cole –, tandis que leurs avatars se tapaient dessus sans retenue.

— Ah ah, t'es vraiment nul ! s'exclama Olivia tandis que l'importun commentateur annonçait : « Knock-out ! »

Nate la gratifia d'une mine faussement outrée.

— Laisse-moi une chance, l'Amerloque. C'est la première fois que j'y joue.

— Moi aussi.

— Peut-être, mais tu as des petits doigts. Ils sont plus rapides et plus agiles sur la manette.

Olivia éclata d'un rire tonitruant.

— Tes excuses sont aussi minables que toi.

— Carrément, commenta Cole en secouant la tête d'un air déçu.

— Hé, ho, se plaignit Nate. Tu ne vas pas t'y mettre aussi ? (Il lança un regard sombre à Olivia.) Ça fait des mois que je lui sers de modèle et tu viens de tout gâcher en dix minutes de présence.

— Oh, arrête ton char, répliqua-t-elle joyeusement. Je lui ai plutôt rendu service. Il aurait fini par découvrir la vérité un jour ou l'autre.

Nate pinça les lèvres et se retourna vers la télé.

— OK, Liv. Prépare-toi à mourir.

— Quand tu veux.

Je me demandais quand les adultes allaient enfin laisser jouer Cole. Toutefois, en observant mon petit frère, je me rendais bien compte qu'il prenait du plaisir à les regarder se chamailler. Je le soupçonnais même d'en pincer pour Olivia, mais je ne voulais pas l'embarrasser en lui posant ouvertement la question.

Je me levai alors et quittai discrètement la pièce, les laissant à leurs éclats de rire. Je me dirigeai à pas de loup jusqu'à la chambre de Cam pour profiter d'un petit instant de calme en envisageant la nouvelle carrière que j'allais démarrer dans quelques mois.

Une *carrière*.

Je secouai la tête, encore tout étonnée, refermai la porte derrière moi et grimpai sur le lit. Je me débarrassai de mes chaussures et m'allongeai sur le dos, tandis que les perspectives d'avenir se bousculaient dans mon crâne.

La porte se rouvrit alors, m'arrachant à la contemplation du plafond, et je ne fus pas surprise de voir Cam me rejoindre. Il me sourit et s'étendit à mon côté.

— Tout va bien ?

Je hochai le chef et lui caressai la joue.

— J'avais juste besoin d'un peu de temps pour réfléchir.

Il s'installa confortablement et je roulai contre lui, profitant de la chaleur de ses bras passés autour de moi. J'inspirai l'odeur de son après-rasage et frottai mon front contre sa joue râpeuse.

— C'était une bonne journée, murmurai-je, comblée.

— Je ne sais pas comment tu vas réagir à ce que je m'apprête à te dire.

Me souvenant de la dernière fois qu'il avait prononcé cette phrase, je me contractai, dans l'expectative. La fois précédente, j'avais découvert Mick et Olivia dans son salon. Avec un peu de chance, la surprise serait tout aussi bonne. Je croisai les doigts.

— Je t'écoute, dis-je avec méfiance.

Cam inspira profondément.

— Tu m'as dit la semaine dernière qu'il fallait que tu te sépares de ta mère, mais que tu ne savais pas comment faire.

— Ouais.

Ma bonne humeur s'envola instantanément.

— Je crois avoir trouvé la solution, mais je ne sais pas trop comment tu vas réagir.

J'attendis.

Il me posa la main sur la hanche et murmura :

— Emménagez avec moi. Cole et toi.

Je me redressai subitement et portai les deux mains à ma blessure qui m'élançait de nouveau. Réprimant une grimace pour ne pas risquer une mauvaise interprétation de ma réaction, je scrutai son visage soudain incertain.

— Tu me demandes de venir habiter chez toi ?

— Ouais. (Il embrassa la pièce d'un geste circulaire de la main.) Il y a largement assez de place et tu n'aurais plus à te soucier de laisser Cole seul dans l'appartement avec ta mère. Et ça ne t'empêcherait pas d'aller prendre de ses nouvelles chaque fois que tu voudras.

— Mais le loyer… sa pension d'invalidité ne couvre pas tout.

— Continue à le payer. On se servira de l'étage pour ranger nos affaires.

— Je ne peux pas assumer deux loyers.

— Ça ne changera rien : de toute façon, je paie déjà celui-ci. On n'aurait qu'à se partager la bouffe et les factures.

Mon cœur battait à tout rompre. Mes émotions (et mon corps) hurlaient de bonheur à l'idée de se réveiller près de lui chaque matin. Mon esprit, en revanche, était bien plus circonspect.

— On ne peut pas envahir ton existence de la sorte, Cam. Ce n'est pas comme si tu demandais à ta petite copine d'emménager avec toi : elle est livrée avec son petit frère adolescent.

Ma prudence lui arracha un sourire.

— Ma belle, je me suis déjà occupé d'un ado. Je passe autant de temps avec lui qu'avec toi. C'est un bon garçon. Je l'aime comme un petit frère. Je vous aime tous les deux. Alors, c'est oui ?

Les larmes me montèrent aux yeux tandis que ma poitrine se contractait, submergée par tant d'émotions.

— Tu l'aimes aussi ?

Il secoua la tête en me voyant pleurer.

— Oh merde, j'ai ouvert les vannes.

Je le giflai sans conviction.

— Ne viens pas gâcher cet instant incroyablement romantique.

— Je prends ça pour un oui ?

Emménager avec Cam était un immense pas en avant pour nous trois, mais toutes les épreuves que nous avions affrontées nous avaient rendus plus forts. Je nous en pensais capables, je m'en sentais prête, et c'était pour l'heure le meilleur moyen de régler la question de ma mère.

Je me blottis contre le torse de Cam et fermai les paupières. Il resserra ses bras autour de moi.

— C'est un bon gros oui.

Alors qu'il se détendait, je me rendis compte que la démarche – et l'incertitude quant à ma réaction – l'avait considérablement stressé et je ne l'en aimai que davantage. Cet amour se transforma bien vite en un fourmillement de désir dans toutes mes zones sensibles.

— Saloperies de côtes, jurai-je d'une voix rendue rauque par la frustration.

Comprenant ce que j'avais en tête, Cam grogna à son tour.

— Arrête, ma belle. J'ai déjà du mal à me retenir, sans en plus t'entendre t'en plaindre aussi.

— Je sais, murmurai-je d'un ton geignard.

Mes pensées coquines prirent possession de ma main, qui glissa lentement sur le ventre de Cam, puis sur son jean. Il siffla entre ses dents et prit une brusque inspiration quand j'accentuai ma caresse sur son érection croissante.

— Tu cherches à me torturer ?

Je secouai la tête.

— Si tu es prêt à y aller doucement, dis-je en déboutonnant son pantalon, je pourrais apaiser un peu ta douleur.

— Jo, tu n'es pas obligée, protesta-t-il sans conviction.

Je sentais son souffle s'accélérer.

— J'en ai envie.

Cela acheva de le convaincre et il m'aida à le débarrasser de son jean et de son boxer. Des journées d'abstinence m'affrontaient désormais sous la forme d'une épaisse colonne de chair veineuse palpitant sur le bas-ventre de Cam. Quand je refermai ma main fraîche autour de sa base, il tenta de ravaler un gémissement et bascula la tête en arrière.

Lentement, mais sûrement, j'entrepris de le masturber. Je ne pouvais pas accélérer le mouvement, de peur de me faire mal aux côtes et ce rythme langoureux eut un effet incroyablement sexy sur Cam. Au lieu de regarder ma main, je contemplais son visage. Il avait les paupières closes et les joues légèrement rosies. Des souffles de plaisir s'envolaient d'entre ses lèvres entrouvertes.

Dieu qu'il était beau.

Je serrai les jambes, sentant mon sexe palpiter et s'humidifier de désir.

— Ma belle, je vais...

Il haleta bruyamment et je fus brusquement soulagée que le volume de la télévision ait été si fort.

— Jouir... acheva-t-il en contractant les mâchoires tout en émettant un râle guttural.

Il éjacula dans ma main et sur son tee-shirt.

Après l'avoir écouté reprendre son souffle pendant quelques secondes, je me mordis la lèvre en désignant son habit souillé.

— J'espère qu'il n'était pas neuf, plaisantai-je.

Son corps se mit à convulser d'éclats de rire réprimés. Il se passa dans les cheveux des doigts légèrement tremblants.

— Je viens de jouir comme un petit jeune.

— J'ai des mains magiques, le taquinai-je.

Il secoua la tête.

— C'est toi tout entière, qui es magique.

Il m'embrassa délicatement sur la bouche.

Après m'avoir nettoyé la main et s'être changé, il revint sur le lit, se positionnant à califourchon sur moi.

— Qu'est-ce que tu fais ? soufflai-je, excitée, mais souffrante. On ne peut pas.

Il me considéra de son regard de braise.

— Reste aussi immobile que possible.

Et sans rien ajouter, il me délesta de mon jean, puis de ma culotte, avec d'infinies précautions.

Il m'écarta les cuisses et glissa vers le pied du lit afin de pouvoir positionner sa tête entre mes jambes. Lentement, il introduisit deux doigts en moi.

— Putain, tu es trempée, constata-t-il.

— J'ai pris plaisir à m'occuper de toi, chuchotai-je en m'efforçant de ne pas me tortiller.

— Je le sens. (Il inspira avec peine.) C'est vraiment de la torture.

— Tu sais ce qu'il y a de pire ? De sentir ta langue si proche et si loin à la fois.

Il se fendit d'un sourire entendu et s'empressa d'en faire meilleur usage.

Épilogue

Le fait de ne plus voir, en me retournant, ce mur que Cam m'avait aidé à détruire il y avait si longtemps, m'apporta une paix indescriptible. Je ne serais plus jamais prisonnière derrière cette cloison, mes envies ne seraient plus mises en sourdine ni ma personnalité piégée dans le donjon de mes incertitudes. Voilà qui j'étais. Dorénavant, ma vie consisterait à être moi-même, ce qui était à la fois effrayant et libératoire.

Pour une fois, j'avais la chance de voir s'agencer correctement les pièces constituant le puzzle de mon existence.

Cole joua l'indifférence quand je lui annonçai que nous allions nous installer chez Cam, mais je compris à l'enthousiasme qu'il mit à faire ses valises et à descendre chaque jour un objet nouveau que cette nouvelle situation lui convenait parfaitement.

Quant à maman… eh bien… Elle commença par se plaindre que nous l'abandonnions, par me dire que je ne pouvais pas lui faire ça, que je ne pouvais pas lui enlever Cole, que je n'étais qu'une petite salope d'égoïste, et blablabla…

Le meilleur moyen de gérer cette réaction fut de la laisser déblatérer tout son soûl. Ainsi, elle se fatigua toute seule et n'eut plus l'énergie de se battre quand je lui notifiai calmement que si elle ne nous laissait pas déménager, ou que si elle osait prévenir les autorités, je la laisserais crever dans son coin sans plus jamais me soucier d'elle. Je lui expliquai ensuite que, si elle avait besoin de moi, je ne serais qu'un étage plus bas. Son silence me procura un soulagement doux-amer et m'informa par son incommensurable profondeur que j'avais remporté cette manche.

Elle ne nous avait plus reparlé pendant trois semaines.

J'épongeai la sueur qui perlait sur mon front et soufflai entre mes lèvres désormais complètement guéries. Je jetai un regard circulaire au salon de Cam, envahi de cartons. Cole et moi étions censés nous installer officiellement chez lui le lendemain, un samedi, afin que lui et les copains puissent nous aider à tout transporter. Me sentant légèrement surexcitée par cette perspective, et au lieu de tourner en rond chez moi, j'avais décidé de descendre l'un des paquets les moins lourds dans son – notre – appartement, pendant qu'il était au travail. L'après-midi touchait désormais à sa fin, mon côté m'élançait légèrement et j'avais finalement presque tout déménagé.

Cam allait rentrer d'ici à une heure environ et quelques heures plus tard j'irais travailler pour l'une des dernières fois au *Club 39*. Tout le monde au bar allait me manquer. Je continuerais bien sûr à fréquenter Joss régulièrement, mais ça avait été pour moi comme une seconde maison, et j'y avais passé pas mal de temps en compagnie de deux des personnes les plus importantes de mon existence. C'était la fin d'une époque.

Cependant, une nouvelle ère particulièrement excitante s'ouvrait à moi. Oncle Mick m'avait déjà donné deux tee-shirts de travail marqués du sceau de son entreprise : M HOLLOWAY PEINTRE & DÉCORATEUR. Je les adorais. Ils se mariaient très bien avec la nouvelle salopette que Cam m'avait offerte.

Je sortis mon iPod en fredonnant et le branchai sur la chaîne hi-fi, montant légèrement le volume tout en commençant à déballer mes affaires. Le temps s'écoula rapidement et je chantonnais, dansais et me trémoussais tout en trouvant l'endroit idéal pour chaque objet, m'efforçant néanmoins de ne pas envahir l'espace vital de notre nouveau colocataire.

Alors que je repliais les cartons vides, deux bras puissants s'enroulèrent autour de ma taille, me flanquant une trouille bleue. Je glapis et fis volte-face pour me retrouver nez à nez avec Cam, tout sourire. Il me désigna silencieusement la pièce et les nouveaux bibelots.

— Je me suis un peu laissée emporter, expliquai-je d'une voix assez forte pour couvrir la musique.

Il opina, puis posa le regard sur le manteau de cheminée, où une photo de lui, Cole et moi était désormais exposée à côté de ses propres cadres. L'élégante horloge qui se trouvait chez nous trônait à présent au milieu de cette foule de portraits.

— Je vois ça.

— Ça nous fera gagner du temps, demain.

Ses yeux bleus plongèrent sur mon flanc, où il apposa délicatement sa main. Le contact de ses doigts si près de ma poitrine suffit à faire poindre mes tétons contre mon débardeur humide de sueur. Nous n'avions pas fait l'amour depuis l'agression. Nos jeux de mains en attendant ma guérison nous avaient bien distraits, mais je commençais à avoir les hormones en ébullition à force de devoir me contenter de préliminaires.

— Tu ne t'es pas fait mal, si ? s'inquiéta-t-il en fronçant les sourcils.

Je secouai la tête, même s'il s'agissait d'un petit mensonge.

Il se rembrunit, pas dupe.

— Bon, d'accord, j'en ai fait un peu trop. Mais c'est parce que j'ai hâte de m'installer avec toi, mon amour.

J'espérais, par mon numéro de charme, éviter une réprimande.

Cela fonctionna. Il leva les yeux au ciel et me serra contre lui. Je lui passai les bras autour du cou, reposant mon menton sur son épaule. Respirer son odeur, sentir sa force contre moi et savoir que je n'aurais désormais qu'à tendre le bras pour le toucher me donna envie de me fondre en lui. Non contents de me réconforter, ses bras secs et musclés me provoquèrent aussi un nouvel afflux d'hormones.

Sans y réfléchir, nous nous mîmes à onduler au rythme de la musique, tandis que la voix mélancolique de Rihanna nous intimait *Stay*, « Reste ». Parcourue de chair de poule, je me collai à lui et apposai ma joue contre la sienne. Cette chanson n'avait jamais signifié tant de choses pour moi ; et au moment du refrain, Cameron me le chuchota à l'oreille : *I can't live without you*[1]...

Le cœur battant la chamade suite à cette confession si romantique, je m'écartai lentement de lui afin de pouvoir observer son visage. Il était sincère. Il en pensait le moindre mot.

J'étais pleine. Saturée d'émotion. Débordante d'amour. Les mots me manquaient. Je l'embrassai donc, transmettant par ce baiser l'intégralité de mes sentiments ; ma bouche dévora avidement la sienne. Cam tendit une main derrière lui et nous guida hors du salon. Il me souleva et fit mine de nous emmener

1. « Je ne peux pas vivre sans toi... », en français. *(N.d.T.)*

vers la chambre, mais je secouai la tête en lui agitant la main.

Je m'adossai au mur du couloir et l'attirai contre moi. Je m'empourprai sous son regard de braise quand je me débarrassai de mon tee-shirt et de mon legging.

— Ici, lui dis-je d'une voix chevrotant d'impatience. Où tout a commencé.

Quand il saisit la référence, une lueur d'adoration illumina ses prunelles, une lueur que je ne me lasserais jamais d'y voir. Il me dévora du regard tandis que je me déshabillais devant lui.

— Et tes côtes ? murmura-t-il. Je ne voudrais pas te faire mal.

Je glissai les mains sous son tee-shirt, le forçant à le retirer, me délectant de la vue de son torse nu.

— Ça vaut le coup de souffrir un peu.

Je dégrafai mon soutien-gorge et, tandis qu'il tombait au sol, Cam entra dans la danse.

Il marcha sur le talon de sa botte gauche pour la retirer, puis en fit de même avec la droite, tout en se débattant avec son jean. Il le baissa en même temps que son boxer et n'attendit pas une seconde avant de me soulever par les fesses. J'enroulai les jambes autour de ses hanches viriles et m'agrippai à ses épaules tandis qu'il me plaquait contre le mur.

Mon soudain éclat de rire l'interrompit. Il fronça les sourcils, perplexe.

— Rihanna ? gloussai-je. Tu connais les paroles ?

Il se fendit d'un sourire arrogant. Il n'avait pas du tout honte de lui.

— *Toi,* tu connais les paroles. Je n'ai fait qu'écouter le refrain.

— Tu as toujours réponse à tout, sale crâneur.

Il pouffa contre ma bouche.

— Je crois que tu aimes mes réponses.

Manifestement incapable de se retenir plus longtemps, il me pénétra brusquement. Je poussai un petit cri, alors que mes muscles internes s'adaptaient volontiers à la taille de sa verge, qu'il retira presque entièrement avant de la renfoncer aussitôt jusqu'à la garde.

— Tu m'as manqué, ma belle, grogna-t-il en s'appuyant d'une main contre la cloison tout en me pétrissant douloureusement la fesse de l'autre.

— Toi aussi, gémis-je tandis qu'il me pilonnait derechef. Plus fort, suppliai-je en le sentant se retenir pour ne pas me faire mal.

— Jo...

Il secoua la tête.

— S'il te plaît, insistai-je contre son oreille.

Quand je me mis à lui mordiller le lobe, il perdit toute réserve.

Plus tard, il m'emmena dans notre chambre, me déposa sur le lit et m'embrassa sur tout le corps. Après que je lui eus assuré que Cole profitait du début des vacances d'été pour traîner chez Jamie, Cam décida qu'il avait tout le temps du monde. Il me mordilla, me lécha et me suça jusqu'à l'épuisement. Après ce qui me sembla être des heures de préliminaires, il enroula mes jambes autour de sa taille et se positionna au-dessus de moi.

Ses baisers étaient lents et profonds. Il effleura fugacement ma bouche de la sienne et me mordilla les lèvres la seconde suivante. Il n'accéléra jamais le mouvement ni ne durcit ses gestes. Il s'amusa au contraire à faire grimper la tension érotique en entraînant ma langue dans une valse effrénée avec la sienne. Quand il la suçota suffisamment fort pour me provoquer de petites décharges dans le bas-ventre, je me tendis vers lui pour en réclamer davantage. Cela me semblait impossible, mais j'étais déjà prête pour un nouvel orgasme. Nous continuâmes à nous embrasser, nus sur le lit, pendant une éternité, tandis qu'il frottait son érection sur mon pubis, m'excitant le clitoris. Il me pétrit un sein, jouant du pouce avec mon téton durci par l'attention qu'il lui avait préalablement portée – il l'avait léché et sucé avec tant d'ardeur qu'une caresse similaire à mon bouton d'amour aurait suffi à me propulser vers la jouissance.

Alors qu'il continuait à me tourmenter du bout du gland, je le suppliai d'un gémissement d'aller plus loin. Il me répondit d'un sourire suffisant. Il me caressa la pommette et, les yeux rivés aux miens, me pénétra lentement. Il changea de position, posant les mains de part et d'autre de ma tête, et commença à aller et venir. Cette fois, ses mouvements étaient tendres, langoureux, et la tension grimpa jusqu'à un niveau insupportable.

— Je t'aime, souffla-t-il d'une voix rauque.

Je remontai les genoux pour l'accueillir plus profondément et pris son visage en coupe entre mes mains.

— Je t'aime aussi.

Je haletai quand il se mit à onduler des hanches, happé par les sensations que lui procurait notre coït.

— J'ai envie de te baiser, me chuchota-t-il à l'oreille. Mais j'adore te faire l'amour aussi.

Je hochai la tête, complètement en phase avec lui.

Il m'embrassa à nouveau et accéléra le rythme alors que nous nous approchions de l'extase. Nous glissions l'un contre l'autre, couverts de sueur, mêlant nos souffles courts et nos lèvres humides.

Proche du point culminant, je tendis le bassin avec force, et la prochaine saillie de Cam fut la bonne. Je jouis en hurlant son nom, des étoiles plein les yeux ; mon sexe palpitait autour du sien, tandis que mon bas-ventre se convulsait sous l'effet de l'orgasme.

Il posa alors les deux mains au-dessus de ma tête et me maintint en place tout en me besognant plus fort. Il jouit avec un grognement guttural, m'inondant de sa semence.

Il s'effondra sur moi, me provoquant un violent élancement aux côtes. Il sembla le sentir également, car il roula de côté sans se retirer et m'attira contre lui, faisant basculer ma jambe par-dessus sa hanche. Je fus gratifiée d'une nouvelle décharge de plaisir quand son membre palpita en moi.

— Eh bien, ça valait largement le coup d'attendre, soupira-t-il joyeusement.

Je hochai la tête contre sa poitrine, repensant à toutes les erreurs que j'avais commises avant lui.

— Complètement.

Deux semaines plus tard, chez Cam et Jo

Transpirante, fourbue, couverte de gouttes de peinture ayant giclé du rouleau, j'entrai dans notre appartement et m'adossai à la porte d'entrée avec un soupir de contentement.

Oncle Mick venait de me déposer chez moi après notre premier jour de travail ensemble. Nous décorions l'une des maisons témoins du nouveau lotissement pour lequel Mick avait décroché un contrat. Ce jour-là, nous avions repeint tous les plafonds. Nous continuerions la peinture le lendemain et le surlendemain, avant de poser le papier peint retenu par le client.

— Je suis rentrée ! informai-je en me débarrassant de mes bottes de travail du bout des pieds.

Je déboutonnai ensuite les bretelles de ma salopette, qui retombèrent devant moi comme sur un baggy.

— Ici ! me cria Cam depuis la chambre.

Je traversai le couloir en retirant mon bandana, me réjouissant d'être aussi éreintée. C'était une bonne fatigue qui me plaisait beaucoup. Je m'arrêtai sur le seuil de la chambre et vis Cam assis au bout du lit, les mains cachées derrière le dos.

Notre chambre était un méli-mélo d'affaires dépareillées, mais je m'en fichais. Tout ce qui comptait pour moi était de me réveiller chaque jour et de sentir son bras chaud enroulé autour de ma taille, son érection matinale pressée contre mes fesses.

Je n'aurais changé ça pour rien au monde.

L'emménagement s'était globalement bien déroulé. Ni lui ni moi n'étions très à cheval sur les détails, partager notre espace vital ne nous posa donc aucun problème ; pour sa part, Cole avait reproduit à l'identique sa chambre de l'étage dans la chambre d'amis de Cam en un temps record. Notre nouvelle demeure semblait lui convenir parfaitement, d'autant plus que notre chambre se trouvait à l'autre bout de l'appartement.

Cela m'arrangeait également.

Maman, de son côté, me faisait toujours la gueule, refusant de m'adresser la parole chaque fois que je montais la voir pour lui porter des courses ou faire le ménage.

Je refusais de me sentir coupable. Pas à cause d'elle.

Toutefois, force était de reconnaître que ce n'était pas tous les jours facile.

Cependant, tout le reste s'était déroulé comme sur des roulettes. Tout le monde était heureux pour nous. Enfin, mis à part Blair, sans doute, mais comme Cam avait décidé de couper les ponts avec elle, je n'avais aucun moyen d'en être certaine. La seule dispute que nous avions eue avait éclaté une semaine plus tôt, alors que nous regardions un film. Malcolm avait téléphoné et j'avais décroché. Il voulait juste discuter et, durant la conversation, je lui avais glissé que je venais d'emménager avec Cam. La nouvelle avait été accueillie par un long silence, qui s'était achevé par les félicitations de Malcolm. Il me les avait adressées en feignant si mal son enjouement que je sus que je l'avais blessé. Une fois de plus. Sans me laisser le temps de répondre – je ne savais de toute façon pas quoi dire –, il s'était excusé avant de raccrocher.

Quand j'étais revenue de la cuisine, Cameron m'avait entraînée sans ménagement jusqu'à notre chambre, où il avait essayé de me demander calmement – ce fut un échec – ce que Malcolm voulait. Le ton était alors monté. Selon Cam, puisqu'il avait cessé de parler à Blair, je devais en faire autant avec Malcolm. De mon point de vue, ça n'était pas la même chose, car Blair était toujours amoureuse de lui. Cam affirma que Malcolm m'aimait encore lui aussi. Et comme il n'avait peut-être pas tort, j'avais fini par céder en lui promettant de ne plus parler à Malcolm. Je supposais que cela ne poserait aucun problème : j'avais le sentiment qu'il ne m'appellerait plus de toute façon.

Même si notre dispute avait été relativement explosive, nous l'avions aussitôt oubliée. Nous avions rapidement repris nos petites habitudes et, jusqu'à présent, cet emménagement était une réussite absolue. Le samedi suivant, nous prévoyions d'organiser une petite pendaison de crémaillère, afin que tous nos amis puissent nous rendre visite et feindre l'écœurement en nous voyant si amoureux.

J'avais hâte d'y être !

Trouvant particulièrement suspect que Cam se tienne ainsi au bout du lit, je le considérai d'un air soupçonneux et lui lançai :

— Qu'est-ce que tu fais ? Où est Cole ?

— Au McDo, avec des copains. Je lui ai donné l'autorisation.

— D'accord. On pourrait peut-être se faire livrer, alors, au lieu de cuisiner.

— Bonne idée.

Il semblait avoir la tête ailleurs.

— Tout va bien ?

— Comment s'est passée ta première journée ? m'interrogea-t-il en souriant jusqu'aux oreilles, comme s'il venait de remarquer ma tenue.

— C'était génial. Enfin, j'ai mal au dos et au cou, j'ai de la peinture sur les cils, mais c'était super.

J'entrai enfin dans la pièce et m'affalai à côté de lui, avant de lui planter un baiser sur la bouche.

Quand je me retirai, il m'adressa un demi-sourire. Je l'étudiai, de plus en plus convaincue que quelque chose n'allait pas. Il avait l'air nerveux.

— Sérieusement, qu'est-ce qui se passe ?

— J'ai un cadeau pour toi.

Il tendit vers moi le paquet rectangulaire qu'il dissimulait jusqu'alors derrière lui.

Son sourire s'accentua quand il remarqua mon excitation.

— C'est juste un petit quelque chose pour célébrer ta première journée au sein de M HOLLOWAY PEINTRE & DÉCORATEUR.

J'éclatai de rire et l'embrassai derechef, avant de m'intéresser à mon présent. Je le déballai lentement, puis le tournai et le retournai dans ma main. C'était un pinceau – mais pas n'importe quel pinceau. Un outil de professionnel, l'un des plus chers et des meilleurs.

— Oh, Cam.

J'ouvris le plastique de protection, tout émue par cette attention.

— Tu n'aurais pas dû…

Les mots moururent dans ma gorge quand la lumière fit étinceler le manche. Je dardai vers Cam un regard incrédule, avant de me reconcentrer sur l'outil. Je le sortis délicatement de son étui et restai bouche bée en découvrant l'objet placé au bout du manche.

Une bague de diamant.

Un simple anneau d'or blanc sur lequel était monté un solitaire.

Mon cœur s'emballa à cause de ce que cela impliquait et je tournai lentement la tête vers Cam. Il m'ôta doucement le pinceau des mains et en décrocha la bague. Il se leva du lit, puis posa un genou par terre.

— Oh, mon Dieu, soufflai-je en portant la main droite à ma gorge.

Mon pouls battait à une allure extraordinaire.

Cam saisit ma main gauche, les yeux rivés aux miens.

— Johanna Walker, amour de ma vie, je ne veux plus jamais me réveiller sans toi à mes côtés. (Il positionna l'anneau face à mon annulaire.) Veux-tu passer le restant de tes jours avec moi ? Veux-tu m'épouser ?

Je ne me rendais compte que maintenant que, après avoir attendu pendant des années qu'on me pose cette question, j'aurais commis la pire erreur de mon existence en disant oui à un autre que lui. J'avais appris une chose au cours de ces derniers mois : quand un homme vous faisait pareille proposition, la seule réflexion valable était : « Pourrais-je vivre sans lui ? »

Si la réponse était non, alors il fallait répondre oui.

Je hochai la tête ; mes lèvres se mirent à trembler juste avant que mes larmes ne roulent.

— Oui. Je veux t'épouser.

Avec un grognement d'exultation, Cam m'attira vers lui pour m'embrasser si profondément que je faillis suffoquer. Quand il me relâcha, je haletais contre sa bouche, un sourire aux lèvres.

— Tu sais ce que ça signifie ?

Ses prunelles se mirent à pétiller et je fus submergée par la joie que j'y voyais.

— Non, quoi ?

— Qu'on ne pourra plus jamais parler à Joss après aujourd'hui. Elle est déjà persuadée d'être une parfaite entremetteuse.

— Je vais en toucher un mot à Braden. Il la fera filer droit. (Il eut un sourire enfantin.) Les mecs sont doués pour ce genre de chose.

— Vous croyez vraiment porter la culotte, hein ?

Il haussa les épaules, mais ses yeux disaient clairement : « Oui, femme. »

Je lui pris le visage en coupe et lui adressai un sourire à la fois condescendant et compatissant.

— Oh, mon chéri, ta naïveté est vraiment touchante.

Cam éclata de rire, referma ses bras autour de ma taille et me souleva en se relevant avant de me balancer sur le lit.

— Pour ce soir au moins, c'est moi qui commande.

Je me redressai sur mes coudes pour le regarder se déshabiller lentement, déjà parcourue des premiers frémissements d'excitation.

— Maintenant, redis-moi que tu m'aimes, madame Bientôt-MacCabe.

Je poussai un soupir de contentement en entendant mon nouveau sobriquet en même temps que le bruit de sa braguette. Alors que j'étais sur le point de m'exécuter, je fus surprise de constater à quel point il m'était désormais facile de prononcer ces paroles, alors que j'avais initialement mis si longtemps à trouver le courage de le faire. Je me fis la même promesse qu'avec Cole : il ne s'écoulerait plus une journée dans la vie de Cam sans qu'il sache ce que je ressentais pour lui.

— Je t'aime, Cameron MacCabe.

Avec un sourire malicieux, il fit tomber son pantalon au sol.

— Je t'aime aussi, mademoiselle Walker-Presque-MacCabe.

Je sus alors, ainsi allongée à contempler son visage magnifique, que je possédais désormais une chose que je n'avais encore jamais eue : j'avais trouvé quelqu'un qui ne laisserait plus s'écouler une journée de ma vie sans me faire savoir combien il m'aimait.

L'une des choses qui me plaisaient le plus dans tout ça était que cette découverte mutuelle ne nous avait pas coûté le moindre penny.

Enfin... à l'exception d'une bague de fiançailles et d'une nouvelle palette de couleurs pour notre appartement.

Remerciements

J'ai passé certaines des plus belles heures de ma vie à travailler sur *London Road*. Le simple fait d'écrire un roman, et toutes les choses excitantes qui me sont arrivées pendant ce temps, ont rendu cette expérience aussi merveilleuse qu'inoubliable.

Par bonheur, mon fantastique agent, Lauren Abramo, m'a aidée à naviguer dans ces eaux nouvelles. Merci, Lauren, pour ta gentillesse, tes conseils avisés et ton talent incontestable.

Kerry Donovan : travailler avec toi a été une vraie partie de plaisir. Ton incroyable enthousiasme, ta perspicacité infaillible et ton soutien continu m'ont apporté énormément. Tu arrives à percer à jour mes personnages, tu comprends mon récit et ses origines, et tu m'aides à améliorer tout ça. Merci.

J'aimerais également adresser un merci en or massif à Claire Pelly. Claire, merci de ton appui, de croire en ce monde que j'ai créé et d'avoir affronté le rude climat écossais pour moi. Je sais que ça n'a pas été facile !

Nina Wegscheider : merci d'avoir pris sous ton aile Joss, Braden, Jo et Cam, et de les avoir présentés à mes lecteurs allemands.

Beaucoup d'énergie a été dépensée pour atteindre un plus large public et lui donner accès à ces personnages et aux rues d'Édimbourg. Pour toutes les interviews, tous les chats Facebook ou Twitter, tous les articles ou critiques, je souhaiterais remercier Erin Galloway chez New American Library, ainsi que Katie Sheldrake et Kimberly Watkins chez Michael Joseph. Mesdames, vous avez été phénoménales, et je veux que vous sachiez que, malgré mes réticences à me faire tirer le portrait, j'apprécie énormément votre labeur.

Un petit merci supplémentaire à Katie, qui a également défié le froid écossais au péril de ses orteils, et qui m'a soutenue dans la douce folie des présentations de mes personnages au public du Royaume-Uni.

En Écosse, le buzz autour de la série a été dingue, surnaturel et tout bonnement génial, et tout le mérite en revient à l'adorable, à l'enthousiaste, à l'infatigable Moira MacMillan. Merci, Moira. Tu as dépassé tous les objectifs, tu as bien accompagné mes états de nerfs et j'ai été ravie d'effectuer cette transition auprès d'une si bonne amie. Les gens capables de me faire rire quand je suis rongée d'angoisse sont rares !

Aux équipes de chez New American Library et Michael Joseph : merci à tous ceux qui ont contribué à cette série. Vous m'avez aidée à faire d'un rêve une réalité.

J'ai toujours eu énormément de respect pour les blogueurs et pour le temps et la créativité qu'ils consacrent à l'amour de la lecture. Je voudrais envoyer un grand merci collectif aux contributrices de Heroes & Heartbreakers, de Smexy Books Romance Reviews, de la Christian Grey Fan Page et du SubClubBooks qui ont aidé à faire parler de mes personnages. Vous êtes peut-être encore meilleures que le chocolat !

Je suis également époustouflée par le soutien de mes lecteurs. J'aimerais pouvoir les mentionner tous, mais il me faudrait une vie entière (et rien que pour cela, je vous adore) ; permettez-moi donc d'en remercier une en particulier. Trish Patel Brinkley : vous êtes géniale ! Merci pour votre gentillesse, votre générosité et votre considération. J'adore mon mug *Reste calme et embrasse Braden*, et je ne m'en séparerai jamais.

Ma vie est plus que chaotique ces temps-ci, et dans pareilles circonstances, il est bon de pouvoir se tourner vers des gens qui me comprennent. À mes collègues auteurs, Shelly Crane, Amy Bartol, Michelle Leighton, Georgia Cates, Quinn Loftis, Angeline Kace et Rachel Higginson : merci pour votre camaraderie, vos conseils, votre présence, votre amour et vos critiques. À Tiffany King : tu es merveilleuse. Tes tweets de soutien égaient mes semaines. Et un merci géant à Tammy Blackwell. Tammy, il est incroyable d'avoir trouvé une personne partageant mon sens de l'humour particulier et ma passion des listes, et plus incroyable encore de se comprendre vraiment par écrans interposés. Ton amitié et ton soutien comptent beaucoup pour moi, et j'ai hâte de te rencontrer pour que l'intonation joue enfin un rôle dans nos conversations.

Enfin, et même surtout, je souhaiterais remercier famille et amis, qui sont toujours derrière moi.

Maman, papa : votre inébranlable foi en moi m'épate chaque jour. J'ai la chance unique d'avoir pour parents deux de mes meilleurs amis. Je vous aime infiniment.

David : je suis contente que nous ayons survécu à toutes nos chamailleries d'enfance pour devenir si proches. Quand tu me dis que tu es fier de moi, je me sens invulnérable. Je ne te le dis sans doute pas assez souvent, mais je t'aime, grand frère.

Deeanne : merci d'être restée mon amie malgré toute cette folie. Ça me touche plus que tu ne l'imagines.

Shanine : tu es ma plus vieille amie, et l'une des personnes les plus entières que je connaisse. Je suis *fière* de te connaître, tu n'imagines pas combien ton amour et ton soutien inconditionnel ont compté pour moi au fil de toutes ces années.

Kate McJ : ma copine belle, intelligente et merveilleusement déjantée. Merci d'être toi et de m'avoir permis d'être moi. Je n'oublierai jamais ce poster de *Ong-Back* au-dessus duquel nous nous sommes unies.

Et à Ashleen : toi et moi avons tendance à voir le monde du même œil et je ne connais rien de plus magique ou de plus rassurant. En outre, tu es peut-être la personne la plus occupée de mon entourage, pourtant tu parviens toujours à trouver du temps pour moi. Merci, ma chérie. Ça signifie beaucoup.

Et à vous, mes lecteurs : vous avez transformé mon univers et, de ça, je vous serai éternellement reconnaissante. Merci.

Composition
NORD COMPO

Achevé d'imprimer en Espagne
par BLACK PRINT CPI
le 11 mai 2014.

Dépôt légal mai 2014.
EAN 9782290094105
OTP L21EDDN000188N001

ÉDITIONS J'AI LU
87, quai Panhard-et-Levassor, 75013 Paris

Diffusion France et étranger : Flammarion